Janine Wilk

Lilith Parker

Insel der Schatten

Janine Wilk wurde am 7.7.1977 als Kind eines Musikers und einer Malerin in Mühlacker geboren. Schon von Kindesbeinen an war die Literatur sehr wichtig für sie, mit elf Jahren schrieb sie ihre ersten Geschichten. Mit Anfang zwanzig begann sie mit der Arbeit an ihrem ersten Buch und schon bald folgten die ersten Veröffentlichungen im Bereich Lyrik und Kurzprosa. Janine Wilk lebt mit ihrem Mann und ihren zwei Kindern in der Nähe von Heilbronn.

Janine Wilk

Lilith Parker

Insel der Schatten

Ravensburger Buchverlag

Als Ravensburger Taschenbuch
Band 52548
erschienen 2015

MIX
Aus verantwortungsvollen Quellen
FSC® C114500

1 2 3 4 5 E D C B A

Ungekürzte Lizenzausgabe
mit freundlicher Genehmigung der
Thienemann-Esslinger Verlag GmbH, Stuttgart

Gesamtausstattung: Christopher Gibbs

Ravensburger Buchverlag Otto Maier GmbH
Postfach 1860, 88188 Ravensburg

Printed in Germany
ISBN 978-3-473-52548-5

www.ravensburger.de

Für Cedric,
für deine Geduld, deine Fantasie
und das Herz eines Ritters
– und um
die Narben des Schicksals
zu glätten.

1. Kapitel

»Die Sterblichen nannten uns einst wertlose Kreaturen des Bösen, heute ist selbst ihre Erinnerung an uns verblasst. Nur in manch finsterer Stunde entsinnt sich ein uralter Teil ihrer Seele, die sie Angst nennen, an unsere Existenz. In der alten Zeit fühlten die Sterblichen sich jedoch erhaben über uns, obwohl ihre eigene Bösartigkeit in ihrer Verlogenheit die unsrige übertreffen mag. Denn wir, die Kinder der Dunkelheit, verleugnen nicht unsere wahre Natur. Wir folgen – rein und wahr – unserer vorgeschriebenen Bestimmung.«

Geheimer Auszug aus »Grimoire der Untoten«,*
Neuauflage von 2010

Der Zug hatte die grauen Vororte Londons längst hinter sich gelassen und ratterte unermüdlich weiter nach Norden, fraß sich wie ein hungriges Tier mit lautem Getöse durch die Landschaft. Die dunklen Wolken verschluckten das Licht des Tages und ein wütender Wind peitschte den Regen mal nach links, mal nach rechts, als ob er mit seinen eisigen Böen jeden Schlupfwinkel unter Wasser setzen wollte.

Lilith fröstelte und schlang ihre Jacke um sich.

»Ist kalt geworden, nicht?«, fragte die alte Dame, die mit Lilith im Abteil saß.

Ihre Stimme klang brüchig. Die Frau war sicherlich schon über siebzig, doch sanfte Augen strahlten aus dem mit Falten eingerahmten Gesicht.

* Grimoire = Bücher, die geheimes Wissen enthalten.

Sie blickte schaudernd aus dem Fenster. »Als ob der Herrgott die Welt unter Wasser setzen wollte!«

Lilith nickte. »Ja, ein scheußliches Wetter!«

Die Frau musterte sie neugierig. »Bist du alleine unterwegs?«

»Mein Vater hat mich in London zum Bahnhof gebracht. Ich besuche meine Tante in Bonesdale.«

Leider war das nur die halbe Wahrheit. Lilith konnte sich einen tiefen Seufzer nicht verkneifen. Eigentlich hatte ihr Vater sie in aller Eile vor dem Bahnhof abgesetzt, da er noch zahlreiche Reisevorbereitungen für seinen Auslandsaufenthalt treffen musste. Joseph Parker war ein angesehener Archäologe und Historiker. Er hatte vor einigen Tagen überraschend die Genehmigung für die Mithilfe bei den Restaurierungsarbeiten der Tempelanlage Bagans erhalten. Schon seit Jahren hatte Joseph Parker im Namen des archäologischen Instituts um diese Möglichkeit gebeten, doch das burmesische Militärregime hatte kein Interesse daran, ausländische Wissenschaftler in ihrem Land rumschnüffeln zu lassen, und verweigerte jedem archäologischen Team den Zutritt. Es schien ein hoffnungsloser Fall zu sein. Umso überraschender war es nun, dass Joseph Parker plötzlich als fachkundiger Berater angefordert worden war. Liliths Vater würde für Monate, wenn nicht gar für Jahre im Ausland sein. Sein Lebenstraum schien in greifbarer Nähe. Dabei hatte er nur noch ein Problem: seine Tochter Lilith. Was sollte mit ihr geschehen? Wer sollte sich um sie kümmern? Außer ihrem Vater und Tante Mildred hatte Lilith keine Verwandten.

Sie bettelte und flehte, in London bei ihrer besten Freundin Thea wohnen zu dürfen, aber ihr Vater, der ihr ansonsten keinen Wunsch abschlagen konnte, blieb dieses Mal hart. Für ihn schien die Sache eindeutig: Entweder er konnte Lilith bei ihrer einzigen lebenden Verwandten unterbringen, oder er musste seine Burmareise absagen. Wenigstens fürs Erste, so tröstete er Lilith, sollte sie bei ihrer Tante unterkommen, mit etwas Zeit und Geduld konnte man sich vielleicht nach einem passenden Internat umsehen.

Dabei hatte Lilith ihre Tante noch nie zu Gesicht bekommen. Ihr Vater und Tante Mildred mussten sich aus irgendeinem Grund zerstritten haben, was Lilith sehr ungewöhnlich fand. Sicher, ihr Vater war das typische Exemplar eines zerstreuten Wissenschaftlers und konnte manchmal etwas unsensibel sein, aber im Grunde war er ein herzensguter Mensch. Deswegen überraschte Lilith die Kälte in seiner Stimme, als er mit Tante Mildred vor einigen Tagen telefoniert hatte, um mit ihr Liliths Kommen abzusprechen. Warum verhielt sich ihr Vater nur so abweisend seiner Schwester gegenüber? Für Lilith gab es nur eine logische Schlussfolgerung: Ihre Tante musste eine durch und durch unsympathische Person sein. Und nun sollte Lilith auch noch bei ihr leben! Sie sank tiefer in sich zusammen.

»Ich hoffe, du bist nicht mehr allzu lange unterwegs zu diesem, wie hieß es noch? Bonesdale?« Die Frau betrachtete Lilith besorgt. »In deinem Alter sollte man nicht alleine reisen müssen. Du bist doch wahrscheinlich erst …«

»Dreizehn«, half ihr Lilith. »Eigentlich noch zwölf, aber in ein paar Wochen habe ich Geburtstag.«

»In deinem Alter konnte ich es auch kaum erwarten, älter zu werden.« Die alte Frau lachte auf. »Und heute muss ich manchmal nachrechnen, weil ich tatsächlich vergessen habe, wie alt ich bin.«

Der Zug begann sein Tempo zu drosseln. Die Frau sah erfreut auf. »Ah, endlich sind wir in Larkhall. Jetzt muss ich raus.«

Sie erhob sich schwerfällig und wollte sich strecken, um ihren Koffer aus der Ablage zu ziehen, als der Zug einige Male unsanft hin- und herruckelte. Die alte Dame drohte das Gleichgewicht zu verlieren und schrie erschrocken auf. Lilith konnte gerade noch rechtzeitig ihren Arm ergreifen und ihr Halt geben.

»Was für eine Reise«, stöhnte die Frau mit bleichem Gesicht. »Als ob einen das Unglück verfolgen würde.« Sie tätschelte erleichtert Liliths Hand. »Ohne dich wäre ich jetzt wohl gestürzt!«

»Kein Problem. Warten Sie, ich helfe Ihnen.«

Lilith, die für ihr Alter groß gewachsen war, zog den kleinen Koffer aus der Ablage. Dankbar nahm ihn die Frau entgegen. »Viel Glück auf der Weiterreise«, wünschte sie Lilith zum Abschied.

»Danke!« Auch wenn es Lilith nichts ausmachte, alleine unterwegs zu sein, hatte sie doch das Gefühl, dass sie dieses Glück noch dringend nötig haben würde.

Nachdem die ältere Dame gegangen war, saß Lilith alleine im Abteil. Im ganzen Zug schienen sich kaum noch Passagiere zu befinden. Anscheinend war Liliths Reiseziel für andere Menschen wenig verlockend.

Lilith wurde unruhig. Sie hatte plötzlich das unangenehme Gefühl, dass sie beobachtet wurde. Es war wie ein kaltes Prickeln auf ihrer Haut. Sie sah aus dem Fenster auf den belebten Bahnsteig, doch sie konnte im Gewühl keinen Blick ausmachen, der den ihren kreuzte. Niemand schien sie wahrzunehmen.

Das Kribbeln auf ihrer Haut wurde immer intensiver. Jede Faser ihres Körpers war angespannt.

Lilith stand auf und schob das Abteilfenster hinunter. Lautes Stimmengemurmel schlug ihr entgegen, gemischt mit den eintönigen Lautsprecherdurchsagen des Bahnhofs und einem wummernden Bass, der aus dem Ghettoblaster einiger Jugendlicher dröhnte. Nervös sah Lilith auf die Menschen hinab, die wie in einem unsichtbaren Labyrinth kreuz und quer durch die Gegend eilten, andere standen wartend auf dem Bahnsteig und starrten gelangweilt vor sich hin.

Schon glaubte Lilith, sie hätte sich alles nur eingebildet. Dann sah sie die schwarzen Augen. Lilith hielt erschrocken die Luft an.

Auf dem Dach des Schaffnerhäuschens saß eine Krähe. Sie fixierte Lilith mit stechendem Blick. Es gab keinen Zweifel. Die Augen der Krähe waren nur auf sie, Lilith, gerichtet und verfolgten jede ihrer Bewegungen. Lilith bekam eine Gänsehaut. Irgendetwas sagte ihr, dass dies keine gewöhnliche Krähe war. Lilith hatte den Aberglauben, nachdem dieser als Unglücksrabe verschriene Vogel Krieg und Tod ankündigt, nie nachvollziehen können. Im Gegenteil, sie hatte das schwarz glänzende Gefieder und die wachsame, fast menschliche Art dieser Vögel immer bewundert. Doch nicht bei diesem Tier. In seinen Augen lag eine Bösartigkeit, wie Lilith sie noch bei keinem anderen Lebewesen gesehen hatte. Der Blick der Krähe durchbohrte sie. Lilith hatte das Gefühl, als würde sie rundherum in Eis gepackt.

Sie zuckte zusammen. Die Türen der Waggons hatten sich mit einem lauten Schlag geschlossen. Nur einen Wimpernschlag später stieß die Krähe einen Schrei aus. Sie spreizte ihre Flügel und hüpfte bis zum äußersten Rand des Daches. Direkt in Liliths Richtung. Lilith trat so schnell vom Fenster zurück, als hätte sie sich daran verbrannt. Sofort wurde ihr klar, dass sie einen Fehler gemacht hatte. Nun konnte die Krähe ungehindert durch das Fenster in ihr Abteil gelangen. Lilith glaubte ein erfreutes Blitzen in den Augen des Vogels erkennen zu können.

Quälend langsam setzte der Zug sich in Bewegung. Im gleichen Moment hob die Krähe mit einem einzigen Schlag ihrer Flügel ab und stürzte nach vorne. Lilith wurde aus ihrer Starre gerissen. Sie stolperte ans Fenster.

»Oh nein!«, entfuhr es ihr. Obwohl sie mit aller Kraft drückte, ließ sich das Fenster nicht nach oben schieben. Es klemmte.

Die Krähe krächzte erneut, dieses Mal klang es wie ein hämisches Lachen. Lilith drückte, so fest sie konnte, an den beiden Fensterhebeln. Ihr Herz hämmerte in ihrer Brust. Dann hörte sie ein metallenes Ächzen. Das Fenster glitt nach oben und rastete ein. Die Krähe, so kurz vor dem Ziel, schlug wütend den Schnabel zusammen und drehte im letzten Moment vor der geschlossenen Scheibe ab. Sie entschwand aus Liliths Blickfeld. Atemlos ließ sich Lilith auf ihren Sitz fallen.

Der Zug ließ den Bahnhof hinter sich und die Welt begann wieder vor ihrem Fenster vorbeizufliegen.

Was für eine seltsame Begegnung. Ob die Krähe tatsächlich zu ihr ins Abteil hatte fliegen wollen? Lilith schüttelte den Kopf, als wollte sie einen schlechten Traum vertreiben. Unsinn! Das hatte sie sich vermutlich nur eingebildet. Die Krähe verbarg sich wahrscheinlich wegen des Unwetters unter dem Bahnhofsdach und war nun auf der Suche nach etwas Essbarem. Liliths Abteil schien dem hungrigen Tier aus irgendeinem Grund wohl ein vielversprechendes Jagdgebiet gewesen zu sein.

Bei diesem Gedanken fiel Lilith auf, dass sie seit dem Frühstück nichts mehr gegessen hatte. Sie zog ihren Rucksack auf den Schoß und warf einen Blick in ihre Verpflegungsdosen, die ihre Haushälterin Clara ihr noch heute Morgen mit Tränen in den Augen in die Hand gedrückt hatte. Karottensalat mit Sojasprossen und Schwarzbrot mit Tofuwurst. Lilith verzog das Gesicht. Igitt. Zum Glück hatte sie sich auf dem Bahnhof mit dem Geld, das ihr Vater ihr zugesteckt hatte, mit etwas weniger gesundem Reiseproviant eingedeckt. Sie zog zwischen einer Chipspackung und einer Tafel Schokolade einen Energydrink hervor. Clara hatte ihr wegen des Koffeins und dem vielen Zucker immer verboten, solche Getränke zu kaufen. Lilith grinste. Dies war einer der Vorteile, wenn man ohne Erwachsene reiste: Man konnte plötzlich tun und lassen, was man wollte. Im Überschwang hatte sich Lilith sogar gleich drei Koffeindrinks gekauft. Wenn sie die bis Bonesdale alle ausgetrunken hatte, würden ihr vor Anspannung wahrscheinlich ihre schwarzen Haare zu Berge stehen.

Lilith nahm einen Schluck des zuckersüßen Getränks und seufzte wehmütig. Trotz der Tofuwurst würde sie Clara vermissen. Sie war wie eine Freundin für Lilith, ja, nach all den Jahren, die Clara bei den Parkers gearbeitet hatte, war sie fast schon so etwas wie eine Mutter.

Wie von selbst wanderte Liliths Hand zu dem Amulett, das sie unter ihrer Jacke um den Hals trug. Das Amulett ihrer Mutter. Es war alles, was sie von ihr besaß. Es gab sonst nichts, nicht einmal ein Foto, und ihr Vater war nicht bereit, mit seiner Tochter über dieses Thema zu sprechen. Lilith wusste nur, dass ihre Mutter kurz nach ihrer Geburt gestorben war und Lilith ihr sehr ähnlich sehen musste. Denn die ebenholzschwarzen Haare, die helle, fast schon weiße Haut und die großen blauen Augen hatte Lilith eindeutig nicht von ihrem Vater geerbt. Er musste sich jedes Mal, wenn er Lilith ansah, an ihre Mutter erinnert fühlen. Ob er sie nach all den Jahren immer noch so sehr vermisste, dass er es nicht ertrug, über sie zu sprechen? Lilith hatte es aufgegeben, mit ihrem Vater darüber reden zu wollen. Sie drehte das Amulett zwischen ihren Fingern. Automatisch meldete sich ihr schlechtes Gewissen.

Sie hatte es gestohlen.

Schon als kleines Kind hatte sie gewusst, dass sie nicht an Vaters Vitrinen mit seinen wertvollen Sammlerstücken gehen darf, und der Wandtresor in seinem Arbeitszimmer, in dem er seine kostbarsten Schätze hütete, war absolut tabu.

Sie hatte sich immer an diese Regel gehalten, nur dieses eine Mal nicht.

Es war an dem Tag, als ihr Vater den Anruf erhalten hatte, als archäologischer Berater in Burma arbeiten zu können. Wahrscheinlich hatte er deshalb vergessen, den Tresor zu schließen. Als Lilith in sein Arbeitszimmer kam, um ihren Vater zu suchen, fiel ihr sofort auf, dass der Tresor offen stand. Wie in Trance lief sie darauf zu und nahm die schwarze Schatulle heraus, in der das Amulett ihrer Mutter lag. Sie hatte es zuvor nur ein einziges Mal gesehen. Damals hatte Lilith ihren Vater so inständig darum angebettelt, ihr etwas von ihrer Mutter Cathy zu erzählen, dass er schließlich seufzend aufgestanden war und die Schatulle aus dem Tresor holte. Lilith hatte beim Anblick des Amuletts überrascht die Luft angehalten. Ein Schmuckstück dieser Art hatte sie noch nie gesehen. Es war geformt wie ein fünfspeichiges Zepter, in dessen Inneren ein Bernstein, wie von unsichtbarer Hand gehalten, in der Luft schwebte. Die goldenen Speichen des Zepters waren umwickelt mit einer Art silbernem Faden und jeder Zwischenraum war mit fremdartigen Symbolen verziert. Als Tochter eines Archäologen erkannte Lilith sie sofort: Es handelte sich dabei um Runen. Obwohl die Form und die feinen Linien nicht altmodisch wirkten und das Metall den Glanz des Lichtes spiegelte, erweckte das Amulett den Eindruck, schon ungeheuer alt zu sein. Am meisten faszinierte Lilith jedoch der reine und vollkommen runde Bernstein, der jeden Lichtstrahl in ein goldenes Schimmern verwandelte. In der Mitte des Steins schien etwas eingeschlossen zu sein, womöglich ein Insekt, doch es war zu klein, um es zu erkennen. Auch konnte Lilith selbst bei genauerer Betrachtung nicht feststellen, von was der Stein im Inneren des Zepters gehalten wurde. Es war ein wirklich außergewöhnliches Schmuckstück.

Doch etwas war seltsam gewesen. Ihr war aufgefallen, dass ihr Vater darauf bedacht war, das Amulett auf keinen Fall zu berühren. Als sie ihn gebeten hatte, das Schmuckstück aus der Schatulle nehmen zu dürfen, hatte er nur wortlos genickt und sie nervös beobachtet. Lilith legte es sich vorsichtig um den Hals und fühlte sich einen Atemzug lang vom Kopf bis zu den Zehenspitzen wie von einem wärmenden Energiestrahl durchdrungen. Aber dies lag wahrscheinlich nur an ihrer Aufregung. Noch nie in ihrem Leben hatte sie sich ihrer Mutter so nah gefühlt wie in diesem Moment. Als Lilith ihrem Vater nach einigen Minuten das Amulett wieder zurückgab, kämpfte sie immer noch mit den Tränen. Joseph Parker jedoch schien aus irgendeinem Grund überrascht, ja fast schockiert zu sein.

Als sie ihren Vater einige Wochen später darum gebeten hatte, sich das Amulett noch einmal ansehen zu dürfen, war er nicht mehr dazu bereit gewesen, es aus seinem Tresor zu holen.

So konnte Lilith an diesem Tag, allein in Vaters Arbeitszimmer und vor dem geöffneten Tresor, nicht widerstehen. Sie klappte die Schatulle auf und wieder raubte ihr die Schönheit des Amuletts den Atem. Zu welchen Anlässen ihre Mutter diese Kette wohl getragen hatte? Das Schmuckstück war sehr auffällig, wahrscheinlich war sie damit der Mittelpunkt jeder Veranstaltung gewesen.

Plötzlich keimte in Lilith eine Idee. Wenn ihr Vater nicht bereit war, ihr mehr über ihre Mutter zu verraten, so konnte es vielleicht das Amulett. Lilith biss sich nachdenklich auf die Lippe. Aber würde sie damit nicht ihren Vater hintergehen? Mit zitternden Fingern strich sie über das Schmuckstück. Wie schon beim ersten Mal erfüllte sie dabei eine tiefe Ruhe und Sicherheit. Wie aus weiter Ferne nahm sie wahr, dass die Haustüre ins Schloss fiel. Das Geräusch ließ Lilith zusammenzucken. Ihr Vater war zurückgekehrt. Sie musste sich entscheiden.

Als Joseph Parker wenige Sekunden später das Arbeitszimmer betrat, war Lilith verschwunden und die Schatulle lag wieder im Tresor. Sie war leer.

Der Schaffner zog die Tür des Abteils auf und riss Lilith aus ihren Gedanken. Sie fuhr erschrocken in die Höhe, sodass der rote Energydrink aus der Dose schwappte und sich über ihre Jacke und das weiße T-Shirt ergoss. Im Nu sah es aus, als sei es von Blut durchtränkt. Damit würde ihre Tante Mildred sicherlich einen großartigen ersten Eindruck von ihr bekommen!

»Oh, verfluchte Sch…« Lilith konnte sich gerade noch rechtzeitig stoppen. Sie hatte mit ihrem Vater und ihren Lehrern schon oft genug Ärger bekommen, weil sie so herzhaft fluchen konnte. Clara meinte immer, selbst gestandene Hafenarbeiter würden vor Scham rot werden, wenn Lilith richtig loslegte.

»Na, na, junge Dame!«, rügte sie der Schaffner schmunzelnd. »Wenn ich dich nicht schon kontrolliert hätte und wüsste, dass du ein Ticket hast, hätte ich dich gerade garantiert für einen Schwarzfahrer gehalten. So schuldbewusst zucken nur die zusammen, die ein schlechtes Gewissen haben.«

Lilith spürte, wie sie rot wurde. Der Schaffner wusste ja nicht, wie recht er hatte.

»Hast du nicht gesagt, dass du nach Bonesdale auf die Insel St. Nephelius reist?«, erkundigte er sich.

Lilith nickte.

»Zwei Waggons weiter sitzt ein Junge mit seiner Mutter, die dasselbe Reiseziel haben. Ich habe ihnen erzählt, dass du alleine unterwegs bist. Sie würden sich freuen, wenn du dich ihnen anschließt.« Der Schaffner nickte ihr aufmunternd zu. »Ihr müsst euch nachher in Greynock beeilen, um noch rechtzeitig die letzte Fähre zu erreichen. Könnte knapp werden, da wir etwas Verspätung haben.«

»Ich werde die beiden gleich suchen gehen«, versprach Lilith. »Vielen Dank!«

»Du kannst sie nicht verfehlen. Es sind kaum noch Leute im Zug.« Der Schaffner tippte sich an die Mütze und wandte sich zum Gehen. Dabei blieb sein Blick an Liliths Amulett hängen, das sie bei seinem Eintreten vergessen hatte wie üblich unter ihr T-Shirt gleiten zu lassen. Etwas Dunkles begann in seinen Augen aufzuflackern.

»Du hast eine schöne Kette«, sagte er mit seltsam belegter Stimme. Wie hypnotisiert hing sein Blick an dem Schmuckstück um Liliths Hals. Mit ausgestreckter Hand ging er langsam auf Lilith zu.

»Ähm. Danke.«

Eilig ließ Lilith das Amulett unter ihrem T-Shirt verschwinden.

Der Schaffner fuhr sich mit den Händen kurz über die Augen, setzte wieder ein Lächeln auf und verließ das Abteil. Lilith sah ihm stirnrunzelnd hinterher. Dies war nicht die erste merkwürdige Reaktion auf das Amulett. Einen Tag nachdem sie es aus dem Tresor ihres Vaters entnommen hatte, stattete Lilith dem kleinen, an der Themse gelegenen Schmuckladen von Jacob de Vries einen Besuch ab. Eigentlich hatte sie sich erhofft, von dem versierten Juwelier und Goldschmied einige Informationen zur Herkunft des Amuletts zu erhalten. Doch die Begegnung war alles andere als positiv verlaufen. Die Erinnerung daran jagte ihr immer noch einen kalten Schauer über den Rücken.

Ihr Rollkoffer polterte über die Straße und ihr Rucksack hüpfte auf ihrem Rücken unsanft auf und ab. Lilith bekam Seitenstechen. Nur mit Mühe konnte sie die heftigen Stiche unter ihren Rippen ignorieren.

Greynock war selbst im sanften Licht der Abenddämmerung eine ungastliche, wie ausgestorben wirkende Arbeiterstadt. Allein die eiligen Schritte der drei Reisenden hallten durch die Straßen und wurden von den ungepflegten Häusern unnatürlich laut zurückgeworfen. Wenigstens, so hatte Lilith beim Verlassen des Bahnhofes erleichtert festgestellt, regnete es nicht mehr. Dafür hatte sich der eisige Wind zu heftigen Sturmböen ausgewachsen, die Liliths Haare immer wieder wild durcheinanderwirbelten.

»Wir haben es gleich geschafft! Da vorne ist der Hafen«,

rief Eleanor O'Conner über ihre Schulter. »Schneller, Kinder, schneller!«

Ihr bodenlanger Mantel wehte wie eine schwarze Schleppe hinter ihr her, sodass ihr Sohn Matt einigen Abstand zu ihr halten musste. Er war nur einige Monate älter als Lilith, und wie sie festgestellt hatten, würden sie in Bonesdale dieselbe Klasse besuchen.

Lilith hatte die beiden problemlos im Zug gefunden und sich schnell mit ihnen angefreundet. Die zierliche, aber trotzdem energisch wirkende Eleanor O'Conner arbeitete als Schriftstellerin für Grusel- und Horrorbücher. Zur Freude der ganz in Schwarz gekleideten Frau mit dem streichholzkurzen dunklen Haar hatte Lilith sogar schon ein Buch von ihr gelesen. Eleanor wollte sich zum Schreiben auf Bonesdale zurückziehen und ihr Sohn Matt musste sie, ob er wollte oder nicht, begleiten. Und er wollte ganz eindeutig nicht. Genau wie Lilith war der Junge mit den dunkelbraunen Augen und der verstrubbelten Frisur wenig erfreut darüber, seine Schule und Freunde verlassen zu müssen, um in ein entlegenes Inselstädtchen zu ziehen.

»Warum konnten wir denn nicht ein Taxi nehmen?«, jammerte Matthew keuchend.

»Nun, vielleicht deshalb, weil keines da war?«, gab seine Mutter genervt zurück.

Lilith hätte es vor Matt zwar nicht zugegeben, doch auch sie hätte in diesem Moment alles für ein Taxi gegeben. Sie spürte, wie ihr trotz der Kälte die Schweißtropfen über den Rücken liefen, und ihr rechter Arm, mit dem sie den Koffer zog, wurde immer schwerer. Während sie in London noch gedacht hatte, ihr Koffer sei viel zu klein und sie könnte nur einen Bruchteil ihrer Sachen mitnehmen, so hatte sie jetzt das Gefühl, sie würde eine Schubkarre mit Backsteinen hinter sich herziehen.

Sie hetzten an einem wartenden Reisebus vorbei, dessen graue Abgaswolke Lilith fast die Luft raubte, und bogen in den Hafen ein. Er war so winzig, dass Lilith die Fähre problemlos ausmachen konnte. Neben einigen Sportbooten und Fischkuttern schaukelte ein nur geringfügig größeres Schiff – es glich eher einem Ausflugsboot als einer Fähre – unruhig im Wasser. Hier, direkt am Meer, waren die Sturmböen noch heftiger und wie große unsichtbare Hände drängten sie die drei Reisenden ein ums andere Mal zurück. Schon schwappten einige Wellen über die Kaimauer und tasteten sich gierig in den Hafen hinein. Liliths Magen zog sich krampfhaft zusammen. Sie mochte zwar das Meer, allerdings nur, wenn sie ihm nicht zu nahe kommen musste. Diese gewaltige, dunkle Wassermasse war ihr einfach nicht geheuer und bei dem Gedanken daran, mit diesem winzigen Schiff in den Sturm hinauszufahren, wurde ihr ganz übel. Lilith konnte nicht einmal besonders gut schwimmen.

»Die Fähre ist noch nicht ausgelaufen!«, jubelte Eleanor. »Wir kommen noch heute Abend nach Bonesdale!«

»Jippie«, gab Matt freudlos zurück.

Die Fähre spuckte gerade ihre letzten Passagiere aus. Während Eleanor, Matt und Lilith am Fuße des Stegs warteten und sich von der Hetzerei zu erholen begannen, lief eine Gruppe chinesischer Touristen schwatzend und mit lautem Getöse nach unten. Einer von ihnen stolperte und rempelte dabei Lilith unsanft an. Der Mann trug, genau wie die anderen, eine Kette aus kleinen Plastikkürbissen um den Hals und hatte eine Pappkartonkrone mit blutigen Knochen auf dem Kopf. Anstatt einer Entschuldigung grinste er Lilith mit benebeltem Blick an. »Happy Halloween!«, johlte er mit starkem Akzent.

»Happy Halloween?«, wiederholte Lilith verwundert, doch der Mann war schon mit seiner Gruppe in Richtung Reisebus weitergelaufen.

Liliths Meinung nach war es eindeutig zu früh für solche Glückwünsche, immerhin war erst Anfang Oktober. Dem Halloween-Tag sah Lilith jedes Jahr aufs Neue mit Aufregung entgegen, denn an diesem speziellen Abend, kurz vor Mitternacht, war sie geboren worden und dieses Jahr feierte Lilith ihren dreizehnten Geburtstag.

»Kommst du, Lilith?«, rief Matt ihr zu und riss sie aus ihren Gedanken. Erst jetzt bemerkte sie, dass Matt und seine Mutter schon vorausgegangen waren und an Bord neben einem ungeduldigen Kapitän mit Vollbart standen. »Sie wollen wegen des Sturms so schnell wie möglich ablegen.«

Lilith hechtete den schwankenden Steg hinauf und einige Minuten später ließen sie sich zu dritt im verlassenen Aufenthaltsraum der Fähre nieder. Mit den metallenen Stühlen und Tischen, die auf dem grauen Plastikboden festgeschraubt waren, wirkte der Raum schmucklos und trist. Auch die in einer Nische untergebrachten Automaten mit diversen Erfrischungsgetränken, Tee und Süßigkeiten änderten daran nicht viel.

»Ich hole uns eine schöne Tasse Tee«, verkündete Eleanor. »Der tut uns sicherlich gut!«

Lilith nickte dankbar. Sie spähte aus der zerkratzten Fensterscheibe, konnte aber nur den Abendhimmel und die dunklen Wellen des Meeres erkennen. Die Fähre lag trotz ihrer geringen Größe und der stürmischen See überraschend ruhig im Wasser.

»Ist es weit bis zur Insel?«

»Nur zwanzig Minuten«, gab Matt zurück. »Bald müsste man St. Nephelius sehen können.«

»Diese chinesischen Touristen waren doch wirklich seltsam«, erinnerte sich Lilith schmunzelnd. »Einer von ihnen hat mir sogar ein Happy Halloween gewünscht!«

Anstatt ihr Grinsen zu erwidern, starrte Matt sie mit großen Augen ungläubig an. »Hat dir dein Vater nichts über Bonesdale erzählt?«

Lilith schüttelte den Kopf. Hätte er das tun sollen? Sie war davon ausgegangen, dass Bonesdale ein ganz normales Dorf auf einer Insel war. Was sollte es daran Außergewöhnliches geben?

Doch Matt amüsierte das anscheinend köstlich. Er prustete los und lachte Tränen.

»Dein Vater hat ja vielleicht Nerven!«, japste er. »Oh Mann, ich freu mich schon auf dein Gesicht, wenn wir anlegen.«

Lilith presste unwillig die Lippen zusammen. Sie hatte Matt für einen ganz netten Jungen gehalten, doch dass er sich nun auf ihre Kosten lustig machte, fand sie nicht sonderlich sympathisch.

»Jetzt sag schon! Was ist mit Bonesdale?«, fragte sie ungeduldig.

»Ich verrate dir nichts. Meine Lippen sind versiegelt.« Matts Augen blitzten vergnügt auf. »Lass dich überraschen.«

Als er Liliths bösen Gesichtsausdruck auffing, fügte er jedoch versöhnlich hinzu: »Na schön, einen kleinen Tipp gebe ich dir: Meine Mutter will nach Bonesdale ziehen, da sie dort eine inspirierende Atmosphäre für ihre Gruselbücher gefunden hat.«

Lilith verstand kein Wort.

»Eine inspirierende Atmosphäre?«, wiederholte Eleanor O'Conner. Sie kam gerade mit drei Pappbechern zurück, die sie in ihren Händen balancierte. »Erzählst du Lilith gerade von dem Spukschloss?«

Lilith und Matt nahmen die warmen Getränke dankbar entgegen.

»Ursprünglich wollte ich mit Matt nämlich auf ein schottisches Spukschloss ziehen«, erzählte Eleanor. »Es wäre herrlich gewesen. Es gab unzählige Geheimgänge, eine Gruft und einen Kerker, in dem früher Menschen zu Tode gefoltert wurden.« Sie seufzte wehmütig. »Das wären ideale Arbeitsbedingungen für mich gewesen. Ich sage euch, wenn mein neues Horrorbuch nicht gut wird, ist das nur die Schuld meines Agenten. Wenn der bessere Verträge für mich aushandeln würde, hätte ich mir dieses Spukschloss locker leisten können«, plapperte sie weiter. Wie Lilith schon während der Zugfahrt festgestellt hatte, redete Eleanor ohne Punkt und Komma, wenn es um ihre Arbeit ging. So erklärte sie Lilith nun auch lang und breit, wie wichtig für einen Künstler die richtige Arbeitsumgebung sei. Matt verdrehte neben seiner Mutter die Augen und zuckte hilflos mit den Schultern.

»… aber immerhin ist Bonesdale eine ganz gute Alternative«, endete Eleanor schließlich. »Auch wenn es wirklich ein Kampf war, bis wir endlich die Erlaubnis bekommen haben, hinziehen zu dürfen.«

»Warum das denn?«, hakte Lilith nach.

»Die Einwohner von Bonesdale haben wohl etwas gegen Fremde«, erklärte Matt.

»Die wollten uns nicht in ihr Dorf ziehen lassen!«, empörte sich Eleanor. »Das Geld von den Halloweentouristen nehmen sie gerne, aber meins war ihnen anscheinend nicht gut genug.«

Eleanor spielte gedankenverloren mit ihrem Ohrring. Er war das einzige Schmuckstück, das sie trug – ein in Silber eingefasster Vampirzahn. Schon während der Zugfahrt hatte sie Lilith erzählt, wie sie ihn von einem rumänischen Handelsmann erstanden und sogar ein offizielles Zertifikat erhalten hatte, das die Echtheit des Vampirzahns bestätigte. Lilith hatte sich ein Grinsen verkneifen müssen. Eleanors Vampirzahn sah verdächtig nach dem Reißzahn einer kleinen Raubkatze aus.

»Mom hat sie so lange genervt, bis sie ihr schließlich ein leer stehendes Haus am Rande des Dorfes verkauft haben.« Matt grinste. »Wenn sie sich etwas in den Kopf gesetzt hat, lässt sie nicht locker.«

Die Bewohner von Bonesdale schienen wahre Sympathieträger zu sein. Gerade als Lilith fragen wollte, was es denn nun mit diesen Halloweentouristen auf sich hatte, sah sie aus den Augenwinkeln einen Schatten auftauchen, dessen Anblick sie frösteln ließ.

»Ist … ist das St. Nephelius?«

Eine schwarze Insel ragte düster aus dem Meer heraus. Man sah weder einen Leuchtturm noch freundliche Lichter, die dem Reisenden im Dunkeln entgegenblitzten. Nur auf dem höchsten Punkt, auf der Spitze eines Felsens, ragte ein gezackter Burgturm wie ein verkrüppelter Finger aus dem wabernden Nebel, der die Insel wie eine Dunstglocke umgab.

Eleanor folgte Liliths Blick. »Unheimlich, nicht wahr? Die Insel der Finsternis. Das Grabesdunkel eines uralten Landes, das unter seinem Nebelschleier die Geheimnisse des Bösen in sich trägt. Spürst du es, Lilith? Spürst du, wie es sein kaltes Auge auf uns richtet? Es streckt seine klammen Finger nach jedem aus, der sich ihm nähert, begierig, alles auszulöschen, was an Freude und Glück in seinem Herzen ist.«

Bei Eleanors Worten war es Lilith kalt den Rücken hinuntergelaufen. Sie klangen wie eine düstere Prophezeiung. Lilith verspürte den innigen Wunsch, nie auf dieser Insel anzukommen. Am liebsten wäre sie jetzt daheim in London gewesen und hätte sich in ihr gemütliches Bett gekuschelt.

Als Eleanor Liliths bleiches Gesicht sah, erstarrte sie wie vom Donner gerührt. »Das war gut, oder nicht? Diese Finsternis-Glück-Passage muss ich mir unbedingt merken. Wo ist mein Laptop?« Sie eilte zu ihrem Gepäck.

»Mom steht etwas unter Druck, weil sie bald einen Abgabetermin hat«, meinte sich Matt für seine Mutter entschuldigen zu müssen.

»Wie viel hat sie denn schon geschrieben?«

»Nun, mit dieser Passage dürften es jetzt vier Sätze sein.«

»Oh.«

»Keine Sorge, sie schafft das schon.«

Der Blick, den Matt seiner eifrig tippenden Mutter zuwarf, war Lilith nur allzu bekannt. Er drückte diese Mischung aus Bedauern, Scham und Mitleid aus, die man nur für einen geliebten Menschen empfinden konnte, der in einer vollkommen anderen Welt zu leben schien als man selbst. Joseph Parker war auf seine Art nicht weniger eigentümlich als Matts Mutter. Oft hielt er zum Beispiel Liliths Freundinnen lange und begeisterte Vorträge über die englische Geschichte und bemerkte dabei gar nicht, dass die Mädchen lieber allein gewesen wären, um über die wirklich wichtigen Dinge wie Schule, Jungs und Mode zu sprechen. Lilith hatte ihrem Vater genau den gleichen Blick zugeworfen, als er vor zwei Wochen in ihr Zimmer gestürmt kam und aufgeregt rief, sie würde zu spät zu ihrem Zahnarzttermin kommen. Der Termin war jedoch am Tag zuvor gewesen und Lilith war alleine mit dem Bus zur Arztpraxis gefahren.

»Ich verstehe das mit deiner …«, wollte sie Matt gerade erklären, als die Fähre von einem lauten Schlag erschüttert wurde und urplötzlich zur Seite kippte. Als sich das Schiff wieder aufrichtete, gab es ein metallisches Ächzen von sich. Es klang erschreckend menschlich, wie das Stöhnen eines Verletzten.

»Was war das?«, keuchte Lilith. »Sind wir etwa gegen eine Klippe gefahren?«

Auch Matt war blass geworden, doch er konnte sie beruhigen: »Das haben wir schon bei unserer ersten Fahrt nach St. Nephelius erlebt. Laut Kapitän gibt es direkt vor der Insel Untiefen und Gegenströmungen, die die Fähre etwas durchrütteln. Er meinte, das wäre ganz normal.«

Für Lilith klang das ganz und gar nicht normal. Die Fähre taumelte erneut zur Seite, dieses Mal mit einer Wucht, die das ganze Schiff erbeben ließ.

»Ich … ich glaube, mir wird schlecht!«, stammelte Lilith.

Sie hatte noch nie davon gehört, dass Untiefen und Gegenströmungen einem Schiff solche Stöße versetzen konnten.

Sie klammerte sich ängstlich am Tisch des Aufenthaltsraumes fest, während Eleanor ihr, für alle Fälle, eine Spucktüte reichte.

Aber Matt sollte recht behalten. Nur wenige Augenblicke später legte die Fähre sicher im Hafen an.

»Wir sind da!«, verkündete Eleanor feierlich.

Lilith atmete auf. Sie konnte es kaum glauben, dass sie heil in Bonesdale angekommen war. Endlich war diese merkwürdige Reise zu Ende und sie würde den Ort kennenlernen, der von nun an ihr Zuhause sein sollte. Doch als Lilith am oberen Ende des Stegs stand und zum ersten Mal einen Blick auf Bonesdale werfen konnte, wäre sie am liebsten sofort wieder umgekehrt.

2. Kapitel

»Laut der großen Übereinkunft der VIER, darf sich keiner den Sterblichen offenbaren, denn sie sind nicht imstande zu schweigen. Auch wenn sie den Mund halten mögen, so quillt ihnen der Verrat aus den Fingerspitzen.«

Geheimer Auszug aus »Grimoire der Untoten«,
Neuauflage von 2010

Als Lilith hinter Matt und seiner Mutter an den Steg trat, war kein Mensch mehr zu sehen. Selbst die Besatzung der Fähre war spurlos verschwunden, als ob sie mit einem Geisterschiff in Bonesdale eingelaufen seien.

Am Kai spendete eine schaukelnde Laterne an einem Pfahl spärliches Licht. Der Nebel, den sie schon von der Fähre aus beobachtet hatten, war hier so dicht und weiß wie eine Mauer. Man konnte keine fünf Schritte weit sehen und außer dem Plätschern der Wellen war kaum ein Geräusch zu hören. Alles schien wie ausgestorben.

Großartig, dachte Lilith seufzend, Bonesdale war wohl ein so langweiliges und ausgestorbenes Kaff, dass nach Einbruch der Dunkelheit niemand mehr unterwegs war.

Doch wo war ihre Tante? Eigentlich wollte sie Lilith direkt von der Fähre abholen. Und wenn sie nicht gekommen ist?, fragte sich Lilith zweifelnd. Vielleicht war Tante Mildred genauso zerstreut und unzuverlässig wie ihr Bruder und hatte am Ende völlig vergessen, dass heute ihre Nichte anreisen würde. Lilith hatte nicht einmal ihre Adresse.

Plötzlich waren auf den Holzbohlen der Anlegestelle schwere Schritte zu vernehmen, die sich der Fähre näherten. Lilith glaubte im Nebel eine Bewegung auszumachen. Kam da nicht jemand auf das Schiff zu? Tatsächlich!

Eine große Gestalt trat an das untere Ende des Stegs. Aber es war kein Mensch. Lilith zog scharf die Luft ein. Es … es war ein Monster! Ein grünes Monster mit bösartigen, rot glühenden Augen. Sein Körper und auch sein kahler Kopf waren mit fasrigen Algen, Auswüchsen und Warzen bedeckt. Von seinen Händen und Füßen glibberte eine ekelerregende grünliche Masse herab.

Lilith krallte sich an Matts Arm fest. »Siehst du das auch?«

Sie war so geschockt, dass sie Matts Kichern nicht einmal registrierte.

Das Wassermonster ging weiter. Lilith runzelte die Stirn. Etwas irritierte sie. Ein Monster sollte nicht auf diese Art und Weise *gehen*. Es hatte einen federnden Laufstil und bei genauerem Hinsehen waren die Schultern für ein Monster viel zu schmächtig. Es blieb erneut stehen und stemmte die Hände in die Taille.

»Hey, Cynthia«, rief es mit einer durch und durch menschlichen Stimme. »Stell doch mal die Nebelmaschine ab. Ich wäre gerade fast im Wasser gelandet. Als ob ich nicht schon genug Zeit im Dorfteich verbringen müsste.«

»Okay«, antwortete eine krächzende Frauenstimme aus dem Nebel.

Lilith wandte sich fragend zu Matt um.

Er grinste sie breit an und machte eine ausladende Handbewegung. »Herzlich willkommen in Bonesdale, dem Dorf, in dem immer Halloween ist!«

Lilith starrte ihn ungläubig an. »Sie feiern jeden Tag Halloween?«

»Einige der Einwohner leben zwar vom Fischfang, doch das ist leider nicht sehr einträglich«, erklärte Eleanor. »Ansonsten hat Bonesdale nur einen sehr alten, weitläufigen Friedhof und einige der ältesten Portalgräber Großbritanniens zu bieten. Sehr interessant, musst du dir unbedingt einmal ansehen! Um Touristen anzulocken, hat sich der Ort in ein Gruseldorf verwandelt.«

Nun wurde Lilith so einiges klar. Matts ominöse Andeutung auf der Fähre und der seltsame Auftritt der chinesischen Touristengruppe ergaben nun endlich einen Sinn.

Wie konnte ihr Vater nur vergessen, ihr so etwas Wichtiges mitzuteilen?

Nun gut, wenn sie ehrlich war, hatte sie auf seine Mitteilung, zu Tante Mildred ziehen zu müssen, nicht gerade positiv reagiert. Wahrscheinlich hatte ihr Vater befürchtet, dass Lilith sich weigern würde, ihre Koffer zu packen, wenn er ihr auch noch von Bonesdales Gruselatmosphäre erzählte.

Ein Motorengeräusch, das Lilith bisher nur unbewusst wahrgenommen hatte, verebbte, und schon wenige Atemzüge später verflüchtigte sich der dichte Nebel, verschwand allerdings nicht vollständig.

Mit jedem Fetzen Nebel, der sich verzog, gab er ein kleines Stück von Bonesdale preis, als ob sich das Dorf nur widerwillig den drei Fremden präsentieren wollte. Lilith sah uralte Fachwerkhäuser mit windschiefen Dächern, die sich wie zu alt gewordene Menschen tief über die Straße beugten und düstere Schatten auf das grobe Kopfsteinpflaster warfen. Einige der Häuser besaßen Erker und geschnitzte Holzfiguren, die den Menschen ihre bösartigen Fratzen und spitzen Klauen entgegenstreckten.

»Wie malerisch!«, entfuhr es Lilith in bitterer Ironie. Widerwillig folgte sie Matt und Eleanor den Steg hinab. Was für ein unheimlicher und unwirklicher Ort! Und hier sollte sie ihr neues Zuhause finden? Lilith konnte sich nicht vorstellen, dass man sich auf diesem Fleckchen Erde heimisch und aufgehoben fühlen konnte.

Sie war so in ihre düsteren Gedanken versunken, dass sie nicht bemerkte, wie sich die Rollen ihres Koffers in den Spalten des Stegs verhakten. Ihre Füße verloren durch den unerwarteten Widerstand auf dem feuchten Untergrund den Halt. Sie rutschte aus, und ehe sie es verhindern konnte, flogen ihre Beine in einem weiten Bogen nach oben. Unsanft fiel sie auf den Steg, der daraufhin bedenklich schwankte und ächzte. Ein blitzartiger Schmerz durchfuhr ihren Körper und sie musste die Zähne zusammenbeißen, um nicht laut aufzuschreien. Nach der ersten Schrecksekunde tastete sie vorsichtig ihre Beine und ihr Hinterteil ab. Lilith atmete erleichtert auf. Sie schien noch einmal glimpflich davongekommen zu sein. Einen Moment lang war sie versucht, der alten Dame aus dem Zugabteil mit ihrer unheilschwangeren Prophezeiung recht zu geben: War man auf dieser Reise nicht auf seltsame Weise vom Unglück verfolgt?

Lilith rappelte sich auf. Hoffentlich hatte Matt nichts von ihrer peinlichen artistischen Einlage mitbekommen! Doch ihre Sorge war unbegründet. Als sie aufsah, musste sie erkennen, dass Matt und seine Mutter schon weitergegangen waren.

Lilith wischte sich über ihre Jeans, die von der Nässe des Stegs feucht geworden war. Sie seufzte. Das wurde ja immer besser! Ihre Tante würde gleich einer Nichte mit vom Sturm zerzausten Haaren, einem rot befleckten T-Shirt und nassem Hosenboden gegenüberstehen. Sie konnte nur hoffen, dass Mildred nicht einer der Menschen war, die ihre Meinung über eine Person allein vom ersten Eindruck abhängig machten. Um einen weiteren Sturz zu vermeiden, ging Lilith vorsichtig weiter und war erleichtert, als sie das Ende des Stegs unbeschadet erreichte.

Gerade entdeckte sie Eleanor und Matt, die bei den beiden Einheimischen angekommen waren, als …

Hatte sie sich das nur eingebildet?

In dem Moment, als Liliths Füße den Boden von St. Nephelius berührt hatten, spürte sie ein Vibrieren, das durch ihren ganzen Körper ging und immer stärker wurde. Dann …

Bumm – Bumm!

Lilith sprang vor Schreck fast in die Höhe. Sie hatte eine Art Beben wahrgenommen, ein Pulsieren der Erde direkt unter ihren Füßen. Nur kurz und flüchtig, aber zu intensiv, als dass sie es hätte leugnen können. Wie ein Herzschlag der Insel, schoss es ihr durch den Kopf, auch wenn sie wusste, wie absurd das klang – doch genau so hatte es sich angefühlt. Lilith sah zu den anderen, aber außer ihr selbst schien niemand etwas bemerkt zu haben. Sie wartete atemlos ab.

Der Boden unter ihren Füßen blieb ruhig und bewegungslos.

Sie schüttelte ärgerlich den Kopf. Vielleicht war sie von dem Sturz immer noch etwas wacklig auf den Beinen und hatte sich alles nur eingebildet.

Lilith schloss zu Eleanor und Matt auf. Das Wassermonster hatte inzwischen die Maske abgenommen und über dem grünen Körper kam ein hageres Gesicht zum Vorschein, das mit einer jugendlichen Akne überzogen war. Bei näherem Hinsehen erwies sich das Monsterkostüm als dunkelgrüner Neoprenanzug, an dem künstliche Algen, gummiartige Auswüchse und Pailletten befestigt waren. Der junge Mann war so hochgewachsen, dass Lilith den Kopf in den Nacken legen musste, um zu ihm aufzusehen.

»Was wollen Sie denn hier?«, fragte er gerade an Eleanor gewandt und sah sie unfreundlich an. »Mit der letzten Fähre kommen eigentlich nur Einheimische.«

Neben ihm stand eine in Lumpen gehüllte, als Hexe verkleidete Frau mit strähnigen Haaren, die sich vornübergebeugt auf einen Stock stützte. Sie nickte so eifrig, dass ihre lange gebogene Nase wie ein Beil auf und nieder fuhr. »Das Halloweenspektakel für Touristen ist vorbei und es gibt hier keine Übernachtungsmöglichkeiten«, krächzte sie.

Die Nase der Hexe zog Liliths und Matts Aufmerksamkeit wie magisch an. Sie ging so fließend in ihr faltiges Gesicht über, dass sie unglaublich echt wirkte. Auch die Farbe stimmte mit ihrem Gesicht bis zur kleinsten Nuance überein. Entweder war hier ein unglaublich begabter Maskenbildner am Werk gewesen oder – was Lilith der Frau nicht wünschte – die Nase war tatsächlich echt.

»Was glotzt ihr beide so?«, fuhr sie Lilith und Matt an. »Gefällt euch etwa meine Nase nicht?«

»Doch … doch«, stammelte Matt. »Sie ist …« Er stockte.

»Beeindruckend«, half ihm Lilith.

»Wenn ihr weiter so frech seid, hexe ich euch eine doppelt so große Nase ins Gesicht, ihr elenden Bälger!«, fauchte sie und gab beim Anblick der erschrockenen Gesichter von Matt und Lilith ein grausiges Lachen von sich. Die Frau schien in ihrer Halloweenrolle regelrecht aufzugehen.

»Hören Sie, ich hab Ihnen doch gerade schon versucht zu erklären, dass wir keine Touristen sind«, sagte Eleanor in ruhigem Ton. »Wir …«

»Sie gehören zu mir«, unterbrach sie eine weibliche, sehr melodisch klingende Stimme. »Jedenfalls eine von ihnen.«

Aus einem der Nebelfetzen trat eine schlanke junge Frau in Jeans und einem dunkelroten Regencape. Ihr blondes Haar reichte ihr bis zu den Hüften und war im Nacken zu einem praktischen Zopf zusammengebunden. Ihr fester, gerader Blick heftete sich auf Lilith.

»Du musst meine Nichte sein«, stellte sie fest. Es war nicht zu erkennen, ob sie dieser Umstand freute oder ob sie ihn bedauerte.

Lilith dagegen musste sich zusammenreißen, ihre Tante nicht mit weit geöffnetem Mund anzustarren. Auch wenn ihr Vater nie viel von seiner Familie erzählt hatte, so wusste Lilith doch, dass Mildred seine ältere Schwester war und schon über vierzig sein musste. Die Frau, die vor Lilith stand und sich als ihre Tante ausgab, sah aus wie Mitte zwanzig. Ihre Haut war makellos, hatte eine jugendliche Frische und zeigte nicht einmal die Spur kleiner Fältchen. Diese Frau konnte unmöglich ihre Tante sein! Allerdings war ihre Ähnlichkeit mit Joseph Parker nicht zu leugnen. Die Art, wie sie nun entschlossenen Schrittes auf Lilith zukam, erinnerte sie genauso an ihren Vater wie Mildreds türkisfarbene Augen.

Lilith holte tief Luft und setzte ein, wie sie hoffte, höfliches Lächeln auf. »Es freut mich, dich kennenzulernen, Tante Mildred!«

Ihre Tante erwiderte ihren Händedruck und ein kurzes Lächeln huschte über ihr Gesicht.

»Bevor ich es vergesse: Ich soll dir von Dad einen Brief geben.« Lilith nahm ihren Rucksack ab und durchforstete ihre Innentasche. »Ich musste ihm an die hundert Mal versprechen, dass ich ihn dir sofort bei meiner Ankunft übergebe.«

Endlich fand Lilith den Brief. Ihr Vater hatte ihn sogar mit einem Wachssiegel verschlossen. Zwar hatte er eine Marotte für solche alten Traditionen, doch Lilith wurde das Gefühl nicht los, dass er mit dem Siegel ein vorzeitiges Öffnen verhindern wollte.

Mildred nahm den Brief mit einem kaum hörbaren Seufzen entgegen. Sie stellte sich unter eine der gusseisernen Laternen, doch das wenige Licht konnte kaum ausreichen, um in der Dunkelheit und dem Nebel Vaters kleine Handschrift entziffern zu können. Zu Liliths Erstaunen gelang es ihrer Tante scheinbar mühelos. Allerdings schien sie über seinen Inhalt nicht gerade erfreut zu sein. Mit einem unguten Gefühl in der Magengegend beobachtete Lilith, wie sich die Augenbrauen ihrer Tante immer mehr zusammenzogen. Stellenweise stieß sie sogar ein ärgerliches Schnauben aus. Schließlich faltete Mildred den Brief achtlos zusammen und stopfte ihn unwillig in ihre Jackentasche.

»Los, gehen wir!«, fuhr sie Lilith an.

Sie sah ihrer Tante verständnislos hinterher, während diese zu einer einspännigen, nicht überdachten Kutsche stapfte, die am Rand der Straße abgestellt war.

Hatte ihr Vater seiner Schwester etwa geschrieben, dass Lilith chronisch faul war, als einziges Hobby in der Nase popelte und am liebsten Familienangehörige bestahl? Wobei Letzteres, wie Lilith sich schuldbewusst eingestehen musste, sogar zutraf. Denn obwohl es ihr nicht gelungen war, etwas über das Amulett ihrer Mutter herauszufinden, hatte sie sich nicht überwinden können, es zurück in den Tresor ihres Vaters zu legen. Sie hätte auch gar keine Möglichkeit dazu gehabt. In den Tagen vor seiner Abreise hatte sich ihr Vater Tag und Nacht in seinem Arbeitszimmer verbarrikadiert, um wichtige Daten zu sammeln, Unterlagen zu ordnen und Bücher einzupacken. Wenn er sein Arbeitszimmer doch einmal verließ, hatte Lilith den Tresor jedes Mal verschlossen vorgefunden. Sie redete sich ein, dass sie das Amulett ansonsten sofort wieder zurückgelegt hätte. Nun war es zu spät. Ihr Vater war schon bald auf dem Weg nach Burma und sie bei ihrer Tante, die ihr mehr als ein Rätsel aufgab. Für einen tröstenden Moment glitt Liliths Hand über das Amulett, dann folgte sie Mildred.

»Ich soll Sie mitnehmen«, informierte diese gerade Eleanor und Matt. »Der Eigentümer hat den Schlüssel stecken lassen.«

»Das geht hier?«, wunderte sich Eleanor. »Muss man hier keine Angst vor Einbrechern haben?«

»Wahrscheinlich will niemand außer uns in diese hässliche Bruchbude, die du gekauft hast«, stänkerte Matt.

Sie luden ihr Gepäck auf die Rückbank der schon in die Jahre gekommenen Holzkutsche, die von einem müde aussehenden Pferd gezogen wurde. Ihrer Tante musste Liliths Verblüffung aufgefallen sein, denn sie erklärte ihr, dass in Bonesdale Autos verboten waren. Kutschen und Fahrräder waren die einzig erlaubten Fortbewegungsmittel auf der Insel, obgleich selbst Fahrradfahren während der Touristenzeit auf der Hauptstraße nicht gern gesehen war. Man wollte das Gruselambiente gewahrt wissen.

Da wegen des Gepäcks im hinteren Teil der Kutsche nur noch Platz für Matt und Eleanor war, musste Lilith neben ihrer Tante auf dem schmalen Kutschbock Platz nehmen. Auch wenn Mildred sie schon bei ihrer Ankunft nicht gerade überschwänglich begrüßt hatte, so war es doch offensichtlich, dass sie sich seit Josephs Brief Lilith gegenüber ausgesprochen kühl und abweisend verhielt.

Schweigend saßen sie nebeneinander und ratterten die Hauptstraße entlang, die ein verwittertes Straßenschild als Devilstreet auswies. Die gusseisernen Laternen standen in so großen Abständen zueinander, dass sich zwischen ihnen die Dunkelheit zu einer schwarzen Mauer verdichtete und man als Ortsfremder ohne Taschenlampe nur ziellos umherstolpern konnte. Von der Hauptstraße zweigten unzählige schmale Gassen ab, die jedoch allesamt unbeleuchtet waren, sodass die dahinterliegenden Häuser ihren Augen verborgen blieben.

Nur hier und da sah man eine Gestalt durch die Finsternis huschen. So konnte Lilith mal den vorbeieilenden Schemen einer humpelnden, verkrüppelt wirkenden Gestalt wahrnehmen und ein anderes Mal den Schatten eines aufrecht gehenden haarigen Wesens mit krallenbewehrten Händen. Doch ehe Lilith Genaueres erkennen konnte, waren sie schon von der Dunkelheit verschluckt worden.

Obwohl sie sich immer weiter vom Hafen entfernten, waberten auch hier die Nebelfetzen durch die Gassen, tasteten sich mal hierhin und mal dorthin, als ob sie auf der Suche nach etwas seien.

»Sind hier überall Nebelmaschinen angebracht?«, fragte Lilith neugierig.

»Nein, nur am Hafen, damit die Touristen gleich bei der Ankunft einen schönen Schreck bekommen.« Mildred machte eine Kopfbewegung in Richtung der Dunstschwaden. »Der Nebel hier ist echt. Kommt vom Kindermoor.«

»Kindermoor?«, hakte Eleanor nach.

»Es wird so genannt, weil seit Jahrhunderten dort immer wieder Kinder verschwinden. Man kann wohl nie oft genug sagen, dass ein Moor kein Spielplatz ist.«

Lilith schluckte schwer. Je mehr sie über diesen Ort erfuhr, umso stärker wurde ihr Wunsch, auf der Stelle wieder heimzufahren.

»Lilith, dann sollten wir uns dieses Kindermoor einmal ansehen, oder?«, schlug Matt in ironischem Ton vor. »Das scheint wohl der einzig spannende Ort auf dieser verlassenen Insel zu sein!«

»Oder es gibt dort ein geheimes Portal, das zurück in die Zivilisation führt«, witzelte Lilith. »Und deswegen ist kein Kind mehr zurückgekommen.« Die beiden kicherten, während Eleanor und Tante Mildred fast synchron aufseufzten und die Köpfe schüttelten.

Sie ratterten an verschiedenen Souvenirläden vorbei, einem »Eiscafé Leichenstarre«, einem Süßigkeitenladen mit dem Namen »Trick or Treat« und einem Restaurant »Frankenstein«, an dem ein Schild für das Tagesgericht Rattengulasch mit Knochenpommes warb.

Eine eisige Windböe ließ Lilith urplötzlich frösteln. Seltsam, dabei hatte der Sturm doch mittlerweile nachgelassen. Sie zog den Reißverschluss ihrer Jacke hoch.

»Huhu, Frischfleeeeeisch«, erklang in diesem Moment eine Stimme, die so schaurig klang, dass Lilith eine Gänsehaut bekam.

Eine Frau, die ein zerrissenes, altertümliches Brautkleid trug, folgte ihrer Kutsche. Allerdings nicht neben, sondern *über* ihr! Alles an ihr war weiß – das flatternde Kleid, die Haare, das Gesicht – einzig ihre Augen waren von einem rauchigen Schwarz.

»Leckeres Frischfleisch für meine hungrige Seele!«, jubelte die weiße Frau und stieß ein bösartiges Lachen aus.

Sie näherte sich der Kutsche und streckte ihre krallenartigen Finger nach Lilith aus.

Lilith musste sich mit aller Kraft zusammenreißen, um der Geisterklaue nicht unwillkürlich auszuweichen. Das ist nicht real, erinnerte sie sich selbst, das ist nur für die Touristen! Trotzdem spürte Lilith eine eigenartige Kälte auf ihrer Haut, je mehr sich die durchscheinenden Krallen ihrem Gesicht näherten.

Nur noch wenige Zentimeter …

Lilith zuckte zusammen. Ihre Tante hatte neben ihr ein warnendes Zischen ausgestoßen.

Im selben Moment ließ die weiße Dame von ihnen ab. Lilith glaubte sogar, die Enttäuschung auf ihrem Gesicht sehen zu können. Die Geistergestalt drehte ab und verschwand im Nichts.

Erstaunt sah Lilith zu ihrer Tante, die sich ruckartig von ihr abwandte und nun den gleichen Zischlaut wie eben in Richtung des Pferdes ausstieß.

»Schhh, schhhh, alter Junge, los geht's«, murmelte sie. Das Pferd trabte völlig unbeeindruckt weiter.

»Wie funktioniert das mit der weißen Frau?«, unterbrach Matt die seltsame Stille, die sich zwischen ihnen ausgebreitet hatte. Anscheinend war die weiße Frau nicht nur Lilith erschreckend real vorgekommen.

»Es ist eine Filmaufnahme. Die einzelnen Sequenzen laufen über Projektoren und Lautsprecher, die an den Dächern der Häuser der ganzen Devilstreet angebracht worden sind«, erklärte Mildred ungeduldig. »So entsteht der Eindruck, dass ein Geist durch die Straße fliegt.«

»Und der eisige Wind?«, hakte Lilith nach.

»Lüftungsanlagen.«

»Schade, wenn man weiß, wie es funktioniert, ist der Gruseleffekt dahin«, meinte Eleanor bedauernd. Wahrscheinlich sah sie ihre inspirierende Arbeitsatmosphäre gerade davonfliegen wie die weiße Frau am Himmel.

Lilith dagegen konnten Tante Mildreds Worte nur wenig beruhigen. Auch wenn sie für alles eine logische Erklärung lieferten, so war Lilith dieses ganze Gruselspektakel nicht geheuer.

Die Kutsche bog in eine schmale Straße ein. Über den Nachthimmel zogen graue Wolkenfetzen und die Räder der Kutsche zerrissen das fahle Spiegelbild des Mondes, das sich in den Pfützen der Straße reflektierte. Sie hatten Matt und seine Mutter schon in ihrem neuen Zuhause abgeliefert. Beim Anblick des weit außerhalb des Dorfes gelegenen Holzhauses hatte Lilith Matt von ganzem Herzen bemitleidet. Dabei war es beileibe keine »Bruchbude«, wie Matt es so abfällig betitelt hatte, da Eleanor das Haus hatte renovieren lassen und es mit seinem neuen roten Anstrich einen schmucken Eindruck machte. Doch irgendetwas an dem Haus hatte Lilith unwillkürlich abgestoßen. Vielleicht waren es die kleinen dunklen Fenster des Obergeschosses, die die Eindringlinge wie bösartige Augen angestarrt hatten, oder die Tatsache, dass das Haus von einem Kreis toter Erde umgeben war, als ob sich nicht einmal Gras und Unkraut diesem Ort nähern wollten. Aber vielleicht lag es auch an Mildreds Hinweis, dass das Haus auf dem ehemaligen Henkershügel erbaut worden war. Übrigens eine Information, die Eleanor mit einem begeisterten »Wie wunderbar!« kommentiert hatte. Matt hatte sich nur widerwillig von Lilith und ihrer Tante verabschiedet und war seiner Mutter mit hängenden Schultern in sein neues Heim gefolgt.

Als sie nun die Straße entlangholperten, fragte sich Lilith, ob sie es wohl so viel besser erwischen würde. Die meisten der hier liegenden Häuser versteckten sich im Schatten uralter Bäume oder hinter abweisenden Mauern, so als ob sie düstere Geheimnisse in sich bargen und vor fremden Augen schützen wollten.

Sie hielten am Ende der Straße vor einer verfallenen Villa, die sich über mehrere Etagen erstreckte und zu ihrer rechten an eine hohe steinerne Mauer grenzte. Das Haus mochte einmal herrschaftlich und einladend gewesen sein, doch nun hingen die Fensterläden schief in den Angeln und soweit Lilith im Schein des Mondes erkennen konnte, klaffte im Dach ein nicht gerade kleines Loch.

»Muss vielleicht mal das ein oder andere renovieren lassen«, brummte Mildred, als sie dem Blick ihrer Nichte folgte.

Sie hatte Lilith erzählt, dass sie ein Altersheim in ihrem ehemaligen Elternhaus eingerichtet hatte, sodass Lilith der Anblick des verfallenen Hauses einigermaßen überraschte. Wer steckte denn seine alternden Anverwandten in so ein heruntergekommenes Seniorenheim?

Ein Schild schaukelte inmitten des verwilderten Gartens quietschend im Wind.

»Seniorenstift zum Friedhof«, las Lilith, nachdem sie sich von der Kutsche geschwungen hatte. »Ist das nicht ein bisschen makaber?«

Ihre Tante sah sie verständnislos an.

»Man muss doch nicht gleich auf einem Schild darauf hinweisen, dass die Bewohner des Altersheims schon so gut wie tot sind.«

»Die Straße heißt ›Zum Friedhof‹.« Ihre Tante deutete auf ein Straßenschild, dessen Inschrift nicht mehr zu entziffern war. »Direkt hinter dem Haus fängt der Friedhof an.«

Lilith schluckte schwer. Tatsächlich war am Ende der Straße ein schweres schmiedeeisernes Tor in der Mauer eingelassen, dessen gefährliche Spitzen sich wie Speere in den Nachthimmel bohrten. Die beiden Flügel waren geschlossen und – wie Lilith zum Teil beruhigt, zum Teil erstaunt feststellte – sogar mit einem Vorhängeschloss gesichert. Flankiert wurde das Tor von steinernen Greifen, die grimmig in die Runde blickten, und auf den Spitzen der Torsäulen schwebten mit weit ausgebreiteten Schwingen zwei Fledermäuse. Seltsame Hüter eines Friedhofs, schoss es Lilith durch den Kopf.

Sie wollte ihrer Tante ins Haus folgen, doch diese hielt abrupt inne, als ob ihr gerade etwas Wichtiges eingefallen wäre.

»Lilith, du bringst zuerst Archie in den Stall!«

Überrascht blinzelte sie ihre Tante an.

»Mit Pferden kenne ich mich nicht besonders gut aus«, gestand Lilith verlegen. Sie deutete auf die Kutsche und das Zaumzeug. »Ich weiß gar nicht, wie ich Archie da herausbekommen soll.«

»Die Kutsche kann hierbleiben.« Mit geschickten Handgriffen löste ihre Tante die Gurte der Kutsche und übergab Lilith Archies Zügel.

»Ich versorge ihn später. Jetzt bring ihn zuerst einmal in den Stall. Er liegt hinter dem Haus.« Sie drückte Lilith entschlossen eine Taschenlampe in die Hand.

»Okay, wenn du meinst.«

Stirnrunzelnd sah Lilith ihrer Tante nach, wie sie zum Seiteneingang des Hauses eilte und darin verschwand. Warum war es ihr nur so wichtig, dass Lilith das Pferd wegbrachte? Mildred hätte sie ja wenigstens begleiten und ihr bei der Gelegenheit zeigen können, wie man das Pferd versorgen musste. Lilith warf Archie einen unsicheren Blick zu.

»Na komm, dann gehen wir mal!«

Vorsichtig zog sie an seinen Zügeln und Archie setzte sich bereitwillig in Bewegung. Sie gingen den mit Bäumen flankierten Trampelpfad entlang, den Mildred ihr gezeigt hatte und der in einem weiten Bogen um die Villa herumführte. Ihre Tante schien nicht viel von Gartenarbeit zu halten, denn der Pfad war zu beiden Seiten von stachligen Sträuchern eingerahmt. Ihre Äste streckten sich Lilith wie hungrige Hände entgegen. Im schwachen Licht der Taschenlampe waren sie nur schwer auszumachen und Lilith kam einige Male ins Straucheln. Ein unheilvolles Rascheln und Knacken, das eindeutig nicht von ihr oder Archie stammte, ließ ihren Blick immer wieder über das im Dunkel liegende Unterholz huschen. Wahrscheinlich sind es nur Mäuse, Eulen oder Marder, die wir mit unseren Schritten aufschrecken, versuchte sich Lilith selbst zu beruhigen.

Endlich erreichten sie die kleine Scheune, die genau wie die Villa verfallen und morsch wirkte und an die Friedhofsmauer grenzte. Sie ließ Archie für einen Augenblick los, um den Holzverschlag zu öffnen – und hielt mitten in der Bewegung inne. Hinter der Mauer des Friedhofs war ein Kratzen zu hören, so als ob sich scharfe Krallen in den Stein bohrten und sich daran hocharbeiteten. Lilith stockte der Atem. Plötzlich durchschnitt ein lang gezogenes kehliges Geheul die Nacht. Lilith spürte, wie ihr eine Gänsehaut den Rücken hinaufkroch. Es hörte sich so urtümlich und dunkel an, dass es Lilith an das Heulen eines Wolfes erinnerte. Und es klang so nahe, als ob das Tier direkt neben ihr stehen würde. Archie riss die Augen auf und begann zu scheuen. Lilith wurde aus ihrer Starre gerissen und griff nach den Zügeln. Vorsichtig zog sie das Pferd zu sich.

»Ganz ruhig«, flüsterte sie ihm zu. »Es ist alles in Ordnung. Ich bin bei dir!« Sie strich dem verängstigten Pferd über die Nüstern. Sie hoffte, dass Archie nicht bemerkte, wie sehr dabei ihre Finger zitterten. Sie lehnte ihren Kopf an seine Stirn und gemeinsam mit dem Tier lauschte sie in die Nacht.

Stille.

Grabesstille.

Selbst das nächtliche Rascheln im Unterholz war verschwunden.

Alles um sie herum schien den Atem anzuhalten.

Da war nur Archies unruhiges Schnauben.

Und das Pochen ihres Herzens in ihren Ohren.

Das Kratzen an der Mauer war genauso verschwunden wie das Tier, das diesen schauerlichen Laut ausgestoßen hatte.

Lilith atmete auf.

Sie brachte Archie in die Scheune, die von einer schwachen Glühbirne erhellt wurde. Sie schaffte es sogar, Archie von seinem Zaumzeug zu befreien, und stellte ihm einen Eimer mit Futter in die mit Heu ausgelegte Box. Nachdem sie die Tür zur Scheune wieder geschlossen hatte, musste sie sich beherrschen, um den zugewucherten Weg nicht blindlings zurückzurennen. Erst als sie – nach einer halben Ewigkeit, wie ihr schien – vor dem Seiteneingang der Villa angekommen war, spürte sie, wie die Anspannung nach und nach ihren Körper verließ.

Lilith betrat das Haus und blieb überrascht stehen. Durch das abschreckende Äußere der Villa hätte sie nicht erwartet, solch eine Küche vorzufinden. Zwar war auch hier die Einrichtung alles andere als neu, doch die alten dunkelroten Bodenfließen und eine offene Feuerstelle, in der noch einige fröhliche Flammen züngelten, strahlten eine urige Behaglichkeit aus. Mildred saß an einem blank polierten Holztisch und unterhielt sich gerade mit einem älteren Mann, der gemütlich an seiner Pfeife paffte. Ihr Getuschel verstummte in dem Moment, als Lilith eintrat.

Die Wände waren weiß getüncht und mit getrockneten Gräsern, Pfannen und Küchenutensilien geschmückt. Ein angenehmer Duft erfüllte das Haus, der von den Blumensäckchen stammen musste, die von den Holzbalken der Decke baumelten.

»Das riecht gut!«, sagte Lilith in die Stille hinein.

»Jasminblüten!«, informierte Mildred sie und stand auf.

Der ältere Mann kam Lilith mit einem freundlichen Lächeln entgegen. Er hatte einen weißen Vollbart und trug eine braune Strickweste über dem beleibten Bauch.

»Ich bin Arthur Bennet. Willkommen!«, sagte er herzlich. Er streckte ihr die Hand zur Begrüßung hin. »Ich hoffe, du hast keinen allzu festen Händedruck – wegen meiner Gicht schmerzt es manchmal!«

»Keine Sorge, ich werde vorsichtig sein«, versprach Lilith – und doch stieß sie nur einen Augenblick später einen entsetzten Schrei aus. Sie hielt Arthurs abgetrennte Hand in ihrer rechten und dieser ging mit schmerzverzerrtem Gesicht in die Knie!

»Meine Hand, gib mir meine Hand zurück«, stammelte der alte Mann.

Völlig geschockt hielt Lilith sie ihm entgegen. Er drehte sich für einen Moment weg und wandte sich dann mit erhobenen Händen wieder zu Lilith um. »Na bitte, alles wieder beim Alten«, strahlte er. »Du hast ganz schön viel Kraft!«

»Das … das war ein Scherz?«

»Ich hoffe, du nimmst mir den kleinen Spaß nicht übel!«, bat Arthur sie augenzwinkernd. »Ich möchte nur in Übung bleiben für die Touristen. Ich mache als Zombie beim allabendlichen Halloweenspektakel mit.«

Lilith lachte erleichtert auf. »Das war täuschend echt. Wie haben Sie das gemacht?«

»Ich werde dir doch nicht meine Tricks verraten!«, tönte Arthur empört. »Aber Respekt, junge Dame, du hast Mut! Die meisten Mädchen in deinem Alter laufen kreischend davon oder fallen in Ohnmacht, wenn sie plötzlich die abgetrennte Hand in Händen halten.«

»Clara, unsere Haushälterin, meint immer, Mut und Dummheit seien manchmal nur schwer voneinander zu unterscheiden.«

Arthur lachte mit dröhnender Stimme auf. »Na, dann nehmen wir bei dir aber Ersteres an!«

Lilith sah sich neugierig um. Ihr fiel auf, dass auf dem Tisch mehrere Tassen Tee standen, von denen noch etwas Dampf aufstieg. Ihre Besitzer mussten gerade erst die Küche verlassen haben. »Wo sind denn die anderen Bewohner des Hauses?«

»Die haben sich in ihre Zimmer zurückgezogen«, antwortete Mildred. »Du wirst sie morgen kennenlernen.« Sie hielt inne, schnüffelte in die Luft und verzog angewidert ihr Gesicht. »Oh je, Hannibal hat wohl wieder Verdauungsprobleme!«

»Verdauungsprobleme?«, wiederholte Arthur spöttisch. »Das sind keine Verdauungsprobleme, Mildred. Dieser Hund furzt, dass einem die Tränen in die Augen steigen!«

Mildred lief zu einem schwarzen Hund, der auf einer Decke neben dem Feuer schlief. Obwohl Lilith fand, dass Hund nur ein unzureichender Begriff für dieses dösende Monstrum war. Er sah aus wie eine schwarze Riesendogge, nur noch größer und massiger. Sicherlich gab es Ponys, die kleiner waren als Hannibal!

»Wahrscheinlich hat er nur wieder etwas Schlechtes gegessen«, meinte Mildred beschwichtigend.

Sie streichelte dem Hund liebevoll den Kopf, an dem ein Paar Schlappohren wackelten, die recht mitgenommen und angenagt aussahen.

»Hast du etwa schon wieder einen Schuh gegessen, Hannibal?«, fragte sie streng.

Der Hund blinzelte sie schuldbewusst an und versteckte dann seine Augen hinter seiner riesigen Pranke.

Mildred erhob sich wieder und strich eine Strähne ihres blonden Haares hinter die Ohren. »Ich mache ihm gleich eine Wärmflasche, das hilft meistens gegen seine Magenprobleme.«

Arthur schnaubte auf. »Dieser Hund hat keinen Magen, sondern eine Müllverbrennungsanlage!« Er wandte sich an Lilith. »Ein guter Rat, Lilith: Pass in diesem Haus auf deine Schuhe auf! Keiner von uns besitzt noch ein gleiches Paar.«

Lilith konnte es sich nicht verkneifen, nach unten zu sehen. Tatsächlich hatte Arthur die Wahrheit gesagt: Am linken Fuß trug er eine abgewetzte karierte Pantoffel, am rechten Fuß einen unbequem aussehenden schwarzen Lackschuh.

»Dann war es sicherlich Hannibal, der mir und Archie vorhin so einen Schreck eingejagt hat!«, mutmaßte Lilith. »Bei diesem schaurigen Geheul dachte ich gleich, dass das kein normaler Hund sein kann.«

»Was für ein Geheul?«, fragte Arthur stirnrunzelnd. »Hannibal war die ganze Zeit bei uns in der Küche.«

»Als wir beim Stall waren, hab ich ein Kratzen an der Mauer gehört«, erzählte Lilith. »Und dann so etwas wie … Wolfsgeheul.«

Lilith entging nicht, dass Mildred und Arthur einen nervösen Blick wechselten und Mildred unmerklich den Kopf schüttelte.

»Ach, das war sicherlich der Nachbarshund«, meinte Arthur und tätschelte Lilith beruhigend die Schulter. »Hier gibt es doch keine Wölfe!«

Hannibal hatte sich wohl gerade an seine Pflichten als Wachhund erinnert, tapste zu Lilith und beschnupperte sie. Sein Kopf befand sich auf der Höhe ihres Oberarms und seine große Nase hinterließ einen feuchten Luftzug auf ihrer Haut.

»G-g-guter Hund!«, stammelte Lilith. Vorsichtig streichelte sie ihm über den Kopf.

»Keine Sorge«, beruhigte Arthur sie. »Zahm wie ein Lamm. Ein Einbrecher könnte höchstens von Hannibals Gestank niedergestreckt werden.«

Hannibal trottete wieder zurück und ließ sich auf seine Decke plumpsen.

»Du hattest eine lange Reise.« Mildred nahm Liliths Arm und zog sie aus der Küche in Richtung Treppe. »Es wird Zeit, dass ich dir dein Zimmer zeige. Arthur war so nett und hat schon dein Gepäck nach oben gebracht.«

Lilith verabschiedete sich von Arthur, der ihr eine gute Nacht wünschte, und folgte Mildred über die ausgetretenen Stufen nach oben. Am Ende eines engen Flurs öffnete Mildred eine Tür und gab den Blick frei auf Liliths neues Zimmer. Es war klein und etwas heruntergekommen, aber trotzdem gemütlich. Auf dem hellen Dielenboden lag ein Flickenteppich, eine Tiffany-Lampe warf rote, blaue und gelbe Farbsprenkel an die Wand und auf dem Bett lag eine mit Blumen verzierte Decke.

»Das ist wahrscheinlich nicht ganz dein Stil, aber du

kannst es dir ja noch so einrichten, wie es dir gefällt«, bot Mildred an.

»Das ist schon in Ordnung. Das Zimmer wirkt … freundlich!«

Es war wohl das erste Mal an diesem Tag, dass in Lilith ein wärmendes Gefühl aufkam, und es gab ihr wieder etwas von ihrer Hoffnung zurück, die sie während ihrer Reise fast verloren glaubte.

Mildred betrachtete die zahlreichen Bücher im Wandregal, das sich von der schweren Last in der Mitte durchbog. »Es war früher das Zimmer deines Vaters.« Wieder lag Bitterkeit in ihrem Ton, als sie von ihrem Bruder sprach. »Er hat dir wohl nicht viel von seiner Familie und seinem Leben hier erzählt, oder?«

Lilith schüttelte den Kopf.

»Unsere Familie lebt schon seit vielen Generationen in Bonesdale. Unsere Vergangenheit, Gegenwart und Zukunft sind mit dieser Insel untrennbar verbunden. Nicht zuletzt, weil wir das Meer so sehr lieben.«

Überrascht sah Lilith ihre Tante an. Das war das genaue Gegenteil von dem, was ihr Vater immer behauptete. Laut ihm war das Meer ein Element, vor dem man sich in Acht nehmen musste. Jedes Mal wenn in den Medien von ertrunkenen Kindern berichtet wurde, machte er Lilith darauf aufmerksam. Wahrscheinlich war dies auch der Grund, warum Lilith sich vor dem Meer zu fürchten begonnen hatte.

»Von deiner Mutter Cathy hat er dir ebenfalls nichts erzählt?«, hakte Mildred nach.

»Nicht sehr viel. Ich weiß so gut wie nichts über sie.«

Lilith runzelte die Stirn. Warum fragte Mildred nach ihrer Mutter? Hatte sie sie etwa gut gekannt?

Doch ehe Lilith ihre Tante danach fragen konnte, fuhr diese fort: »Nun, da ich auch nichts über dich weiß, müssen wir uns wohl erst einmal miteinander vertraut machen.«

Die Art, wie Mildred dies sagte, ließ in Lilith ein ungutes Gefühl aufsteigen. Es klang so, als ob sie ihre Nichte einer Prüfung unterziehen wollte. Und wahrscheinlich würde diese negativ ausfallen, wenn Lilith in Tante Mildreds Augen zu sehr Joseph Parker glich.

»Ich habe dir etwas zu essen hingestellt, falls du noch einen kleinen Imbiss möchtest.« Mildred deutete auf den Tisch, auf dem ein Sandwich und ein großes Glas Milch bereitstanden.

Lilith nahm auf dem Stuhl Platz und griff dankbar zu.

»Es gibt einige Dinge, die du hier auf St. Nephelius beachten solltest«, begann Mildred mit ernstem Gesicht.

»Nicht ins Kindermoor zu gehen, da das kein Spielplatz ist?«, fragte Lilith kauend.

»Genau, aber das ist noch nicht alles. Zum Beispiel solltest du nach Einbruch der Dunkelheit im Haus bleiben. Wir haben hier öfter Probleme mit der Stromversorgung, sodass die Straßenbeleuchtungen zeitweise ausfallen oder komplette Teile des Dorfs im Dunkeln liegen. Solange du dich noch nicht auskennst, möchte ich dich bei Einbruch der Dunkelheit hier im Haus wissen.«

Lilith nickte, das leuchtete ihr ein. Abgesehen davon schien es in Bonesdale nichts zu geben, was sie abends nach draußen locken konnte. Kinobesuche oder ein Bummel durchs Einkaufszentrum kamen in diesem kleinen Ort sicherlich nicht infrage.

»Gut, dann hätten wir das ja geklärt.« Ihre Tante seufzte erleichtert. Anscheinend hatte sie mit mehr Widerstand gerechnet. »Nur eines noch: Bleib dem Schattenwald fern.«

»Und warum?«

»Dieser Wald trägt nicht umsonst diesen Namen. Man kann sich darin leicht verirren.« Mildred lief zum Fenster und starrte in die Dunkelheit hinaus. »Schon nach einigen Schritten wird das Blätterdach so dicht, dass das Tageslicht es kaum durchdringen kann. Es herrscht ein beklemmendes Zwielicht, voller dunkler, umherhuschender Schatten. In diesen Schatten leben jede Menge lichtscheuer Tiere, die nur darauf warten, dass ein paar unvorsichtige Kinder in diesen Wald hineinstolpern.« Mildred schlang ihre Arme um sich, als ob es sie fröstelte. »Man erzählt sich, dass vor vielen Jahren ein Bruder und seine Schwester verbotenerweise in den Wald gegangen sind. Es sollte eine Art Mutprobe zwischen den beiden sein, wer von ihnen sich am Weitesten hineintraut. Doch die Schwester ist im Halbdunkel des Waldes in ein Erdloch gestürzt, aus dem sie sich nicht mehr befreien konnte.«

»Hat ihr Bruder ihr denn nicht geholfen?«

»Der ist davongerannt. Er hat nicht einmal Hilfe geholt, weil er Angst hatte, Ärger zu bekommen. Seinen Eltern hat er erzählt, er wüsste nicht, wo seine Schwester steckt.«

»Er hat seine Schwester in dem Erdloch gelassen? Was für eine linke Bazille!«, entfuhr es Lilith.

»Ja, das war er wohl. Das Mädchen musste eine lange und

grausige Nacht im Schattenwald verbringen. Noch nie in ihrem Leben hatte sie so viel Angst gehabt. Im Morgengrauen schaffte sie es endlich, sich an Wurzeln und Erdvorsprüngen aus dem Loch zu ziehen. Als sie jedoch oben angekommen war, musste sie mit Schrecken feststellen, dass sie bereits erwartet wurde. Die ganze Lichtung war voller Krähen, die sie unheilvoll anstarrten.«

Sofort sah Lilith die unheimliche Krähe vom Bahnhof vor ihrem inneren Auge. Ohne diese Begegnung hätte sie bei Mildreds Erzählung wahrscheinlich ungläubig den Kopf geschüttelt. Krähen griffen doch keine Menschen an! Aber wenn sich Lilith die Kälte und Bösartigkeit ins Gedächtnis rief, die sie in diesen Krähenaugen gesehen hatte, überlief sie ein eisiges Frösteln.

»Und was ist dann passiert?«

»Die Krähen haben das Mädchen ohne zu zögern angegriffen. Ihre Arme, die sie schützend vor ihren Kopf gehalten hatte, wurden so schwer verletzt, dass sie tiefe Narben davongetragen hat. Trotzdem hat sie es geschafft zu fliehen.« Nach einer kurzen Pause wandte sich Mildred wieder Lilith zu und lächelte sie an. »So, jetzt kennst du die Gruselgeschichte, mit der die Erwachsenen hier in Bonesdale ihre Kinder davon abhalten wollen, im Schattenwald herumzustreunen!«

Lilith verzog das Gesicht zu einer Grimasse. »Okay, ich habe verstanden: nicht in den Schattenwald gehen!«

»Dann wünsche ich dir jetzt eine gute Nacht!« Mildred nickte ihr zu und wandte sich zum Gehen. »Ach, Lilith«, ihre Tante blieb an der Tür stehen, »einige hier im Haus leiden unter Schlafstörungen und wandern nachts umher. Wenn du also irgendwelche Geräusche hören solltest, bleib am besten liegen. Wir wollen doch nicht, dass die alten Leutchen einen Herzinfarkt bekommen, weil du im Dunkeln hinter ihnen hergeisterst!«

Lilith nickte und ihre Tante zog die Tür hinter sich zu. Einen Moment lang stand Lilith unschlüssig im Zimmer herum, dann beschloss sie, erst einmal auszupacken. Ihre Kleider stopfte sie nicht gerade sorgfältig in die Kommode und ihre Schulsachen und Bücher stapelte sie auf dem Schreibtisch. Dabei stellte Lilith fest, dass auch hier überall Säckchen mit getrockneten Jasminblüten verteilt waren. Ihre Tante musste diesen Duft wirklich lieben!

Lilith zog ihren Pyjama an und beschloss, das abendliche Zähneputzen heute ausfallen zu lassen. Sie war viel zu erledigt und ihre Augen brannten vor Müdigkeit.

Als sie schließlich im Bett lag, ließ der Schlaf jedoch auf sich warten. All die fremden Geräusche des Hauses – das Ächzen der Dielen, das Stöhnen der Wasserleitungen, das Bollern der Heizung – ließen ihre Sinne nicht zur Ruhe kommen. Auch ihre Vermutung, dass Mildred ihre Mutter gekannt hatte und Lilith hier etwas über ihre Vergangenheit herausfinden konnte, wühlte sie mehr auf, als sie sich anfangs eingestehen wollte.

Gerade als sie weggedämmert war, hörte sie leise Schritte, die sich ihrem Zimmer näherten. Wahrscheinlich wollte ihre Tante noch einmal nach ihr sehen. Lilith beschloss, die Augen zusammenzukneifen und so zu tun, als ob sie friedlich schlafen würde. Aber die Tür öffnete sich nicht. Stattdessen hörte sie ein leises metallisches Scharren, dann entfernten sich die Schritte wieder. Lilith schlüpfte aus dem Bett und schlich vorsichtig zur Tür. So leise wie möglich drückte sie die Klinke nach unten, doch die Tür ließ sich nicht mehr öffnen. Jemand hatte sie in ihrem Zimmer eingeschlossen!

3. Kapitel

»Def. Geistererscheinungen, allgemein: Geistwesen, sichtbar oder unsichtbar, sind oft an Orten zu finden, an denen sie zu Lebzeiten weilten oder den Tod fanden. Sie können jedoch auch umherziehen und suchen Orte mit starken Erdschwingungen auf (siehe → altes Land), da sich dort ihre Geisterkraft verstärkt. Sie nähren sich von emotionaler Energie der Menschen. Da die am leichtesten hervorzurufende Emotion die Angst ist, spezialisieren sich die meisten Geister darauf, Menschen zu erschrecken. Ein Geist, der mir für Befragungen zur Verfügung stand, gab an, dass die Liebe weit nahrhafter sei (sie schmecke nach Pfirsichen, Zuckerwatte und Keksen). Aber im Vergleich zum Arbeitsaufwand, den man für diese Emotion betreiben müsse, sei sie vollkommen unrentabel. Es gibt zahlreiche Arten von Geistwesen, siehe → Haus-, Erd-, Luft- und Wassergeister → Poltergeister → Geisterechos → Krisengeister → Experimentiergeister → Irrlichter → Gerippe (…)«

*aus »Untote von A–Z.
Umfassendes Nachschlagewerk paranormaler
Wesen« von Professor Albertus von Knüttelsiel*,
erschienen 1969*

* Professor von Knüttelsiel war Geisteswissenschaftler, begann jedoch nach dem Erwerb eines schottischen Spukschlosses mit großem Eifer sogenannte paranormale Phänomene zu erforschen. Er kam bei seinen Feldstudien zu revolutionären Ergebnissen, wurde in Fachkreisen jedoch als Spinner abgetan. Was daran lag, dass es Professor Knüttelsiel trotz größter Bemühungen nicht gelungen war, brauchbare wissenschaftliche Beweise vorlegen zu können, die seine Theorien bestätigten. Auf seinen Geisterfilmen waren grundsätzlich nur dunkle Zimmer zu sehen und das Foto eines angeblichen Zombies zeigte einen Friedhofsbesucher, der fröhlich in die Kamera winkte.

Als Liliths müder Blick auf den Wecker fiel, setzte ihr Herz für einen Schlag aus. Es war zwanzig nach acht und in wenigen Minuten würde die Schule anfangen. Sie hatte verschlafen! Was kein Wunder war, schließlich hatte sie kaum ein Auge zugetan. Wie ihre Tante sie vorgewarnt hatte, war es nachts alles andere als still im Haus gewesen. Immer wieder rissen Lilith unterdrücktes Gemurmel und polternde Schritte aus dem Schlaf. Die wenigen Male, in denen sie tief und fest eingeschlafen war, träumte sie davon, wie brausendes Meerwasser über ihr zusammenschlug, sie in die Tiefe hinabgezogen wurde und eine tödliche Kälte ihren Körper ergriff. An dieser Stelle des Traumes war sie jedes Mal hochgeschreckt, atemlos und verschwitzt.

Dunkel erinnerte sie sich an das Klingeln des Weckers am frühen Morgen, wie sie ihn mit einem unwilligen Schlag auf den Alarmknopf zum Schweigen gebracht und sich auf die andere Seite gedreht hatte. Eigentlich wollte sie nur fünf oder zehn Minuten weiterschlummern, doch sie musste sofort wieder eingeschlafen sein.

»Verdammter Mist!«, fluchte sie.

Mit einem Satz war Lilith aus dem Bett, hetzte für eine schnelle Katzenwäsche ins Bad und zog sich dann die Schuluniform über, die ihre Tante schon am Abend zuvor neben dem Bett bereitgelegt hatte. Der Rock, das Hemd und die Strümpfe – alles war vollkommen schwarz, einzig die Jacke zeigte ein purpurfarbenes Emblem, auf dem eine Art goldenes X vor dem Umriss einer schwarzen Burg prangte. *St. Nephelius* war darunter in einem Halbrund in ebenfalls goldenen Buchstaben eingestickt. Lilith raffte ihre Schulsachen zusammen und musterte sich kurz im Spiegel. Was sie sah, gefiel ihr ganz und gar nicht. Durch ihre helle Haut, die schwarzen Haare und die dunklen Augenringe sah sie in der Schuluniform aus wie eine wandelnde Leiche. Doch daran konnte sie jetzt nichts mehr ändern.

Lilith eilte die Treppe hinunter in die Küche, die im Halbdunkel lag und zu ihrem Erstaunen menschenleer war. Nicht einmal Hannibal lag in seiner Ecke. Sie sah sich ratlos um. Zwar war der Frühstückstisch gedeckt und ein frischer Kaffeeduft durchzog die Küche, doch von ihrer Tante war nichts zu sehen.

»Mildred? Arthur?«

Keine Antwort. Lilith verzog das Gesicht. Dieser Morgen fing ja großartig an! Wenn sie ihre Tante nicht schleunigst fand, würde sie nicht einmal wissen, wie sie zu ihrer neuen Schule kommen sollte. Lilith horchte auf. Sie glaubte vor dem Haus Stimmen zu hören und trat durch die Seitentür nach draußen. Nach dem gestrigen Unwetter empfing sie ein überraschend schöner Spätsommermorgen und der blaue Himmel war mit flauschigen Schäfchenwolken verziert. Nun, bei Tageslicht, wirkten die Villa und der Garten weit weniger unheimlich und gruselig als in der Nacht zuvor. Zwar war das Haus immer noch in einem bedenklichen Zustand, doch nun sah man, dass in der Fassade kunstvolle Figurenfriese eingearbeitet waren, die Meerjungfrauen und Wassergötter darstellten. Der Eingang war in Form eines kleinen Triumphbogens gestaltet, doch die Stufen davor waren halb eingebrochen. Kein Wunder, dass Tante Mildred ausschließlich den Seiteneingang benutzte! Auch war der große, fast parkähnliche Garten nicht vollständig von Unkraut überwuchert. Es gab einen liebevoll angelegten Kräuter- und Gemüsegarten, der mit einer kniehohen Steinmauer vom restlichen Garten abgetrennt war, und unter den Obstbäumen wartete ein mit Efeu umrankter Pavillon auf Besucher.

Am Gartentor standen Arthur und Mildred, wo sie an einem mittelalterlich aussehenden Damenrad herumhantierten.

»So, das müsste reichen! Die Reifen haben wieder Luft.« Arthur erhob sich mit einem zufriedenen Lächeln und steckte die Fahrradpumpe zurück in die Halterung.

Lilith trat zu ihnen. »Soll ich damit etwa zur Schule fahren?«

Arthur und Mildred sahen auf.

»Gut geschlafen?«, fragte ihre Tante.

»Geht so.« Lilith warf Mildred einen säuerlichen Blick zu. Eigentlich hatte sie sich fest vorgenommen, ihre Tante gleich heute Morgen darauf anzusprechen, warum sie in ihrem Zimmer eingeschlossen worden war. Doch das musste Lilith nun auf später verschieben.

»Vorhin hast du jedenfalls so tief geschlafen, dass ich nicht in der Lage war, dich aufzuwecken«, gab Mildred zurück. »Hast du alles? Bist du bereit für die Schule?«

»Nein, ich gehe zu einer Beerdigung!« Lilith warf einen missmutigen Blick auf ihre Schuluniform, deren Schwarz in der Sonne edel schimmerte.

Mildred betrachtete sie mit wehmütiger Miene. »Ist sie nicht schön? Mir kommt es wie eine Ewigkeit vor, dass ich die Uniform der St.-Nephelius-Schule getragen habe.« Sie drückte Lilith eine Tüte in die Hand. »Ich habe dir ein Lunchpaket gemacht, zum Frühstücken hast du leider keine Zeit mehr. Radle einfach zurück Richtung Devilstreet, die Schule liegt direkt am Marktplatz.«

Lilith schwang sich mit einem Seufzer auf das mit Rostflecken übersähte Rad und wartete einen Moment ab, ob es nicht umgehend unter ihrem Gewicht zusammenbrach. Mit diesem Gefährt würde sie bei ihren neuen Mitschülern bestimmt Aufsehen erregen, allerdings nicht im positiven Sinne.

Doch Lilith hatte sich unnötig Sorgen gemacht, denn als sie zehn Minuten später völlig außer Atem vor dem Schulhaus ankam, war weit und breit kein Schüler mehr zu sehen.

»Ach du Schreck!«, entfuhr es Lilith. Schulhäuser wirkten ja in der Regel selten einladend, doch dieses hier schien Kinder geradezu in die Flucht schlagen zu wollen. Es war ein uraltes dunkelbraunes Fachwerkgebäude mit kleinen Fenstern, die wie Schießscharten wirkten. Das düstere Eingangsportal klaffte in der Mitte hervor wie ein geöffnetes Maul.

Lilith stellte ihr Rad bei den anderen in einem überdachten Schuppen ab und blieb einen Moment unschlüssig stehen. Sie hatte kein Fahrradschloss. Aber wer sollte das alte, hässliche Ding schon stehlen? So viel Glück hatte sie bestimmt nicht.

»Da bist du ja endlich!«

Lilith sah überrascht auf. Matt kam quer über den Schulhof auf sie zugerannt.

»Du – du hast auf mich gewartet?«

Sie musste feststellen, dass Matt im Gegensatz zu ihr die Schuluniform ausgesprochen gut stand und das dunkle Hemd seine Augen fast schwarz wirken ließ.

»Ich habe dich vom Zimmer der Direktorin aus kommen sehen. Beeil dich!« Matt packte sie am Ellenbogen und zog sie mit sich. »Miss Tinkelton wartet schon. Sie will uns in unsere neue Klasse bringen.«

»Meine Güte, hast du es aber eilig.« Sie stolperte hinter Matt her.

»Warte ab, bis du Miss Tinkelton kennenlernst. Sie ist ein bösartiger Drache und sieht aus, als ob sie am liebsten Kinder zum Frühstück isst.«

»Ach komm, so schlimm wird es schon nicht sein!«

Doch leider hatte Matt die Wahrheit gesagt. Als Lilith vor der Direktorin stand, fand sie, dass er eigentlich noch untertrieben hatte. Sie überragte Lilith um mehrere Haupteslängen, sah in ihrem schwarzen Kostüm jedoch so verhärmt aus, als hätte sie seit Jahren nichts mehr gegessen. Alles an ihr schien spitz hervorzustehen – ihre Nase, ihr Kinn, die Schultern und insbesondere die knochigen Finger. Das Schlimmste jedoch waren ihre Augen. Das Weiß um ihre Pupillen war blutunterlaufen und Lilith hatte das Gefühl, vor einer riesigen Spinne zu stehen, die ihre rot glühenden Augen auf ihr neues Opfer gerichtet hatte. Nur mühsam bekam Lilith eine Entschuldigung für ihre Verspätung heraus.

»Wir dulden hier kein Zuspätkommen, Lilith«, bellte Miss Tinkelton. »Auch nicht an deinem ersten Schultag! Ich werde mit deinem Klassenlehrer eine Strafmaßnahme absprechen.«

Das fand Lilith alles andere als fair. Nur mühsam schluckte sie die Beschwerde, die ihr auf der Zunge lag, hinunter.

»Folgt mir, ich führe euch zu den Klassenräumen!« Sie wandte sich ruckartig von den Kindern ab und eilte im Sturmschritt davon.

Sie verließen die Eingangshalle und durchschritten einen Torbogen, über dem in Großbuchstaben die Worte prangten:

»WISSEN IST MACHT UND ICH SAGE EUCH:
IHR WISST NICHTS!«

Der Verfasser dieser Aussage war ebenfalls angegeben – sie stammte von Baron Nephelius.

»Wie nett«, murmelte Lilith in sarkastischem Ton.

Miss Tinkelton blieb stehen. »Gibt es etwas, das du mir mitteilen willst, Lilith?«, fragte sie mit schneidender Stimme. Ihre Augen funkelten Lilith drohend an. »Missfällt dir etwa die Aussage unseres Schulgründers?«

Lilith war sich bewusst, dass es besser wäre, Miss Tinkeltons Frage zu verneinen und weiter brav hinter ihr herzulaufen. Andererseits hatte die Direktorin sie nach ihrer Meinung gefragt. Lilith sah zu Matt, der hinter Miss Tinkelton stand und Lilith gestikulierend zu verstehen gab, dass sie bloß die Klappe halten sollte.

»Nun?«, hakte Miss Tinkelton nach.

Lilith erwiderte ihren Blick. »Ich finde diese Aussage ehrlich gesagt etwas anmaßend. Dieser Baron schien eine ziemlich hohe Meinung von sich selbst zu haben, wenn er sich aus der Masse der Unwissenden ausschließt.«

Miss Tinkeltons Mund zog sich zu einem schmallippigen Lächeln nach oben, das eher gefährlich als freundlich wirkte, während Matt hinter ihr leise aufstöhnte und sich mit der flachen Hand auf die Stirn schlug.

»Anscheinend weißt du nichts über die großen Taten von Baron Nephelius, ansonsten würdest du dir eine so unverschämte Aussage nicht erlauben. Aber wenigstens wissen wir jetzt, wie deine Strafarbeit auszusehen hat – du wirst das Leben von Baron Nephelius studieren und schreibst ein zehnseitiges Referat über ihn!«

»Aber …«

»Keine Widerrede!«

Lilith zwang sich zur Ruhe. Sie wusste, dass sie alles nur noch schlimmer machte, wenn sie jetzt etwas sagte. Trotzdem hätte sie platzen können vor Wut! Mit zusammengekniffenen Lippen folgte sie Miss Tinkelton durch den düsteren Schulflur.

Matt sah Lilith kopfschüttelnd an. »Wenn ich mal in Schwierigkeiten bin und jemanden mit diplomatischem Geschick brauche, dann erinnere mich bitte daran, auf keinen Fall dich um Hilfe zu bitten.«

»Du meinst, wenn du jemanden zum Lügen brauchst?«, gab Lilith bissig zurück. »Sei froh, dass ich so ehrlich bin, ansonsten würde ich dir nämlich nicht sagen, dass man noch deinen Handabdruck auf der Stirn sieht und du aussiehst wie eine rote Ampel. Damit wirst du sicherlich Eindruck bei den Mädels machen!«

Während sie ein kleines Klassenzimmer betraten, sah Lilith schmunzelnd dabei zu, wie Matt sich eilig seine Haare vor die Stirn zupfte. Wusste sie doch, dass er ein eitler Kerl war!

Die Einrichtung des Klassenzimmers war spärlich. Neben Tafel und Lehrerpult gab es nur zwei Reihen mit Holzbänken, auf denen etwa fünfzehn Schüler mit kerzengeraden Rücken vor ihren aufgeschlagenen Büchern saßen. Als die Direktorin eintrat, sprangen sie auf und wünschten ihr einstimmig einen guten Morgen.

»Wir sind stolz darauf, dass die Schule seit über zweihundert Jahren unverändert geblieben ist«, erklärte Miss Tinkelton mit einem selbstbewussten Blick auf die Schüler der Klasse. »Wir pflegen einen stilvollen Umgangston miteinander und ehren unsere Traditionen. So sitzen bei uns auch noch nach alter Sitte Mädchen und Jungen getrennt voneinander.«

Miss Tinkelton informierte sie weiter, dass die St.-Nephelius-Schule die einzige Schule der Insel war und es fünf Klassen gab, in denen jeweils mehrere Altersgruppen vertreten waren. Da Matt und Lilith zu den jüngsten Mitgliedern ihrer neuen Klasse zählten, prophezeite ihnen Miss Tinkelton, dass sie wahrscheinlich einigen Lernstoff nachzuholen hätten.

Ihr Klassenlehrer Mister Baker, der sie in Physik, Chemie und Mathematik unterrichtete, nahm Matt und Lilith in Empfang. Er war ein kleiner rundlicher Mann mit einem fleischigen Gesicht und schütterem Haar, der den Tick hatte, permanent seine Brille zurechtzurücken. Er wies Matt und Lilith ihre Plätze zu. Matt musste in der hintersten Reihe der Jungen alleine sitzen, während Lilith neben einem Mädchen mit glatten braunen Haaren und einer etwas zu lang geratenen Nase Platz nehmen durfte. Sie strahlte Lilith mit einem breiten Lächeln an.

»Hallo, ich bin Emma«, flüsterte sie Lilith zu. »Du bist Mildreds Nichte, nicht wahr? Sie war ganz aufgeregt, weil du sie besuchen kommst, und hat es jedem hier erzählt.«

Lilith sah Emma ungläubig an. »Tante Mildred?«, fragte sie etwas zu laut und fing einen warnenden Blick von Mister Baker auf.

Sie konnte es kaum glauben. Mildred sollte sich gefreut haben, dass Lilith zu ihr kam? Wenn das stimmte, hatte ihre Tante eine seltsame Art, ihre Freude zu zeigen.

»Hat euch Miss Tinkelton schon in die Mangel genommen?«, fragte Emma.

Lilith nickte. »Ich weiß gar nicht, was schlimmer ist. Dass sie mir sofort eine Strafarbeit gegeben hat oder der Anblick ihrer roten Augen.«

»Sie hat hohen Blutdruck. Ihre Äderchen platzen bei der kleinsten Aufregung.«

Auch wenn Lilith verständlicherweise schon entschieden hatte, Miss Tinkelton nicht zu mögen, so regte sich nun sogar Mitleid in ihr. Auf alle Fälle, so fand Lilith, schien sich die Direktorin viel zu oft aufzuregen. »Vielleicht sollte sie es mal mit Yoga oder Autogenem Training versuchen«, raunte sie Emma zu.

Die Mädchen kicherten. Sich Miss Tinkelton beim Yoga vorzustellen war ungefähr das Gleiche, wie einer steifbeinigen Tarantel dabei zuzusehen, wie sie sich an einem Kopfstand versuchte.

Mister Baker riss nun allerdings der Geduldsfaden. »Emma, hättest du die Freundlichkeit, es mir zu überlassen, eure neue Mitschülerin in den Unterricht einzuweisen! Oder muss ich davon ausgehen, dass euch gerade außerschulische Dinge so erheitert haben?«

Emma sprang auf und faltete die Hände hinter dem Rücken. »Entschuldigen Sie, Sir. Es wird nicht wieder vorkommen.«

Ab dem Moment folgten die Mädchen dem Unterricht und der Morgen schleppte sich zäh dahin. In der Mittagspause hatten Matt und Lilith nicht einmal die Zeit, auf den Schulhof zu gehen, da sie bei Miss Tinkelton ihre Bücher, Schulunterlagen und eine Mappe mit den Hausregeln abholen mussten. Als sie schließlich in der letzten Stunde Mathematik hatten, übermannte Lilith die Müdigkeit. Ihre Augen wurden immer schwerer. Was hätte sie jetzt darum gegeben, in ihrem Bett liegen zu dürfen und den Schlaf nachzuholen, den sie letzte Nacht entbehren musste. Nur mit Mühe konnte sie sich auf das Arbeitsblatt vor ihr konzentrieren. Rechnungen mit Quadratwurzeln – mit diesem Stoff hatten sie in ihrer alten Schule noch nicht einmal angefangen! Wie sollte sie da nur eine Lösung finden?

Lilith blinzelte verstohlen zu Matt, der scheinbar ebenfalls mit seiner Matheaufgabe zu kämpfen hatte und nachdenklich an seinem Stift kaute. Emma neben ihr dagegen schrieb eifrig Zahlenkolonnen auf ihr Blatt und musste noch nicht einmal pausieren, um über die Aufgabe nachzugrübeln.

Lilith ließ ihren Blick zum Fenster schweifen – und erstarrte.

Die Krähe.

Da war sie wieder!

Sie saß auf einem Baum direkt vor dem Klassenzimmer und starrte Lilith an. Diese bösartigen Augen … Lilith hatte das Gefühl, als ob eine eiskalte Hand nach ihrem Herz griff. Sie war sich absolut sicher, dass es dieselbe Krähe war, die ihr am Vortag auf dem Bahnhof begegnet war. Wie konnte eine Krähe sie verfolgen? Das war unmöglich!

Ihre letzten Zweifel verflogen jedoch in dem Moment, als die Krähe abhob und auf dem Fenstersims landete, der Lilith am nächsten war. Wäre das Fenster geöffnet gewesen, hätte Lilith die Hand ausstrecken können, um sie zu berühren. Auge in Auge saß sie der Krähe gegenüber. Lilith begann zu zittern. Sie hatte das Gefühl, in den feucht glänzenden Augen zu versinken, spürte, wie sie von einer Welle aus Kälte und Hass verschlungen wurde. Die Krähe drehte den Kopf zur Seite und begann, von außen mit dem Schnabel auf das Fenster einzuhacken. Automatisch wich Lilith zurück und tastete Hilfe suchend nach dem Amulett ihrer Mutter, aber ihre Hand griff ins Leere. Sie hatte es am Abend zuvor zum Schlafen abgenommen, in ihrem Nachttischchen verstaut und heute Morgen dort vergessen!

»Nun, Lilith?«

Sie schreckte hoch. Mister Baker hatte sich neben ihr aufgebaut und musterte sie kritisch. »Gibt es da draußen irgendetwas Interessantes, von dem du uns berichten willst?«

Lilith schluckte schwer. »Nein, Sir.«

Er marschierte nach vorne zu seinem Pult. »Könntest du der Klasse vielleicht mitteilen, zu welchem Ergebnis du gekommen bist?«

Lilith spürte einen Ellenbogen, der sich unsanft in ihren Arm bohrte. Es dauerte einen Moment, bis sie begriff, was Emma ihr damit sagen wollte. Lilith stand so hastig auf, dass ihre Arbeitsblätter auf den Boden flogen. Auch das noch!

»Entschuldigung, Sir!«

Lilith sammelte ihre Blätter ein, legte sie auf den Tisch und rappelte sich auf.

»Ich … habe leider …«, begann sie zögerlich.

Lilith spürte, wie ein Blatt Papier unter ihre Finger geschoben wurde. Die Lösung der Matheaufgabe!

Sie ratterte die Zahlenfolgen herunter. Mister Baker hob erstaunt eine Augenbraue, nickte dann aber zufrieden.

»Gut, Lilith. Du scheinst schnell zu lernen!«

Sie spürte, wie sich ihre Wangen rot färbten. Ein schrilles Klingeln, das das Ende des Schultages verkündete, erlöste Lilith aus dieser unangenehmen Situation. Im Nu war das Klassenzimmer von lautem Rumoren, Gesprächen und Gelächter erfüllt.

Nervös huschten Liliths Augen zurück zum Fenstersims. Er war leer. Die Krähe war weg.

Lilith wandte sich mit einem erleichterten Seufzer zu Emma um. »Danke, dass du mir dein Lösungsblatt gegeben hast! Du warst wirklich meine Rettung.«

Emma winkte ab. »Kein Problem! Es war ja auch gemein, dass Mister Baker dich gleich am ersten Tag drangenommen hat.«

»Trotzdem – das war wirklich nett von dir!«

»Wie wäre es, wenn wir uns heute Mittag treffen und ich zeige dir Bonesdale?«, schlug Emma vor.

Lilith nahm gerne an und die beiden Mädchen verabredeten sich für den späten Nachmittag.

Als Lilith zum Fahrradschuppen lief, sah sie, dass Matt auf sie wartete.

»Was für eine Schule«, begrüßte er sie stöhnend. »Hier geht es zu wie im Mittelalter.«

»Ein wahrer Schüleralbtraum«, pflichtete ihm Lilith bei.

Sie machten sich auf den Heimweg und Lilith schob ihr Rad neben Matt her. Sie stellten fest, dass sie beide in Mathematik weit hinterherhinkten und beschlossen, gemeinsam zu versuchen, den Schulstoff nachzuarbeiten.

»Ich hoffe, mein Fahrrad und unsere restlichen Sachen werden bald von der Spedition geliefert«, sagte Matt, als sie die geschäftige Devilstreet hinter sich gelassen hatten. »Ohne Computer und Internetanschluss fühle ich mich wie ein halber Mensch.«

»Wem sagst du das?«, stimmte Lilith ihm seufzend zu. »Ich kann nicht einmal meine E-Mails abfragen, weil es im Haus meiner Tante keinen Computer gibt, und es scheint hier keine einzige Stelle zu geben, an der mein Handy Empfang hat.«

»Wir müssen den Tatsachen ins Auge sehen: Wir sind hier von der Zivilisation abgeschnitten und müssen den Freuden der modernen Technik nun für immer entsagen«, verkündete Matt mit bedauerndem Gesichtsausdruck. »Ich habe heute sogar schon versucht, mit meinem Taschenrechner eine SMS zu schreiben, nur um in Übung zu bleiben.« Er hielt inne und warf Lilith einen fragenden Blick zu. »Sag mal, langweile ich dich etwa? Du gähnst jetzt schon das dritte Mal.«

»Entschuldige!«, murmelte Lilith beschämt. »Ich bin nur müde, weil ich schlecht geschlafen habe. Aber das ist wohl normal, in der ersten Nacht in einem fremden Haus.«

»Also ich habe in unserem neuen Haus geschlafen wie ein Stein!«

»Im Seniorenheim ist es nachts recht laut und außerdem habe ich mich darüber aufgeregt, dass meine Tante mich in meinem Zimmer eingesperrt hat. Da konnte ich einfach nicht einschlafen.«

Matt blieb überrascht stehen. »Sie hat *was?*«

»Zuerst hat sie mir ausführlich erzählt, was ich in Bonesdale alles nicht tun soll. Ich darf nicht zum Kindermoor, nicht in den Schattenwald, muss vor Einbruch der Dämmerung zu Hause sein und soll nachts nicht im Haus herumgeistern«, zählte Lilith auf. »Und als sie dachte, dass ich eingeschlafen sei, hat sie mich eingeschlossen.«

»Bist du sicher, dass es deine Tante war?«

»Nein«, gab Lilith zu. »Aber wer soll es denn sonst gewesen sein? Außer Arthur habe ich keinen der anderen Heimbewohner kennengelernt. Man könnte direkt meinen, dass sie sich vor mir versteckt halten. Keine Ahnung, warum.«

»Hast du auch das Gefühl, dass hier irgendetwas seltsam ist?«, fragte Matt nachdenklich. »Die Menschen in Bonesdale benehmen sich wirklich merkwürdig.«

»Was meinst du damit?«

»Hast du das nicht bemerkt? Außer dir hat heute niemand von den anderen Schülern mit mir gesprochen. Alle scheinen mir aus dem Weg zu gehen, als ob ich eine ansteckende Krankheit hätte.«

Lilith musste sich schuldbewusst eingestehen, dass sie an diesem ersten Schultag viel zu beschäftigt mit sich selbst gewesen war, als dass sie darauf achtgegeben hätte. »Das bildest du dir sicherlich nur ein. Warum sollten dir die anderen aus dem Weg gehen?«

Matt zuckte mit den Schultern. »Keine Ahnung. Nur so ein Gefühl.«

Als sich schließlich ihre Wege trennten, kam Lilith eine Idee, wie sie Matt wieder aufmuntern konnte.

»Hey, Matt«, rief sie ihm hinterher. »Emma und ich treffen uns heute Mittag. Wenn du Lust hast, kannst du nachher zu mir kommen – es ist die alte Villa direkt am Friedhof. Dann lassen wir uns zusammen von Emma in Bonesdale herumführen, okay?«

Matt nickte erfreut, winkte ihr zu und Lilith schwang sich auf ihr Fahrrad. Sie fuhr im Sonnenschein in Richtung ihres neuen Zuhauses und hatte plötzlich viel bessere Laune. Eigentlich war der Schultag gar nicht so schlecht gelaufen! Sicher, die Schule war altmodisch und die Direktorin ein Monster, aber immerhin hatte sie die Bekanntschaft von Emma gemacht, die ein nettes Mädchen zu sein schien, und mit Matt verstand sie sich auch immer besser. Sie hätte es eindeutig schlimmer treffen können!

Lilith bog in die Straße zum Friedhof ein – und machte eine Vollbremsung.

Fassungslos starrte sie auf die Steinmauer zu ihrer Rechten. Dort saß die Krähe, regungslos und steif, als ob sie nur auf Lilith gewartet hätte.

Der Vogel stieß ein lautes Krächzen aus, das in Liliths Ohren klang wie ein hämisches »Jetzt hab ich dich!«. Lilith schnappte entsetzt nach Luft. Die Krähe spreizte die Flügel und flog direkt auf sie zu!

Lilith durfte keine Sekunde mehr verlieren. Ihre Hände klammerten sich am Lenker fest und ihre Füße traten tief in die Pedale. Das alte Rad gab ein unwilliges Ächzen von sich und einen Augenblick lang war sich Lilith sicher, dass ihre Fahrradkette abgesprungen sei.

Die Krähe hatte sie fast erreicht. Schon hatte Lilith das fein verästelte Gefieder vor Augen, den kräftigen Hals und die mit Hornschuppen bedeckten Füße, deren spitze Krallen Lilith gefährlich nahe kamen.

Endlich gewann das schwerfällige Rad an Fahrt. Lilith sauste die menschenleere Straße entlang, so schnell, als würde sie fliegen. Doch sie hörte ihren Verfolger hinter sich. Adrenalin flutete ihren Körper und trieb sie voran, schneller, weiter.

Sie warf einen kurzen Blick über die Schulter.

Die Krähe verringerte den Abstand mit jeder Sekunde. Lilith stieß weiter mit aller Kraft in die Pedale und wagte nicht mehr, sich umzudrehen. Sie wusste, dass die Krähe schon zu nahe war. Da – war das nicht der Luftzug ihrer Schwingen in ihrem Nacken?

Die Villa kam in Sicht. Lilith radelte, so schnell sie konnte.

Die Krähe stieß einen Schrei aus. Direkt neben Liliths Ohr. Nur noch wenige Meter. Lilith spürte, wie etwas ihr Haar streifte. Die Angst verlieh ihr ungeahnte Kräfte. Sie trat noch schneller in die Pedale. Gleich hatte sie das Gartentor erreicht.

Das Rad schoss holpernd in den Gartenweg hinein und Lilith hatte die rettende Seitentür direkt vor Augen. Sie sprang vom Fahrrad und ließ es ins Gras fallen. Nur noch wenige Schritte!

Plötzlich spürte sie die Krallen in ihrem Nacken, wie sie sich durch ihr Hemd in ihr Fleisch bohrten. Den brennenden Schmerz nahm sie nur nebenbei wahr. Aus den Augenwinkeln sah sie den geöffneten Schnabel der Krähe, zwei scharfe Messer, die schon das Fleisch unzähliger Opfer zerteilt hatten. Der schwarz schimmernde Schnabel näherte sich mit tödlicher Geschwindigkeit ihrem Hals. Lilith hatte nicht vor, den Angriff abzuwarten. Mit einer kühlen Entschlossenheit, die sie selbst überraschte, ballte sich ihre Hand zur Faust und schlug mit aller Kraft zu. Lilith konnte ihr Ziel zwar nicht richtig sehen, aber sie hatte Glück. Ihre Faust streifte einen der Flügel. Der Vogel, überrascht von ihrem Angriff, verlor den Halt und Lilith nutzte den Moment, um ihn abzuschütteln.

Sie hechtete zur Seitentür.

Bitte lass sie offen sein, betete sie.

Lilith warf sich gegen das Holz.

Die Tür schwang auf und sie schlüpfte in die Küche.

In Sicherheit.

Schwer atmend lehnte sich Lilith von innen gegen die Tür und schloss die Augen. Sie zitterte am ganzen Leib und ihr Herz pochte wie wild.

Was sie gerade erlebt hatte, konnte doch nicht wirklich geschehen sein? Seit wann verfolgten Krähen Menschen und griffen sie dann grundlos an?

Lilith zwang sich, tief durchzuatmen.

»Was ist los mit dir, Mädchen?«, riss eine fremde Stimme Lilith zurück in die Realität. »Du polterst hier mit einem Lärm herein, als ob der Teufel hinter dir her wäre!«

Erschrocken öffnete Lilith die Augen und sah am Herd einen alten Mann stehen, der sich gerade einen Teller dampfende Suppe aus einem Topf schöpfte. Auf seinem haarlosen Kopf schimmerten Altersflecken und seine Gesichtshaut spannte sich so dünn über seinen Schädel, dass Lilith für einen Moment glaubte, sie hätte den Kopf eines Skeletts vor sich. Der weiße Laborkittel ließ ihn noch bleicher erscheinen und in seinen Augen lag etwas Lauerndes. Er funkelte sie ungeduldig an und wartete anscheinend auf eine Antwort.

Lilith löste sich von der Tür und deutete nach draußen.

»Es ist … Ich wurde gerade …«, setzte sie zu einer Erklärung an, verstummte dann aber. Sollte sie diesem Fremden tatsächlich berichten, was geschehen war? Alles in Lilith sträubte sich dagegen, sich ihm anzuvertrauen.

»Ich hatte es nur eilig«, murmelte sie schließlich.

Er warf ihr einen missbilligenden Blick zu. »Und deswegen machst du so einen Lärm?«

Der Alte nahm seinen Teller und eine Scheibe Brot und setzte sich an den Tisch. »Kein Benehmen diese jungen Leute. Wissen nicht, was sich gehört«, brummelte er.

Zu Liliths Erleichterung trat Arthur mit Hannibal an seiner Seite in die Küche. Er hatte eine Zeitung unter den Arm geklemmt und kam aus einem der anliegenden Zimmer, die Lilith noch nicht gesehen hatte. Es schien eine Art Aufenthaltsraum zu sein, in dem sich ein großer Kamin befand und der mit gemütlich wirkenden Sofas und Sesseln vollgestellt war. Arthurs Gesicht hellte sich auf, als er Lilith sah, und sie musste sich beherrschen, um sich nicht in seine Arme zu flüchten.

»Da bist du ja wieder. Wie war dein erster Schultag?«

»Geht so.« Ihre Stimme klang brüchig und war kaum mehr als ein Flüstern.

Hannibal tapste schwanzwedelnd auf Lilith zu und leckte ihr zur Begrüßung den Arm ab. Seine Zunge war so groß wie ein Waschlappen und an Liliths Arm lief der Hundesabber in langen Fäden hinab. Abwesend tätschelte Lilith ihm den Kopf.

»Geht es dir nicht gut?« Arthur runzelte die Stirn. »Du bist ja ganz blass um die Nasenspitze!«

»Sie hatte es eilig und ist wie ein Überfallkommando in die Küche gestürmt«, motzte der andere Mann.

»Regius, löffle deine Suppe und behalt deine schlechte Laune für dich!«, wies Arthur ihn ungeduldig zurecht. Er kam mit besorgtem Gesicht auf Lilith zu.

»Was ist passiert?« Er hielt inne. »Meine Güte, du blutest ja!«

Lilith fasste an ihren Hals und spürte eine warme Flüssigkeit an ihren Fingerspitzen. »Halb so schlimm.« Mit einem misstrauischen Blick auf Regius fügte sie hinzu: »Ich muss wohl an einem Strauch hängen geblieben sein.«

Arthur schienen ihre Worte nicht im Mindesten zu beruhigen. »Schnell, Regius, wir müssen sie verarzten. Hol den Erste-Hilfe-Koffer aus dem Badezimmer!«

Regius ließ unwillig seinen Löffel auf den Tisch fallen und erhob sich seufzend. »Na schön. Ich habe ja sonst nichts anderes zu tun.«

In diesem Moment hörte man von oben ein lautes Poltern. Nervös sah Arthur zur Decke. Er drängte Lilith zu einem Stuhl, säuberte mit einem feuchten Tuch ihre Wunde und presste es dann mit solcher Kraft darauf, dass es Lilith wehtat.

»Aua!«, entfuhr es ihr.

»Wo bleibt er denn nur?«, murmelte Arthur, ohne auf Liliths Beschwerde zu reagieren.

Das Poltern über ihnen wurde lauter.

Dann hörte man schlurfende Schritte.

Arthur schien immer nervöser zu werden. Er trat von einem Fuß auf den anderen und immer wieder huschten seine Augen zur Treppe. Selbst Hannibal hatte sich winselnd unter den Tisch verzogen und drückte seinen Kopf an Liliths Füße.

Als Regius mit dem Erste-Hilfe-Koffer zurückkam, riss ihm Arthur diesen regelrecht aus der Hand. Er desinfizierte die Kratzer in Windeseile, danach ließ ein eisig kaltes Spray Lilith zusammenzucken.

»Sprühpflaster«, informierte er sie.

Arthur atmete hörbar auf. »Nun ist alles schön abgedichtet.« Seine Stimme war wieder gewohnt ruhig und sonor.

Die schlurfenden Schritte aus dem Obergeschoss, die mittlerweile fast die Treppe erreicht hatten, entfernten sich wieder.

Lilith runzelte die Stirn und warf Arthur einen fragenden Blick zu. Er wandte sich eilig ab und brachte ihr stattdessen vom Herd einen Teller der dampfenden Gemüsesuppe. »Hier, iss etwas, das wird dir guttun!«

Eigentlich hatte Lilith keinen großen Appetit, aber da sie nicht unhöflich sein wollte, nahm sie einige Löffel zu sich. Zu ihrer Überraschung bemerkte sie, wie sich eine wohltuende Wärme in ihrem Körper ausbreitete.

»Erzähl mal, was ist denn nun genau passiert?« Arthur legte ihr ermutigend die Hand auf den Arm.

Schon öffnete Lilith den Mund, um ihm von dem Krähenangriff zu berichten, doch dann hielt sie inne. Plötzlich wurde ihr bewusst, wie absurd das klang. Was sollte sie sagen? Dass sie seit ihrer Abfahrt in London von einer Krähe verfolgt wurde und diese sie nun sogar angegriffen hatte? Wenn sie es nicht erlebt hätte, könnte sie die Geschichte selbst nicht glauben und würde sie für das Hirngespinst eines Teenagers halten.

Davon abgesehen saß neben ihnen immer noch Regius, der seine Mahlzeit mittlerweile beendet hatte und nun hinter der Zeitung verschwunden war.

Arthur folgte ihrem Blick.

»Lass dich von dem nicht beeindrucken«, sagte Arthur laut. »Er ist nur ein alter Grantler, der sich für einen genialen Erfinder hält. Wir können dankbar sein, dass er die meiste Zeit unten im Keller mit seinen Experimenten beschäftigt ist und er uns nur selten mit seiner schlechten Laune beglückt.«

»Das hab ich gehört!«, grummelte es hinter der Zeitung hervor.

»Solltest du auch«, gab Arthur mit Unschuldsmiene zurück.

»Ist Mildred zu Hause?«, fragte Lilith nun, anstatt Arthurs Frage zu beantworten.

Plötzlich war ihr klar geworden, dass sie sich allein ihrer Tante anvertrauen konnte. Sie musste mit Mildred sprechen! Sie hatte Lilith gestern noch vor den Gefahren in Bonesdale gewarnt und ihr diese Gruselgeschichte mit den Krähen erzählt. Lilith spürte: Wenn ihr jemand diese unglaubliche Geschichte mit dem Krähenangriff glauben würde, dann war es ihre Tante.

Doch Arthur musste sie enttäuschen. »Sie ist bei den O'Conners. Eleanor hat Mildred gebeten, ihr ein paar Lebensmittel zu besorgen, da sie momentan weder eine Kutsche noch Fahrräder haben. Sie müsste aber bald wieder zurück sein, da sie später noch ins Rathaus gehen muss. Ist es wichtig?«

Lilith schüttelte langsam den Kopf und war dankbar, dass Arthur sie nicht weiter bedrängte.

Als sie ihren Teller geleert hatte, erhob sie sich. Sehr zur

Enttäuschung Hannibals, der unter dem Tisch gerade begonnen hatte, liebevoll an ihren Schnürsenkeln herumzukauen.

»Ich gehe auf mein Zimmer. Miss Tinkelton hat mir ein Buch über Baron Nephelius in die Hand gedrückt, das ich durchlesen muss. Ich soll ein zehnseitiges Referat über ihn schreiben.«

»Baron Nephelius?« Arthur lehnte sich zurück und strich sich nachdenklich über den weißen Bart. »Eine interessante Lektüre. Du solltest dir den Text *aufmerksam* durchlesen!«

Lilith wartete, dass Arthur noch etwas hinzufügte, doch er beließ es bei dieser mysteriösen Andeutung.

»Okay«, sagte sie irritiert. »Ich glaube zwar nicht, dass der Lesestoff sehr spannend wird, aber ich werde mir Mühe geben.«

Sie ging nach oben, dicht gefolgt von einem gut gelaunten Hannibal. Selbst vor ihrem Zimmer ließ er sich nicht abschütteln und drückte sich, unbeirrt ihrer »Nein, Hannibal!«-Rufe, mit ihr durch die Tür. Lilith war klar, was der Hund bei ihr zu finden hoffte – neue Schuhopfer! Mit Hannibal im Raum war das Zimmer praktisch voll, was auch der Hund zu bemerken schien, sodass er kurzerhand auf Liliths Bett sprang, das unter seinem Gewicht bedenklich quietschte. Er sah Lilith erwartungsvoll an, als sie sich neben ihn setzte.

»Das kannst du vergessen!«, verkündete Lilith ihm entschlossen. »Meine Schuhe bekommst du nicht.«

Hannibal legte den Kopf schief und sah sie mit seinen großen Augen bittend an.

»Nein!« Lilith blieb hart. »Ich hab meine Schuhe alle versteckt. An die kommst du nicht ran, nie und nimmer.«

Hannibal legte den Kopf auf ihren Arm und begann ein lang gezogenes Winseln auszustoßen. Als ob das nicht schon herzerweichend genug gewesen wäre, hob er nun eine seiner großen Pranken und tippte damit sanft in ihre Handfläche.

Kopfschüttelnd ergab sich Lilith seinem Charme.

»Na schön«, seufzte sie. »Weißt du was? Wir suchen einen leckeren Schuh für dich. In diesem großen Haus wird doch irgendein alter Schlappen zu finden sein, den du annagen kannst!«

Hannibal schien einverstanden zu sein, denn er sprang bereitwillig vom Bett und folgte ihr durch die verwinkelten Flure der Parker-Villa. Lilith war überrascht, wie groß das Haus tatsächlich war. Leider waren die meisten Türen verschlossen und Lilith traute sich nicht, sie zu öffnen, da sie nicht wusste, welche davon die privaten Zimmer der Heimbewohner waren. Andere Türen standen offen und so entdeckte Lilith noch zwei weitere gemütlich eingerichtete Aufenthaltsräume, eine kleine Bibliothek und ein Musikzimmer, dessen Herzstück ein braunes, poliertes Cembalo war. Genau wie die kunstvollen Schnitzereien an der Außenwand der Villa erinnerte auch innerhalb des Hauses vieles an die Nähe des Meeres: die tiefen Fensterbänke waren liebevoll mit Muscheln, Seesternen, Treibholz und Korallen dekoriert und an den Wänden hingen Gemälde der stürmischen See.

Ein Zimmer mit einer schönen alten Schrankuhr, deren

Ticken den ganzen Raum erfüllte, und einem wuchtigen Schreibtisch schien Mildreds Arbeitszimmer zu sein. Neben dem Computer und dem Telefon stapelten sich in wildem Chaos Aktenordner, Rechnungen, Bücher und Papiere. Lilith lächelte. Der Anblick ließ sie unwillkürlich an den Schreibtisch ihres Vaters denken.

Hannibals feuchte Nase an ihrer Hand erinnerte sie daran, dass sie noch immer keinen Schuh gefunden hatten.

»Ist ja gut, Hannibal. Ich suche weiter, okay?«

Lilith verließ Mildreds Arbeitszimmer und wandte sich nach links, wo sie zu einer Tür kam, deren weißer Lack tiefe Risse zeigte und an der ein welliges Pappschild mit den Worten »Dachboden« baumelte. Zögerlich öffnete Lilith sie und warf einen Blick nach oben. Die Stufen waren ausgetreten und ein modriger Luftzug strich über ihr Gesicht. Unsicher biss sie sich auf die Lippe. Ob sie tatsächlich dort hinaufgehen sollte?

Ehe sie es sich anders überlegen konnte, hatte sich Hannibal schon an ihr vorbeigedrückt und lief aufgeregt die Stufen nach oben. Anscheinend durfte er nicht oft auf den Dachboden. Lilith folgte ihm und konnte gerade noch sehen, wie er in einem Gewirr alter Schränke und Truhen, barocker Stühle mit aufgerissenen Bezügen und aufgerollter Teppiche verschwand. Spinnweben spannten sich quer durch den Raum und das einzige Licht drang durch das Loch des Daches, das von innen mit einer stabilen Plane abgedichtet war. Ein verschlissener Teddybär ohne Arme lag direkt vor Lilith im Staub, in den Regalen warteten Bücher mit alten Ledereinbänden wohl schon seit Jahrzehnten auf einen neuen Leser und das verbeulte Grammophon in der Ecke würde wohl niemals mehr einen Ton von sich geben.

Lilith blieb stehen. Für einen Moment hatte sie das Gefühl, auf einer Art Friedhof gelandet zu sein. Hier verfielen die früheren Schätze und Antiquitäten von Generationen der Parker-Familie. Es war ein Raum der Vergangenheit, während diejenigen, denen diese Dinge einst gehörten, in Vergessenheit geraten waren. Lilith schauderte.

»Hannibal?«

Sie hörte ein gedämpftes Bellen. Um ihr Gesicht vor den Spinnweben zu schützen, schlängelte sie sich mit ausgestreckten Armen durch das Chaos. Jahrealter Staub wirbelte auf, tanzte in der Luft und kitzelte Lilith in der Nase, sodass sie mehrmals niesen musste.

Sie fand Hannibal schließlich, wie er aufgeregt schnüffelnd um eine alt aussehende dunkle Holztruhe mit schweren Eisenbeschlägen herumlief.

Lilith zog erstaunt eine Augenbraue hoch. »Du willst, dass ich hier reinschaue?«

Hannibal bellte erneut und blickte sie erwartungsvoll an.

Lilith kniete sich nieder. Mit klopfendem Herzen umfasste sie den Deckel.

Die Truhe war nicht abgeschlossen, doch die rostigen Scharniere beschwerten sich mit einem lang gezogenen Quietschen, als Lilith den Deckel anhob.

Schulter an Schulter steckten Lilith und Hannibal ihre Köpfe in die Truhe – allerdings lief Lilith im Gegensatz zu Hannibal vor Begeisterung nicht die Spucke aus dem Maul.

Die Truhe beherbergte ein wildes Sammelsurium aus getragenen Kleidern, polierten Steinen, alten Spielsachen und einer einäugigen Puppe.

»Tut mir leid«, sagte Lilith, während sie in den Sachen herumwühlte. »Aber hier sind keine Schuhe. Außer …« Sie hielt inne und zog mit spitzen Fingern einen alten grünen Gummistiefel hervor, der einen äußerst unangenehmen Geruch ausströmte. »Igitt!«

Hannibal bellte begeistert. Ehe Lilith es verhindern konnte, hatte der Hund ihr den Stiefel entrissen, jagte mit seiner Beute davon und polterte die Stufen des Dachbodens hinab.

»Hey, wie wäre es mit einem Dankeschön?«, rief sie ihm hinterher, doch von Hannibal war nichts mehr zu hören. Wahrscheinlich hatte er sich mit dem Stiefel schon in ein ruhiges Eckchen zurückgezogen.

Mit einem zufriedenen Lächeln wandte sich Lilith wieder der Truhe zu und wollte sie gerade schließen, als sie eine kleine schimmernde Dose entdeckte. Liliths Finger glitten bewundernd über die perlmuttfarbenen Muschelbruchstücke, die ein kunstvolles Mosaik bildeten und je nach Lichteinfall blau und rosa schillerten. Als Lilith den Deckel anhob, begann eine Spieluhr eine sanfte Melodie zu spielen, zu der sich eine kleine Meerjungfrau im Kreis drehte. Lilith erkannte das Musikstück, da es ihr Vater sich immer wieder an trüben, verregneten Tagen anhörte – es war eine Melodie aus Händels Wassermusik. Im Deckel der Dose war ein Bild festgemacht, das drei fröhlich lachende Kinder in einem Garten zeigte. Die Farben des Fotos waren vergilbt, als ob es zu lange in der Sonne gelegen hätte. Lilith stutzte.

War das nicht ihr Vater als kleiner Junge?

Doch, natürlich! Auch wenn er auf dem Bild vielleicht erst sechs, sieben Jahre alt gewesen war, so erkannte sie ihn doch eindeutig wieder. Und das hochgewachsene Mädchen, das etwa in Liliths Alter war, musste Mildred sein. Lilith hatte sich also nicht getäuscht – ihre Tante war tatsächlich älter als ihr Vater! Das kleine Mädchen in ihrer Mitte kannte Lilith jedoch nicht. Joseph und Mildred hielten es beide an den Händen in die Höhe und das etwa drei Jahre alte, blond gelockte Mädchen hatte ein freudiges Strahlen im Gesicht.

Lilith sah sich um und vergewisserte sich, dass sie noch immer alleine war, bevor sie das Foto vorsichtig aus dem Deckel der Spieldose löste. Auf seiner Rückseite stand in sauberen Druckbuchstaben »Jo, Lou und ich, 1978«.

Lou? Lilith hatte den Namen noch nie von ihrem Vater gehört. Sie drehte das Bild wieder um und betrachtete die drei Kinder. Wer war nur dieses kleine Mädchen?

Fünf tiefe Schläge wummerten bis zu ihr in den Speicher nach oben. Lilith schrak hoch. Die Standuhr in Mildreds Arbeitszimmer hatte fünf Uhr geschlagen – sie kam zu spät zu ihrer Verabredung mit Matt und Emma! Und Lilith hatte sich noch nicht einmal umgezogen. Sie sprang auf, schlug den Deckel der Truhe zu und steckte das Bild kurzerhand in die Jackentasche ihrer Schuluniform. Mit wehenden Haaren sauste sie die Treppe hinunter in Richtung ihres Zimmers und prallte im Flur unsanft mit Matt zusammen.

»Was machst du denn hier?«, fragte sie völlig perplex.

Matt grinste sie frech an. »Freudig überrascht, mich zu sehen?«

Lilith verdrehte die Augen und zog eine Grimasse. »Überrascht – ja. Freudig – nein.«

Matt seufzte gespielt bekümmert. »Ach, Lilith, du wirst es nie zu etwas bringen, wenn du weiterhin so einen unsympathischen Wahrheitsfimmel an den Tag legst!«

Geschickt wich er Liliths spielerischem Faustschlag aus.

»Deine Tante war bei uns und hat mich zu euch mitgenommen«, erklärte er ihr endlich seine Anwesenheit. »Bist du fertig?«

»Ich zieh mich noch schnell um, dann können wir los, okay?«

Matt nickte. »Ich warte unten in der Küche!«

Lilith flitzte in ihr Zimmer, tauschte die Schuluniform gegen Jeans und Pullover aus und blieb unschlüssig stehen. Es dauerte einen Moment, bis ihr klar wurde, was sie noch zurückhielt.

Die Krähe … Was, wenn die Krähe da draußen auf sie wartete? Sollte sie sich nicht irgendwie bewaffnen?

Lilith sah sich in ihrem Zimmer um, entdeckte jedoch nichts, was man als Waffe umfunktionieren konnte. Wie sinnvoll wäre es schon, ein Buch nach der Krähe zu werfen? Natürlich könnte sie sich auch von Kopf bis Fuß in ihre Tagesdecke einwickeln. Lilith schüttelte den Kopf. Das würde ihr alles nichts helfen!

Schließlich zog sie ihre Nachttischschublade auf und nahm das Amulett ihrer Mutter heraus, das sie am Abend zuvor abgelegt hatte. Wieder durchströmte sie ein Gefühl der Sicherheit, als sie das Schmuckstück überstreifte – auch wenn es, wie sie sich seufzend eingestehen musste, bei einem Angriff der Krähe wohl wenig nützlich sein würde. Doch aus irgendeinem Grund ahnte Lilith auch, dass die Krähe sie nur angreifen würde, wenn sie alleine unterwegs war.

Mehrere Stufen auf einmal nehmend sauste sie die Treppe hinunter und beschloss insgeheim, das Amulett in Zukunft nicht einmal mehr zum Schlafen abzulegen.

Als Matt und Lilith einige Minuten später völlig außer Atem vor dem »Eiscafé Leichenstarre« eintrafen, waren sie über eine Viertelstunde zu spät. Von Emma war nichts mehr zu sehen. Schon dachten sie, das Mädchen sei wieder heimgegangen, als Lilith sie durch ein Fenster im Eissalon an einem Tisch entdeckte. Emma winkte Lilith erfreut zu und bedeutete ihr hereinzukommen. Doch Lilith entging nicht, dass Emmas Lächeln bei Matts Anblick eine Spur schwächer wurde.

»Ich hoffe, es ist in Ordnung, dass Matt mitgekommen ist?«, fragte Lilith, als sie sich zu Emma setzten. »Er ist ja genau wie ich neu in Bonesdale und so kannst du uns beide herumführen!«

»Klar«, gab Emma schulterzuckend zurück.

Auch Matt schien Emmas kühle Reaktion aufgefallen zu sein. »Du musst uns unbedingt in die Bonesdaler Halloweengeheimnisse einweihen«, bat er sie mit einem gewinnenden Lächeln. »Nachdem ich nun schon einmal hier festsitze, bin ich wild entschlossen, ein Einheimischer zu werden. Wenn es hilft, werde ich mir auch ein weißes Nachthemd überziehen und mich neben der weißen Frau an einer Seilkonstruktion die Devilstreet rauf- und runterziehen lassen.«

Emma konnte sich ein Grinsen nicht verkneifen. »Ich glaube nicht, dass du ein brauchbares Gespenst abgeben würdest. Aber mit ein paar abgetrennten Extremitäten könntest du es vielleicht als Zombie versuchen.«

Matt sah bedauernd an sich herunter. »Dabei hänge ich so an meinen Armen!« Er seufzte. »Aber wenn es denn sein muss …«

»Und was für eine Rolle übernehme ich dann?«, schaltete sich Lilith ein. »Die einer bösen Hexe?«

»Tut mir leid, aber die beste böse Hexe, die wir haben, ist meine Mutter«, lachte Emma. »Mit ihr kannst du es nicht aufnehmen.«

Lilith warf einen verstohlenen Blick auf Emmas Nase. Die war ihr schon in dem Moment, als sie Emma kennengelernt hatte, seltsam bekannt vorgekommen. Sicherlich, Emmas Nase war um ein Vielfaches kleiner, aber ihre Form war Lilith allzu vertraut. »Deine Mutter heißt nicht zufällig Cynthia?«

Überrascht sah Emma auf. »Du kennst sie?«

Matt und Lilith tauschten einen kurzen Blick. »Nur flüchtig«, gab Matt zurück. »Sie hat uns gestern schon in allerbester Hexenmanier begrüßt.«

»Das glaube ich gerne!«, bedauerte sie Emma. »Mom liebt ihren Job als Hexe. Wenn sie mir und meinem Bruder in ihrem Kostüm eine Standpauke hält, befürchten wir manchmal, dass sie uns am Ende in weiße Mäuse verwandelt oder in den heißen Ofen steckt.«

»Und dein Vater – arbeitet der auch hier in Bonesdale?«, frage Lilith.

Emma nickte. »Er ist der Besitzer des Restaurants ›Frankenstein‹.«

Während sie sich weiter unterhielten und Emma die beiden mit Informationen über ihren neuen Heimatort versorgte, bestellten sie sich die Spezialität des Hauses: einen Eisbecher »Totenkopf« – ein aufgeschnittener Totenschädel, der mit Hirnmasse und Blut gefüllt war. Zu ihrer Erleichterung fand Lilith schnell heraus, dass der Kopf aus Plastik war, das Blut nur Erdbeersoße und die Hirnmasse leckeres Eis.

Als sie das »Leichenstarre« schließlich verließen, war es bereits früher Abend und die Touristen, die sich die Portalgräber und den historischen Friedhof angesehen hatten, waren ins Dorf zurückgekehrt. Das große Halloweenspektakel hatte begonnen und der ganze Ort schien auf den Beinen zu sein. Auf der Devilstreet herrschte eine Stimmung wie auf dem Jahrmarkt. Bucklige Hexen liefen durch die Menge und prophezeiten jedem, der dafür etwas Geld erübrigen wollte, eine düstere Zukunft. Kaufleute mit strähnigen Haaren und schwarzen Zähnen boten in transportablen Holzbuden ihre Waren feil. Hexenbrillen, Zauberermonokel und Werwolfkontaktlinsen wurden genauso angeboten wie Vampirzähne, Spinnennetze, Warzen und 1-a-Auswüchse und Geschwüre. Jeder, der an den Händlern vorbeilief, ohne etwas zu kaufen, wurde von ihnen übel beschimpft und verflucht. Doch kaum einer der Touristen reagierte beleidigt, oft genug lachten sie amüsiert auf und blieben dann doch stehen, um etwas zu kaufen. Am Dorfpranger verkündete ein Mann mit weißer Perücke und dunklem Umhang der Menge, dass er nun ein offizielles und viel zu mildes Urteil vollstrecken werde, nämlich den neben ihm stehenden jungen Mann wegen Vielweiberei seiner gerechten Strafe zuzuführen. Unter dem Gejohle der Leute wurde der Verurteilte, der sich mit aller Kraft wehrte und schrie, zum Pranger geführt. Dieser bestand aus zwei Brettern, die an stabilen Pfosten befestigt waren. In den Brettern war ein kreisförmiges Loch, wohinein nun der Hals des Verurteilten gesteckt wurde, während seine Handgelenke links und rechts davon ihren Platz fanden. Lilith wusste von ihrem Vater, dass im Mittelalter die Verurteilten bei dieser Strafe von den Passanten beschimpft und mit fauligem Obst, Gegenständen oder sogar Steinen beworfen worden waren. Hier jedoch hatte man eine andere Lösung gefunden: Plötzlich tauchte eine Schar mittelalterlich gewandeter Mädchen auf, die unter dem Gelächter der Touristen dem jungen Mann Handküsse und Blumen zuwarfen.

»Wart ihr eigentlich schon im ›Trick or Treat‹?«, fragte Emma.

Da Matt und Lilith verneinten, bahnten sie sich einen Weg durch die Menge. Als Lilith in den überfüllten Laden trat, verschlug es ihr den Atem. Noch nie hatte sie eine so große Menge an Halloweennaschereien gesehen. Es gab Schrumpfköpfe und Fledermäuse aus Schokolade, Madenbonbons, Zombiefinger aus Fruchtgummi, schwarze Spinnenchips und ein menschengroßes Skelett aus Karamellstangen. Man wusste gar nicht, wohin man zuerst laufen sollte. Auch an die Halloweenstreiche hatte man gedacht und so scharte sich eine Horde kleiner Jungen begeistert um einen Tisch mit Stinkbomben, Käsezahnpasta, Seifenbonbons und Furzkissen. Schließlich verließ Lilith den Laden mit einer Packung Blutkaugummi, mit dem sich die Spucke blutrot verfärbte, Emma hatte sich mit Augäpfeldrops eingedeckt, während sich Matt eine Tüte saurer Krötenzungen gekauft hatte.

Sie ließen sich weiter durch das bunte Halloweenspektakel treiben und die Zeit verging wie im Flug. Wohin man blickte, sah man etwas Interessantes, das es näher anzuschauen galt. Einmal entdeckte Lilith sogar Arthur, der mit freundlichem Lächeln auf eine Gruppe junger Mädchen zusteuerte und einem von ihnen die Hand reichte. Einen Moment später hörte man hysterisches Geschrei aus ihrer Richtung. Lilith grinste und wandte sich zu Matt und Emma um. »Und was machen wir jetzt?«

»Jetzt können wir uns noch das Spukhaus ansehen«, schlug Emma vor. »Um diese Zeit ist dort allerdings viel los und es dürfen immer nur fünf Leute auf einmal hinein.«

»Warum denn das?«, fragte Matt.

Emma rollte genervt mit den Augen. »Keine Ahnung vom Gruselgeschäft, oder?«, zog sie Matt auf. »Wenn zu viele Menschen im Haus sind, ist es einfach nicht mehr unheimlich genug.«

Je näher sie dem Marktplatz kamen, umso dichter wurden die Nebelschwaden. Zusammen mit der einsetzenden

Dämmerung schaffte dies – trotz der vielen Menschen um sie herum – eine unheimliche Atmosphäre.

Nervös wanderte Liliths Blick gen Himmel. Schon bald würde es dunkel sein. Lilith konnte nur hoffen, dass die Warteschlange vor dem Spukhaus nicht allzu lange sein würde!

Das baufällig wirkende Spukhaus lag in der Nähe der Schule und neben den anderen düsteren Häusern war es Lilith bisher noch gar nicht aufgefallen. Bei näherer Betrachtung jedoch lauerte hinter den schiefen, im Dunkeln liegenden Fenstern des Hauses eine merkwürdige Finsternis. Sie schien fast Substanz zu haben, als ob sie sich bewegen würde. Lilith hatte das Gefühl, dass in diesem Haus etwas auf sie wartete und wie ein Raubtier im Käfig ruhelos umherschlich. Mit jedem Schritt, den sich Lilith dem Haus näherte, stellten sich die feinen Härchen an ihren Armen auf. Bei dieser düsteren Aura war es kein Wunder, dass sich die Warteschlange der Gruselwilligen und Möchtegernhelden über die Länge von zwei Häusern bis hin zum Rathaus erstreckte, zwischen dessen steinernen Säulen ein Banner mit dem Aufruf »Heute Blutspende! Fünf Pfund & eine warme Mahlzeit!« im Wind flatterte.

Die drei stellten sich an, doch nur langsam schob sich die Schlange vorwärts. Unruhig trat Lilith von einem Fuß auf den anderen. Das würde ja ewig dauern!

»Was bist du denn so nervös? Musst du auf die Toilette?«, fragte Matt. »Oder kannst du es nicht erwarten, ins Spukhaus zu kommen?«

»Ich habe Mildred versprochen, zu Hause zu sein, wenn

es dunkel wird.« Sie strich sich die schwarzen Haare aus dem Gesicht, die von einer Windböe durcheinandergewirbelt worden waren. »Das könnte knapp werden.«

»Aber du bist doch nicht allein unterwegs – das sieht deine Tante sicherlich nicht so eng«, versuchte Emma sie zu beruhigen.

»Ich weiß nicht«, sagte Lilith unsicher. »Es schien ihr sehr wichtig zu sein, dass ich mich daran halte. Vielleicht sollte ich mir das Spukhaus lieber an einem anderen Tag ansehen und jetzt nach Hause gehen.«

»Ach Quatsch! Jetzt sind wir schon einmal da und so lange wird es bestimmt nicht mehr dauern, bis wir dran sind«, wiegelte Matt ab. »Wenn du möchtest, bringe ich dich nachher nach Hause. Dann durchsuche ich für dich auch gleich das Obergeschoss nach diesen Heimbewohnern, die sich vor dir versteckt halten.«

»Danke, aber dazu brauche ich dich nun wirklich nicht!«, fuhr sie ihn ärgerlich an.

Als Matt und sie auf dem Weg zum Eissalon waren, hatte sie ihm in aller Eile von Arthurs seltsamem Verhalten und dem mysteriösen Poltern erzählt, als sie geblutet hatte. Dass er nun vor Emma darauf anspielte, war ihr etwas peinlich. Sicherlich bekam Emma nun den Eindruck, Matt und Lilith hätten nichts Besseres zu tun, als hinter ihrem Rücken über das Verhalten der Einheimischen abzulästern oder sich gar darüber lustig zu machen.

Tatsächlich hatte Emma ihre Stirn nun auch in tiefe Falten gelegt. »Wie bitte?«, fragte sie.

Lilith stopfte die Hände in ihre Jeans und zuckte mit den

Schultern. »Ach, das bilde ich mir wahrscheinlich nur ein. Aber die Leute im Seniorenheim benehmen sich einfach etwas seltsam und bisher habe ich auch nur zwei von ihnen kennengelernt.«

Emma starrte Lilith mit offenem Mund an und schüttelte unmerklich den Kopf.

»Sag ich doch, da stimmt was nicht!« In Matts Augen blitzte detektivische Neugier auf. »Blut und schlurfende Geräusche, das kann nur bedeuten, dass du mit Vampiren unter einem Dach lebst!«

»Dir hat wohl das Halloweenspektakel das Hirn vernebelt, oder?«, blaffte Emma ihn an. Ihre braunen Augen funkelten wütend. »Vampire! So ein Blödsinn!«

Matt hob entschuldigend die Hände in die Höhe. »Sorry, das war doch nur ein Scherz! Meinst du vielleicht, ich glaube ernsthaft an diesen Humbug? Für so etwas ist meine Mutter zuständig.«

Mittlerweile waren sie dem Spukhaus schon so nahe, dass sie die gellenden Schreie der Touristen aus dem Haus hören konnten. Langsam, aber sicher schoben sie sich an die Eingangstür heran, wo eine alte Frau von jedem das Eintrittsgeld kassierte und penibel darauf achtete, nicht zu viele Besucher auf einmal einzulassen.

»Du hast mir gar nicht erzählt, warum du eigentlich geblutet hast!«, nahm Matt den Gesprächsfaden wieder auf.

Lilith kaute nachdenklich auf ihrer Unterlippe. Sollte sie sich Matt und Emma anvertrauen? Sie war unsicher, wie die beiden reagieren würden. Lilith gab sich einen Ruck und erzählte ihnen kurzerhand vom Angriff der Krähe.

Nachdem Lilith geendet hatte, verzog Matt zweifelnd das Gesicht.

»Bist du dir wirklich sicher, dass du die Krähe nicht irgendwie gereizt hast?«, bohrte er nach. »Es ist ja eine Sache, dass sich die Einheimischen hier etwas merkwürdig verhalten …« Er hielt kurz inne und warf Emma einen entschuldigenden Blick zu, ehe er fortfuhr. »Aber warum sollte dich ein eigentlich harmloses Tier grundlos anfallen und verletzen? Das kann ich echt nicht glauben!«

»Dann – dann glaub es eben nicht!«, gab Lilith gereizt zurück.

Sie blickte Hilfe suchend zu Emma, die bisher kein Wort dazu gesagt hatte. Diese verschränkte jedoch die Arme vor der Brust und musterte mit großem Interesse das Kopfsteinpflaster zu ihren Füßen. Von ihr brauchte Lilith wohl keine Unterstützung zu erwarten.

Enttäuscht wandte sich Lilith von den beiden ab und bemerkte, wie eine Kutsche an ihnen vorbeiratterte und vor den Treppen des Rathauses anhielt. Es war Tante Mildred, die nun geschickt vom Kutschbock sprang und zwei alten Frauen dabei half, von der Kutsche zu steigen. Beide trugen lange schwarze Röcke und selbst auf die Entfernung konnte Lilith die üppigen, spitzenbesetzten Rüschen ihrer weißen Blusen ausmachen, die steif und altmodisch wirkten. Die grauhaarigen Frauen gingen gebeugt und jeder Schritt schien sie all ihre Kraft zu kosten. Mildred sprach geduldig auf sie ein und führte die beiden, am Arm gestützt, die Treppen des Rathauses hinauf.

Lilith atmete auf. Wenn ihre Tante erst jetzt dazu gekommen war, zum Rathaus zu fahren, standen Liliths Chancen gut, vor ihr wieder zu Hause zu sein.

»Lilith, hör auf zu träumen!« Emma berührte sie sanft am Arm. »Wir sind dran.«

Lilith wandte sich um. Tatsächlich waren die Touristen vor ihnen mittlerweile im Haus verschwunden und Matt, Emma und Lilith standen direkt vor der windschiefen Tür des Spukhauses. Sie überreichten der Frau an der Tür das Geld und endlich durften sie in das Spukhaus hineingehen.

»Hoffentlich wird es nicht so langweilig wie die Geisterbahnen auf dem Jahrmarkt!« war das Letzte, was Matt sagte. Dann verschlug es ihm vor Schreck die Sprache.

Als sie einige Minuten später zurück ins Freie traten, waren Matts und Liliths Gesichter vor Angst verzerrt.

»Das war das Gruseligste, was ich je erlebt habe!«, stöhnte Matt. Er war kreidebleich.

Lilith erging es nicht anders. Ihre Knie zitterten immer noch. »Habt ihr das süße kleine Mädchen gesehen, das seinem Ball hinterhergelaufen ist? Ich dachte, es wäre echt – bis es plötzlich in der Wand verschwunden ist!«

Emma lächelte verständnisvoll. Sie war wohl schon zu oft in dem Spukhaus gewesen, um sich noch sonderlich zu gruseln.

»Wie funktioniert denn das?«, wollte Matt nun von ihr wissen. »Das war alles so realistisch! Wenn ich nur an den Geist denke, der sein Herz aus der Brust geholt und mir unter die Nase gehalten hat …« Matt schüttelte sich angeekelt.

Emma zuckte beiläufig mit den Schultern. »Vieles davon sind optische Täuschungen. Das Mädchen zum Beispiel ist nicht tatsächlich in der Wand verschwunden. Die Wände stehen dort versetzt und bilden einen Hohlraum. Durch die geschwärzte Wandfarbe und die schummrige Beleuchtung fällt es den Besuchern nur nicht auf«, ratterte Emma die Informationen so schnell herunter wie einen Text, den sie auswendig gelernt hatte. »Dann gibt es natürlich noch die Hologramme und Projektionen, wie die weiße Frau, die ihr ja auch schon gesehen habt. Diese Sachen wurden von Regius, unserem Dorferfinder, hergestellt.«

Lilith runzelte die Stirn.

Regius – damit musste der unfreundliche Mann aus Mildreds Seniorenstift gemeint sein! Dann hatte Arthur wohl untertrieben und Regius war tatsächlich ein begabter Erfinder.

Emma erklärte ihnen, dass sich die Bewohner Bonesdales als Spukhausdarsteller abwechselten. Jeden Mittag durften andere Kinder mitspielen und die Rolle des Mädchens, das in der Wand verschwand, war heiß begehrt.

»Ich durfte sie bisher am häufigsten spielen«, erzählte sie mit Stolz in der Stimme. »Dad hat gesagt, bei meinem Anblick würde es einem kalt den Rücken runterlaufen und ich sei eine echte Prinzessin der Dunkelheit!«

Beim Stichwort Dunkelheit fuhr Lilith zusammen. »Mist, jetzt ist es dunkel geworden und die meisten Touristen sind auch schon weg!«

Tatsächlich hatte sich die Devilstreet sichtlich geleert und viele der Buden wurden schon wieder abgebaut. Sie sah sich nach Mildreds Kutsche um, doch die war nirgends mehr zu sehen.

»Verdammt!«, entfuhr es ihr. »Ich muss unbedingt nach Hause!«

»Wow, schaut mal«, schrie Matt in diesem Moment begeistert auf. »Der Händler da vorne hat Finger-Guillotinen! Und Bio-Juckpulver!« Matt wandte sich an Lilith. »Warte nur noch einen Augenblick, ja? Dann können wir los, versprochen!«

Ehe Lilith etwas einwenden konnte, sauste Matt zu der Bude, vor der sich noch eine Handvoll Kinder und Jugendliche scharte.

Als die beiden Mädchen alleine waren, maß Emma sie mit einem prüfenden Blick, der Lilith mulmig zumute werden ließ.

»Du weißt von nichts, oder?«, fragte Emma schließlich.

Lilith sah sie verständnislos an. »Wovon soll ich nichts wissen?«

Emma schwieg, als ob sie ihre nächsten Worte sorgsam überdenken würde.

»Hör zu, Lilith«, begann sie mit ernster Stimme. »Du solltest mit deiner Tante über den Angriff der Krähe reden. Du musst es ihr unbedingt erzählen, hast du gehört? Das ist sehr, sehr wichtig!«

»Aber warum …«, setzte Lilith an.

»Ich muss jetzt los«, fiel Emma ihr ins Wort. Sie schien es plötzlich sehr eilig zu haben. »Ich hab meiner Mutter versprochen, heute Abend mit meinem Bruder Mathe zu lernen. Bis morgen!«

Völlig überrumpelt von ihren Worten starrte Lilith der davoneilenden Emma hinterher, während Matt mit einem glücklichen Lächeln und einem Arm voller Einkäufe zurückkam. Er musste sein gesamtes Taschengeld bei dem Händler ausgegeben haben.

»Wo ist denn Emma?«

Lilith sah verstört auf. »Sie musste heimgehen.« Ratlos schüttelte sie den Kopf. »Sie hat mich nur noch gefragt, ob ich tatsächlich von nichts wüsste, und mir gesagt, dass ich unbedingt Tante Mildred die Sache mit der Krähe erzählen soll.«

»Von was weißt du nichts?«, fragte Matt.

Lilith warf entnervt die Hände in die Luft. »Wenn ich wüsste, was sie gemeint hat, würde ich es ja wohl nicht nicht wissen, oder?«

Matt grinste entschuldigend. »Sorry, du hast ja recht!« Er wurde ernst. »Bisher hatte ich es ehrlich gesagt eher für einen Spaß gehalten, aber die scheinen uns hier tatsächlich etwas zu verschweigen. Die Frage ist nur was?«

Während sie sich auf den Weg in Richtung Friedhof machten, ließ Lilith sich das Gespräch vor dem Spukhaus noch einmal durch den Kopf gehen. Plötzlich stutzte sie. »Ist dir aufgefallen, wie gereizt sie reagiert hat, als du diese Vermutungen über die Heimbewohner angestellt hast?«

»Stimmt!« Matts Gesicht hellte sich auf. »Wir könnten uns bei dir einmal genauer umsehen. Vielleicht finden wir ja etwas Interessantes.«

»Wir?«, fragte Lilith überrascht.

»Klar, ich stecke doch auch in dieser Sache mit drin!«

Lilith lächelte ihn dankbar an. »Lieb von dir, aber ich halte es für besser, wenn ich das Seniorenheim alleine durchsuche. Das ist unauffälliger.«

Lilith hatte auch schon eine Idee, wie sie vorgehen würde. Das Durchsuchen der Zimmer musste allerdings bis morgen warten. Für heute Abend hatte sie schon einen anderen Plan.

Matt und Lilith eilten zurück, begleitet von Nebelschwaden und dem flackernden Licht der Straßenbeleuchtung. Wie versprochen brachte Matt sie nach Hause, was Lilith den Ärger mit ihrer Tante leider nicht ersparte. Als sie in die Küche traten, stand Mildred am Herd und hackte mit einem Messer inbrünstig auf eine Karotte ein. Der Blick, den sie Lilith zuwarf, ließ keinen Zweifel daran aufkommen, dass Mildred wütend auf sie war. Sie schickte Lilith auf ihr Zimmer, noch ehe diese eine Entschuldigung murmeln konnte.

»Ich bin wirklich sehr enttäuscht von dir, Lilith!«, zischte sie in bitterem Ton. »Aber immerhin weiß ich jetzt, dass du dich nicht an deine Versprechungen zu halten pflegst und ich dir mein Vertrauen lieber nicht schenken sollte.«

Selbst Matt kam nicht ungeschoren davon – unter wütendem Gezeter verkündete Mildred, dass sie ihn jetzt heimfahren und sich bei Eleanor entschuldigen müsse, da ihre verantwortungslose Nichte Matt und sich selbst in unnötige Gefahr gebracht hatte. Als Matt an dieser Stelle den Mund öffnete, um etwas zu erwidern, funkelte ihn Mildred so wütend an, dass er erschrocken innehielt und ihr wortlos nach draußen folgte. Mit hängenden Schultern stieg Lilith die Stufen hinauf.

Lilith saß auf dem harten Boden und die kalten Fliesen bohrten sich in ihren Rücken.

Pflatsch. Pflatsch. Pflatsch.

Das stete Tropfen des Wasserhahns hatte eine einschläfernde Wirkung. Lilith musste ein Gähnen unterdrücken. Sie hatte das Gefühl, seit einer Ewigkeit hier im Dunkeln hinter der Badezimmertür zu sitzen. Sie lugte durch den Türspalt in den schwach beleuchteten Flur hinaus, doch dort draußen rührte sich nichts. Lilith seufzte, verlagerte ihr Gewicht auf die rechte Seite und zog das linke Bein an, das unangenehm zu kribbeln begonnen hatte. Vielleicht sollte sie ihr Versteck doch so langsam verlassen und sich zurück in ihr warmes Bett flüchten? Die Aussicht war zu verlockend. Sie sah auf die Uhr, deren Ziffernblatt im Dunkeln neongrün leuchtete. Zum ersten Mal war Lilith dankbar für dieses praktische Geschenk ihres Vaters. Er hatte ihr die Uhr nach Funktionalität ausgesucht: Sie war zwar hässlich, dafür aber nachtablesbar und stoßfest – und wenn Lilith einmal bis in die Tiefsee hinabtauchen wollte, konnte sie auch dort problemlos die Uhrzeit ablesen. Es war eines der wenigen Male gewesen, wo sie sich nicht mit einem bittenden Lächeln und einem gekonnten Augenaufschlag bei ihrem Vater durchsetzen und eine andere Uhr hatte erbetteln können. Er meinte, er wolle für seine Tochter nur das Beste, weil eine gute, zuverlässige Uhr ihr unter Umständen sogar das Leben retten könne. Sogleich hatte er Lilith gezeigt, wie man mithilfe der Uhr die Himmelsrichtung bestimmen konnte, eine Erklärung, der Lilith nur halbherzig gefolgt war. Zum einen hatte sie bezweifelt, dass sie in den Straßen

Londons jemals in die Verlegenheit kommen würde, die Himmelsrichtung bestimmen zu müssen, zum anderen war sie überzeugt gewesen, dass sie vor Scham im Boden versinken würde, wenn sie mit dieser hässlichen Uhr am nächsten Tag zur Schule gehen musste.

Bei der Erinnerung huschte Lilith ein Lächeln über das Gesicht. Sie hatte die Uhr am nächsten Tag trotzdem getragen, die Kommentare der Mädchen waren halb so schlimm gewesen und die Jungs in ihrer Klasse hatten sogar einige neidvolle Blicke auf Liliths neue Uhr geworfen.

Es war Viertel nach elf. Es hatte wohl keinen Sinn mehr, länger zu warten. Gerade wollte Lilith sich erheben, als ein Geräusch sie innehalten ließ.

Tatsächlich, es näherten sich Schritte!

Lilith hielt die Luft an. Durch den schmalen Türspalt sah sie einen Schatten vorbeihuschen, der direkt vor ihrer Zimmertür stehen blieb. Man hörte ein metallisches Kratzen, dann wurde ein leiser Fluch ausgestoßen.

Lilith grinste zufrieden. Blutkaugummi! Sie hatte das Türschloss damit zugeklebt. Lilith hatte längst erkannt, wer sich da an ihrer Tür zu schaffen machte: Es war tatsächlich ihre Tante.

Mildred hatte es inzwischen aufgegeben, den Schlüssel in das verklebte Schloss stecken zu wollen, doch sie rührte sich nicht vom Fleck. Was machte sie da nur?

Es sah so aus, als würde sie mit der Hand unsichtbare Zeichen in die Luft malen und murmelte dabei Worte in einer unbekannten zischenden Sprache. Um sie besser beobachten zu können, lehnte sich Lilith nach vorne und stieß dabei mit dem Ellenbogen gegen die Tür. Sie zog scharf die Luft ein und konnte nur mühsam einen Laut des Schmerzes unterdrücken. Trotzdem musste Mildred etwas gehört haben. Sie fuhr herum und ihre Augen suchten hektisch den Flur ab. Lilith erstarrte und wagte nicht einmal mehr zu atmen. Es dauerte eine halbe Ewigkeit, bis Mildred sich wieder entspannte, einen letzten Blick auf Liliths Zimmertür warf und dann den Flur und die Treppe hinunterging.

Lilith wartete noch einen Moment, ehe sie sich aus dem Badezimmer hinauswagte und in ihr Zimmer schlüpfte. Mit klopfendem Herzen legte sie sich in ihr Bett, die Decke bis ans Kinn gezogen. Sie konnte sich zwar nicht erklären, was Mildred vor ihrer Tür gemacht hatte, doch eines war ihr klar geworden: Vielleicht hatte ihre Tante gar nicht die Absicht gehabt, sie einzusperren. Es sah eher so aus, als ob Mildred irgendwen oder irgendetwas daran hindern wollte, in Liliths Zimmer hineinzugelangen.

4. Kapitel

»Baron Edward von Nephelius, dessen Stammbaum bis zum Zeitalter König Artus zurückverfolgt werden kann, war ein Feldherr der Gerechtigkeit und ein Wohltäter der Armen. Insbesondere zu rühmen ist sein politisches Engagement, wobei seine unschätzbare Bedeutung für die Gründung der großen Übereinkunft und die Erschaffung der VIER AMULETTE hervorgehoben werden muss. Zum Schutze St. Nephelius' war der Baron auch bereit, sich mit der weltlichen Obrigkeit anzulegen. So klagte er 1647 den grausamen Hexenjäger Matthew Hopkins, der in Großbritannien allein mehr Hexen getötet hatte als alle anderen Hexenjäger zusammen, selbst der Hexerei an und zwang ihn zum sogenannten Hexenspaziergang.*

Der Familiensitz derer zu Nephelius ist seit jeher die Burg Nightfallcastle, die im Volksmund aufgrund ihres Aussehens auch Bonefinger genannt wird. Ihr Antlitz schmückt noch heute das Wappen der St.-Nephelius-Gesamtschule in Bonesdale. Die leider etwas unscharfe Schwarz-Weiß-Fotografie auf Seite 3 zeigt Baron Edward von Nephelius mit seiner Frau Cosima von Nephelius, gebürtige Lady Hollingsworth.«

aus dem Vorwort der biografischen Abhandlung
»Baron Edward von Nephelius –
Leben und Werk« von Cordelia Silberdistel

* da in Großbritannien die Folter offiziell verboten war, erdachte sich Hopkins einige andere Möglichkeiten der Überführung. Beim Hexenspaziergang ließ er das Opfer so lange die Treppe rauf- und runtergehen, bis es die ihm vorgeworfenen Taten gestand. Die meisten Historiker glauben, dass Hopkins 1647 an Tuberkulose starb, es gibt jedoch Gerüchte, dass der Hexenjäger in einem kleinen englischen Dorf selbst der Hexerei angeklagt und erhängt wurde.

Am Frühstückstisch herrschte eine beklemmende Stille. Mildred saß mit verkniffenem Gesicht auf ihrem Platz und würdigte ihre Nichte keines Blickes. Wie die Sporen eines Giftpilzes legte sich Mildreds schlechte Laune über die Gemüter der anderen. Lilith schluckte schwer. Sie hatte die Hoffnung gehabt, dass sich ihre Tante über Nacht abgeregt hatte, doch dem war offensichtlich nicht so. Selbst Arthur und Regius verschanzten sich hinter ihren Zeitungen.

Neben ihnen saßen an diesem Morgen noch zwei weitere Bewohner des Seniorenheims: Die beiden Schwestern Isadora und Melinda Winterbottom, die mit gezierten Bewegungen an ihrem Earl-Grey-Tee nippten, sahen sich zum Verwechseln ähnlich. Aufgrund ihrer hageren Statur und den weißen, streng zu einem Dutt gekämmten Haaren hätte Lilith schwören können, dass es sich dabei um die zwei alten Frauen handelte, die Mildred am Abend zuvor zum Rathaus gefahren hatte. Allerdings waren Isadora und Melinda keineswegs schwach und gebrechlich, im Gegenteil. Ihre Wangen waren rosig und ihre Augen blitzten interessiert auf, als Lilith sich ihnen vorstellte und neben ihnen am Frühstückstisch Platz nahm.

Doch auch die beiden schienen so früh am Morgen nicht sonderlich gesprächig zu sein und so schmierte sich Lilith stumm ein Marmeladenbrötchen und biss lustlos hinein. Sie hatte nun schon die zweite Nacht in Folge schlecht geschlafen. Seltsamerweise plagte sie immer wieder derselbe nächtliche Albtraum. Zwar war sie seit jeher kein Freund von größeren Wassermassen, doch dass sie Nacht für Nacht träumte zu ertrinken, war neu. Immerhin, so schoss es ihr durch den Kopf, hatte sie trotz ihrer nicht abgeschlossenen Zimmertür keinen ungebetenen nächtlichen Besuch bekommen. Ob das an diesen fremdartigen Worten lag, die Mildred in beschwörerischem Ton geflüstert hatte? Lilith hätte ihre Tante gerne darauf angesprochen, doch als sich ihre Blicke zufällig trafen, kniff Mildred ihre Lippen zu einem dünnen Spalt zusammen und schlug ihrem Frühstücksei so inbrünstig den Kopf ab, dass die Schale über den halben Tisch flog. Immerhin wusste Lilith nun, dass ihre Tante einen äußerst nachtragenden Charakter besaß. Sie war froh, als sie endlich das Haus verlassen und zur Schule fahren konnte.

Auch dieser Schultag verlief kaum anders als der erste. Lilith und Matt kämpften mit Mister Bakers Matheaufgaben, und während der Pausen standen sie bei Emma und ihrem kleinen Bruder Tom, einem aufgeweckten rothaarigen Jungen, der Matt und Lilith permanent über London und das Leben in der Großstadt ausfragte. Lilith hatte den quirligen Jungen sofort gern und fand sein Interesse am Leben außerhalb der Abgeschiedenheit Bonesdales nur allzu verständlich. Doch durch all seine Fragen bekam sie keine Gelegenheit, Emma auf ihre seltsamen Andeutungen vom gestrigen Nachmittag anzusprechen. Dies war offenbar ganz in Emmas Sinne, da sie darauf Bedacht war, niemals mit Lilith alleine und somit ungestört zu sein.

Wenigstens konnte Lilith im Englischunterricht bei Miss Tinkelton einige Pluspunkte sammeln. Die Klasse besprach gerade »Viel Lärm um nichts« von Shakespeare, und da Lilith dieses Stück schon in ihrer alten Schule durchgenommen hatte, konnte sie sich noch an einige wichtige Dinge erinnern.

Als Lilith am Nachmittag nach Hause kam, war sie so müde und erschöpft, dass sie sich am liebsten ins Bett gelegt und bis zum nächsten Morgen durchgeschlafen hätte. Aber sie hatte Matt versprochen, die Zimmer der Heimbewohner nach Hinweisen zu durchsuchen, und so verbrachte sie den halben Nachmittag damit, sich in den Fluren der Parker-Villa herumzutreiben. Nur leider herrschte ausgerechnet an diesem Tag im ganzen Haus ein ständiges Kommen und Gehen. Isadora und Melinda veranstalteten in einem der Aufenthaltsräume eine Bridge-Party und hatten einige ältere Damen aus Bonesdale zu Besuch. Während Mildred hin- und hereilte, um die Ladys mit Kaffee, Tee und Kuchen zu bewirten, war Arthur dazu verpflichtet worden, Regius beim Ausmisten des Kellers zu helfen und einige seiner Erfindungen auf dem Dachboden zu verstauen. Immer wenn Lilith dachte, gerade sei es ruhig und sie könne es wagen, in ein Zimmer zu spähen, kam jemand um die Ecke und warf ihr einen erstaunten Blick zu. Lilith tat dann meist so, als ob sie etwas verloren habe, oder sie band sich einen Schnürsenkel zu, doch ihr war klar, dass ihr seltsames Verhalten auf die Dauer Aufsehen erregen musste. Als sie von Regius schließlich voller Misstrauen gefragt wurde, warum sie eigentlich schon seit Stunden hier im Flur herumlungerte, ließ sie ihr Vorhaben notgedrungen bleiben.

Aber sie musste nicht lange warten, bis sich eine günstigere Gelegenheit ergab. Als Lilith am nächsten Nachmittag nach Hause kam, brachen Arthur, Isadora und Melinda gerade zu einem der wöchentlich stattfindenden Treffen der GHA, der Gilde der Halloweenakteure, auf. Anders als Arthur waren Melinda und Isadora im Hintergrund tätig und halfen beim Nähen und Ausbessern der Kostüme. Mit ihren flinken Fingern waren sie zwei wahre Perlen der Schneiderkunst und für das Spektakel eine unschätzbare Hilfe, wie Arthur betonte, woraufhin die beiden Damen verschämt kicherten. Regius hatte sich wie üblich im Keller bei seinen Experimenten verschanzt und auch Mildred war nicht im Haus. Wie Arthur Lilith beim Hinausgehen informierte, schwamm Mildred nämlich, wenn es ihre Zeit erlaubte, jeden Mittag im Meer. Das fand Lilith mehr als ungewöhnlich. Immerhin war es schon Oktober und im Meer zu schwimmen hatte bei diesen Temperaturen für Lilith ungefähr den gleichen Reiz, wie sich freiwillig in eine Badewanne voller Eiswürfel zu legen. Für ihr Vorhaben war dieser Umstand jedoch mehr als günstig.

Nachdem Lilith eine Kleinigkeit gegessen und sich in ihrem Zimmer umgezogen hatte, spähte sie in den düsteren Flur hinaus. Im Haus herrschte eine geradezu gespenstische Stille. Auf Zehenspitzen schlich sie den Flur entlang und öffnete die erstbeste Tür zu ihrer Rechten. Mit angehaltenem Atem lugte sie durch den Türspalt. Es war niemand zu sehen oder zu hören.

Lilith drückte die Tür etwas weiter auf und … stieß enttäuscht die Luft aus. Die Möbel und das Bett waren mit weißen Leinentüchern abgedeckt und in den Ecken zeugten großzügige Spinnennetze von den derzeit einzigen Bewohnern dieses Zimmers. Hier gab es für Lilith nichts zu entdecken. Auch das nächste Zimmer war unbewohnt und zeigte das gleiche Bild. Anscheinend standen alle Räume in der Nähe ihres eigenen Zimmers leer.

Lilith ließ sich nicht entmutigen und machte weiter. Sicherlich war es nur eine Frage der Zeit, bis sie auf etwas Interessantes stoßen würde! Sie schlich den Flur entlang und öffnete vorsichtig die nächste Tür. In diesem Zimmer waren die Vorhänge geschlossen, und erst als sich Liliths Augen an das düstere Zwielicht gewöhnt hatten, konnte sie etwas erkennen.

Das Zimmer wurde dominiert von einem roten Chippendale-Sofa mit ausgestellten Füßen, auf dem zwei bestickte Seidenkissen akkurat platziert waren. Auch der Überwurf des schmalen Bettes war über und über mit schwarzen Blumenranken bestickt. Passend zu dem Sofa gab es einen Tisch und zwei Kommoden im Rokokostil. Auf einer von ihnen stand eine Fotografie in einem üppig verzierten Bilderrahmen, auf dem Isadora und Melinda Winterbottom in die Kamera lächelten. Somit musste dies das Zimmer einer der beiden Schwestern sein.

An der Tür des dunklen Kleiderschranks hing eine weiße, mit auffallenden Rüschen besetzte Bluse. Lilith erkannte sie sofort wieder. Nun war sie sich sicher, dass sie ihre Tante mit den beiden Schwestern beim Rathaus gesehen hatte! Doch was hatte Mildred nur mit ihnen angestellt, dass sie derart aufgeblüht und verjüngt waren? Die zwei alten Damen, die Lilith kennengelernt hatte, hatten jedenfalls nichts mit den beiden gebrechlichen und kränklich wirkenden Frauen gemeinsam, die kaum die Stufen des Rathauses hinaufgekommen waren.

Ihr kam ein schrecklicher Gedanke. War am Rathaus nicht ein Banner mit dem Aufruf zur Blutspende angebracht gewesen? Vielleicht lag Matt mit seiner Vermutung, über die Emma sich so aufgeregt hatte, doch nicht so falsch und die beiden alten Frauen waren wegen des Blutes im Rathaus und …. Lilith schüttelte den Kopf. Was für ein Unsinn!, schalt sie sich selbst. Sie durfte sich von Matts Witzeleien und der allgegenwärtigen Halloweenatmosphäre nicht beeindrucken lassen! Erst einmal musste sie nach weiteren Hinweisen suchen.

Ein Geräusch ließ Lilith zusammenfahren. Sie hätte schwören können, dass sie im Untergeschoss eine Tür hatte zuschlagen hören. Mit angehaltenem Atem lauschte sie in die Stille des Hauses und wagte nicht, sich zu bewegen. Ob die Sitzung der Gilde der Halloweenakteure schon vorüber war? Oder machte Regius eine Pause von seinen Experimenten und würde jeden Moment nach oben kommen?

Lilith beschloss, dass es besser war, sich so schnell wie möglich aus dem Staub zu machen.

Hastig wandte sie sich um und stieß mit ihrem Bein gegen einen schmalen Beistelltisch. Die zierliche Glasvase, die darauf stand, fing sofort an zu schwanken. Obwohl Lilith vorschnellte, um sie aufzufangen, griffen ihre Hände ins Leere. Die Vase ging mit lautem Getöse zu Boden.

»Oh shit!«, fluchte Lilith leise.

Das hatte sie nun von ihrer Schnüffelei! Lilith konnte sich den Ärger, den sie dafür mit ihrer Tante bekommen würde, nur allzu gut ausmalen. Warum war sie nur nicht vorsichtiger gewesen?

Sie ging in die Knie, um sich den Schaden näher anzusehen. Wie es schien, hatte Lilith noch einmal Glück gehabt. Zwar war am oberen Rand der Vase ein Teil der Zierleiste abgebrochen, doch wenn sie die kaputte Seite der Vase zur Wand drehte, fiel es fast nicht auf.

Lilith steckte die abgebrochene Zierleiste ein, um die Vase bei der nächstbesten Gelegenheit mit Klebstoff zu reparieren. Doch jetzt würde dafür die Zeit nicht mehr ausreichen. Lilith konnte nur hoffen, dass bis dahin niemand den Schaden bemerkte. Mit einem letzten Blick vergewisserte sie sich, dass das Zimmer genauso aussah wie vorher, und ging hinaus auf den Flur.

Alles war still. Nach wie vor schien das Haus in einem friedlichen Mittagsschlaf zu liegen.

Lilith kaute nachdenklich auf ihrer Unterlippe. Vielleicht hatte auch nur der Wind eine Tür im Erdgeschoss zugeschlagen? Dann könnte sie sich noch ein oder zwei weitere Zimmer ansehen …

Schließlich hatte sie bisher herzlich wenig herausgefunden, und wenn sie nun aufhörte, wäre sie den ominösen Geschehnissen hier im Haus keinen Schritt näher gekommen. Auf der anderen Seite hatte sie ihr Glück mit der Vase schon genug strapaziert und es wäre sicherlich klüger, kein weiteres Risiko mehr einzugehen.

Gerade als Lilith in Richtung ihres Zimmers laufen wollte, fiel ihr auf, dass die Tür des gegenüberliegenden Raumes einen Spaltbreit offen stand. Lilith runzelte die Stirn. Seltsam, sie hätte schwören können, dass sie vorher noch geschlossen gewesen war.

Zögernd klopfte Lilith an. Keine Antwort.

Sie gab der Tür einen leichten Stoß, sodass sie vollends aufschwang.

Im ersten Moment blendete Lilith das Licht der Nachmittagssonne, das direkt durch die beiden Fenster schien. Lilith blinzelte und hob schützend die Hand vor ihre Augen.

Es war ein hübsch eingerichtetes Zimmer im Kolonialstil, dessen rechte Wand komplett von einem massiven Bücherregal eingenommen wurde, das in Leder eingebundene Bücher und Folianten barg. Ein kunstvoller Perserteppich bedeckte den Boden und auf dem Kaminsims stand eine goldene Uhr, deren kugelförmige Drehpendel mal nach links, mal nach rechts kreisten, als ob sie mit der verrinnenden Zeit Ringelreihen spielten.

Lilith ging auf das Bücherregal zu. Bewundernd glitten ihre Finger über die Einbände. Die Titel waren in Gold und Schwarz in das Leder gepresst. Manche von ihnen trugen fremdländische Schriftzeichen, die Lilith nicht entziffern konnte. Sie fragte sich, welcher Einwohner des Hauses wohl all diese Sprachen beherrschte.

Lilith sah durch die Fenster auf den Friedhof, der sich hinter der großen Mauer zu einem Hügel erhob und von Tannen bewaldet war. Im Schatten der Bäume harrten Grüfte und herrschaftliche Grabmäler der Ewigkeit. Viele von ihnen besaßen kleine Türmchen, verzierte Säulen oder steinerne Figuren, die ihre Hände flehend zum Himmel reckten. An einem der Gräber nahe der Mauer konnte Lilith einen Engel erkennen, der seine Flügel ausgebreitet hatte, als ob er jeden, der dem Grab zu nahe kam, damit ergreifen und verschlingen wollte.

Mit einem Frösteln drehte sich Lilith um und musste einen entsetzten Aufschrei unterdrücken.

Im Sessel hinter ihr saß ein Skelett und glotzte sie aus seinen schwarzen Augenhöhlen seltsam fragend an.

Einige Atemzüge lang stand Lilith so versteinert da wie die Figuren auf den Grabmälern.

Das Skelett saß mit übereinandergeschlagenen Beinen im Sessel, in der knochigen Hand klemmte ein Buch und … es sah so lebendig aus!

Vor der rechten Augenhöhle klemmte ein Monokel und ein wertvoll aussehendes Seidentuch war krawattenähnlich um den Hals drapiert. In seinen bleichen Rippen baumelte sogar eine goldene Taschenuhr mit Kette.

Endlich begann sich wieder Liliths Verstand einzuschalten. Die meisten Bewohner hier im Haus nahmen in irgendeiner Form am Halloweenspektakel teil, Arthur mimte den Zombie, Isadora und Melinda besserten die Kostüme aus, Regius war der Erfinder einiger Attraktionen, und wenn dies … natürlich! Lilith lachte erleichtert auf. Fast schämte sie sich, dass sie sich derart hatte erschrecken lassen. Neugierig ging sie auf das Skelett zu.

»Du bist sicherlich eine neue Erfindung, die Regius für die Touristen hergestellt hat!«, begrüßte sie das Skelett schmunzelnd.

Sie betrachtete es aus der Nähe. Zwar hatte Lilith keine Ahnung, wie Regius es geschafft hatte, aber man bekam wirklich den Eindruck, dass das Skelett jeden Moment den Kopf drehen und zu sprechen beginnen würde. Ihr Blick fiel auf das Buch in der Hand des Skeletts. Der Titel war für Lilith nicht zu entziffern, da er wie die Bücher aus dem Bücherregal ebenfalls in außergewöhnlichen Schriftzeichen verfasst war, doch dieses Mal waren die Schriftzeichen Lilith nicht gänzlich unbekannt. Ihr Herz begann schneller zu schlagen. Es waren Runen, die gleichen Schriftzeichen wie auf dem Amulett ihrer Mutter! Was für ein seltsamer Zufall. Doch dies war nicht das einzig Ungewöhnliche an dem Buch. Es schien alt zu sein, allerdings nicht so alt, wie es hätte sein müssen. Lilith wusste, dass schon seit Jahrhunderten die Runenschrift nicht mehr verwendet wurde, geschweige denn in ihr verfasste Bücher gedruckt wurden.

Neugierig griff Lilith nach dem Buch, doch sosehr sie sich auch bemühte, es steckte zwischen den Knochenfingern fest wie in einer Schraubzwinge.

Enttäuscht ließ Lilith davon ab und wandte sich wieder dem Zimmer zu. Sie bezweifelte, dass sie hier etwas herausfinden würde. In dem Raum lag nichts offen herum und sie hatte zu viel Skrupel, um Schränke oder Schubladen zu durchwühlen. Lilith ging noch einmal zurück zum Fenster. Was für ein unheimlicher Ausblick … Sie war froh, dass ihr eigenes Zimmer nicht in Richtung des Friedhofs lag. Sicherlich würden sie ansonsten noch schlimmere Albträume plagen, als es ohnehin schon der Fall war.

»Na toll!«, stöhnte Lilith leise auf.

Sie hatte gedankenverloren mit der abgebrochenen Zierleiste der Vase gespielt, die ihr nun aus der Hand geglitten war. Auf dem Perserteppich war sie jedoch weich gelandet und blieb unbeschädigt.

Anscheinend ist heute mein Glückstag, dachte Lilith sarkastisch. Sie bückte sich, um die Scherbe aufzuheben.

Ein kaum hörbares Klacken ließ sie herumfahren. Es war keine Bewegung auszumachen, sie war nach wie vor allein im Zimmer. Doch irgendetwas hatte sich verändert ... Sie konnte nur nicht genau sagen, was es war. Es musste sich um ein kleines Detail handeln, das ihr Bewusstsein als unwichtig ausblendete. Sie ließ ihren Blick durch das Zimmer schweifen – und erstarrte.

Der Kopf des Skeletts hatte sich gedreht!

Lilith war sich absolut sicher. Während der Schädel eben noch starr geradeaus in die Mitte des Raumes gerichtet war, blickte er nun in Liliths Richtung zum Fenster.

Sie schnappte entsetzt nach Luft und lief rückwärts auf die Tür zu. Wie hypnotisiert haftete ihr Blick auf dem Skelett, dessen leere Augenhöhlen ihren Bewegungen zu folgen schienen. Lilith stolperte und fiel unsanft zu Boden. Hastig rappelte sie sich auf und stürmte, ohne einen Blick zurückzuwerfen, aus dem Zimmer.

Wie von Sinnen rannte Lilith den Flur entlang.

Erst als sie atemlos innehielt und sich umsah, bemerkte sie, dass sie in Richtung des Dachbodens und nicht zu ihrem Zimmer gelaufen war. Ihre Knie zitterten. Lilith lehnte ihre Stirn gegen das kalte Fenster im Flur und versuchte, ihre Gedanken zu ordnen.

War sie gerade eben tatsächlich vor einem lebenden Skelett gestanden? Oder hatte sie Halluzinationen? Sie fuhr sich mit der Hand über die Augen.

»Denk nach, Lilith!«, murmelte sie. »Zuerst muss man die Fakten sammeln, dann kann man seine Schlüsse daraus ziehen. Das sagt Dad doch immer.«

Der Gedanke an ihren rationalen, stets beherrschten Vater beruhigte sie etwas. Was hätte sie in diesem Moment darum gegeben, dass er hier bei ihr wäre und sie sich ihm hätte anvertrauen können. Doch leider musste sie dies ohne seine vernünftigen Ratschläge überstehen. Was er wohl zu dieser Geschichte gesagt hätte?

Lilith sah ihn fast schon vor sich, wie er ihr aufmerksam zuhörte – die Ellenbogen aufgestützt und die Fingerspitzen federnd aneinandergelegt –, um dann mit sonorer Stimme zu antworten: »Wenn deine Vermutung stimmt, Lilith, und das Skelett tatsächlich eine von Regius' Erfindungen ist, dann könnte er es mit Bewegungssensoren ausgerüstet und so programmiert haben, dass es auf die Bewegungen in seiner Umgebung reagiert. So etwas gibt es in jeder besseren Geisterbahn.«

Lilith lächelte. Ja, genau das hätte ihr Vater gesagt. Sie musste zugeben, dass das eine durchaus vernünftige Erklärung der ganzen Sache war. Trotzdem sträubte sie sich innerlich dagegen. Ein Gefühl sagte ihr, dass mehr dahintersteckte.

Aber vielleicht gab es eine Möglichkeit, der Sache auf den Grund zu gehen: Sicherlich war Regius der Typ Mensch, der für seine Arbeit lebte und mit Begeisterung darüber redete. Wenn Lilith ihn darauf ansprach, könnte sie ihn wahrscheinlich nach dem Skelett fragen, ohne dass er misstrauisch wurde. Wenn es tatsächlich nur eine seiner Erfindungen war, würde sie es vermutlich bald wissen. Lilith verzog gequält ihr Gesicht. Ein Gespräch mit dem unsympathischen Regius führen zu müssen weckte nicht unbedingt Vorfreude in ihr.

Sie steckte frustriert die Hände in ihre Taschen. Die Durchsuchung der Zimmer war kein großer Erfolg gewesen. Wenn man es genau nahm, hatte sie Matt kaum etwas zu berichten. Die seltsame Genesung der Winterbottom-Schwestern war bisher ihre einzige heiße Spur und das war nicht gerade viel.

Lilith spitzte die Ohren. Sprach da nicht jemand in Mildreds Arbeitszimmer? Sie war sich sicher, eine gedämpfte Stimme zu hören. Zuerst hatte sie so leise gesprochen, dass sie kaum wahrnehmbar war, doch jetzt gewann sie mit jeder Minute an Lautstärke, sodass sich Lilith nicht anstrengen musste, um die Stimme ihrer Tante zu erkennen. Somit hatte sich Lilith doch nicht getäuscht, als sie im Erdgeschoss eine Tür gehört hatte! Offenbar war ihre Tante vom Schwimmen zurückgekehrt.

»Natürlich weiß ich, dass du viel zu tun hast und deine Reise vorbereiten musst«, rief Mildred entnervt. »Immerhin versuche ich schon seit Liliths Ankunft vergeblich, dich zu erreichen!«

Lilith runzelte die Stirn. Telefonierte Mildred etwa mit ihrem Vater? Es überraschte sie, dass er überhaupt noch in London war. Als Lilith nach Bonesdale aufgebrochen war, stand sein genauer Abreisetermin zwar noch nicht fest, doch er sollte so schnell wie möglich nach Burma zu den Restaurierungsarbeiten der Tempelanlage stoßen. Da er sich seit ihrer Ankunft noch nicht bei ihr gemeldet hatte, war Lilith davon ausgegangen, dass er schneller als erwartet hatte abreisen können. Sie wollte nicht lauschen, doch ihre Füße trugen sie wie von alleine vor die angelehnte Tür des Arbeitszimmers.

»… hast du eine Ahnung, wie sehr uns das hier alle einschränkt? Wenn ich gewusst hätte, dass du Lilith nicht eingeweiht hast, hätte ich nie zugestimmt, sie bei mir aufzunehmen. Was du in deinem Brief verlangst, ist unmöglich, Jo!«

Wahrscheinlich meinte sie damit den Brief, den Lilith im Auftrag ihres Vaters Mildred sofort bei ihrer Ankunft hatte übergeben müssen. Lilith erinnerte sich, wie sich die Laune ihrer Tante schlagartig verschlechterte, nachdem sie ihn gelesen hatte. Anscheinend hatte Liliths Vater seine Schwester darin um etwas gebeten, das ihr ganz und gar missfiel. So war es nicht verwunderlich, dass sich die Unterhaltung der beiden Geschwister scheinbar immer unerfreulicher entwickelte.

»Ich glaube nicht, dass sie schon etwas bemerkt hat«, sagte Mildred gereizt. »Aber wenn deine Tochter auch nur einigermaßen intelligent ist, wird sie schon bald misstrauisch werden. Schließlich lebt sie mit uns allen unter einem Dach. Hast du schon einmal daran gedacht, dass du mit deinem blödsinnigen Wunsch deine Tochter in Gefahr bringst?«

Also hatte Lilith doch recht gehabt und sie jagte nicht nur

einem Hirngespinst hinterher! Mildred und die anderen verheimlichten etwas vor ihr.

»Du hast gut reden!«, empörte sich Mildred. »Natürlich ist Bonesdale nicht gefährlich, aber nur, wenn man sich an die Regeln hält – und die kann ich Lilith wegen deinem blödsinnigen Wunsch nicht erklären. Ich dachte, ich könnte meine Nichte kennenlernen, stattdessen muss ich sie permanent anlügen. Meine Güte, Joseph, deine Tochter ist auf dem Weg, erwachsen zu werden, ich kann sie nicht auf Schritt und Tritt überwachen. Ich bin doch nicht ihr Babysitter!«

Lilith zog scharf die Luft ein. War das der Grund, warum Mildred wegen ihres Zuspätkommens so sauer gewesen war? Vielleicht hatte sie sich echte Sorgen um Lilith gemacht. Vielleicht gab es hier größere Gefahren, als sich nur im Dunkeln zu verirren. Aber warum nur wollte ihr Vater nicht, dass Lilith von diesem Geheimnis erfuhr? Es schien sie immerhin mehr als nur indirekt zu betreffen. Widerwillig musste Lilith feststellen, dass sie bei diesem Streitgespräch eindeutig auf der Seite ihrer Tante war. Sie wollte unbedingt wissen, was für ominöse Dinge sich hier abspielten – ganz egal, um was es sich handelte!

Ihr Vater jedoch schien inständig und mit aller Macht auf seine Schwester einzureden.

Mildred stieß schließlich ein gequältes Seufzen aus. »Ist ja gut, ich sage ihr nichts.« Sie schnaubte auf. »Ist das dein Ernst? Ich soll es versprechen? Traust du mir so wenig?«

Lilith schloss die Augen. Bitte, bitte versprich es nicht!, flehte sie innerlich. Mildred war ihre einzige Chance, die Wahrheit zu erfahren.

»Also schön, ich verstehe es zwar nicht, aber ich verspreche dir, deiner Tochter nichts zu verraten«, stieß Mildred widerwillig aus. »Bist du jetzt zufrieden?«

Lilith sackte in sich zusammen.

»Dabei gibt es überhaupt keinen logischen Grund dafür. Sie sollte es wissen. Es ist ein Teil ihrer Vergangenheit, ein Teil ihrer Familie. Du hast ihr noch nicht einmal von Lou erzählt, oder? Damit trittst du das Andenken unserer Schwester mit Füßen, Joseph.«

Lou? Das musste das kleine Mädchen auf dem Foto sein, das Lilith im Speicher entdeckt hatte. Lou war die kleine Schwester von Mildred und Joseph! Was wohl mit ihr geschehen war? Und warum hatte ihr Vater sie kein einziges Mal erwähnt? Immerhin war sie Liliths Tante.

Ihr wurde schwindelig. Lilith hatte das Gefühl, dass sich die Welt um sie herum zu drehen begann.

Mildred schwieg eine Zeit lang. Anscheinend versuchte Joseph Parker, ihr seine Beweggründe zu erläutern. Schließlich seufzte Mildred erneut, doch dieses Mal schwang eine tiefe Traurigkeit mit. »Aber vielleicht macht es ihr nichts aus, das kannst du nicht für sie entscheiden! Die Sache mit Lou war ein bedauerlicher Unfall. So etwas ist vorher noch nie geschehen, das weißt du genauso gut wie ich«, sagte sie in milderem Ton.

»Aber wenn dir das solche Sorgen macht, warum hast du sie dann überhaupt zu mir geschickt? Und das auch noch kurz vor ihrem dreizehnten Geburtstag? Ich muss dir ja wohl nicht sagen, was an diesem Tag mit ihr passieren könnte.«

Lilith hörte, wie ihre Tante, während sie Josephs Erklärungen lauschte, im Zimmer auf- und abtigerte. In regelmäßigen Abständen stieß sie ein wütendes Schnauben aus.

»Wusste ich es doch – du hast dich überhaupt nicht verändert«, zischte Mildred. »Soll ich dir was sagen? Du bist feige, Joseph Parker, feige und ignorant. Und dafür, dass du Lilith nichts über ihre Mutter erzählt hast, würde ich dir am liebsten in den Hintern treten. Cathy war eine so wunderbare Frau, sie hat Lilith geliebt und dich genauso, obwohl ich das wirklich nicht nachvollziehen kann. Sie hat alles für dich aufgegeben, und dass du Lilith nichts von Cathy erzählst, ist das Letzte. Bonesdale war ihr Zuhause und nun sollte es auch Liliths Zuhause sein. Du bist so ein ... – Jo? Joseph?« Anscheinend hatte Liliths Vater aufgelegt, denn Mildred knallte wütend den Hörer auf den Apparat.

»Sturer Idiot!«, vollendete sie ihren Satz.

Einige Minuten drang außer dem Ticken der Standuhr kein einziges Geräusch aus dem Arbeitszimmer. Es war so still, dass Lilith kaum wagte zu atmen. Schließlich glaubte sie ein leises Schniefen zu hören.

»Ein sturer Idiot, den ich auch noch vermisse«, flüsterte Mildred so leise, dass es Lilith fast nicht hatte hören können.

Lautlos wandte sich Lilith um. Wie in Trance schlich sie zurück in ihr Zimmer und ließ sich auf ihr Bett fallen. Sie fühlte sich plötzlich so erschöpft wie nach einer endlosen Wanderung.

Ihr Vater hatte sie belogen. Über seine Familie, seine und Liliths Herkunft und über ihre Mutter. Der einzige Mensch, den sie hatte, den sie über alles liebte, der Mensch, der für sie immer der Fels in der Brandung war, hatte sie seit Jahren getäuscht. Es war nicht der Schmerz, der ihn gehindert hatte, Lilith etwas über ihre Mutter zu erzählen, so wie sie zu seinen Gunsten immer angenommen hatte. Er wollte damit nur dieses ominöse Geheimnis vor ihr verbergen, ein Geheimnis, zu dessen Schutz er sogar bereit war, seine Tochter in Gefahr zu bringen. Jedenfalls hatte das Mildred behauptet. Was konnte nur so schlimm sein, dass er Lilith derart hinterging? Sie konnte sich nichts vorstellen. Es war ihr sogar gleichgültig, um was es sich handelte. All ihre detektivische Neugier war plötzlich verschwunden. Lilith wusste nur eines: Selbst die schlimmste Wahrheit wäre besser gewesen als dieses Lügengespinst, das ihr Vater um sie gesponnen hatte. Er brachte sogar die anderen Menschen in Liliths Umgebung dazu, seine Tochter zu hintergehen. Tante Mildred, Arthur und die anderen Heimbewohner belogen Lilith genauso, wie es ihr Vater tat. War ihm seine Tochter nicht einmal so wichtig, dass sie die Wahrheit verdiente?

Lilith lief eine Träne über die Wange. Ärgerlich wischte sie sie weg.

Kraftlos ließ sie sich auf ihr Kopfkissen sinken. Die Einsamkeit wickelte sich um sie wie eine kalte Decke.

Lilith wusste nicht, wie lange sie dagelegen und ins Leere gestarrt hatte. Es kam ihr vor, als ob eine Ewigkeit vergangen war. Als ob ein Teil ihres Lebens unabänderlich vorüber und sie nun eine andere war.

Als sie aufschrak, weil jemand an ihre Zimmertür klopfte, war sie überrascht, dass es immer noch Nachmittag und draußen hell war.

»Störe ich dich?«

Mildred trat mit zögernden Schritten ein. Sie hatte rot geränderte Augen. Lilith ahnte, dass ihre eigenen Augen kaum besser aussahen. Auch Mildred schien dies zu bemerken. Der harte Zug um ihren Mund, den sie seit gestern Abend in ihrer Gegenwart aufgesetzt hatte, verflüchtete sich. Mitfühlend sah sie ihre Nichte an.

»Du hast wohl Heimweh?«

Lilith blickte zu Boden und nickte stumm. Unsicher trat Mildred auf sie zu.

»Es tut mir leid, dass ich so streng zu dir war. Es war immerhin dein erster Tag in Bonesdale, und dass du bei dem Trubel des Halloweenspektakels die Zeit vergessen hast, ist ja verständlich. Ich hätte deswegen nicht gleich so wütend werden sollen, bitte entschuldige.«

Lilith wusste, dass sie sich nun ebenfalls bei ihrer Tante für ihr Zuspätkommen hätte entschuldigen müssen. Doch sie brachte kein Wort über die Lippen.

»Hör zu, wir beide hatten vielleicht keinen ganz so guten Start.« Mildred lächelte Lilith zum ersten Mal seit ihrer Ankunft warmherzig an. »Was hältst du davon, wenn wir noch einmal von vorne anfangen?«

Unter anderen Umständen hätte sich Lilith über dieses Angebot gefreut. Doch nun fragte sie sich bitter, was dies für ein Neuanfang sein sollte? Einer, bei dem sie weiterhin auf Schritt und Tritt überwacht und belogen wurde? Vielleicht war dies nur eine neue Taktik, damit Mildred leichter den »Babysitter« für sie spielen konnte.

Lilith warf ihrer Tante einen kalten Blick zu und zuckte lustlos mit den Schultern.

»Du hast doch bald Geburtstag«, versuchte es Mildred weiter und legte vorsichtig ihre Hand auf Liliths Arm. »Was hältst du davon, wenn wir eine kleine Feier für dich ausrichten? Du könntest ein paar Mitschüler aus deiner neuen Klasse einladen. An deinem Geburtstag ist zwar Halloween, und wie du dir vorstellen kannst, feiert Bonesdale an diesem Abend ein besonders großes Fest, aber ich, Arthur und die anderen finden sicher die Zeit, eine schöne Feier für dich vorzubereiten.«

Lilith kämpfte mit sich. Sie wusste, wie nett dieses Angebot von Mildred gemeint war. Aber Lilith war so unglaublich wütend. Natürlich war ihr Vater schuld an allem, doch Mildred war in Liliths Augen nur allzu schnell bereit gewesen, ihre Nichte zu hintergehen.

»Mach dir wegen mir keine Umstände.« Lilith nahm nur nebenbei wahr, wie kalt und verletzend ihre Stimme klang. »Ich habe sowieso keine Lust, meinen Geburtstag zu feiern. Schon gar nicht mit diesen seltsamen Dorfkindern aus Bonesdale. Darauf kann ich echt verzichten.«

Ein unangenehmes Schweigen breitete sich zwischen ihnen aus. Schließlich zog Mildred ihre Hand zurück, stand auf und räusperte sich.

»Wie du meinst.«

Lilith war klar, dass sie Mildred mit ihren Worten vor den Kopf gestoßen hatte. Doch es war ihr gleichgültig. In diesem Moment hätte sie sowieso am liebsten ihre Sachen gepackt und wäre zurück nach London gefahren. Doch zu wem hätte sie gehen sollen? Ihre Haushälterin Clara mochte Lilith zwar in ihr Herz geschlossen haben, doch würde sie Lilith mit Sicherheit umgehend wieder zurück nach Bonesdale schicken. Und die Eltern ihrer Freundin Thea würden kaum anders reagieren. Sie hatte niemanden, zu dem sie sich hätte flüchten können. Lilith fühlte sich so einsam wie noch nie zuvor in ihrem Leben.

»Lilith, hörst du mir überhaupt zu?«, drang die Stimme ihrer Tante wie aus weiter Ferne zu ihr. Überrascht sah Lilith auf.

Das warmherzige Lächeln in Mildreds Gesicht war verschwunden.

»Du musst etwas für mich erledigen!« Ihr Ton machte klar, dass es sich um einen Befehl und keine Bitte handelte. »Ich benötige dringend etwas aus dem Dorf. Ich habe dir die Adresse des Ladens und das Mittel, das ich haben möchte, notiert.«

Sie drückte Lilith einen Zettel in die Hand:

Crepusculelane 21,
beim »Eiscafé Leichenstarre« rechts abbiegen,
dann fünfte Querstraße links.
Alraunensaft.

Lilith zog erstaunt eine Augenbraue in die Höhe. Wozu um Himmels willen benötigte man Alraunensaft? Und dazu auch noch dringend?

»Mir ist sehr wichtig, dass du diesen Botengang *alleine* erledigst! Hast du das verstanden?« Mildred hatte jedes einzelne Wort derart überbetont, als ob sie mit einer Taubstummen sprechen würde – oder sie ihre Nichte für völlig plemplem hielt.

Lilith nickte unwillig.

»Ob du das verstanden hast?«

»Jaaa«, antwortete Lilith genervt.

»Ich brauche diesen Saft nämlich so schnell wie möglich und ich möchte nicht, dass du wieder herumtrödelst«, sagte Mildred schneidend. »Bald wird es dunkel und …«

»Ja, ja, ich weiß«, fiel ihr Lilith ins Wort. »Du musst mich vor diesen unglaublich schlimmen Gefahren hier in Bonesdale schützen.«

Sie schnappte sich ihre Jacke und rauschte an ihrer Tante vorbei. Dabei entging ihr nicht der überraschte Blick, den Mildred ihr zuwarf.

»Lilith, warte doch bitte mal …«, rief ihr Mildred hinterher, doch Lilith polterte die Stufen hinab und schlug heftiger als notwendig die Küchentür zu.

Die eiskalte Herbstluft ergoss sich wie ein Eimer Wasser auf ihr erhitztes Gesicht. Es war ein ungemütlicher Tag. Der Wind wühlte in den Bäumen, bis er auch das letzte verdörrte Herbstblatt gefunden und es mit sich in den grauen Himmel gerissen hatte. Gerade setzte ein leichter Nieselregen ein und sicherlich würde Lilith in ihrer dünnen Baumwolljacke nass werden, wenn sie nicht zurückgehen und ihr Regencape holen würde.

Und wenn schon!, dachte Lilith, schnappte sich ihr Fahrrad und trat kräftig in die Pedale. Sie wollte diese Erledigung so schnell wie möglich hinter sich bringen.

In der Devilstreet war, wahrscheinlich aufgrund des schlechten Wetters, auffallend wenig los und nur hier und da trieben sich ein paar gruselhungrige Touristen herum. Die Händler würden heute Abend wohl keine guten Umsätze machen. Gerade als Lilith am Restaurant »Frankenstein« vorbeiradelte, sah sie, dass ihr Matt auf einem brandneuen Mountainbike entgegenkam. Lilith verzog ihr Gesicht. Sie hatte im Moment absolut keine Lust, mit jemandem zu reden, und wäre lieber alleine geblieben, doch Matt hatte sie schon entdeckt und steuerte lächelnd auf sie zu.

»Hey!«, begrüßte er sie.

»Hey«, gab Lilith lustlos zurück und stieg von ihrem Rad ab.

»Die Spedition hat unsere Sachen geliefert«, platzte er sofort los und deutete stolz auf sein Mountainbike, das Liliths Damenrad noch verrosteter und uncooler erscheinen ließ. »Endlich hab ich wieder meinen ganzen Kram. Vor allem meinen Computer. Unglaublich, wie ich das Ding vermisst habe. Und Mom kann nun an ihrem echt antiken Schreibtisch aus dem Nachlass Graf Draculas ihr Buch weiterschreiben. Sie hat immer behauptet, sie könne nur an diesem Schreibtisch anständige Gruselschwingungen empfangen«, quasselte Matt munter weiter. »Aber seit wir hier in Bonesdale sind, scheint sie ihn gar nicht mehr zu brauchen!«

»Warum denn?«, fragte Lilith abwesend.

»Sie schreibt wie eine Besessene. Ich glaube, sie hat die

letzten Nächte kaum geschlafen. Sobald es dunkel wird, sitzt sie am Laptop und sieht und hört nichts mehr. Zur Inspiration schreibt sie nämlich immer mit Kopfhörern und hört Geisterbahnmusik. Hast du mal was von der ›Sinfonie des Schreckens‹ gehört? Das ist ihre Lieblingsmusik.«

Lilith erwiderte nichts und schob, in Gedanken versunken, ihr Rad neben Matt her.

»Wo wolltest du eigentlich gerade hin?«, fragte er.

»Ich muss für meine Tante etwas einkaufen«, brummte sie.

»Was dagegen, wenn ich mitkomme?«

»Ich habe Mildred versprochen, dass ich das alleine erledige. Sie will nicht, dass ich unnötig herumtrödle.« Sie konnte nicht verhindern, dass ihre letzten Worte bitter und verärgert klangen.

»Durch mich wirst du nicht aufgehalten, versprochen! Komm schon, einkaufen macht doch viel mehr Spaß, wenn man zu zweit ist.«

Sie zuckte mit den Schultern. Außer Mildreds Bitte – die wohl nur dazu dienen sollte, Lilith ihre Unzuverlässigkeit noch einmal unter die Nase zu reiben – konnte sie keinen logisch nachvollziehbaren Grund finden, warum Matt sie nicht begleiten sollte. Und da sie anscheinend aus einer Familie stammte, in der man es mit der Wahrheit und den Versprechen nicht so genau nahm, konnte Lilith ebenfalls beginnen, dieser Familientradition zu folgen.

»Von mir aus. Dann komm eben mit.«

Matt zog eine Augenbraue hoch.

»Was ist mit dir eigentlich los? Du versprühst ja den Charme einer Miesmuschel.«

Lilith warf ihm einen Blick zu, der jeden anderen dazu gebracht hätte, ein zehnjähriges Schweigegelübde abzulegen. Matt ließ sich davon jedoch nicht im Mindesten beeindrucken.

»Du hattest Ärger mit deiner Tante«, tippte er. »Hast du ihr etwa von dem Angriff der Krähe erzählt, so wie Emma es dir geraten hat?«

Lilith schüttelte den Kopf. Die Sache mit der Krähe hatte sie durch die neuesten Ereignisse vollkommen vergessen. Seit dem Angriff hatte Lilith die Krähe auch nirgends mehr entdecken können.

»Vielleicht hab ich mir da auch nur etwas eingeredet«, sagte sie halbherzig. »Oder die Krähe hatte Tollwut oder so etwas.«

Matt warf ihr einen zweifelnden Blick zu, doch er ging nicht weiter auf dieses Thema ein. »Und warum bist du dann so schlecht gelaunt?«, fragte er stattdessen.

»Ich hab zufällig ein Telefongespräch zwischen Mildred und meinem Vater mitbekommen.«

»Du hast gelauscht«, kommentierte Matt.

»Na schön, dann hab ich eben gelauscht«, gab Lilith zu. In knappen Worten schilderte sie Matt das Telefongespräch und die Dinge, die sie auf diese Weise herausgefunden hatte. Auch vergaß sie nicht, die Ergebnisse ihrer Zimmerdurchsuchung zu erwähnen.

»Und was willst du damit sagen?«, fragte Matt stirnrunzelnd, nachdem sie ihm von ihrer Begegnung mit dem seltsam lebendig wirkenden Skelett erzählt hatte.

Lilith schwieg. Das war eine gute Frage. Wollte sie damit

etwa allen Ernstes andeuten, dass sie mit Vampiren und einem lebenden Skelett unter einem Dach lebte? Schließlich zuckte Lilith mit den Schultern.

»Ich weiß überhaupt nicht mehr, was oder wem ich noch glauben kann«, sagte sie. »Vielleicht ist mein Dad nicht einmal mein richtiger Vater? Mittlerweile kann ich mir alles vorstellen.« Liliths Hände umklammerten den Lenker so fest, dass ihre Knöchel weiß hervortraten.

»Du übertreibst!«

»Nein, tu ich nicht«, regte sich Lilith auf. »Ich bin nur so unglaublich sauer.«

»Sei doch nicht so naiv!« Matt schüttelte ungläubig den Kopf. »So sind Erwachsene eben. Sie verschweigen uns Dinge – und zwar nur zu unserem Besten, wie sie meinen. Wahrscheinlich hat dein Vater gute Gründe dafür, warum er sich so verhalten hat, nur kennst du sie eben nicht.«

»Mh.« Lilith war davon nicht gerade überzeugt.

»Sieh mich nicht so zweifelnd an – ich kenne mich damit aus!«, konterte Matt. »Weißt du, wann mir meine Eltern gesagt haben, dass sie sich scheiden lassen werden? Als mein Vater einen Job in einer der Auslandsvertretungen seiner Firma angenommen und schon seine Koffer gepackt hatte. Bevor ich wusste, was das alles zu bedeuten hatte, war er schon abgereist. Nach Rumänien.« Bitterkeit lag in Matts Ton. »Doch meine Eltern hielten es damals für besser, mich so lange wie möglich mit ihren Problemen zu verschonen. Damit ich nicht unnötig leiden muss.«

»Das ist übel«, musste Lilith zugeben.

Sie kamen am »Eiscafé Leichenstarre« vorbei, in dem bei

diesem nasskalten Wetter gähnende Leere herrschte, und bogen nach rechts in eine schmale Gasse ab. Der Nieselregen war stärker geworden und Liliths nasse Haare klebten an ihrer Stirn. Neidisch schielte sie auf Matts Regenjacke.

»Und was soll ich jetzt machen?«, fragte sie, nachdem sie sich Matts Worte hatte durch den Kopf gehen lassen. »Selbst wenn ich bereit wäre, diese ganze Geheimnistuerei zu akzeptieren, ist die Beziehung zwischen mir und meiner Tante mittlerweile ziemlich verfahren.«

»Wahrscheinlich braucht ihr nur etwas Zeit, um miteinander warm zu werden«, meinte Matt. »Wenn ich meinen Vater in den Ferien besuche, dauert es auch immer ein paar Tage, bis wir uns wieder richtig verstehen. Und ihr habt euch immerhin gerade erst kennengelernt.«

»Vielleicht hast du recht«, räumte sie ein, hätte es aber am liebsten sofort wieder zurückgenommen, als sie Matts besserwisserisches Grinsen sah.

»Dir ist es vielleicht noch nicht aufgefallen, aber ich habe sehr oft recht!« Er ließ den Lenker seines Fahrrads los, um in einer selbstzufriedenen Geste seine Fingernägel zu betrachten. Leider wurde dieser Effekt etwas getrübt, da sein Fahrrad auf dem nassen Kopfsteinpflaster zur Seite rutschte und scheppernd auf dem Boden landete. Mit besorgter Miene untersuchte er den Lack seines kostbaren Rades auf irgendwelche Kratzspuren.

Nun konnte sich Lilith ein breites Grinsen nicht verkneifen. »Wie heißt es so schön: Hochmut kommt vor dem Fall. Bei dir kann man das wohl wörtlich nehmen.«

»Sehr witzig«, murrte Matt.

Lilith blieb am Ende einer düsteren Sackgasse stehen. »Ich glaube, wir haben uns verlaufen.« Sie drehte sich suchend um. »Da war überhaupt keine fünfte Querstraße, oder?«

»Natürlich war da eine.« Matt deutete irgendwo nach hinten in das Gewirr der schmalen Seitenstraßen.

Sie gingen wieder zurück und nun entdeckte auch Lilith den von zwei dicht beieinanderstehenden Häuserzeilen zusammengepressten Weg, so schmal, dass man nur hintereinander laufen konnte. Die Giebel der Häuser über ihnen berührten sich fast und das Tageslicht konnte kaum nach unten dringen. Lilith versuchte, das Ende der Gasse zu erspähen, doch es war wie der Blick in einen Tunnel, an dessen Ende die Dunkelheit lauerte. Mit einem mulmigen Gefühl im Bauch drangen sie tiefer in das Herz Bonesdales ein.

Mit ihren sperrigen Rädern stolperten sie durch ein Gewirr kleiner Wege, die kreuz und quer abzweigten und über ausgetretene Steintreppen mal nach oben, mal nach unten führten. Oft waren die Gassen schmal wie Rinnsale, in denen sich das Regenwasser schlängelte. So war es nicht verwunderlich, dass Matt und Lilith sich allzu oft in einer Sackgasse wiederfanden oder ihr Weg plötzlich vor dem gewölbeartigen Kellereingang eines der Häuser endete. Niemand war auf den Straßen zu sehen und fast hatte Lilith den Eindruck, sie irrten durch ein menschenleeres Labyrinth, dem sie nie wieder entkommen konnten. Mehr als ein Mal wünschte sich Lilith, ihre Tante hätte ihr eine etwas genauere Wegbeschreibung mitgegeben. Dass die meisten Straßenschilder unleserlich waren oder sogar fehlten, vereinfachte die Sache nicht gerade. Lilith war froh, Matt dabeizuhaben, der einen guten Orientierungssinn besaß und ohne den sie sich wahrscheinlich verlaufen hätte.

Umso größer war die Enttäuschung der beiden, als sie die Crepusculelane endlich gefunden hatten.

Unter der angegebenen Adresse gab es nur eine Reihe uralter Häuser, an denen der Putz abbröckelte und die Holztüren in ihren Angeln vermoderten. Ein muffiger Geruch hing in der Luft. Einige der Häuser besaßen im Erdgeschoss zwar großzügige Schaufenster, doch die meisten von ihnen waren eingeschlagen oder schon so blind, dass man nicht einmal einen Blick in den dahinterliegenden Raum werfen konnte. Hier war mit Sicherheit schon seit Ewigkeiten nichts mehr verkauft worden.

»Schau noch mal auf den Zettel!«, meinte Matt. »Vielleicht sind wir in der falschen Gasse.«

»Crepusculelane 21 – wir sind absolut richtig. Laut Tante Mildred sollte es hier eine Apotheke oder so was geben, in der ich diesen Alraunensaft bekommen kann.«

»Hier wirst du den auf jeden Fall nicht kaufen können«, stellte Matt fest und kickte eine der Glasscherben in die Ecke. Das Klirren wirkte in der Stille der Gasse unnatürlich laut.

Lilith sah sich mit angespannter Miene um. Ihr gefiel es hier überhaupt nicht. Auch wenn sie niemanden sehen konnte, so wurde sie doch das Gefühl nicht los, dass sie jemand beobachtete.

»Lass uns lieber gehen«, schlug sie vor. »Ich glaube, den Laden finden wir sowieso nicht mehr.«

Matt zuckte mit den Schultern. »Wenn du meinst. Wir könnten aber noch in der nächsten Gasse nachsehen.«

»Das hat doch keinen Sinn. Wir haben hier fast jeden Winkel abge…« Lilith hielt abrupt inne. Sie glaubte einen Schatten hinter einem der Fenster gesehen zu haben.

Matt folgte ihrem Blick. »Ist was?«

Lilith zögerte einen Moment. Es war nichts mehr zu sehen. Wahrscheinlich hatte sie sich getäuscht. »Nein, es ist nichts.«

Mit einem neugierigen Blitzen in den Augen ging Matt auf ein zerbrochenes Schaufenster zu und steckte seinen Kopf hindurch.

»Wir wollten doch gehen!« Lilith trat nervös von einem Fuß auf den anderen. In dieser Gasse stimmte etwas nicht, das spürte sie. Matt schien davon allerdings nichts zu bemerken.

»Was hoffst du denn da drin zu finden?«, fuhr sie ihn ungeduldig an. »Einen Schatz?«

»Wer weiß?« Er zog seinen Kopf zurück und grinste Lilith an. Spinnweben hatten sich in seinen Haaren verfangen. »In verlassenen Häusern kann man manchmal coole Sachen finden.«

Ehe Lilith etwas erwidern konnte, ließ eine schemenhafte Bewegung sie alarmiert aufsehen.

Für den Bruchteil eines Atemzugs erschien eine weiße Fratze hinter einem der verdreckten Fenster und funkelte sie böse an.

»Da drin ist jemand«, keuchte sie. »Lass uns von hier verschwinden!«

Matt seufzte ergeben auf. Er schien Lilith kein Wort zu glauben.

»Na schön«, murrte er, wandte sich um und griff nach seinem angelehnten Fahrrad.

In diesem Moment streckte sich hinter ihm eine dünne, spinnenartige Hand aus der zerbrochenen Schaufensterscheibe.

Lilith wollte schreien, Matt warnen, aber ihre Stimme versagte. Ihr Mund öffnete sich, doch sie konnte keinen Ton hervorbringen. Mit vor Schreck geweiteten Augen sah sie, wie sich die Hand immer weiter aus dem Dunkel hervorschob. Deutlich konnte sie die mit wulstigen Adern durchzogene Haut und die langen gelben Fingernägel erkennen.

»Da!«, krächzte sie endlich.

Matt sah erstaunt auf. Zu spät.

Die klauenartigen Finger bohrten sich in seine Schulter.

Matt gab einen erstickten Laut von sich. Lilith konnte nicht sagen, ob vor Schmerz oder vor Angst. Erst als Matt zur rechten Seite hin absackte und er vergeblich versuchte, sich aus dem Griff herauszuwinden, wurde ihr klar, wie tief sich die Finger in seiner Schulter festgekrallt haben mussten. Lilith sprang nach vorne und packte seine Hand. So fest sie konnte, zog sie ihn mit sich. Einen Moment lang geschah überhaupt nichts, dann hörte sie gleichzeitig einen Schmerzensschrei und das Reißen von Stoff. Matt stolperte nach vorne. Er fiel unsanft auf das Kopfsteinpflaster, während Lilith auf ihrem Hinterteil landete.

Sie rappelte sich auf. Zu ihrer Erleichterung sah sie, dass

die körperlose Hand aus dem Loch des Schaufensters verschwunden war. Das positive Gefühl verschwand jedoch sofort wieder, als sie bemerkte, dass Matt immer noch am Boden lag.

»Matt, was ist los?« Sie eilte zu ihm.

Er sah auf. Seine Pupillen waren vor Entsetzen geweitet.

»Es ist alles wieder in Ordnung. Was immer das gerade war, es ist weg«, versuchte sie ihn zu beruhigen und half ihm auf die Beine. Mit schmerzverzerrtem Gesicht fasste sich Matt an die Schulter.

»Tut es sehr weh?«

»Ach was, geht schon«, wiegelte Matt ab, doch Lilith merkte, wie er gequält die Zähne zusammenbiss.

Das Ächzen einer Tür ließ die beiden herumfahren. Eine uralte Frau mit wirrem Gesichtsausdruck tauchte aus der Dunkelheit des verfallenen Ladens auf. Ihre Haare waren wie nach einer langen Krankheit halb ausgefallen und standen in einzelnen langen Strähnen vom Kopf ab. Die leichenblassen spinnenartigen Hände pressten einen grauen Wollumhang fest um ihren ausgezehrten Körper. Sie musste es gewesen sein, die Matt aus dem Schaufenster heraus gepackt hatte.

Lilith blinzelte irritiert. Für einen Moment hatte sie geglaubt, zwei Frauen zu sehen, die auf derselben Stelle standen. Wie zwei Negative, die man übereinandergelegt hatte. Lilith fuhr sich über die Augen. Doch das Bild einer Frau mittleren Alters – gesund, mit hellbraunen Haaren und rundlichen Hüften – war verschwunden.

»Was schnüffelt ihr hier herum, hä?«, krächzte die Greisin.

Sie trat näher an Lilith heran, die intuitiv zurückwich. Trotzdem konnte sie dem Geruch von Alter, Urin und Fäulnis nicht entkommen. Als die Frau Liliths Abscheu bemerkte, verzog sie ihren Mund zu einem teuflischen Lachen und entblößte die braunschwarzen Überreste ihrer fauligen Zähne.

»Das hier ist mein Haus und ich habe es überhaupt nicht gerne, wenn sich hier irgendwelche Naseweise herumtreiben, verstanden?«, zischte sie und fuchtelte mit ihrem gelben Zeigefinger vor Lilith herum wie mit einem Messer. »Verschwindet hier, aber dalli!«

Das musste sie Matt und Lilith nicht zweimal sagen. Die beiden wechselten einen kurzen Blick, schnappten sich ihre Räder und sausten davon.

Lilith wusste nicht, wie sie es geschafft hatten, doch ehe sie sich versah, fanden sie sich auf der Devilstreet wieder.

Erstaunt sah Lilith über ihre Schulter zurück in die düstere Seitengasse. »Seltsam, wie schnell wir diesem Labyrinth entkommen sind!«

»Wahrscheinlich haben wir zufällig den richtigen Weg genommen.« Matt schüttelte ungläubig den Kopf. »Wow, diese schrullige Alte hat uns aber einen ganz schönen Schrecken eingejagt! Wer hätte gedacht, dass in dieser Bruchbude noch jemand lebt?«

»Ja, das war ein Schock«, stimmte Lilith ihm nachdenklich zu. Der Schreck steckte ihr immer noch in den Gliedern. »Hast du zufällig noch eine jüngere Frau gesehen? Vielleicht hinten im Laden?«

»Nein, außer der Alten war dort niemand«, gab Matt voller Überzeugung zurück. »Unglaublich, wie viel Kraft die in ihrem Alter noch hatte!« Er ließ den Lenker los und fasste sich an seine verletzte Schulter. Sein Regencape wies ein beachtliches Loch auf. »Meine Mutter wird mir diese Geschichte garantiert nicht glauben.«

»Das befürchte ich auch«, musste Lilith zugeben.

Sicherlich würde auch Mildred nicht gerade glücklich darüber sein, dass ihre Nichte ohne diesen dringend benötigten Saft nach Hause kam.

Als Lilith in die Küche trat, dämmerte es gerade und einige der Heimbewohner hatten sich am Tisch versammelt und tranken gemeinsam Tee. Ihr fröhliches Getuschel und Gelächter verstummte in dem Moment, als sie die Tür öffnete. Lilith hatte das Gefühl, dass sie alle voller Erwartung ansahen.

»Bin ich schon wieder zu spät?«, fragte sie atemlos und wischte sich einen Schweißtropfen von der Stirn. Lilith hätte es vor Mildred zwar niemals zugegeben, aber sie hatte den Heimweg in Rekordzeit zurückgelegt. Zwar war sie immer noch nicht geneigt, sich mit ihrer Tante zu versöhnen, doch sie wollte Mildred auch nicht aufs Neue provozieren.

Arthur lächelte ihr beruhigend zu. »Nein, mach dir keine Sorgen! Alles in Ordnung.« Er klopfte auf den Stuhl neben sich. »Setz dich und trink eine Tasse Tee mit uns!«

Gerade wollte Lilith auf den Tisch zugehen, als sie hinter Isadora das Skelett sitzen sah, das sie im Obergeschoss entdeckt hatte. Arthur folgte ihrem Blick.

»Dürfen wir dir unsern ältesten Heiminsassen vorstellen?« Arthur erhob sich und deutete mit einer ausladenden Geste auf das Skelett. »Das hier ist Sir Elliot!«

Er hob die Knochenhand des Skeletts und winkte Lilith damit zu.

»Sehr erfreut«, sagte Lilith, bemüht, sich nicht anmerken zu lassen, dass sie das Skelett keineswegs zum ersten Mal sah.

»Ganz schön makaber, dass wir hier zusammen mit einem Knochenmann wohnen müssen«, beschwerte sich Arthur. »Aber deine Tante wollte Sir Elliot einfach nicht gehen lassen, nachdem er das Zeitliche gesegnet hatte.«

»Ach, Arthur!«, seufzte Mildred auf und rollte genervt die Augen.

Isadora trank mit abgespreiztem Finger einen Schluck Tee. »Sir Elliot ist unser Maskottchen«, informierte sie Lilith.

»Wie passend für Bonesdale!« Sie versuchte ein argloses Lächeln aufzusetzen. »An einem anderen Ort fänden es sicherlich die wenigsten Senioren angenehm, mit einem verkleideten Knochenmann am Tisch zu sitzen.«

Das Skelett drehte den Kopf zu Lilith. Obwohl sie darauf hätte gefasst sein müssen, entfuhr ihr ein erstaunter Ausruf.

»Regius hat daran herumgebastelt«, erklärte ihr Mildred eilig. »Er ist ein wirklich begnadeter Erfinder.«

Wie zur Bestätigung ertönte ein lauter Knall zu ihren Füßen, dem ein Rumoren und Fluchen folgte.

»Oder anders ausgedrückt – ein Stümper, den ab und zu das Glück des Dummen heimsucht!«, brummte Arthur.

Mildred warf ihm einen warnenden Blick zu und beendete damit das Thema.

Lilith setzte sich und ihre Tante brachte ihr Tee und Gebäck.

War es nicht seltsam, dass ihr die Heimbewohner ausgerechnet an dem Tag, als Lilith das Skelett entdeckt hatte, ihr Maskottchen präsentierten? Das passte alles zu gut zusammen. Für Liliths Geschmack viel zu gut. Aber wenigstens blieb ihr nun erspart, mit dem unfreundlichen Regius ein Gespräch führen zu müssen, um ihn nach dem Skelett in seinem Zimmer auszufragen.

»Wegen der Besorgung, die du für mich erledigen solltest«, setzte ihre Tante an. »Hast du den Saft bekommen?«

Mildreds Gesicht sah angespannt aus.

»Ich habe den Laden nicht gefunden«, gestand Lilith. »Unter dieser Adresse gab es nur ein verfallenes Haus mit eingeschlagenen Schaufenstern und eine verschrobene alte Frau.«

»Oh« war alles, was Mildred herausbrachte. Ihre Schultern waren unmerklich nach unten gesackt. Selbst die anderen am Tisch schienen über diese Nachricht enttäuscht zu sein. Eine beklemmende Stille hatte sich breitgemacht.

»War dieser Saft denn so wichtig?«, hakte Lilith nach. »Wenn ihr ihn dringend braucht, könnte ich morgen früh vor der Schule noch einmal vorbeifahren. Vielleicht war es ja doch nicht die richtige Straße oder …«

»Nein, nein«, unterbrach Mildred sie. »Ich mache es morgen selbst. Da habe ich dir wohl die falsche Adresse aufgeschrieben. Tut mir leid!«

In Lilith stieg schon wieder das untrügliche Gefühl auf, dass ihr etwas verheimlicht wurde und dieser Saft viel wichtiger war, als alle zugaben. Sie verzog verärgert ihr Gesicht. So langsam hatte sie wirklich genug von dieser Geheimniskrämerei!

Hastig trank sie ihren Tee und verzog sich nach oben, mit dem Argument, dass sie an dem Referat über Baron Nephelius weiterarbeiten müsse. In Wahrheit jedoch schlich sich Lilith in Mildreds Arbeitszimmer. Sie hatte beschlossen, ihren Vater anzurufen. Vielleicht konnte sie ihn überzeugen, ihr endlich zu erzählen, was er schon so lange vor ihr verheimlichte. Denn eines war Lilith klar geworden: Erst wenn sie die Wahrheit wusste, konnte sie beginnen, sich hier in Bonesdale einzuleben und zu ihrer Tante eine normale Beziehung aufzubauen. Leider erreichte sie ihren Vater weder zu Hause noch auf seinem Mobiltelefon. Letzteres war nicht weiter verwunderlich, da ihr Vater die Angewohnheit hatte, sein Handy ständig irgendwo zu vergessen. Trotzdem hinterließ sie ihm eine Nachricht auf der Mailbox. Vielleicht hatte sie Glück und er rief sie in Kürze zurück.

In ihrem Zimmer setzte sich Lilith an den Schreibtisch und stützte frustriert den Kopf auf ihre Hände. Auch wenn es ihr schwerfiel, so musste sie sich nun in Geduld üben. Ihr Blick fiel auf die Biografie des Baron Nephelius. Seufzend nahm sie das Buch zur Hand. Es war wahrscheinlich besser, sie lenkte sich ab und begann endlich mit der Lektüre, anstatt untätig herumzusitzen. Doch nur schwer konnte sie sich auf den langweiligen Text konzentrieren. Oft genug stellte sie am Ende eines Satzes fest, dass sie überhaupt kein Wort davon aufgenommen hatte, und sie musste wieder von vorne anfangen. Als sie zum gefühlten hundertsten Mal begann, das Vorwort zu lesen, stutzte sie. Stirnrunzelnd blätterte sie im Buch vor und dann wieder zurück. Entweder hatte sie eine fehlerhafte Ausgabe erwischt oder die Autorin, die die Biografie erstellt hatte, war eine ausnehmend schlechte Historikerin gewesen. Lilith seufzte. Ehe sie an dem Referat weiterarbeiten konnte, musste sie wohl oder übel Miss Tinkelton darauf ansprechen. Entschlossen klappte Lilith das Buch zu, nahm ein Blatt Papier zur Hand und begann, ihrer Freundin Thea in London einen langen Brief zu schreiben.

Auch in den folgenden Tagen gelang es Lilith nicht, ihren Vater zu erreichen. Wenigstens hatte sich die Beziehung zu ihrer Tante nicht weiter verschlechtert und in der Schule lebte sich Lilith ebenfalls ein.

Zur ihrer Überraschung war sie von ihrem Referat entbunden worden. Noch ehe Lilith die Direktorin auf die fehlerhafte Biografie hatte ansprechen können, hatte Miss Tinkelton sie in ihr Büro rufen lassen.

Miss Tinkelton saß hinter einem monströsen Schreibtisch mit Löwenfüßen und korrigierte einen Stapel Schulhefte. Wortlos ließ sie Lilith erst einige Minuten vor dem Schreibtisch stehen, ehe sie zu ihr aufsah. Der Anblick ihrer roten Augen ließ Lilith unwillkürlich erschaudern. Sie harmonierten perfekt mit dem dicken roten Teppich des Zimmers und dem rot bezogenen Lehnstuhl. Trotz ihrer seltsamen Krankheit schien Miss Tinkelton keine Abneigung gegen diese Farbe entwickelt zu haben.

»Lilith, danke, dass du gekommen bist.« Sie legte ihren

Füller zur Seite. »Ich möchte mit dir über das Referat sprechen.«

»Ich weiß«, platzte es aus Lilith heraus. Sie deutete auf die Biografie, die sie mitgebracht hatte. »Ich habe es schon bemerkt.«

Lilith biss sich auf die Lippe. Mittlerweile wusste sie, dass die Direktorin es überhaupt nicht leiden konnte, wenn ihr die Schüler ungefragt ins Wort fielen. So war es auch nicht verwunderlich, dass sich nun zwischen Miss Tinkeltons Augenbrauen eine Zornesfalte bildete.

»Was hast du bemerkt?«

»Das Buch, das Sie mir für das Referat gegeben haben, ist fehlerhaft.«

»Warum hast du diesen Eindruck?« Der missbilligende Ton in ihrer Stimme war nicht zu überhören.

»Im Text steht, dass der Baron zur Zeit der Hexenverfolgung St. Nephelius vor einem Hexenjäger beschützt hat, und auf der anderen Seite ist eine Fotografie des Barons mit seiner Frau«, erklärte Lilith. »Das ist ja wohl kaum möglich. Soweit ich mich erinnere, wurde diese Technik erst im 19. Jahrhundert entwickelt.«

»Und was schließt du daraus?«

»In einflussreichen Familien ist es eine Tradition, dass die erstgeborenen männlichen Nachkommen den gleichen Vor- und Nachnamen tragen wie ihre Väter. Man kann sie nur unterscheiden, indem ihrem Namen eine Rangfolge zugeordnet wird. Dies hat die Autorin in dieser Biografie anscheinend vergessen.«

Miss Tinkeltons Mundwinkel flatterten nach oben. Lilith

nahm an, dass es sich dabei um den Versuch eines Lächelns handeln sollte.

»Die einzig logische Schlussfolgerung, nicht wahr? Du hast natürlich recht. Man merkt, dass du die Tochter eines Historikers und Archäologen bist.« Miss Tinkelton stand auf und ging um den Schreibtisch herum.

»Es tut mir leid, dass du diese fehlerhafte Ausgabe erwischt hast. Ich nehme die Biografie an mich.« Sie ergriff das Buch so schnell, dass Lilith überrascht auf ihre leere Hand blickte.

»Und was ist mit meinem Referat?«

»Deswegen habe ich dich zu mir gerufen.« Miss Tinkelton nahm mit steifem Rücken wieder auf ihrem Lehnstuhl Platz. »Deine Tante hat sich mit mir in Verbindung gesetzt und mir gestanden, dass dein verspätetes Erscheinen beim Unterricht ihre Schuld war. Sicherlich wird es dich freuen zu hören, dass wir beschlossen haben, die Sache auf sich beruhen zu lassen. Du bist von deiner Strafarbeit entbunden.«

Lilith runzelte die Stirn. Seltsam. Mildred hatte kein Wort dazu gesagt, als sie das Referat erwähnt hatte. Sie stutzte. Plötzlich fiel ihr wieder Arthurs Rat ein, sich die Biografie ganz genau durchzulesen. Konnte es etwa sein, dass die Informationen im Buch stimmten? War es möglich, dass der Baron tatsächlich einige Hundert Jahre alt geworden war? Lilith schüttelte den Kopf, weil sie den Gedanken so albern fand. Kein Mensch konnte solch ein hohes Alter erreichen!

In einem Punkt war sich Lilith jedoch sicher: In diesem Buch standen Hinweise auf die ominösen Geschehnisse in

St. Nephelius und deshalb hatte ihre Tante veranlasst, sie von dem Referat zu entbinden. Sehnsüchtig starrte Lilith zu dem Buch auf Miss Tinkeltons Schreibtisch. Hätte sie nur die Zeit genutzt und das Buch besser durchgelesen!

»Ist noch etwas, Lilith?«

Notgedrungen schüttelte Lilith den Kopf und verließ mit hängenden Schultern das Büro. Die einzige Hoffnung, die ihr danach noch blieb, war das klärende Gespräch mit ihrem Vater. Leider sollte es ihr erst am Wochenende gelingen, jemanden in ihrer Londoner Wohnung zu erreichen.

Zum vierten Mal an diesem Tag griff sie zum Hörer und tippte die Nummer ein. Aufgeregt lauschte sie dem Freizeichen des Telefons. Es klang wie ein verlangsamtes Echo ihres klopfenden Herzens. Gerade als sie auflegen wollte, wurde der Hörer abgenommen. Zuerst hörte Lilith nur ein lautes Atmen, ehe jemand »bei Parker« keuchte.

»Clara?«, stieß Lilith überrascht aus. Mit ihrer ehemaligen Haushälterin hatte sie nicht gerechnet. An dem Tag, als Lilith London verlassen hatte, war auch Claras letzter Arbeitstag gewesen. Ihr Vater meinte, dass er vor seiner Abreise noch so viel unterwegs sein würde, dass er Claras Dienste nicht mehr benötigte, und so hatte er sie mit einer großzügigen Abfindung in Rente geschickt. Es war abgesprochen, dass Clara während seines Auslandsaufenthaltes ab und zu nach dem Rechten sah. Lilith hatte jedoch nicht erwartet, dass sie so schnell wieder im Haus der Parkers sein würde. Ihr kam ein schrecklicher Gedanke.

»Ist was mit meinem Dad?«

»Soviel ich weiß, ist er mittlerweile in Burma«, beruhigte

Clara sie sofort. »Mach dir um ihn mal keine Sorgen! Lilith, Liebes, wie geht es dir?«

Lilith musste einen Moment lang mit den Tränen kämpfen. Sie hatte nicht geahnt, wie gut es ihr tun würde, eine vertraute Stimme zu hören.

»Danke, ganz gut«, beeilte sie sich Clara zu versichern.

Doch ihr konnte sie nichts vormachen. »So klingst du aber nicht, mein Herzchen. Ist es denn so schlimm?«

»Nein, es … es geht schon.«

Lilith versuchte, sich zusammenzureißen. »Es dauert wahrscheinlich noch etwas, bis ich mich hier eingelebt habe. Aber was ist mit dir?«, wechselte sie das Thema. »Warum bist du bei uns zu Hause?«

»Leider habe ich keine guten Neuigkeiten.« Clara machte eine gequälte Pause, ehe sie fortfuhr. »Jemand ist in euer Haus eingebrochen. Wahrscheinlich kurz nachdem dein Vater abgereist ist. Die Nachbarn haben mich informiert, weil die Haustüre aufgebrochen war und offen stand.«

»Wie bitte?« Lilith konnte es kaum glauben. Für ihren Vater würde eine Welt zusammenbrechen. All seine wertvollen Schätze und Antiquitäten! Ein Einbruch war immer seine größte Angst gewesen, deswegen hatte er das Haus mit Gittern, Bewegungsmeldern und einer hochmodernen Alarmanlage gesichert.

»Die Polizei steht vor einem Rätsel«, erzählte Clara weiter. »Zwar sind viele der Vitrinen zerstört worden und der Tresor wurde aufgebrochen, doch laut der Liste, die dein Vater der Versicherung übergeben hat, sind alle Stücke vollzählig. Anscheinend wurde nichts gestohlen.«

Lilith stieß einen erleichterten Seufzer aus.

»Allerdings«, räumte Clara ein, »hat die Polizei eine leere Schatulle gefunden. In ihr muss sich eine Art Halskette oder ein Anhänger befunden haben. Auf der Inventarliste deines Vaters ist sie nicht verzeichnet und deswegen vermutet die Polizei, dass es vielleicht ein neues Stück in seiner Sammlung gewesen sein könnte, das er noch nicht angegeben hat und das nun gestohlen worden ist.«

Lilith ließ sich auf den Stuhl hinter Mildreds Schreibtisch sinken. Alle Kraft schien sie plötzlich verlassen zu haben. Sie schloss die Augen, als Clara die Frage stellte, die sie schon erwartet hatte.

»Weißt du vielleicht etwas über das Stück, das in dieser Schatulle war?«

Lilith musste sich räuspern, ehe sie eine Antwort geben konnte.

»Ich habe die Halskette, die in dieser Schatulle war«, sagte sie mit heiserer Stimme. »Sie wurde nicht gestohlen.«

»Na, dann ist ja alles in Ordnung!« Clara atmete erleichtert auf. »Dein Vater wird froh sein, wenn er das hört. Ich habe ihn bisher leider noch nicht in seinem Hotel in Burma erreicht, aber nun kann ich ihm ruhigen Gewissens eine Nachricht hinterlassen.«

»Clara«, setzte Lilith schweren Herzens an. »Vater weiß nicht, dass ich die Kette habe.« Sie schluckte. Ihr Gesicht prickelte vor Scham. »Ich habe sie mir einfach genommen.«

»Du hast *was?*«, rief Clara ungläubig. Sie hatte lange genug im Haushalt der Parkers gearbeitet, um zu wissen, wie sehr Joseph Parker dieses Verhalten missbilligen würde.

»Es gehörte meiner Mutter«, versuchte Lilith zu erklären. »Dad wollte es mir nicht geben und ich habe außer diesem Amulett überhaupt nichts von ihr, noch nicht einmal ein Foto, und …« Sie stockte atemlos. Wie konnte sie nur deutlich machen, was sie zu diesem Diebstahl getrieben hatte? Wenn nicht einmal Clara ihr Handeln nachvollziehen konnte, wie würde dann erst ihr Vater reagieren, wenn er davon erfuhr?

Eine lange Pause breitete sich zwischen ihnen aus.

»Du vermisst deine Mutter sehr, ich weiß«, sagte Clara schließlich mit warmer Stimme. »Nun, vielleicht sollten wir deinem Vater erst einmal nichts von dem fehlenden Amulett erzählen. Immerhin hat er nach seiner Ankunft in Burma genug um die Ohren.«

Lilith runzelte die Stirn. »Du willst ihm nicht sagen, dass ich das Amulett habe?«

»Ich werde ihm die Wahrheit sagen. Nämlich, dass die Diebe nichts gestohlen haben und noch all seine Schätze im Besitz der Parkers sind.«

Lilith hatte vor Erleichterung Tränen in den Augen. »Papperlapapp«, fiel Clara ihr ins Wort, als Lilith sich bei ihr bedanken wollte. »Das mache ich doch gern für dich. Außerdem bin ich mir sicher, dass du die Kette wie deinen Augapfel hütest.«

Damit hatte Clara natürlich recht. Lilith trug das Amulett mittlerweile Tag und Nacht um den Hals. So konnte sie wenigstens sicher sein, dass sie es nicht verlegte oder es in die falschen Hände geriet.

»Einen kleinen Moment«, unterbrach Clara ihr Gespräch.

»Da ist ein Herr von der Spurensicherung, der mit mir sprechen möchte.« Clara legte das Telefon zur Seite.

Zu Liliths Bedauern konnte sie nur entferntes Stimmengemurmel wahrnehmen.

»Meine Güte, das wird ja immer mysteriöser«, stöhnte Clara, nachdem sie wieder zum Hörer gegriffen hatte.

»Was ist denn?«, fragte Lilith neugierig.

»Sie haben nichts gefunden. Keinen Fingerabdruck, keine Haare, keinen Fussel, noch nicht einmal Aufbruchsspuren am Tresor. Als ob ein Geist hier eingebrochen wäre!«

Bei ihren Worten lief Lilith unweigerlich ein Schauer über den Rücken. Clara konnte schließlich nicht ahnen, dass Lilith seit ihrer Ankunft in Bonesdale mehr mit Geistern, Halloween und Spukgeschichten zu tun hatte, als ihr lieb war.

»Ein Einbruch, bei dem nichts gestohlen wurde, hat man so etwas schon mal gehört?«, ereiferte sich Clara. »Da haben sie die Alarmanlage und all die Sicherheitsvorrichtungen überwunden, haben sich mit dem Öffnen des Tresors abgemüht und nichts mitgenommen. Seltsam, oder?« Sie lachte auf. »Ein Haus voller Schätze und die Diebe lassen alles liegen.«

»Ja, das ist wirklich seltsam«, stimmte Lilith ihr einsilbig zu.

Nachdem Lilith mit dem Versprechen, sich bald wieder bei Clara zu melden, aufgelegt hatte, saß sie einige Zeit nachdenklich an Mildreds Schreibtisch.

Konnte es sein, dass dieser mysteriöse Einbrecher etwas ganz Spezielles gesucht hatte? Etwas, das sich zum Zeitpunkt des Einbruchs gar nicht mehr im Haus befunden hatte? Unweigerlich griff Lilith nach dem Amulett um ihren Hals.

Dieses Mal war es jedoch nicht in der Lage, ihr Trost zu spenden. Das Gefühl, dass sich ihr etwas unaufhaltsam näherte, etwas Dunkles und Böses, raubte ihr fast den Atem.

5. Kapitel

»Def. Dämon, allgemein: Die Dämonen stammen aus dem Schattenreich, ein Ort, der so unwirtlich und grauenerregend ist, dass selbst die Dämonen ihm zu entkommen versuchen. Vieles, was die menschliche Mythologie im Allgemeinen über Dämonen überliefert, ist unzutreffend. Zwar gelten sie zu Recht als gefährliche, äußerst mächtige Wesen, denen ein Mensch nicht das Geringste entgegenzusetzen hat, doch das griechische Ursprungswort »Daimónion« wurde in der Bedeutung »Geist der Abgeschiedenen« verwendet. Daraus kann man folgern, dass der Begriff Dämon einst eher neutral interpretiert wurde. Die alten Schriften geben jedoch keinen Hinweis darauf, warum die Dämonen in späteren Zeitaltern plötzlich als Unheilstifter, Krankheitsbringer und personifizierte Teufel gesehen wurden. Laut meiner Recherchen ist es nur sehr machtvollen Dämonen möglich, in unsere Welt zu wechseln. Sie erscheinen als Malecorax, als eine Art Todeskrähe, die ein unnatürlich menschliches Verhalten an den Tag legt und von der man sich unbedingt fernhalten sollte. Nur ein einziger Dämon, der sogenannte Erzdämon, besitzt die Macht, auch in menschlicher Gestalt in unserer Welt zu erscheinen. In der Schrift wird ausdrücklich vor ihm gewarnt. So schreibt der Verfasser: »Wo Erbarmen ist, ist er die Rache. Wo Friede ist, ist er die Gier nach Macht. Wo Liebe ist, ist er der Hass. Der Himmel erbarme dich deiner, oh mein fremder Freund, der du dem Erzdämon gegenübertrittst. Sein Schatten legt sich über deinen, er verschlingt dein Ich mit Haut und Haar, dein Ende ist gekommen.«

aus »Untote von A–Z.
Umfassendes Nachschlagewerk paranormaler
Wesen« von Professor Albertus von Knüttelsiel,
erschienen 1969

Die Tage wurden spürbar kälter. Wenn Lilith morgens zur Schule radelte, verwandelte die kühle Morgenluft ihren Atem in kleine Wolken und sie trug Handschuhe und einen Schal, um sich vor dem eisigen Wind zu schützen. St. Nephelius wurde mit jedem Tag mehr vom herannahenden Winter erobert.

Als Lilith an diesem Tag von der Schule nach Hause kam, hatte es in der Nacht einen weiteren Temperatursturz gegeben. Egal, wie warm man eingemummelt war, der Wind kroch einem unter die Kleider und legte einem seine eisigen Finger auf die Haut. Selbst Miss Tinkelton hatte eingeräumt, dass es für die Jahreszeit viel zu kalt sei, und ihnen erlaubt, die Pausen im Schulhaus zu verbringen. Es war wohl einer der wenigen Tage, an denen die Kinder am Ende des Schultages nur widerstrebend das Schulhaus verließen.

Liliths Zähne klapperten und ihr Gesicht war vom Fahrtwind taub geworden. Hastig öffnete sie die Gartentür und lehnte das Fahrrad an die Hauswand. Sie konnte es kaum erwarten, sich am Kaminfeuer aufzuwärmen und einen heißen Tee zu trinken. Gerade als sie die Tür zur Küche öffnen wollte, hörte sie ein leises, flehendes Fiepen. Sie wandte sich stirnrunzelnd um.

»Hannibal? Bist du das?«

Ein lang gezogenes Winseln war die Antwort. Besorgt folgte Lilith dem Geräusch. Es kam aus dem Teil des Gartens, in dem das Gebüsch besonders dicht und undurchdringlich wucherte. Sie hätte nicht vermutet, dass es möglich war, sich in dieses dichte Gestrüpp hineinzuquetschen, wenn nicht eine große schwarze Pfote darunter hervorgelugt hätte.

»Hannibal?«

Lilith ging in die Knie und schob einige Äste zur Seite, ohne darauf zu achten, dass sich die Dornen in ihre Haut bohrten. Mit eingezogenen Schultern kauerte sich Hannibal inmitten des Gebüsches zusammen, einige der Dornen hatten blutige Striemen in seinem Gesicht hinterlassen. Er zitterte vor Kälte.

»Du Armer, hast du wieder Magenschmerzen?«

Lilith versuchte, zu ihm zu gelangen, blieb jedoch schon nach wenigen Zentimetern stecken. Hannibal hatte die Ohren angelegt und sah sie mit aufgerissenen Augen ängstlich an. Was hatte ihn nur derart erschreckt?

»Komm her, mein Großer«, lockte ihn Lilith in vertrauensvollem Ton. »Ich kann dir doch helfen. Komm da raus!«

Sie streckte die Hand nach ihm aus und lächelte ihm aufmunternd zu. Zögernd, Schritt für Schritt, kam Hannibal näher. Als er direkt vor ihr stand, legte er seinen Kopf in Liliths Hand und leckte ihr den Arm ab. Er schien erleichtert über ihre Anwesenheit zu sein.

»Ist ja gut, Hannibal!« Lilith streichelte ihm über das Fell. »Komm mit, ja?«

Tatsächlich folgte er ihr. Doch je näher sie dem Haus kamen, desto zaghafter wurden seine Schritte. Als ob Lilith ihn nicht in sein Zuhause, sondern an den Rand eines tiefen Abgrunds führen wollte.

Überrascht blieb Lilith stehen.

»Was ist nur los mit dir?«

Wieder begann Hannibal zu winseln. Seine dunklen Augen huschten ängstlich umher.

»Am besten, ich hole dein Frauchen nach draußen!« Lilith streichelte ihm über den Kopf, doch der Hund schien sie kaum mehr wahrzunehmen. Sein Blick war starr auf die Küchentür gerichtet.

»Bleib schön sitzen, Hannibal!«, ermahnte sie ihn, als sie zum Haus ging.

Doch in dem Moment, als Lilith die Tür öffnete, stieß der Hund ein lautes Jaulen aus und sauste quer durch den Garten davon. Geschockt sah Lilith ihm hinterher. Was war nur mit Hannibal geschehen? Einen Moment lang überlegte sie, ob sie ihm folgen sollte, doch dann beschloss sie, zuerst mit Mildred zu sprechen. Vielleicht wusste sie, was Hannibal so in Panik versetzt hatte und wie man ihm helfen konnte.

Lilith trat in die Küche.

Wildes Stimmengewirr schlug ihr entgegen, darunter Mildreds Lachen, das eigenartig laut und schrill wirkte. Arthur eilte gerade mit einem Stück Kuchen an Lilith vorbei, ohne sie auch nur eines Blickes zu würdigen, und Regius folgte ihm mit einer Kanne frisch aufgebrühtem Tee. In seinem ansonsten so missmutigen Gesicht lag nunmehr ein Ausdruck höchster Verzückung. Lilith schaute irritiert in die Runde. Was ging hier nur vor sich?

Isadora und Melinda scharten sich mit strahlenden Gesichtern neben Mildred um den Tisch, den Ort, der das Zentrum dieses ganzen Wirbels zu sein schien. Nun vernahm Lilith aus deren Mitte eine fremde männliche Stimme. Zwar konnte Lilith nur Wortfetzen vernehmen, doch ihr fiel auf, dass der Mann eine gleichbleibend tiefe, außergewöhnlich monotone Sprechweise hatte, wie jemand, der sich nicht in seiner Muttersprache unterhielt und die Worte falsch betonte. Sie fragte sich, wer dieser Besucher sein mochte. Bei der Begeisterung, die er hervorrief, musste er ein besonders guter Freund ihrer Tante und der anderen sein.

Wie auf einen lautlosen Befehl hin traten die drei Frauen zur Seite und gaben für Lilith den Blick frei auf einen Mann in einem schwarzen Anzug, der mit dem Rücken zu ihr saß. Das Haar, das so majestätisch glänzte wie das Gefieder eines Vogels, war zu einer perfekten Frisur gekämmt und reichte bis zu einem kräftigen, sehnigen Nacken.

Der Mann drehte sich langsam zu ihr um.

Auf seinen dünnen Lippen breitete sich ein Lächeln aus. Die Oberlippe bewegte sich dabei kaum, da sich die Narbe einer Lippenspalte senkrecht bis zur Nase zog.

»Guten Tag, Lilith.«

»Hallo«, antwortete sie mit heiserer Stimme.

Anders als Lilith vermutet hatte, war der Mann jung, obwohl der gleichmütige, allwissende Ausdruck in seinen Augen diesen Eindruck Lügen strafte.

Es waren diese Augen, von denen Lilith kaum ihren Blick abwenden konnte. Auf unheilvolle Weise kamen sie ihr bekannt vor, obgleich sich Lilith sicher war, dass sie dem Mann noch nie begegnet war.

Hilfe suchend sah sie zu ihrer Tante, die sich genau wie die anderen an den Tisch gesetzt hatte und mit einem entrückten Lächeln ununterbrochen ihren Tee umrührte.

»Wie unhöflich von mir«, durchbrach der Mann die Stille

und stand auf. In seinem perfekt sitzenden, matt schimmernden Anzug wirkte er in Mildreds schlichter Küche merkwürdig deplaziert. »Ich habe mich dir noch gar nicht vorgestellt.«

Er kam mit schnellen Schritten auf sie zu. Erst als Lilith mit dem Rücken an die Tür stieß, bemerkte sie, dass sie unwillkürlich hatte zurückweichen wollen. Der Mann blieb so dicht vor ihr stehen, dass sie sein schweres Aftershave riechen konnte. Doch da war noch ein anderer Geruch, den das teure Rasierwasser nicht vollständig überdecken konnte. Er verursachte ihr Übelkeit.

Der Mann streckte ihr seine wohlgeformte Hand entgegen. »Ich bin Mister Nekrobas. Du kannst aber Elia zu mir sagen, so nennen mich meine … Freunde«, sagte er mit einem kurzen Stocken. Dann wieder dieses dünnlippige Lächeln. Lilith spürte, wie sich die Härchen auf ihrem Arm aufstellten.

Wie hypnotisiert und nicht in der Lage, etwas zu sagen, starrte sie in die Augen ihres Gegenübers. Die Iris war von so hellem Grau, dass sie fast farblos wirkte und die Pupillen wie große schwarze Käfer schillerten. Lilith glaubte zu spüren, wie sie über ihr Gesicht krabbelten, sich in ihre Augen bohrten und versuchten, in ihre Seele einzudringen.

Schnell wandte sie den Blick ab und trat zur Seite. Erst als sie sich einige Schritte von ihm entfernt hatte und in der Mitte der Küche stand, hatte sie das Gefühl, wieder frei atmen zu können.

»Und woher kennen Sie meinen Namen, Mister Nekrobas?«

»Sag doch bitte Elia.«

Lilith erwiderte nichts und kniff ihre Lippen zusammen.

»Deine Tante hat mir von dir erzählt. Als du hereingekommen bist, wusste ich sofort, dass du ihre Nichte sein musst. Eure Ähnlichkeit ist einfach frappierend, nicht wahr?«

»Wir sehen uns kein bisschen ähnlich«, gab Lilith trotzig zurück.

Erstaunt hob er eine Augenbraue. Er schien unangenehm überrascht. Es war, als ob er Lilith einem Test unterzogen hätte, den sie augenscheinlich nicht bestanden hatte.

In Sekundenschnelle hatte sich Nekrobas wieder gefasst. Gemächlichen Schrittes verringerte er den Abstand zu Lilith.

»Deine Tante war so nett, mir Tee und Kuchen anzubieten. Möchtest du dich nicht zu uns setzen?« Er machte eine einladende Handbewegung in Richtung des Tisches, als ob er der Herr des Hauses und Lilith der Gast wäre.

»Nein danke«, lehnte sie sein Angebot ab.

Nun stand er wieder direkt vor Lilith. Sie wollte zurückweichen, doch sie konnte sich nicht bewegen.

Alles in ihr rebellierte. Mit jeder Faser ihres Körpers fühlte sie, dass hier etwas nicht mit rechten Dingen zuging. Plötzlich wusste sie, was – oder besser gesagt *wer* – Hannibal so sehr in Angst versetzt hatte. Es war dieser Mann.

»Mildred?«, rief sie mit erstickter Stimme.

Dieses Mal sah ihre Tante auf. Für einen Moment trat ein besorgter Ausdruck auf ihr Gesicht und ihre Stirn legte sich in Falten.

»Lilith!« Mildred wollte aufstehen, doch Nekrobas hob seine Hand, als streiche er ihr aus der Ferne über die Stirn.

»Es ist alles in Ordnung, Mildred«, sagte er zu ihr.

Mildred blinzelte verwirrt. Dann legte sich wieder ein entrücktes Lächeln auf ihre Lippen. Sie sank auf ihren Stuhl zurück und nippte an ihrem Tee.

Immerhin ließ Nekrobas nun von Lilith ab. Er steckte die Hände in die Taschen seines Anzugs und schlenderte zum Fenster.

»Ich wollte gerade vorschlagen, dass wir zusammen ein Spiel spielen. Ich mag Spiele. Im öden Einerlei der Zeit versüßen sie einem die Existenz und man lernt viel über sei-ne Mitspieler.« Gedankenverloren fuhren seine Finger über die Narbe an seiner Lippe. »Und du, Lilith? Magst du Spiele?«

»Manchmal.«

»Ja, du hast recht«, stimmte er ihr zu. »Es macht nicht immer Spaß zu spielen. Man muss einen würdigen Gegner haben.« Er wandte sich so abrupt zu ihr um, dass Lilith erschrocken zusammenfuhr. »Bist du ein würdiger Gegner?«

Lilith wusste nicht, was sie auf diese Frage antworten sollte.

»Bist du ein würdiger Gegner, Lilith?«, donnerte er.

»Ich … ich weiß es nicht.«

Ein Ausdruck von Missfallen zeichnete sich in seinen kantigen Gesichtszügen ab. »Das ist schade, Lilith.«

Er seufzte. »Aber vielleicht steckt ja mehr in dir, als es auf den ersten Blick den Anschein macht.«

Er wandte sich den anderen am Tisch zu.

»Wie wäre es mit einem Pokerspiel?«, fragte er. »Ich spiele jedoch nur um sehr hohe Einsätze!« Nekrobas lachte leise.

Arthur sah auf. Sein Blick wirkte leer. »Ja, das wäre schön.« Er erhob sich und verließ mit steifen Bewegungen den Raum.

»Tut mir leid, ich möchte wirklich nicht mit euch spielen«, beharrte Lilith. Sie wollte keinen Moment länger in der Nähe dieses Mannes bleiben. »Ich gehe in mein Zimmer. Ich muss noch etwas für die Schule machen.«

»Das ist schade.« Er sah sie unverwandt an. »Aber ich bin mir sicher, wir begegnen uns wieder. Dann werden wir unser Spiel nachholen.«

Lilith schluckte schwer. Seine Worte klangen wie eine Drohung – Nekrobas wollte sie wissen lassen, dass sie ihm nicht entkommen konnte.

Ohne ein weiteres Wort drehte sie sich um und rannte die Treppe hinauf in ihr Zimmer. Erst als sie die Tür hinter sich geschlossen hatte, hielt sie atemlos inne.

Sie fühlte sich, als wäre sie gerade aus einem Albtraum erwacht. Ihr Herz raste und sie war schweißgebadet.

Noch nie war Lilith jemandem begegnet, der solche Abscheu und Angst in ihr hervorgerufen hatte. Sie fragte sich, warum um alles in der Welt die anderen diesem Mann so zugetan waren. Spürten sie denn nicht die Gefahr, die von ihm ausging? Sie schienen im wahrsten Sinne des Wortes wie verzaubert von ihm zu sein. Lilith und Hannibal waren anscheinend die Einzigen, die noch bei klarem Verstand waren. Sie hoffte inständig, dass sie diesem Elia Nekrobas nie wieder begegnen musste.

Den ganzen Nachmittag über blieb Lilith in ihrem Zimmer. Sie saß an ihrem Schreibtisch und versuchte, in einem der Bücher zu lesen, das sie sich aus dem Regal ihres Vaters genommen hatte. Allerdings war es nicht sonderlich spannend – es handelte von einem Jungen, der einem jungen Prinzen zeigen wollte, wie es ist, ein richtiger Raufbold zu sein – und so ertappte sich Lilith immer wieder dabei, wie sie an dem Buch vorbeiblickte und Löcher in die Luft starrte. Sie fühlte sich in ihrem Zimmer wie eine Gefangene, isoliert vom Rest der Welt. Aber so beklemmend dieses Gefühl auch war, so wollte sie doch keinesfalls zurück in die Küche gehen. Seit ihrer Begegnung mit Nekrobas hatte sich eine seltsame Leere in ihr ausgebreitet. Noch immer spürte sie seine unheilvollen schwarzen Augen auf sich, die versucht hatten, einen Blick in ihre Seele zu werfen. Als hätte er nach Schwachstellen gesucht, nach Wunden, die noch nicht verheilt waren oder nie verheilen werden. Als ob Nekrobas sie zu den Erinnerungen hatte führen wollen, die sie schmerzten.

»Wenn jetzt wenigstens Matt hier wäre oder Mildred nach mir sehen würde«, seufzte sie. »Dann würde ich mich nicht ganz so alleine fühlen.«

Lilith zuckte zusammen. Himmel, jetzt führe ich schon Selbstgespräche, schoss es ihr durch den Kopf, so langsam sollte ich mir wirklich Gedanken um meine geistige Gesundheit machen!

Eine Spinne seilte sich neben ihr von der Decke ab und ließ sich elegant auf den Schreibtisch gleiten. Lilith hatte glücklicherweise keine Angst vor Spinnen, sonst hätte sie in der alten Villa sicherlich Probleme bekommen. Hier schienen in jedem dunklen Winkel Generationen von Spinnenfamilien zu hausen. Das fand Lilith zwar nicht gerade angenehm, aber solange die Spinnen sie in Ruhe ließen, konnte sie damit leben. Diese Spinne jedoch krabbelte zielstrebig auf sie zu. Direkt vor Liliths Finger blieb sie stehen und hob neugierig ihre Vorderbeine an. Einen Moment lang war Lilith versucht, das Buch zu nehmen und es auf die Spinne niedersausen zu lassen, aber sie brachte es nicht übers Herz. Irgendetwas hielt sie davon ab.

»Du bist ganz schön frech!«, stellte Lilith fest. »Was hast du eigentlich vor?«

Die Spinne strich mit ihren Vorderbeinen immer wieder über Liliths Finger, bis Lilith schließlich ihre Hand öffnete und der Spinne ihre Handfläche hinstreckte. Als ob die Spinne darauf gewartet hätte, marschierte sie in Liliths Hand, drehte sich einmal um ihre eigene Achse und ließ sich in ihrer Mitte nieder. Lilith sog überrascht die Luft ein. Sie hatte noch nie erlebt, dass sich eine Spinne so verhalten hatte! Normalerweise flohen diese Tiere vor einem Menschen. Was nun geschah, war noch weit merkwürdiger: Die Spinne ließ nacheinander ihre Beine auf- und abhüpfen, so als ob sie auf der Stelle tanzen würde. Ein angenehmes Kitzeln durchströmte Lilith und ließ sie auflachen. Prompt musste sie daran denken, wie Emma und sie sich an Liliths erstem Schultag Miss Tinkelton als Riesenspinne beim Yoga vorgestellt hatten. Lilith hob ihre Hand, sodass sie die Spinne direkt vor Augen hatte.

»Man könnte meinen, du willst mich aufmuntern!«, raunte sie der Spinne lächelnd zu. »Wenn du nicht so behaarte Beine hättest, würde ich dich als Haustier behalten!«

Mit der Spinne in der Hand lief Lilith zum Fenster, öffnete es und setzte sie auf die Fensterbank. Bereitwillig marschierte sie los und seilte sich – von ihrem unsichtbaren Faden gehalten – nach unten in den Garten ab. Lilith sah ihr so lange hinterher, bis sie sie schließlich aus den Augen verlor.

Erst am späten Abend trieb Lilith der Hunger nach unten in die Küche. Als sie ihre Tante alleine beim Geschirrspülen vorfand, atmete sie erleichtert auf. Mildred hatte ihre blonden langen Haare im Nacken zusammengebunden und ihre Hände steckten in rot geblümten Handschuhen. Begleitet vom Rasseln des Bestecks und dem Plätschern des Spülwassers summte sie eine leise Melodie. Lilith bot sogleich an, ihr zu helfen, doch Mildred lehnte mit einem dankbaren Lächeln ab.

»Lieb von dir, aber ich bin fast fertig. Es ist nur noch das Teegeschirr von heute Mittag übrig. Wenn du Hunger hast, kannst du dir ein Stück Kuchen aus dem Kühlschrank nehmen. Elia fand ihn übrigens vorzüglich«, setzte sie sichtlich erfreut hinzu.

»Bin ich froh, dass der weg ist«, murmelte Lilith.

Mildred sah erstaunt auf. »Wen meinst du denn?«

»Diesen Nekrobas natürlich.« Lilith öffnete die Kühlschranktür und holte sich das letzte Kuchenstück heraus. »Er war irgendwie unheimlich, findest du nicht?«

»Elia? Unheimlich?« Mildred lachte auf. »Blödsinn, Lilith, das bildest du dir nur ein. Wenn du ihn besser kennengelernt hast, wirst du feststellen, dass er ein sehr sympathischer und zuvorkommender junger Mann ist.«

»Wenn ich ihn näher kennengelernt habe?«, wiederholte Lilith. »Heißt das, er kommt öfters hierher?«

»Er wohnt für einige Tage bei uns«, informierte Mildred sie. »Elia möchte sich die Insel ansehen und da habe ich ihm eines unserer Zimmer angeboten. Er hat sich sehr über unsere Gastfreundschaft gefreut und sie dankend angenommen.«

Lilith erbleichte. Bei dem Gedanken, mit Nekrobas unter einem Dach zu wohnen, krampfte sich ihr Magen schmerzhaft zusammen. Sie stocherte lustlos in ihrem Kuchenstück herum.

»Dann ist er wohl ein Bekannter von dir?«, griff sie das Thema schließlich wieder auf.

Mildred sah verwirrt auf. »Wer?«

»Na, dieser Nekrobas. Ich hatte den Eindruck, ihr seid von seinem Besuch ganz begeistert.«

Mildred hielt einen Moment lang inne und runzelte die Stirn. In ihre Augen trat wieder ein seltsam entrückter Ausdruck.

»Nein, ich habe ihn noch nie zuvor gesehen.«

»Und dann lässt du ihn hier wohnen?«, entfuhr es Lilith ungläubig. »Du weißt doch überhaupt nichts über ihn! Er könnte ein Dieb oder ein Mörder sein.«

Diesem Mann traute Lilith alles zu. Sie konnte ihre Tante einfach nicht verstehen – wie kam Mildred nur dazu, diesem Unbekannten Unterschlupf zu gewähren? Dabei hatte Lilith selbst erlebt, wie abweisend und misstrauisch man in

Bonesdale jedem noch so freundlich gesinnten Fremden begegnete.

Mildred unterbrach ihre Arbeit, um ihrer Nichte einen strengen Blick zuzuwerfen. »Was soll denn das, Lilith? Wir alle finden Elia sehr nett und freuen uns, dass er bei uns wohnt – nur du musst an ihm herummeckern.« Sie beförderte einen frisch gespülten Teller scheppernd in die Ablage. »Ich erwarte von dir, dass du dich ihm gegenüber höflich und anständig verhältst, hast du das verstanden? Und jetzt ist Schluss mit diesem Thema!«

Lilith klappte erstaunt den Mund zu. Würde sie sich eigentlich nie mit ihrer Tante unterhalten können, ohne dass es in einem Streit endete?

Lilith ließ den Kuchen stehen und ging ohne ein weiteres Wort zurück in ihr Zimmer. Der Appetit war ihr gründlich vergangen.

»Lilith, warte mal!«

Matt bahnte sich einen Weg durch die aus den Klassenzimmern herausströmenden Schüler und schloss zu Lilith auf.

»Ich wollte dich fragen, ob wir die Matheblätter von Mister Barker heute Mittag gemeinsam durcharbeiten können? Ich fürchte, alleine schaffe ich das nicht.«

Lilith stöhnte beim Gedanken an die vielen Arbeitsblätter, die sie heute bekommen hatten, auf. Schon beim Überfliegen der Zahlenkolonnen war ihr klar geworden, dass sie diese Aufgaben niemals würde lösen können.

»Einverstanden! Ich hoffe nur, dass bis dahin ein Wunder geschieht und einer von uns beiden zum Mathegenie mutiert.«

Wie Lilith die Sache sah, würden Matt und sie den Nachmittag damit verbringen, in gemeinsamer Ratlosigkeit die Blätter anzustarren.

»Wenn ihr wollt, helfe ich euch!«

Überrascht drehten sich Matt und Lilith um. Emma lief hinter ihnen und hatte anscheinend ihre Unterhaltung mitbekommen. »Es wäre wohl besser, wenn ihr jemanden an eurer Seite habt, der etwas davon versteht, meint ihr nicht?«

Lilith musste sich Mühe geben, sich nicht ihr Erstaunen über Emmas Angebot anmerken zu lassen. Zwar war Emma nach wie vor die Einzige in der Klasse, die mit den beiden Neuen etwas zu tun haben wollte, doch seit ihrem Nachmittag in der Devilstreet hatte auch sie sich nicht mehr mit Lilith und Matt außerhalb der Schule getroffen. Dass Emma ihnen nun so überraschend ihre Hilfe anbot, freute Lilith umso mehr.

»Gern!«, nahm Matt Emmas Vorschlag an und schenkte ihr ein dankbares Lächeln. »Lilith, sollen wir uns bei dir treffen?«

»Lieber nicht! Wir haben seit gestern einen Gast bei uns wohnen, dem ich so selten wie möglich begegnen möchte.«

Emma sah neugierig auf. »Was ist denn so schlimm an ihm?«

Lilith zuckte mit den Schultern. »Wenn ich das nur so genau sagen könnte. Irgendetwas stimmt mit diesem Mister Nekrobas nicht. Er wirkt so bösartig und unheimlich – und er macht Hannibal Angst.«

»Dem Hund?«, hakte Matt irritiert nach. »Was hat der Hund denn damit zu tun?«

Lilith erzählte ihnen von Hannibals seltsamem Verhalten. Seit Nekrobas' Auftauchen war er wie vom Erdboden verschluckt, was Mildred am Morgen mit einem Schulterzucken hingenommen hatte. Dabei war es ihr sonst immer so wichtig gewesen, dass Hannibal in der Nacht nicht draußen herumstreunte. Allerdings hatte Mildred auch nicht gesehen, wie verstört und verängstigt Hannibal gewesen war. So hatte sich Lilith vor der Schule die Zeit genommen und sich auf die Suche nach ihm gemacht. Sie hatte einen ihrer Turnschuhe lockend in der Luft geschwenkt und in jedem Gebüsch und jeder dunklen Ecke nachgesehen, doch es war umsonst. Lilith verstand einfach nicht, dass Mildred das Verschwinden ihres Hundes so unbesorgt hinnahm. Bis Nekrobas aufgetaucht war, hatte sie Hannibal liebevoll versorgt und verhätschelt.

»Ich habe ein entschieden ungutes Gefühl!«, endete Lilith schließlich und verschränkte die Arme vor der Brust.

»Nicht, dass ich dir nicht glauben würde«, setzte Emma vorsichtig an. »Aber nur weil Hannibal sich plötzlich eigenartig verhält, muss dieser Nekrobas nicht gleich ein Monster sein.« Emmas rechte Augenbraue hob sich skeptisch nach oben. »Vielleicht ist eine Hündin in der Nähe eures Hauses läufig und Hannibal leidet nur an schlimmem Liebeskummer.«

Lilith musste zugeben, dass Emmas Erklärung um einiges logischer klang als ihre diffuse Anschuldigung, Nekrobas' Anwesenheit würde Hannibal vom Haus fernhalten. Trotzdem war sich Lilith nach wie vor sicher, dass sie diesem Mann so selten wie möglich begegnen wollte.

»Wenn dich dein entschieden ungutes Gefühl davon abhält, Mathe lernen zu können, dann treffen wir uns lieber in einer Stunde bei mir«, lenkte Matt ein. »Meine Mutter freut sich sicher, dich kennenzulernen, Emma!«

Lilith entging dabei nicht, dass Emmas Wangen sich mit einer leichten Röte überzogen und sie Matt glücklich anstrahlte. Die drei verabschiedeten sich voneinander und machten sich auf den Heimweg.

Zu Hause hetzte Lilith die Stufen der Treppe hinauf. Sie wollte sich so schnell wie möglich umziehen, um vor ihrem Treffen mit Emma und Matt noch einmal nach Hannibal zu suchen. Als sie jedoch in ihr Zimmer trat, blieb sie wie vom Donner gerührt stehen. Ihre Schultasche landete mit einem lauten Plumps auf dem Boden.

»Ach du meine Güte!«

Es war nicht mehr dasselbe Zimmer, das sie heute Morgen verlassen hatte. Durch das geöffnete Fenster fegte ein eisiger Wind, aus der Kommode waren die Schubladen herausgerissen worden und die Tür des Kleiderschranks hing schief in den Angeln. Es sah aus, als sei ein Tornado durch das Zimmer gefegt. Schulhefte, Bücher, Blusen, Hosen, T-Shirts – Liliths gesamtes Hab und Gut lag überall verstreut auf dem Boden. Lilith schloss das Fenster und besah sich fassungslos den Schaden. Ihr alter Teddy baumelte mit aufgeschlitztem Bauch und hervorquellenden Baumwollinnereien von der Nachttischlampe, die Matratze lehnte an der Wand und ihr Tagebuch lag zerfetzt auf dem Schreibtisch. Lilith hatte zwar nur selten etwas hineingeschrieben, trotzdem schmerzte sie der Anblick. Selbst die Schneekugel mit der Miniaturnachbildung des Londoner Big Ben lag zerbrochen am Boden. Ihr Vater hatte Lilith die Schneekugel geschenkt, als sie noch klein war, und Lilith hatte sie für Zeiten des Heimwehs mit nach Bonesdale genommen.

Sie kniete sich neben dem Schreibtisch nieder, um ein Foto von sich und ihrer Freundin Thea aufzuheben. Liliths Herz setzte einen Schlag lang aus. Ein gespitzter Bleistift hielt das Bild am Flickenteppich fest. Die nadelspitze Mine des Bleistifts ging direkt durch Liliths Stirn! Mit zitternden Fingern zog sie den Stift heraus.

Das ist sicherlich nur ein Zufall, versuchte sie sich selbst zu beruhigen, wahrscheinlich ist demjenigen, der das Chaos hier verursacht hat, der Bleistift einfach runtergefallen. Wenn sie allerdings an den aufgeschlitzten Teddy oder das zerrissene Tagebuch dachte, hatte sie eher das Gefühl, der Einbrecher wollte ihr damit eine Art Drohung hinterlassen.

Lilith eilte nach unten, wo Mildred, Isadora, Melinda und Arthur zwischen einem gewaltigen Kleiderberg saßen. Sie hatten gerade eine Ladung Kostüme bekommen, die bis zum großen Halloweenfest ausgebessert werden mussten.

»Jemand hat mein Zimmer verwüstet!«, berichtete Lilith atemlos.

Arthur zwinkerte ihr zu. »Das habe ich meinen Eltern auch immer versucht weiszumachen, wenn mein Zimmer mal wieder nicht aufgeräumt war.«

»Nein, es ist mein voller Ernst!«, sagte Lilith mit Nachdruck. »Alle Schubladen wurden herausgerissen und viele meiner Sachen sind zerstört. Es sieht aus, als ob jemand etwas gesucht hätte.«

Mildred sah betroffen auf. »Oh, das tut mir leid. Ich werde dir nachher beim Aufräumen helfen, okay? Vielleicht können wir einige deiner Sachen reparieren«, versuchte sie Lilith aufzumuntern. »Wenn Hannibal eine Schuhfährte aufgenommen hat, ist er leider nicht mehr zu stoppen.«

»Ich glaube nicht, dass es Hannibal gewesen ist.«

»Wer soll es denn sonst gewesen sein?«, fragte Isadora gereizt. »Du verdächtigst doch wohl niemanden von uns?«

»Nein«, wehrte Lilith erschrocken ab. »Aber Hannibal kann sicherlich keine Schubladen und Schränke öffnen oder die Matratze aus dem Bettkasten wuchten.« Liliths Blick fiel auf Hannibals leeren Schlafplatz und seine volle Futterschüssel. »Der Hund ist noch nicht einmal hier im Haus gewesen, er kann es gar nicht gewesen sein.«

»Und wer soll deiner Meinung nach dein Zimmer verwüstet haben?«, fragte Mildred mit zusammengezogenen Augenbrauen.

Gerade als Lilith den Mund öffnete, um Mildred von ihrem Verdacht zu erzählen, ging die Tür auf und Nekrobas betrat mit einem entspannten Lächeln den Raum.

»Sie waren es!«, fauchte Lilith ihn an. »Sie haben mein Zimmer durchwühlt und dieses Chaos angerichtet.«

Nekrobas hob in einer unschuldigen Geste die Hände. »Ich war den ganzen Tag unterwegs und habe mir die Insel angesehen. Deine Tante wird sicherlich bestätigen, dass ich nicht im Haus war.«

Das glaubte Lilith gern. Mildred und die anderen waren anscheinend sowieso immer auf Nekrobas' Seite. Aber so leicht würde sie sich nicht geschlagen geben!

»Wahrscheinlich sind Sie durch das geöffnete Fenster …«

Eine Faust, die mit einem lauten Knall auf dem Tisch landete, ließ Lilith innehalten.

»Du benimmst dich jetzt, junge Dame!«, forderte Mildred in schneidendem Ton. »Wahllos andere Leute zu beschuldigen, dein Zimmer verwüstet zu haben, geht eindeutig zu weit. Du entschuldigst dich jetzt sofort bei Elia.«

Mildred fixierte Lilith mit stechendem Blick. Lilith hatte wohl keine andere Wahl.

»Es … tut mir leid«, würgte sie hervor. Vor Wut standen Tränen in ihren Augen, was Nekrobas mit einem amüsierten Lächeln quittierte.

Sie schnappte sich ihre Jacke von der Garderobe, drängte sich an ihm vorbei und stürmte aus dem Haus.

Im Garten blieb sie einen Moment lang stehen und sog mit geschlossenen Augen die frische Luft ein. Sie hörte das Zuschlagen der Küchentür und das Klappern von Absätzen. Lilith wandte sich um. Sie war froh, dass Mildred und nicht Nekrobas hinter ihr stand, auch wenn ihre Tante entschlossen die Hände in die Hüften gestemmt hatte.

»Ich kann verstehen, dass du wegen deines Zimmers aufgeregt bist. Aber Elia war tatsächlich den ganzen Tag nicht im Haus, er kann es nicht gewesen ein«, versuchte sie Lilith zu überzeugen. »Hannibal hat solchen Unfug schon öfter angestellt, glaub mir.«

Lilith biss sich auf die Lippen und nickte wortlos. Solange sie keine Beweise hatte, war es sinnlos, Mildred vom Gegenteil überzeugen zu wollen.

»Und vor allen Dingen: Warum sollte Nekrobas das Zimmer einer Zwölfjährigen durchwühlen?«, fuhr Mildred fort. »Deine Sachen mögen für dich natürlich wertvoll sein, aber wohl kaum für einen erwachsenen Mann.« Auch wenn sie Lilith versöhnlich die Hand auf die Schulter legte, war der spöttische Unterton in Mildreds Stimme nicht zu überhören.

Lilith trat einen Schritt zur Seite, um Mildreds Hand abzuschütteln. Dann zuckte sie mit den Schultern. »Ist ja auch egal, wer es war. Die Sachen sind sowieso schon kaputt.« Sie steckte ihre Hände in die Jackentaschen. »Ich gehe dann mal zu Matt zum Mathelernen.«

»Das ist aber sehr pflichtbewusst von euch«, lobte Mildred sie mit einem übertriebenen Lächeln. Ihre Erleichterung darüber, dass Lilith das Thema Nekrobas nicht weiter vertiefen wollte, war ihr unverkennbar anzusehen. Nachdem sie vereinbart hatten, dass Mildred sie um sieben Uhr bei den O'Conners mit der Kutsche abholen würde, lief Lilith los.

Kein Geräusch drang aus dem Wald. Einzig Liliths Schritte auf dem knirschenden Kies waren zu hören. Die kahl gefegten Laubbäume, die sich zu beiden Seiten des Weges erhoben, wirkten nackt und verletzlich. Lilith hatte das Gefühl, dass sie ihre knöchernen Äste flehentlich nach Lilith ausstreckten, als wüssten sie nicht, dass ihr Sterben nur vorübergehend sei und sie im nächsten Frühjahr wieder zum

Leben erwachten. Die Trostlosigkeit des Waldes passte zu Liliths Stimmung.

Im Prinzip hatte Mildred recht gehabt mit ihrer Feststellung, dass eine Zwölfjährige im Grunde nichts besaß, was einen Einbruch wert gewesen wäre. Allerdings wusste ihre Tante nichts von dem Amulett – und Lilith hatte auch nicht vor, ihr davon zu erzählen. Sie konnte das Amulett niemandem zeigen und schon gar nicht durfte sie zulassen, dass es jemand berührte. Der Schaffner auf Liliths Fahrt nach Bonesdale war nicht der Einzige, der beim Anblick des Amuletts seltsam reagiert hatte. Wie jedes Mal, wenn Lilith an ihren Besuch bei dem Londoner Juwelier Jacob de Vries dachte, überlief sie ein Frösteln.

Nachdem Lilith das Amulett an sich genommen hatte, war sie am folgenden Tag zu dem Juwelier gegangen, in der Hoffnung, durch das außergewöhnliche Schmuckstück etwas über ihre Mutter in Erfahrung bringen zu können.

Jacob de Vries war ein rundlicher Herr Ende fünfzig mit schlohweißen Haaren, der, obwohl er eigentlich aus den Niederlanden stammte, am liebsten die typisch englischen Tweed-Anzüge trug. Laut ihrem Vater besaß niemand in London mehr Sachverstand als er, wenn es um die Goldschmiedekunst ging. Bei der Echtheitsprüfung historischer Schmuckgegenstände sei De Vries ein wahres Genie, so hatte er Lilith anvertraut, nur als Juwelier und Geschäftsmann sei er leider völlig unfähig.

Unschlüssig stand Lilith vor De Vries' Geschäft. Es dämmerte bereits und ein lauer Spätsommerwind wehte von der Themse herauf. Die vergangene Nacht und auch den ganzen Tag über hatte sich Lilith gefragt, ob sie das Risiko tatsächlich eingehen und De Vries das Amulett vorlegen sollte. Immerhin bestand die Gefahr, dass dieser umgehend zum Telefonhörer griff, um ihren Vater anzurufen. Was dann passieren würde, wollte sie sich gar nicht erst ausmalen. Doch Lilith hatte keine andere Wahl. Auch wenn sie nicht hätte erklären können, warum, so sagte ihr eine innere Stimme, dass dieses Amulett eine weit größere Bedeutung für sie hatte, als ihr Vater ahnte.

Lilith holte noch einmal tief Luft und betrat das Juweliergeschäft. Ein goldenes Glockenspiel verkündete fröhlich ihr Kommen. Der längliche Raum war von dezent beleuchteten Vitrinen eingerahmt, die vom Boden bis zur Decke reichten und in denen kunstvoll gefertigte Halsketten, Ohrringe, Broschen und Armbänder funkelten. Irgendwoher erklang leise klassische Musik und Liliths Schritte wurden von dem schweren roten Teppich fast völlig verschluckt. In der Mitte des Raums stand ein junger Mann vor einem gläsernen Tresen, hinter dem Jacob de Vries gerade ein kleines Päckchen verschnürte. Der Mann trug einen abgewetzten Anzug und seine etwas zu langen Haare fielen ihm immer wieder ins Gesicht.

»… und Sie versprechen mir, die Raten pünktlich zu zahlen, William?«, fragte De Vries gerade mit ernster Stimme. »Sie wissen, dass ich eigentlich eine höhere Anzahlung für einen so teuren Ring verlangen müsste?«

Der Mann nickte heftig. »Ich werde Sie nicht enttäuschen. Sie bekommen die erste Rate gleich nächste Woche, versprochen«, beteuerte er und lächelte glücklich. »Bis dahin werde ich mit Sophie sicherlich schon verlobt sein, ist das nicht wunderbar?«

Liliths Blick fiel auf die Schuhe des Mannes. Sie waren abgenutzt und die rechte Sohle löste sich vom Leder. Kein vernünftiger Mensch würde solch einem Mann einen Kredit gewähren.

De Vries überreichte ihm das Päckchen. »Dann drücke ich Ihnen die Daumen, William!«

Der junge Mann war so glücklich, dass er beim Verlassen des Ladens regelrecht an Lilith vorbeischwebte.

De Vries rückte die Jacke seines Tweed-Anzuges zurecht, faltete die Hände auf dem Tresen und wandte sich Lilith zu.

»Was kann ich denn für dich tun, junge Dame?«, fragte er freundlich.

»Ich bin Lilith, die Tochter von Joseph Parker«, stellte sie sich vor. »Ich war schon einige Male bei Ihnen. Bei unserem letzten Besuch hatte mein Vater sie darum gebeten, die Echtheit eines Maya-Armreifs zu überprüfen.«

De Vries musterte Lilith und legte für einen Moment nachdenklich die Stirn in Falten.

»Natürlich!« Er lächelte erfreut. »Jetzt erinnere ich mich. Wie geht es deinem Vater? Ich habe ihn schon lange nicht mehr gesehen!«

»Danke, ihm geht es gut«, antwortete Lilith. Sie trat näher an den Tresen heran. »Ich interessiere mich ebenfalls für Geschichte und Archäologie und möchte unbedingt in die Fußstapfen meines Vaters treten«, begann sie mit ihrer einstudierten Geschichte und hoffte, dass De Vries das Zittern in ihrer Stimme nicht bemerkte. Sie war noch nie eine gute

Lügnerin gewesen. »Deswegen hat er sich für mich eine kleine Aufgabe ausgedacht, die ich lösen soll.«

»Ich verstehe.« De Vries' Augen blitzten interessiert auf. »Ein archäologisches Rätsel?«

Lilith nickte. »Genau. Er hat mir ein Amulett gegeben, von dem ich das ungefähre Alter und das Herkunftsland bestimmen soll. Nur leider«, Lilith stockte verlegen, »ist das schwieriger, als ich gedacht habe. Ich wollte Sie fragen, ob Sie mir einen Tipp geben können.«

Lilith bemerkte sofort, dass der alte Mann Feuer und Flamme war. »Natürlich kann ich dir helfen! Aller Anfang ist schwer, besonders wenn es um die Archäologie geht.« Er zwinkerte ihr verschwörerisch zu. »Und keine Sorge – dass ich dir helfe, bleibt selbstverständlich unser Geheimnis!«

Lilith atmete erleichtert auf. Genau diese Reaktion hatte sie erhofft. Sie zog das Amulett aus ihrer Jackentasche hervor und legte es auf den Tresen. Nervös beobachtete sie De Vries, wie er sich ein Vergrößerungsglas ins Auge klemmte und sich über das Schmuckstück beugte, ohne es jedoch zu berühren. Wahrscheinlich würde er ihr in wenigen Sekunden etwas über ihre Mutter oder deren Familie verraten können. Oder Lilith würde wenigstens einen Anhaltspunkt bekommen, wo sie weitersuchen konnte. Ein so seltenes und fremdartiges Schmuckstück, das sicherlich schon einige Hundert Jahre alt war, musste in Fachkreisen bekannt sein, da war sich Lilith sicher.

»Interessant. Außergewöhnlich, wirklich ganz außergewöhnlich«, murmelte der Juwelier vor sich hin. Er sah auf. »Dein Vater hat dir keine leichte Aufgabe gestellt, Lilith.«

»Warum?«, fragte sie atemlos.

»Die Symbole sind Runen, was auf ein hohes Alter des Schmuckstücks hindeutet.« Er lächelte sie an. »Weißt du, was das Wort Runen bedeutet?«

Lilith schüttelte den Kopf. Auch wenn sie die Runen als solche erkannt hatte, so hatte sie sich noch nie näher damit befasst.

»Es bedeutet Geheimnis oder Flüstern. Runen wurden ursprünglich als Zauberformeln verwendet. Dies hier sind angelsächsische Runen aus dem jüngeren Futhark. Diese Runenreihe wurde zwischen dem 7. und 10. Jahrhundert verwendet, also zur Zeit des Frühmittelalters.« De Vries begutachtete erneut das Amulett und schnalzte nachdenklich mit der Zunge. »Doch die Runen führen uns wohl auf eine falsche Fährte. Um etwas über die Legierung und das verwendete Lötverfahren herauszufinden, wäre zwar eine Röntgenfluoreszensanalyse notwendig …«

Lilith hatte noch nie von solch einer Analyse gehört, verzichtete jedoch darauf, De Vries danach zu fragen und das Thema zu vertiefen.

»Aber ich schätze, dass dieses Schmuckstück sehr viel später entstanden ist«, fuhr De Vries fort. »Siehst du diese sanft geschwungenen Linien der Goldspeichen und diese filigranen Silberfäden, die in sich verdreht sind? Selbst mit sehr viel Zeit und dem damals besten Handwerksgerät hätte dies im Frühmittelalter kein Goldschmied fertigen können.« Er nickte wie zu seiner eigenen Bestätigung. »Wenn nicht gerade der Teufel mit im Spiel gewesen ist, eine unmögliche Sache!«

Lilith hörte ihm fasziniert zu und beugte sich neugierig über den Tresen, sodass ihr Kopf fast mit dem von De Vries zusammenstieß. »Und der schwebende Bernstein?«, fragte sie.

De Vries winkte ab. »Wahrscheinlich eine optische Täuschung. So etwas ist nicht selten. Nach dem Schleifen wird der Stein angebohrt und feiner Draht darin befestigt, der ihn quasi unsichtbar in der Mitte des Zepters hält.«

Lilith verzog zweifelnd das Gesicht. Sie war sich sicher, dass ihr ein Draht, und sei er noch so fein und kunstvoll angebracht, aufgefallen wäre.

»Der untere Abschluss des Zepters dagegen scheint mir ungewöhnlich. Hier – diese kleine, kaum erkennbare Öffnung mit den Ösen. Als könnte man daran etwas befestigen«, murmelte De Vries nachdenklich. »Als ob ein Teil des Schmuckstücks fehlt.«

Er sah zu Lilith auf. »Darf ich?« Seine Hand griff nach dem Amulett.

Lilith nickte. »Natürlich, sehen Sie es sich ruhig genauer an.«

In der letzten Sekunde, noch ehe De Vries das Amulett mit den Fingerspitzen berührte, wusste Lilith, dass dies ein Fehler gewesen war. Doch sie konnte es nicht mehr verhindern. De Vries zuckte zusammen, als würde ihn ein eisiger Schauer durchlaufen, und der Raum schien von einem Moment auf den anderen dunkler geworden zu sein. Auch De Vries' Gesichtsausdruck veränderte sich in merkwürdiger Weise. Die gutmütigen Lachfältchen des Alten waren verschwunden, ebenso die detektivische Begeisterung des

Goldschmiedefachmanns, die Lilith eben noch an ihm wahrgenommen hatte. Sein Gesicht glich nunmehr einer unheimlichen Fratze. Er starrte wie hypnotisiert auf das Amulett, als ob er es in diesem Moment zum ersten Mal sehen würde.

»Es ist wunderschön«, flüsterte er.

Er hielt die Kette fest in seiner Hand, darunter baumelte der Anhänger unruhig vor und zurück.

Lilith blinzelte verwirrt. Sie hätte schwören können, dass sich der Bernstein im Innern des Zepters zu verändern begann. Rote Wolken durchzogen das Innere des Steins, so als ob er bluten würde. Ehe Lilith es verhindern konnte, schloss sich De Vries' Faust um das Amulett.

Er fuhr mit einem solchen Ruck herum, dass Lilith zusammenzuckte. »Verkaufst du es mir?«

Ohne ihre Antwort abzuwarten, ließ De Vries die Kette in seiner Jackentasche verschwinden und schritt eilig zur Kasse. »Wie viel möchtest du dafür haben? Sag es mir, ich bezahle jeden Preis!«

»Das … das Amulett ist nicht zu verkaufen«, erwiderte Lilith irritiert. »Wissen Sie nicht mehr? Es gehört meinem Vater!«

»Stimmt«, erinnerte er sich. Der alte Mann lächelte plötzlich heimtückisch. »Das ist sogar noch besser! Denn weißt du was? Ich gebe dir die Kette einfach nicht mehr zurück!«

Lilith schnappte entsetzt nach Luft. Das konnte doch nicht sein Ernst sein.

»Wenn ich das meinem Vater …«, setzte Lilith an, doch sie wurde von De Vries unterbrochen.

»Wenn mich dein Vater fragt, werde ich sagen, du seist nie hier gewesen.« Er kicherte hinterlistig. »Er wird denken, dass du sein wertvolles Amulett verloren hast und zu feige bist, es zuzugeben.«

»Sie spinnen ja wohl!« Lilith funkelte ihn wutentbrannt an. »Sie können doch nicht ein fremdes Schmuckstück einstecken und behalten!«

Das würde Lilith auf keinen Fall zulassen. Sie musste irgendetwas tun! In einer schnellen Bewegung versuchte sie, über den Tresen in De Vries' Jackentasche zu fassen, doch sie war zu langsam. Der alte Mann reagierte überraschend schnell. Er drehte sich seitwärts, packte Liliths Arm und quetschte ihn wie mit einem Schraubstock. Lilith musste ein Wimmern unterdrücken.

»Aber das können Sie doch nicht tun …«, wiederholte Lilith hilflos.

»Natürlich kann ich!« De Vries' bösartiges Grinsen ließ sie frösteln. »Wem, meinst du, wird man glauben – dir, dem kleinen, vorlauten Mädchen, oder mir, dem angesehenen Juwelier?«

»Ihnen«, flüsterte Lilith. Ihr Magen krampfte sich zusammen und ihr wurde übel vor Entsetzen.

Sie konnte doch nicht zulassen, dass ihr dieser Mann einfach das Amulett wegnahm. Mit Tränen in den Augen blickte sie zu Boden.

»Du solltest jetzt besser gehen!«, sagte De Vries kalt.

Lilith bewegte sich nicht vom Fleck. Wenn sie jetzt ging, würde sie das Amulett nicht mehr zurück in den Tresor legen können und sie musste ihrem Vater den Diebstahl beichten. Und nicht nur das. Sie würde das Amulett nie wiedersehen!

Sie hatte diesem netten alten Herrn vertraut. Das war so ungerecht! Lilith sah auf und spürte, wie sie eine Welle des Zorns überrollte. Dunkle Punkte begannen vor ihren Augen zu tanzen. Es war das Amulett ihrer Mutter, der einzige Schlüssel zu ihrer Vergangenheit. Das konnte er ihr nicht einfach wegnehmen! Lilith wurde unglaublich heiß, als hätte sie hohes Fieber. Sie würde alles tun, um das Erbstück wieder zurückzubekommen. Alles, einfach alles ... Die Punkte vor ihren Augen schienen zahlreicher zu werden und sich zu verdichten. Plötzlich war es, als wäre die Welt um sie herum in einen schwarzen Nebel gehüllt. Alle Geräusche waren verschwunden, die klassische Musik, der Autolärm der Straße, ja, selbst ihr eigenes ängstliches Keuchen waren einer absoluten Stille gewichen. Stattdessen hörte sie eine Stimme in ihrem Kopf, die nicht ihre eigene war.

Du bist stärker als er!

Ich bin nur ein Kind, widersprach Lilith in Gedanken.

Du bist stärker, beharrte die Stimme, *du musst ihm nur sagen, was du willst!*

»Ich will sofort das Amulett zurückhaben!«, flüsterte Lilith kaum hörbar.

De Vries wandte sich um.

Er sagte irgendetwas, doch Lilith konnte ihn nicht verstehen, sie sah nur, wie sich seine Lippen bewegten und er sie fassungslos anstarrte. Fast glaubte Lilith so etwas wie Angst in seinen Augen erkennen zu können.

Sag ihm, was du willst, Lilith, und du wirst es bekommen!

Lilith sah De Vries entschlossen in die Augen. Ehe sie wusste, wie ihr geschah, schoss ihre Hand hervor und klammerte sich an De Vries' Arm.

»Geben Sie mir mein Amulett zurück!«, hörte sie ihre eigene Stimme wie aus weiter Ferne. »Ich will das Amulett!«

Der Juwelier wurde bleich. Er schwankte und klammerte sich am Tresen fest, doch Lilith ließ ihn nicht aus den Augen. Quälend langsam wanderte seine Hand in seine Jackentasche und zog die Kette hervor. Er schob sie über den Tresen.

Lilith fiel ein Stein vom Herzen. Sie atmete erleichtert auf. Im selben Moment verschwand der schwarze Nebel vor ihren Augen so urplötzlich, wie er gekommen war, auch die Geräusche um sie herum nahm sie wieder wahr. Erst jetzt registrierte Lilith, dass der Boden unter ihren Füßen vibriert hatte, und die Scheiben der Vitrinen gaben immer noch ein leises Klirren von sich. Der sorgsam angebrachte Schmuck war von den Auslagen gerutscht. Lilith bekam eine Gänsehaut. Was ging hier nur vor? War sie das etwa gewesen?

Lilith wusste nur noch eines: Sie wollte hier weg, raus aus diesem Geschäft und nach Hause. Kaum dass sie das warme Metall des Amuletts in ihrer Hand spürte, drehte sie dem verstört dreinblickenden Juwelier den Rücken zu und rannte davon.

Völlig in Gedanken versunken trat Lilith aus dem Wald heraus. Matt erwartete sie bereits vor dem Haus und winkte ihr von Weitem zu. Lächelnd erwiderte sie die Geste und blieb einen Moment lang stehen. Sie schob den rechten Ärmel ihrer Jacke hoch und betrachtete ihr Handgelenk. Die blauen Flecke mit De Vries' Fingerabdrücken waren schon längst verblasst. Wenn sie nicht gewesen wären, hätte sich Lilith damals einreden können, dass sie sich alles nur eingebildet und es im Grunde nur ein etwas heftigeres Gespräch mit dem Juwelier gegeben hatte.

De Vries hatte sich zu Liliths Überraschung nicht mit ihrem Vater in Verbindung gesetzt. Jedenfalls hatte ihr Vater kein Wort darüber verlauten lassen. Lilith seufzte. Anstatt Antworten zu bekommen, war sie mit diesem Besuch auf weitere Rätsel gestoßen. Denn wie war es möglich, dass sich Jacob de Vries so plötzlich verändert hatte, nachdem er das Amulett in Händen hielt? Lilith konnte es sich beim besten Willen nicht erklären. Wenn sie nur eine Möglichkeit finden könnte, die Runen auf dem Amulett zu übersetzen … Doch immerhin hatte die Sache auch sein Gutes: Selbst wenn Lilith nicht wusste, wie sie es geschafft hatte – vielleicht hatte sie es allein ihrer Entschlossenheit zu verdanken gehabt –, so hatte sie sich am Ende gegen Jacob de Vries durchgesetzt. Und sie würde es auch bei Nekrobas schaffen. Lilith ballte die Fäuste. Sie würde alles tun, damit das Amulett ihrer Mutter nicht in seine Hände geriet.

Emma, Matt und Lilith arbeiteten den ganzen Nachmittag über an den Matheaufgaben. Nur ab und zu machten sie eine kurze Pause, tranken Limonade und aßen von den Keksen in Knochenform, die ihnen Matts Mutter gebracht hatte. Am Ende des Tages brummte Lilith von den vielen

Aufgaben und Zahlen der Kopf, doch Emma war immer geduldig geblieben und hatte sich als gute Lehrerin erwiesen. Matt und Lilith hatten gewaltige Fortschritte gemacht. Sie freuten sich auf Mister Bakers überraschtes Gesicht, wenn sie ihm die Aufgaben am nächsten Morgen vollständig gelöst vorlegen konnten.

Der Vollmond tauchte schon über den Wipfeln des Waldes auf und beschien die Welt mit seinem kalten silbrigen Licht. Während Matt und seine Mutter beim Abendessen saßen, warteten Emma und Lilith vor dem Haus auf Mildreds Kutsche. Zwar hatte Eleanor auch die beiden Mädchen zum Essen eingeladen, doch nachdem Emma und Lilith mitbekommen hatten, dass Eleanors Kochkünste darin bestanden, künstlich riechende Fertiggerichte in die Mikrowelle zu stellen, lehnten sie dankend ab. Eleanor war der Meinung, dass sie als Schriftstellerin ihre Zeit nicht mit so profanen Dingen wie dem Zubereiten von Mahlzeiten verschwenden sollte – schließlich hatte sie der Nachwelt wichtige literarische Ergüsse zu hinterlassen.

»Wo bleibt deine Tante nur?« Emma blickte nervös auf die Uhr. »Sie ist schon zwanzig Minuten zu spät.«

»Ich werde noch einmal bei ihr anrufen! Wahrscheinlich hat sie nur vergessen, dass sie mich abholen wollte«, meinte Lilith wenig überzeugt. Es sah Mildred gar nicht ähnlich, ihre Nichte hier in der Dunkelheit stehen zu lassen.

Lilith ging noch einmal zurück ins Haus, doch schon nach wenigen Augenblicken kam sie unverrichteter Dinge zurück.

»Im Seniorenstift geht niemand ans Telefon«, informierte sie Emma. »Was machen wir denn jetzt?«

»Ich muss wirklich heim!« Emma trippelte unruhig auf der Stelle. »Meine Mutter wird sonst sauer. Sie mag es auch nicht, wenn ich im Dunkeln unterwegs bin – genau wie deine Tante.« Emma lächelte Lilith schief an. »Besonders, wenn wir so weit außerhalb von Bonesdale sind«, fügte sie mit einem Blick auf den verlassenen Waldweg, der sich schon nach wenigen Metern im Dunklen verlor, hinzu.

»Weißt du was? Ich komme mit dir«, beschloss Lilith. »Wir laufen einfach gemeinsam meiner Tante entgegen. Wahrscheinlich fährt sie sowieso jeden Moment um die Ecke.«

Emma nickte dankbar. Zu Liliths Überraschung zauberte sie aus ihrer Jackentasche sogar eine Taschenlampe hervor, deren schwacher Lichtschein nun vor ihnen den Weg erkundete und sorglos durch das Dunkel tanzte.

Lilith warf Emma einen kritischen Seitenblick zu. Schon seit Tagen hatte sie auf eine Gelegenheit gewartet, mit Emma ungestört reden zu können. Trotzdem scheute sie sich davor, Emma nun darauf anzusprechen.

»Ich weiß, dass meine Tante und deine Mutter nicht ohne Grund so besorgt um uns sind«, setzte sie an. »Ihr habt hier in Bonesdale ein Geheimnis. Etwas, das niemand Außenstehendes wissen soll. Etwas, das uns gefährlich werden könnte.«

Trotz der Dunkelheit konnte Lilith erkennen, dass Emma bleich wurde. Sie hüstelte verlegen.

»Es tut mir leid, Lilith, ich … ich würde es dir gern verraten«, druckste sie herum. »Aber deine Tante hat sicherlich einen guten Grund dafür, warum sie es dir verheimlicht.«

Hilflos hob Emma ihre Schultern. »Meine Mutter meinte, ich soll mich nicht in eure Familienangelegenheiten einmischen und mich bloß nicht verplappern.«

»Das verstehe ich«, beruhigte Lilith sie. »Ich wollte dir nur sagen, dass ich dir das nicht übel nehme und ich auch nicht versuchen werde, irgendetwas aus dir herauszuquetschen.« Lilith seufzte. »Mein Vater hat veranlasst, dass alle hier etwas vor mir geheim halten, und deswegen muss ich unbedingt mit ihm darüber sprechen«, erklärte sie Emma. »Leider konnte ich ihn bisher nicht in Burma erreichen.«

So langsam hatte Lilith die Vermutung, dass ihr Vater in einem abgelegenen Hinterhofhotel abgestiegen war. Unter der Nummer, die Clara ihr durchgegeben hatte, ging entweder überhaupt niemand ans Telefon oder derjenige, der abnahm, sprach kein Englisch. Es war zum Verzweifeln.

»Vielleicht können wir bis dahin versuchen, diese ganze Geheimniskrämerei zu vergessen und einfach so miteinander befreundet sein?«, fragte Emma unsicher.

»Das fände ich toll«, freute sich Lilith. Sie hatte gehofft, dass Emma so reagieren würde. Lilith blieb stehen und streckte ihr die Hand entgegen. »Freunde?«

Emma schlug mit einem Lächeln ein. »Freunde!«

Ein lautes Knacken ließ die beiden erschrocken zusammenfahren.

»Hast du das gehört?«

Noch ehe Lilith etwas erwidern konnte, brach direkt vor ihnen ein schwarzer Schatten aus dem Unterholz und stellte sich ihnen in den Weg.

Lilith schnappte nach Luft. Die Taschenlampe in Emmas

Hand zitterte plötzlich so sehr, dass Lilith im umherhuschenden Licht nur Schemen der Gestalt erkennen konnte. Doch was sie sah, reichte aus, um sie vor Entsetzen erstarren zu lassen.

Das Tier ähnelte einem Wolf, dessen gelbe Augen das Licht wie zwei Feuerbälle reflektierten. Sein Gang war jedoch seltsam ungelenk, als ob er sich nicht entscheiden konnte, ob er sich auf zwei oder vier Pfoten fortbewegen sollte. Sein unförmiger, aber dennoch massiger Körper war nur teilweise mit Haaren bedeckt. Lange Haarbüschel standen in unregelmäßigen Abständen von der geröteten Haut ab, als ob das Tier von einer schweren Krankheit gezeichnet worden wäre. Es fletschte die Zähne.

»Was ist das?«, hauchte Lilith.

»Ein Werwolf«, antwortete Emma mit angstbebender Stimme. Sie atmete tief durch. »Wir müssen einfach ganz ruhig bleiben! Er darf uns nichts tun.«

»Bist du dir sicher?«, brachte Lilith mühsam hervor. Ihr Mund schien völlig ausgetrocknet zu sein. Sie wollte einen Schritt zurücktreten, sich von diesem Tier entfernen, doch ihre Beine wollten ihr nicht gehorchen. »Diesem Biest läuft schon der Sabber aus dem Maul. Für mich sieht das nicht aus, als ob er uns nichts tun würde!«

»Aber ... aber laut dem Abkommen von 1479 dürfen minderjährige Nocturi, die ihre Kräfte noch nicht erhalten haben, nicht angegriffen werden.«

Lilith ließ den Werwolf, der regungslos vor ihnen stand und jede Bewegung der beiden Mädchen beobachtete, für einen Moment aus den Augen und starrte Emma stirnrunzelnd an. »Nocturi? Von was für einem Abkommen und von was für Kräften redest du da?«

»Bitte, Lilith – ich kann es dir nicht erklären! Nicht jetzt.«

Lilith konnte nicht glauben, dass Emma selbst in dieser Situation nicht bereit war, über das Geheimnis zu sprechen. Meine Güte, sie standen hier vor einem *Werwolf*, der anscheinend vorhatte, sie als Abendessen zu verspeisen!

»Kannst du wenigstens etwas gegen dieses Viech ausrichten?«, fragte sie frostig.

Emma schüttelte wortlos den Kopf.

»Und was sollen wir jetzt machen?«

Emma blickte sie unsicher an. »Weglaufen?«

»Genial. Auf diese Idee wäre ich ja nie gekommen.« Lilith warf wütend die Hände in die Höhe. Eine Bewegung, die den Werwolf dazu veranlasste, ein gereiztes Knurren auszustoßen. Sein sehniger Körper spannte sich.

»Lass uns zurück zu den O'Conners rennen«, schlug Emma hastig vor. »Wenn wir Glück haben, schaffen wir es!«

Lilith nagte an ihrer Unterlippe. Wenn dieses Viech wölfische Instinkte hatte, dann würde Wegrennen alles nur noch schlimmer machen. Sobald Emma und sie versuchen würden, zu den O'Conners zu laufen, wäre die Jagd auf sie eröffnet. Emma und sie hätten keine Chance, das Haus lebend zu erreichen. Da sie jedoch keine Waffen bei sich trugen, schien es auch nicht ratsam zu sein, tatenlos stehen zu bleiben.

Der Werwolf nahm ihnen die Entscheidung ab. Er legte den Kopf in den Nacken und jaulte auf, woraufhin es hinter Lilith und Emma zu rascheln begann. Alarmiert fuhren die beiden herum. In einiger Entfernung brach ein weiterer Werwolf aus dem Gebüsch und schnitt ihnen den Rückweg ab.

Die Werwölfe schlichen mit geduckten Leibern auf sie zu. In wenigen Augenblicken würden sie die Mädchen erreicht haben.

»Du musst doch irgendetwas tun können!«, stöhnte Lilith auf. »Hast du keine Silberkugeln oder so etwas bei dir?«

»Es tut mir so leid …«, stammelte Emma. »Eigentlich sind die Werwölfe nachts im Friedhof eingesperrt, dort werden sie gefüttert und sind dann relativ harmlos. Ich habe keine Ahnung, wie die beiden entkommen konnten. Normalerweise werden sie erst gefährlich, wenn ein Dämon in der Nähe ist, der ihnen Befehle gibt.« Emma schüttelte entschlossen den Kopf. »Aber das ist absolut unmöglich!«

Sie kreischte auf. Ein weiterer riesenhafter Schatten trat aus dem Wald. Dieses Mal direkt neben ihnen. Emma drängte sich an Lilith.

»Wir sind verloren!«

Lilith blinzelte. »Nein, sind wir nicht!«

Sie ging auf den schwarzen Schatten zu. Ein Paar dunkle Augen blickte sie treuherzig an.

»Was bin ich froh, dich zu sehen, Hannibal!«

Lilith strich ihm über den Kopf.

Hannibal leckte ihr kurz über die Hand, dann fixierte er die Wölfe mit stechendem Blick. Seine Nackenhaare sträubten sich. Er stellte sich breitbeinig vor die Mädchen, duckte den Kopf und fletschte die Zähne in Richtung der beiden

Werwölfe. Das kehlige Knurren, das er ausstieß, klang wie das Rasseln von Waffen.

Die Werwölfe zögerten. Anscheinend hatten sie nicht mit einem ernst zu nehmenden Gegner gerechnet. In Lilith keimte die Hoffnung auf, dass sie sich allein durch Hannibals Statur und seine beeindruckenden Drohgebärden verjagen ließen. Doch schon einen Moment später schlichen sie wieder auf die kleine Gruppe zu.

In wenigen Sekunden würde der Kampf beginnen.

Je näher die Werwölfe kamen, umso intensiver wurde der Gestank nach Kot, Urin, Schweiß und Fäulnis. Liliths Abscheu vor diesen Biestern mischte sich mit Übelkeit. Diese Tiere waren wie ein Fehler der Natur, etwas, das es nicht geben sollte.

Liliths Knie zitterten, während Hannibal stolz und in voller Größe quer auf dem Waldweg stand, um beide Werwölfe gleichzeitig im Blick zu haben.

Zu Liliths Füßen raschelten Blätter. Erstaunt sah sie nach unten und bemerkte erst jetzt, dass Hannibal die hinter ihm stehenden Mädchen unmerklich nach hinten gedrängt hatte, vom Weg herunter. Was hatte er nur vor?

Emmas Finger krallten sich in Liliths Arm. »Er will, dass wir in den Wald flüchten, wenn es losgeht.«

Lilith schüttelte entschlossen den Kopf. »Ich lass ihn nicht mit diesen Biestern allein!«

»Du kannst ihm doch überhaupt nicht helfen!«, versuchte Emma sie zur Vernunft zu bringen. »Willst du ihm etwa mit deinen scharfen Zähnen oder Krallen zur Seite stehen?«

So schwer es Lilith auch fiel, sie musste sich eingestehen, dass Emma recht hatte. Emma und sie konnten gegen diese Werwölfe nichts ausrichten. Wegzulaufen war ihre einzige Chance.

Der Werwolf zu ihrer Rechten erreichte sie als Erster. Hüpfend wie ein Affe legte er die letzten Meter zurück und blieb sabbernd vor Hannibal stehen. Sein missgestalteter Artgenosse gesellte sich betont entspannt zu ihm.

Geduckt standen sie um Hannibal herum. Die Werwölfe und der Hund starrten sich an, fochten einen stummen Krieg mit den Augen aus. Die Spannung, die in der Luft lag, war fast greifbar. Die Mädchen hielten den Atem an.

Ohne Vorwarnung, ohne dass Lilith darauf vorbereitet gewesen wäre, ging es los. Einer der Werwölfe sprang Hannibal mit ausgestreckten Klauen und gefletschten Zähnen an. Doch Hannibal hatte damit gerechnet. Er wich in einer schnellen Bewegung aus und schnappte nach der Flanke des Werwolfs. Nach dem wütenden Aufjaulen zu urteilen, hatte er ihn erwischt. Sein Artgenosse jedoch nutzte den kurzen Moment, in dem Hannibal abgelenkt war, und griff ihn von der Seite an. Lilith wandte gequält den Kopf ab. Sie konnte es nicht mitansehen. Es war ein ungleicher Kampf.

Emma zog an Liliths Arm. »Worauf wartest du denn?«

»Aber Hannibal …«

Lilith konnte in dem Gewühl der schwarzen Schatten kaum noch etwas ausmachen. Das Geräusch von kehligem Knurren und zuschnappenden Kiefern klang so schrecklich, dass sie sich am liebsten die Ohren zugehalten hätte.

»Begreifst du denn nicht, dass er uns retten will?«, sagte

Emma eindringlich. »Wir müssen los! Sonst kämpft er völlig umsonst. Willst du das?«

Emma zerrte sie in den Wald, wie betäubt folgte ihr Lilith. Sie warf einen letzten Blick zurück. Gerade sah sie, wie der Werwolf mit der blutenden Flanke Hannibal von hinten ansprang und ihm die gefletschten Zähne in den Rücken hieb. Das darauffolgende Aufheulen zerriss ihr das Herz.

»Lilith!«, ermahnte Emma sie.

Mit Tränen in den Augen rannte Lilith los.

Eine Wolke, die sich vor den Vollmond geschoben hatte, zog weiter und das fahle Mondlicht ließ die beiden Mädchen gerade so viel erkennen, dass sie Bäumen und Ästen ausweichen konnten. Aus dem Waldboden herausragende Wurzeln ließen sie jedoch immer wieder straucheln und Blätterberge, die die Unebenheiten des Bodens bedeckten, wurden zu gefährlichen Stolperfallen. Dünne Äste peitschten ihnen ins Gesicht, dorniges Gestrüpp verhakte sich in ihren Kleidern und hinderte sie am Vorwärtskommen. Lilith fragte sich, wie lange sie dieses Tempo durchhalten konnten, ohne dass sie sich ernstlich verletzten oder den Fuß vertraten.

Sie warf einen flüchtigen Blick über die Schulter. Bisher konnte sie noch keinen Verfolger ausmachen. War es möglich, dass Hannibal alleine mit den Werwölfen fertig geworden war? Lilith wagte es nicht zu hoffen.

»Sind wir hier schon im Schattenwald?«

»Nein«, keuchte Emma. »Dieses Stück Wald gehört dem alten Johnson. Er hat hier irgendwo eine Hütte.«

»Dann können wir doch zu ihm laufen und Hilfe holen!«

»Johnson ist ein Vampir.« Emma fiel das Sprechen mit jeder Minute schwerer. Sie fasste sich mit schmerzverzerrtem Gesicht an die Seite. »Er ist der einzige Vampir hier, der nicht zur Blutspende geht.«

»Was?«, schrie Lilith auf. Wenn sie richtig kombinierte, dann hielt die Vampire das Blut, das im Rathaus gespendet wurde, am Leben. Wenn dieser Johnson ein Vampir war, aber trotzdem gesund und munter, dann konnte das doch nur heißen …

»Er überfällt doch nicht etwa Menschen und saugt ihnen das Blut aus?«

Emmas Schweigen war Antwort genug. Fassungslos sah Lilith zu ihr hinüber, sodass sie einen Ast übersah, auf den sie direkt zurannte.

Mit Wucht prallte Lilith dagegen. Der Schmerz an ihrer Stirn durchzuckte sie wie glühendes Feuer. Sie wusste, dass sie auf keinen Fall das Bewusstsein verlieren durfte. Mit aller Macht wehrte sie sich gegen den Schwindel, der sie erfasste. Doch sie konnte nichts dagegen tun. Lilith spürte noch, wie ihre Knie weich wurden, dann empfing sie eine wohltuende Dunkelheit.

»LILITH!«

Wie aus weiter Ferne drang Emmas Stimme zu ihr.

Benommen fragte sich Lilith, was ihre Freundin so in Panik versetzte. Es konnte wohl kaum schlimmer sein, als dieser absurde Albtraum, den sie gerade gehabt hatte.

»Lilith, wach auf!« Emma rüttelte an ihrer Schulter. »Ich glaube, da hinten ist irgendwas!«

Mühsam öffnete Lilith ihre Augen. Die Erkenntnis, dass sie sich noch inmitten ihres Albtraumes befand, traf sie wie ein Schlag.

»Hörst du das?«

»Was … was denn?«, nuschelte Lilith.

Erbarmungslos zerrte Emma sie in die Höhe. »Da kommt etwas auf uns zu. Und zwar schnell.«

Nun nahm auch Lilith das Rascheln und Knurren war, das sich ihnen unaufhaltsam näherte.

»Geht es wieder? Kannst du weiterrennen?«

Lilith nickte. Der Schmerz in ihrem Kopf nahm augenblicklich zu und eine Welle der Übelkeit ließ sie den Atem anhalten. Aber sie hatte keine andere Wahl. Wenn sie nicht als Abendessen eines Werwolfes enden wollte, musste sie sich zusammenreißen.

Die beiden rannten weiter, ziellos und ohne Orientierung.

Lilith musste gegen den Drang ankämpfen, sich immer wieder umzusehen. Tatsächlich hatte sie bisher nur einen einzigen Schatten hinter sich entdecken können. Folgte ihnen etwa nur einer der beiden Werwölfe? War es Hannibal vielleicht gelungen, den anderen Werwolf außer Gefecht zu setzen? Allerdings war schon ein einziges dieser Biester schlimm genug. Lilith wollte gar nicht erst daran denken, was mit ihnen geschehen würde, wenn das Vieh sie einholte.

Lilith hätte Emma gern gefragt, wohin sie eigentlich rannten und ob es nicht irgendeine Möglichkeit gab, Hilfe zu holen, aber ihr Atem reichte nicht mehr aus, um sprechen zu können. Mittlerweile musste sie sich nicht einmal mehr umdrehen, um zu wissen, dass ihr Jäger aufgeholt hatte und dicht hinter ihnen war – zu nah klangen das Rascheln der Blätter und das Knacken trockener Äste. Der wenige Vorsprung, der ihnen Hannibals mutiges Auftreten verschafft hatte, schmolz dahin. Wenn ihnen nicht schleunigst etwas einfiel, waren sie verloren.

Am Ende ihrer Kräfte gelangten sie schließlich an einen rauschenden Bach mit einer ungewöhnlich starken Strömung. Die Mädchen hatten Glück: Einige Meter stromaufwärts gab es eine lieblos zusammengebastelte Brücke aus Fässern und Seilen, die wenig vertrauenerweckend aussah. Lilith vermutete, dass sie wahrscheinlich der Besitzer des Waldes, dieser Johnson, gebaut hatte.

»Das ist unsere Chance! Schnell, wir müssen über die Brücke«, rief Lilith.

Emma nickte sofort. Sie ahnte wohl, was Lilith vorhatte. Der Bach war breit genug, dass selbst ein Werwolf ihn nicht ohne Weiteres überspringen konnte. Hastig überquerten sie die Brücke. Sie war durch Seile, die um Bolzen geschlungen und an ihnen verknotet waren, am Boden verankert. Die beiden Seilenden, die Emma erwischt hatte, waren alt und brüchig, sodass sie den Knoten relativ leicht lösen konnte. Sofort begannen die Fässer in der Strömung unruhig auf und ab zu tanzen, nur die Seile auf Liliths Seite hielten die Brücke noch zusammen. Leider waren sie um einiges stabiler als die von Emma. Zu allem Überfluss zitterten Liliths Finger so sehr, dass sie immer wieder von dem feuchten Seil abrutschten.

»Schnell, er kommt!«, schrie Emma ihr zu.

Lilith sah auf. Zwei gelbe Augen preschten ihnen aus der Dunkelheit entgegen. Vielleicht steigerte es sein Jagdfieber, seine Beute so nah vor sich zu sehen, oder der Werwolf ahnte, was die Mädchen planten – denn plötzlich raste er noch schneller auf die beiden zu. Es blieben nur noch wenige Sekunden, bis er die Brücke erreicht haben würde.

Lilith zwang sich, ihren Blick abzuwenden. Sie atmete tief durch und konzentrierte sich auf das Seil. Als sie spürte, wie sich der Knoten löste, entwich ihr ein Jubelschrei. Gerade als der Werwolf zu einem Sprung auf die Brücke ansetzen wollte, trieben die Fässer davon. Die beiden Mädchen fielen sich erleichtert in die Arme.

Die Gefahr war jedoch noch nicht vorüber. Der Werwolf huschte unschlüssig am Rand des Ufers auf und ab. Einmal schien es, als würde er Anlauf nehmen, um den Sprung über den Bach zu wagen. Dann bremste er jedoch kurz vor dem Absprung ab. Die Mädchen atmeten erleichtert auf. Mit einem letzten wütenden Knurren sauste der Werwolf schließlich stromaufwärts davon.

»Meinst du, er gibt auf?«, fragte Emma hoffnungsvoll.

»So zielsicher, wie er davongerannt ist, sucht er wohl eine schmale Stelle, über die er springen kann«, meinte Lilith bedauernd.

Sie liefen weiter, allerdings nicht mehr in dem halsbrecherischen Tempo wie zuvor.

»Wenn ich mich richtig erinnere, gibt es hier in der Nähe eine kleine Höhle. Wir könnten uns bis Sonnenaufgang darin verstecken«, schlug Emma vor.

»Ich bin zwar keine Expertin für Werwölfe, aber ich schätze, die haben einen sehr guten Geruchssinn, oder?«

»Du hast recht«, gab Emma zu. »So verschwitzt, wie wir sind, duften wir für einen Werwolf wie zwei frisch gebackene Brötchen. Und wenn er uns in der Höhle aufgespürt hat, sitzen wir in der Falle.«

Erstaunt sah Lilith auf. Der Wald schien plötzlich dunkler geworden zu sein, obwohl keine Wolke den Vollmond bedeckte. Auch war es eigenartig still um sie herum geworden.

»Der Schattenwald«, murmelte Emma ehrfürchtig. »Wir haben gerade seine Grenze überschritten.«

Fröstelnd blieb Lilith stehen. »Meine Tante hat mich davor gewarnt, diesen Wald zu betreten.« Sie verzog ihr Gesicht. »Aber nun habe ich wohl keine andere Wahl, oder?«

Emma fuhr herum. »Hast du das gehört?«

Lilith stieß einen leisen Fluch aus. »Dieses Mistviech hat es doch tatsächlich geschafft, den Bach zu überspringen!«

Hätten sie geahnt, dass es ihm so früh gelingen würde, hätten sie bei ihrer Flucht ein schnelleres Tempo angeschlagen.

Der Werwolf schien vor Zorn und Jagdfieber völlig außer sich zu sein. Mit wütendem Knurren preschte er über das trockene Geäst des Waldes, das unter seinem Gewicht mit lautem Knacken zerbrach. Wie Schüsse einer Pistole hallte es durch den Wald.

»Und was sollen wir jetzt machen?«, keuchte Emma ängstlich.

Lilith blickte zu einer alten Eiche, die sich nur wenige Meter vor ihnen in den Nachthimmel streckte. Sie wandte sich müde lächelnd zu Emma um. »Kannst du klettern?«

»Ganz schön hoch, oder?«, stellte Emma skeptisch fest, als sie unter dem Baum standen.

»Ich helfe dir, zusammen schaffen wir das!«

Lilith machte eine Räuberleiter, sodass sich Emma am ersten Ast emporziehen konnte, und Emma ihrerseits beugte sich hinunter, um Lilith hinaufzuhelfen. Noch ehe der Werwolf sie erreichte, hatten sie die Hälfte des Baumes erklommen und blickten aus sicherer Entfernung auf die Bestie hinab. Fast gleichzeitig entwich den beiden ein erleichterter Seufzer, was der Werwolf mit einem wütenden Knurren beantwortete.

»Der sieht ganz schön sauer aus!«, stellte Emma fest.

Der Werwolf umrundete missmutig den Baum. Immer wieder stoppte er, sprang in die Höhe und versuchte mit seinen Krallen, Halt zu finden. Jedes Mal hielten die Mädchen den Atem an und beteten, dass es ihm nicht gelingen würde.

»Und was nun?«, fragte Lilith und beugte sich etwas vor, um Emma sehen zu können, die auf der anderen Seite des Baumstamms saß. »Wir können ja nicht für immer hier oben bleiben!«

»Zur Not aber die ganze Nacht. Werwölfe sind Nachttiere und meiden das Sonnenlicht. Deswegen verstecken sie sich tagsüber, wenn die Touristen auf der Insel sind, auch freiwillig in den Grüften auf dem Friedhof.«

Lilith verzog ihr Gesicht. Natürlich war sie froh, dass sie

auf dem Baum in Sicherheit waren, doch die Aussicht, bei dieser Kälte bis zum Morgengrauen hier oben bleiben zu müssen, war nicht gerade angenehm. Es würde wohl eine sehr lange Nacht werden.

Im Schein ihrer Taschenlampe begann Emma, ihre Taschen zu durchsuchen. Erstaunt beobachtete Lilith, was sie alles zutage förderte.

»Was ist denn das?« Lilith deutete auf ein verschnürtes Säckchen, das Emma neben sich auf dem Ast abgelegt hatte.

Emma zögerte einen Moment, dann murmelte sie etwas, das sich wie »Jetzt ist ja sowieso alles egal« anhörte.

»Ein Beutel mit getrockneten Blüten. Der Geruch hält Geistererscheinungen fern. So einen Beutel sollte man in Bonesdale immer bei sich tragen. Geister sind zwar nicht wirklich gefährlich, aber sie können einem gehörig Angst einjagen«, begann sie Lilith zu erzählen. »Am besten helfen Jasminblüten, doch die verlieren sehr schnell ihren Duft. Geister können zwar nicht riechen, doch sie nehmen all die Energien um sich herum auf, so wie wir den Sauerstoff in einem Zimmer einatmen. Die Energien der Blüten verursachen ihnen Übelkeit.«

Das erklärte, warum Lilith überall im Haus ihrer Tante diese Säckchen mit Jasminblüten gefunden hatte – nur dass sie daraus natürlich den Schluss gezogen hatte, Mildred wäre in deren Duft so vernarrt.

»Dann haben wir im Spukhaus echte Geister gesehen, oder?«

»Teilweise. Das Mädchen, das in der Wand verschwindet, ist tatsächlich nur eine optische Täuschung. Die Hologramme im Spukhaus sind von Regius erfunden worden.« Emma räusperte sich. »Die, die so flackern und eher zum Lachen aussehen. Die echten Geister waren es, die euch so in Angst versetzt haben, zum Beispiel auch die weiße Frau in der Devilstreet.«

»Dann habt ihr euch all diese technischen Einzelheiten, wie die Geschichte mit den Projektionen, nur für die Touristen ausgedacht? Damit niemand misstrauisch wird?«

Emma nickte, während sie weiter den Inhalt ihrer Taschen durchsuchte. Gerade hatte sie etwas hervorgezogen, das wie eine kleine Rassel aussah.

»Und was ist das, bitte schön?«

»Schon in der Steinzeit gab es Rasseln, weil man damals bereits wusste, dass dieses Geräusch die Körperschlüpfer fernhält. Babys sind besonders anfällig für sie. Im Mittelalter befüllte man sie mit Wolfszähnen, weil man glaubte, dass sie dadurch effektiver würden. Stimmt aber gar nicht, man könnte sie auch mit Reis oder Plastikkugeln befüllen, das hilft genauso.«

»Körperschlüpfer?« Lilith schwirrte der Kopf. Nur die Tatsache, dass direkt unter ihnen ein Werwolf wie tollwütig seine Krallen in den Stamm des Baumes grub, ließ sie Emmas fantastische Erzählungen glauben. Nun zog Emma auch noch einen schweren, handtellergroßen Kieselstein aus ihrer Tasche.

»Das ist ein Trudenstein. Das Loch in seiner Mitte ist durch natürliche Erosion entstanden, das ist wichtig, sonst wirkt er nicht. Es ist ein Schutzstein, der das Böse abhalten soll. Jedenfalls behauptet das meine Mutter.« Emma hob zweifelnd die Schultern. »Manchmal glaube ich, sie hat mir das schwere Ding nur in die Tasche gesteckt, um mich damit zu quälen. Außer mir und meinem Bruder trägt nämlich niemand hier in Bonesdale einen Trudenstein mit sich herum.«

Emma ließ enttäuscht die Hände sinken. Ihre Taschen waren leer.

»Was für einen mystischen Gegenstand hast du denn gesucht, wenn man fragen darf?«

»Mein Handy.«

»Sehr mystisch.« Lilith grinste. »Aber ich müsste meines hier haben.« Sie zog ihr Telefon hervor und sah auf das Display. »Kein Empfang, wie immer«, sagte sie bedauernd. »So ein Mist, wir hätten ja auch mal Glück haben können.«

Lilith trug ihr Handy nur noch aus Gewohnheit mit sich herum. Seit sie in Bonesdale lebte, war es so gut wie unbrauchbar geworden. Bisher hatte sie nur einen einzigen Ort entdeckt, an dem sie Empfang hatte, und zwar ausgerechnet in der Schule, wo Miss Tinkelton das Benutzen der Handys selbstverständlich unter Strafe verboten hatte.

Lilith warf Emma einen nachdenklichen Blick zu. »Du hast vorhin etwas von Nocturi erzählt. Ist es das, was ihr seid?«

»Willst du das wirklich wissen?«, hakte Emma nach. Ihre Augenbrauen waren skeptisch in die Höhe gezogen. »Sobald du die Wahrheit weißt, gibt es kein Zurück mehr. Vielleicht verschweigt dir dein Vater nicht ohne Grund die Wahrheit über Bonesdale.«

»Ich will es wissen!«, antwortete Lilith mit fester Stimme.

»Na schön«, gab Emma seufzend nach. »St. Nephelius ist eine besondere Insel mit besonderen Kräften. Auch die Menschen haben dies schon in grauer Vorzeit gespürt und für ihre Vorfahren die Portalgräber errichtet. Hier, auf diesem alten Land, ist unsere Welt. Die Welt der Untoten. Die Welt der Vampire, Geister, Zombies und Dämonen.«

Lilith starrte Emma ungläubig an. Die Welt der Untoten? Das klang absurd, und doch … hatte sie so etwas nicht von Anfang an vermutet? Der Gedanke war einfach zu abwegig, zu fern der realen Welt gewesen, als dass Lilith es sich hätte eingestehen können.

»Die meisten hier in Bonesdale sind Nocturi«, fuhr Emma fort. »Das sind Wesen, die unerkannt unter den Menschen leben können und erst bei Einbruch der Dunkelheit ihre übernatürlichen Kräfte erhalten. Zu den Nocturi zählen zum Beispiel Nachtmahre, Hexen, Irrlichter, Klabauter und Tash. Aber es gibt noch viele, viele mehr.«

»Und was bist du?«

Über Emmas Gesicht legte sich ein Schatten von Besorgnis. »Ich weiß es noch nicht«, antwortete sie zaghaft. »Ich bin noch nicht dreizehn. Erst dann entscheidet es sich, ob ich eine Nocturi oder eine Socor bin.«

»Eine Socor?«

»Ein Nachkomme ohne Fähigkeiten. Also nur … ein Mensch.«

Irgendetwas daran, wie Emma ihre letzten Worte ausgesprochen hatte, gefiel Lilith nicht. Es klang so, als ob ein Mensch zu sein etwas Schlechtes sei. Ein Makel, eine Schande.

»Diese Werwölfe sind Socors.« Emma machte eine abfällige Geste nach unten, was sie fast das Gleichgewicht gekostet hätte. Halt suchend klammerte sie sich an einen dicken Ast. »Sie sind Nachkommen von Nocturis, konnten aber nicht akzeptieren, dass sie keine Fähigkeiten geerbt haben. Diese Socors wollten sich trotzdem mit dem Geist eines Dämons verbinden. Doch Menschen sind dafür zu schwach – der Dämon hat die Macht in ihrem Körper übernommen.«

»Du meinst, ein Werwolf verwandelt sich nie mehr zurück in den Menschen, der er war?« Zu der Abscheu, mit der Lilith den hässlichen Werwolf bisher betrachtet hatte, gesellte sich nun auch Mitleid. Sicherlich bereuten die Menschen mittlerweile, was sie getan hatten, doch für sie gab es kein Zurück mehr. Sie waren dazu verdammt, in einem Körper zu leben, den ein Dämon übernommen hatte.

»Sie verlieren ihre Menschlichkeit, vegetieren auf dem Friedhof in Kälte und Dreck und haben keinen Antrieb mehr. Außer eine Malecorax ist in ihrer Nähe, die sie ruft und ihnen Befehle gibt«, erzählte Emma weiter. »Das ist ein mächtiger Dämon, dem es gelingt, aus eigenem Antrieb, und ohne von uns gerufen zu werden, in unserer Welt zu erscheinen. Seit fast dreizehn Jahren ist dies nicht mehr möglich, da seit dieser Zeit das Portal im Schattenwald, durch das sie in unsere Welt treten konnten, geschlossen worden ist.«

Lilith runzelte die Stirn. »Wenn es stimmt, was du sagst, verstehe ich nicht, warum die Werwölfe auf uns losgegangen sind.«

»Genau darauf will ich eigentlich hinaus –« Emma räusperte sich und senkte die Stimme. »Auf dem Baum links von uns sitzt eine Krähe. Sie starrt uns schon seit geraumer Zeit an, mit einem Blick, der mir ganz und gar nicht gefällt. Ich befürchte, es ist eine Malecorax. Sieh bitte nicht hin!«

Lilith hörte zwar Emmas Warnung, doch wie von selbst wandte sie sich um und ihre Augen suchten den besagten Baum ab.

»Ich meine es ernst: Nimm keinen Blickkontakt auf«, warnte Emma sie noch einmal, aber es war zu spät. Lilith hatte die Krähe entdeckt und in ihre dunklen, hasserfüllten Augen geblickt.

Es war dieselbe Krähe, die Lilith schon seit ihrer Fahrt nach Bonesdale verfolgt und vor der Parker-Villa angegriffen hatte!

Wie hypnotisiert starrte Lilith in diese Augen. Als ob die Malecorax nur auf diesen Moment gewartet hätte, breitete sie nun ihre Schwingen aus und stieß sich vom Ast ab. Es dauerte nur einen Wimpernschlag – viel zu schnell, als dass Lilith hätte reagieren können –, da hatte sich die Krähe auch schon neben ihr niedergelassen. Auge in Auge saß sie Lilith nun gegenüber.

»Pass auf!«, schrie Emma ihr zu. »Lass sie nicht zu nah an dich herankommen!«

Das war leichter gesagt als getan. Lilith sah nach oben. Der Ast über ihr war zu weit entfernt, um ihn gefahrlos erreichen zu können, und unter ihr wartete der Werwolf. Das Einzige, was sie tun konnte, war, sich von der Krähe wegzuschieben. Doch je weiter sie nach außen rutschte, umso mehr begann sich der Ast unter ihrem Gewicht zu biegen und bedenklich zu knacken.

Die Malecorax folgte Lilith, doch nicht hüpfend, wie es eine Krähe getan hätte – einen Fuß vor den anderen setzend nahm sie Liliths Fährte auf und drängte sie nach außen. Schließlich musste Lilith innehalten. Der Ast bog sich immer weiter durch. Bei jedem Knacken des Holzes hielt sie erschrocken den Atem an. Es war nur noch eine Frage der Zeit, bis der Ast nachgeben und brechen würde. Lilith sah ängstlich nach unten. Der Werwolf hatte sich auf die Hinterbeine gestellt und zerstückelte mit seinen Krallen die Rinde des Baumes. Zwischen seinen gefletschten Zähnen trieften Speichelfäden zu Boden.

Lilith saß in der Falle.

... plötzlich durchzuckte sie eine kalte Wut. War sie eigentlich von allen guten Geistern verlassen? Schon wieder ließ sie sich von dieser Krähe in die Enge treiben. Schon wieder flüchtete sie vor ihr, anstatt sich zu wehren. Sie war vielleicht nicht aus Bonesdale und kannte sich mit Dämonen und Untoten kein bisschen aus, aber mit einem Vogel konnte sie es allemal aufnehmen. Zur Not würde sie diese Malecorax k. o. boxen, sie beißen, würgen oder ihr die Federn ausrupfen – aber sie würde sich ganz sicher nicht von dieser Krähe in den Schlund eines Werwolfs treiben lassen!

»Jetzt spielen wir mal ein anderes Spiel«, murmelte Lilith mit neuer Entschlossenheit.

Als sie begann, zurück zu der Malecorax zu rutschen, stieß Emma einen entsetzten Schrei aus. Aber auch die Krähe klappte erstaunt den Schnabel zu. Lilith nutzte diesen Moment, ballte die rechte Hand zur Faust und schlug mit aller Kraft auf die Krähe ein. Der Schlag kam für die Malecorax völlig überraschend. Sie hatte wohl mit keiner Gegenwehr ihres Opfers gerechnet.

Lilith erwischte die Malecorax an der Brust. Sie taumelte augenblicklich benommen zurück. Anders als bei ihrem verzweifelten Fausthieb vor der Parker-Villa hatte Lilith die Krähe dieses Mal frontal getroffen, leider jedoch – wie Lilith sofort feststellen konnte – nicht stark genug, um sie ernstlich außer Gefecht zu setzen.

Doch der Schlag brachte auch Lilith aus dem Gleichgewicht. Sie ruderte mit den Armen, versuchte nach dem Ast zu greifen, aber sie konnte das Gleichgewicht nicht mehr schnell genug wiederfinden.

Sie rutschte ab und stürzte in die Tiefe.

6. Kapitel

»Zu unserem Schutz vor den Anfeindungen der Menschen forderte Baron Nephelius im Jahre 1489, zukünftig unsere Existenz im Untergrund zu fristen. Allein das Zusammenlegen der vier Amulette vermag den Schwur, den die Führer der vier Wesenheiten einst ablegten, aufzuheben. Doch die Menschen fanden durch unser Fortbleiben keinen Frieden. Sie vergingen sich an den Ihrigen, verdächtigten sie absurder Taten und mit Grauen sahen wir, wie sie im Namen des Guten Taten vollzogen, wie sie in ihrer Grausamkeit und Bösartigkeit unsereiner nie vollbringen könnte.«

Geheimer Auszug aus »Grimoire der Untoten«,
Neuauflage von 2010

Im trudelnden Fall stürzte Lilith nach unten. Schon sah sie sich am Boden liegen, mit gebrochenem Bein oder Schlimmerem, hilflos dem Werwolf ausgeliefert.

Aus den Augenwinkeln bemerkte sie, wie sie an dem Ast, auf den sie und Emma zunächst gemeinsam geklettert waren, vorbeiraste. Intuitiv streckte sie die Arme aus.

Sie spürte die raue Rinde des Holzes, die sich wie spitze Nadeln in ihre Hände bohrte, und klammerte sich daran fest. Ein schmerzhafter Ruck ging durch ihren Körper, als ihr Sturz abrupt abgebremst wurde.

Sie hatte es geschafft! Ein warmes Gefühl der Erleichterung durchströmte Lilith, doch es währte nicht lange.

Sie musste nicht hinuntersehen, um zu wissen, dass der Werwolf wie wild geworden immer wieder in die Höhe sprang, um ein Stückchen von ihr zu fassen zu kriegen. Lilith zog die Beine so weit wie möglich an, trotzdem spürte sie den heißen Atem des Werwolfs an ihren Knöcheln.

»Ich helfe dir!«, rief Emma ihr zu.

»Beeil dich!«, stöhnte Lilith. Ihre Arme wurden immer schwerer und ihre Finger begannen langsam, aber sicher abzurutschen.

Ein Geräusch ließ Lilith nach oben sehen. Die Krähe war ihr hinterhergeflogen und saß genau zwischen ihren Händen. Triumphierend blickte sie zu Lilith herab. Sie schien ihre Hilflosigkeit richtiggehend zu genießen. Die Krähe drehte sich zu Liliths rechter Hand und begann, mit ihrem Schnabel darauf einzupicken.

»Bitte nicht!«, flehte Lilith. Auch wenn der Schmerz noch erträglich war, so wusste sie doch, dass es die Malecorax dabei nicht bewenden ließe. Es war ein Spiel für sie und ihr Ziel war es, Lilith so lange wie möglich zu quälen.

Der Schnabel hackte immer stärker auf Liliths Hand ein. Schon mehr als einmal hätte der Schmerz sie fast dazu verführt, den Ast loszulassen. Aber der Werwolf wartete nur darauf, dass sie in Reichweite seines Gebisses kam. Liliths Oberarme begannen zu zittern.

»Halt durch, Lilith!«, schrie Emma.

Sie hatte sich von Ast zu Ast auf die andere Seite des Baumes gehangelt und war nun direkt über der Krähe. Aber die Malecorax hatte sie kommen sehen. Sie stieß eine Art Warnschrei aus und funkelte Emma aus ihren schwarzen Augen warnend an. Emma erbleichte und zögerte.

»Ich kann nicht mehr!«, keuchte Lilith.

»Ja … ich …« Emma stockte. Die Krähe hatte die Flügel

ausgebreitet und machte Anstalten, auf Emma zuzufliegen. Emma wich so abrupt zurück, dass sie fast das Gleichgewicht verlor. Die Krähe krächzte zufrieden und begann wieder, auf Liliths Hand einzuhacken. Doch nun war ihr nicht mehr nach spielen zumute. Sie hackte mit solcher Inbrunst auf Liliths Finger ein, dass Lilith mit einem Schmerzensschrei ihre Hand zurückzog.

Lediglich von einer Hand gehalten baumelte Lilith nun direkt über dem geifernden Werwolf. Nur noch wenige Atemzüge trennten sie von einem Fall in die Tiefe und dem Rachen des Raubtieres. Lilith schloss die Augen. Sie hoffte, dass sie von dem Sturz ohnmächtig wurde, damit sie nicht mehr spürte, wie der Werwolf seine Zähne in ihr Fleisch grub.

Über sich hörte sie einen dumpfen Schlag. Mit letzter Kraft blickte Lilith nach oben und sah aus den Augenwinkeln etwas Schwarzes zu Boden fallen. Dann tauchte Emmas Gesicht über ihr auf.

»Warte, ich helfe dir!« Emma griff nach Liliths Hand und zog sie zu sich nach oben.

Erschöpft klammerte sich Lilith an dem Baum fest und schnappte nach Luft. Die Muskeln in ihren Armen brannten wie Feuer.

Einige Minuten saßen die beiden schweigend nebeneinander.

»Das war ganz schön knapp«, ergriff Lilith schließlich das Wort. Sie warf Emma einen dankbaren Blick zu. »Ohne deine Hilfe wäre ich verloren gewesen!«

Emma sah schuldbewusst auf. »Tut mir leid, dass ich mir

so viel Zeit gelassen habe. Die Malecorax hat mir ganz schön Angst eingejagt.«

»Das kann ich verstehen, glaub mir.« Lilith betrachtete das Blut an ihrer Hand, wo die Krähe sie zuletzt erwischt hatte. Die Wunde war zwar nicht besonders groß, dafür aber tief. Mit Sicherheit würde Lilith von dieser Begegnung eine Narbe als Erinnerung behalten. »Wie hast du die Krähe eigentlich vertrieben?«

»Mithilfe des Trudensteines.«

Lilith sah sie überrascht an. »Seine Magie hat gewirkt?«

»Nicht direkt.« Emma grinste. »Ich hab das schwere Ding auf die Malecorax geschleudert.«

»Dieser Schutzstein ist wirklich sehr effizient«, lachte Lilith auf. »Ich glaube, so einen werde ich mir auch zulegen.« Sie sah sich suchend um. Von der Krähe war keine Spur mehr zu sehen. »Anscheinend hast du sie voll erwischt!«

Emma wurde rot vor Stolz. »Sie konnte noch nicht einmal mehr ein Krächzen ausstoßen. Der Stein hat sie direkt am Kopf getroffen. Vielleicht ist sie sogar tot.«

»Kann sein«, stimmte Lilith halbherzig zu. Sosehr sie es sich auch wünschte, sie konnte sich einfach nicht vorstellen, dass dieses machtvolle Geschöpf so leicht zu besiegen war.

»Jetzt haben wir nur noch das Problem mit dem Werwolf«, gab Lilith zu bedenken.

»Welcher Werwolf?«

Überrascht sah Lilith zu Boden. Tatsächlich – der Werwolf hatte sich verzogen! Ohne die Malecorax und deren Befehle hatte er die Jagd auf die beiden Mädchen anscheinend für aussichtslos befunden und seinen Platz am Fuße des Baumes aufgegeben.

»Wahrscheinlich ist er zurück zum Friedhof gelaufen«, meinte Emma.

Lilith musste an Hannibal denken. Ihr Herz zog sich schmerzhaft zusammen. Sie hoffte so sehr, dass er den Kampf mit den Werwölfen überlebt hatte!

Zur Sicherheit harrten die beiden Mädchen noch einige Zeit auf dem Baum aus, bevor sie sich nach unten wagten. Als Lilith in zügigem Tempo loslaufen wollte, bemerkte sie, wie sehr dieses Abenteuer seine Spuren hinterlassen hatte. Jeder Muskel in ihrem Körper schmerzte und auf ihrer Stirn prangte dort, wo sie gegen den Ast gelaufen war, eine dicke Beule. Lilith musste sich zusammenreißen, damit sie den Rückweg ohne eine Pause zurücklegen konnten. Sie wollte nur noch so schnell wie möglich raus aus diesem Wald und nach Hause. Kaum dass sie den Waldweg erreicht hatten, hörten sie das vertraute Rattern einer Kutsche. Es waren Emmas Eltern, die sich besorgt auf die Suche nach ihrer Tochter gemacht hatten. Erleichtert rannten die beiden Mädchen auf die Kutsche zu. Nun waren sie endlich in Sicherheit!

Als Lilith hinter Emmas Vater Frank die Küche betrat, sprang Mildred mit bleichem Gesicht in die Höhe. »Lilith, meine Güte, was ist passiert?«

Ehe Frank Lilith zu ihrer Tante gefahren hatte, hatte Emmas Mutter Cynthia die Wunden in ihrer Hexenküche versorgt. Dafür hatte sie jedoch nicht einen Zauberstab geschwungen, sondern ihre Verletzungen mit übel riechenden Salben und Tinkturen behandelt. Am Ende hatte sie Lilith gezwungen, einen Saft zu trinken, der so erbärmlich stank, dass sie schon beim ersten Schluck angewidert das Gesicht verzogen hatte. Emmas resolute Mutter hatte jedoch keine Widerrede gelten lassen und Lilith darüber informiert, dass Hexenheilmittel umso besser wirkten, je mehr sie stanken. Tatsächlich fühlte Lilith nun kaum noch etwas von ihren Verletzungen, auch wenn sie mit ihren eingerissenen Kleidern, den Schürfwunden und dem Verband um ihrer rechten Hand einen erschreckenden Anblick abgegeben musste. Mildred eilte besorgt zu ihr.

»Zwei Werwölfe haben die beiden im Wald des alten Johnson angegriffen«, antwortete Frank an Liliths Stelle. Er war ein breitschultriger Mann mit Vollbart, der Lilith irgendwie an einen gutmütigen Teddybären erinnerte. »Sie hatten wirklich Glück, dass sie das lebend überstanden haben.«

Nun fuhr auch Arthur alarmiert in die Höhe. »Werwölfe?«, wiederholte er ungläubig. »Außerhalb des Friedhofs?«

Frank nickte. »Cynthia gibt gerade den Wärtern Bescheid, dass sie die Tore und die Friedhofsmauern kontrollieren sollen. So etwas hätte nicht passieren dürfen!«

»Das ist doch nicht möglich«, widersprach Arthur. »Ohne einen Dämon sind Werwölfe doch so zahm wie …«

»Die Mädchen sagen, dass sie eine Malecorax gesehen haben«, unterbrach ihn Frank.

Die Nachricht schlug ein wie eine Bombe. Plötzlich war es so still in der Küche, dass man das Tropfen des Wasserhahns hören konnte.

Mit einem irritierten Blick zu Lilith flüsterte Mildred fassungslos: »Das Portal ist wieder geöffnet … nach so langer Zeit …«

Arthur trat zu ihr und legte ihr eine Hand auf die Schulter. »Wir wussten alle, dass es nur eine Frage der Zeit war, bis sie wiederkommen.«

»Vielleicht ist das Portal auch gar nicht geöffnet worden«, versuchte Frank sie zu beruhigen. »Es könnte doch sein, dass sich die beiden getäuscht haben und es eine ganz gewöhnliche Krähe war.«

»Das war es ganz sicher nicht«, schaltete sich Lilith in das Gespräch ein. Sie konnte nicht glauben, dass Emmas Vater den Angriff, den seine Tochter und sie gerade erleben mussten, derart verharmlosen wollte. »Diese Krähe hatte es auf uns abgesehen. Sie hat auf meine Hand eingehackt, damit ich mich nicht mehr am Ast festhalten kann, und als Emma mir helfen wollte, hat die Krähe versucht, das zu verhindern. Verhalten sich so etwa gewöhnliche Krähen?«

Frank lächelte sie verständnisvoll an. »Vielleicht hat euch die Krähe für Feinde in ihrem Revier gehalten und euch deshalb angegriffen«, widersprach er ihr sanft. »Und immerhin weißt du erst seit Kurzem von der Welt der Untoten und kennst noch nicht unsere Regeln und die Merkmale, an denen man Wesen voneinander unterscheiden kann.«

»Du … du weißt von unserem Geheimnis?«, fragte Mildred stotternd.

Lilith nickte. »Emma wollte mir eigentlich nichts sagen, doch als uns die Werwölfe angegriffen haben, hatte sie keine andere Wahl.«

Mildred brauchte einen kurzen Moment, um sich wieder zu fassen, dann schien es Lilith, als würde sich so etwas wie Erleichterung auf dem Gesicht ihrer Tante abzeichnen.

»Jetzt setz dich erst einmal hin und ruhe dich etwas aus! Das alles muss ein Schock für dich gewesen sein«, stellte sie fest und zwang Lilith mit sanfter Gewalt, Platz zu nehmen. »Möchtest du etwas essen? Oder eine heiße Milch?«

Lilith schüttelte den Kopf. »Ihr müsst unbedingt zu dem Wald fahren und Hannibal suchen«, stieß sie aufgeregt hervor. »Er hat uns gerettet und sich mit diesen Werwölfen angelegt. Vielleicht … vielleicht ist er noch am Leben.«

»Hannibal geht es sicher gut«, tröstete Mildred sie, doch in ihrem Gesicht spiegelte sich tiefe Sorge. »Wer einen Gummistiefel verdrücken kann, der übersteht alles. Aber wenn es dich beruhigt, kann sich Arthur auf die Suche nach ihm machen.«

Mühsam erwiderte Lilith das aufmunternde Lächeln ihrer Tante. Mildred hatte nicht gesehen, wie brutal die Werwölfe Hannibal angefallen hatten.

»Ich komme mit dir, Arthur«, schloss sich Frank an. »Vielleicht finden wir noch einen der Werwölfe. Mein Gewehr liegt hinten in der Kutsche, nur für alle Fälle.«

Arthur nickte Frank zu und wandte sich an Mildred. »Wenn Hannibal tatsächlich verletzt worden ist, nehme ich Isadora und Melinda mit. Auch wenn es nur tierisches Blut ist, so können sie uns sicherlich helfen, seine Fährte aufzunehmen.«

Er ging hoch, gab den beiden Vampirladys Bescheid und schon wenige Minuten später verließen sie zu viert das Haus.

Nachdenklich sah ihnen Lilith hinterher. Sie hoffte so sehr, dass sie Hannibal finden würden!

»So, jetzt mache ich dir ein Sandwich und du erzählst mir alles in Ruhe.«

»Frank hat eigentlich schon alles gesagt«, erklärte Lilith schulterzuckend. »Als du uns nicht zur verabredeten Zeit abgeholt hast und ich telefonisch niemanden erreichen konnte …«

»Ich hätte dich abholen sollen?«, unterbrach Mildred sie irritiert.

»Wir standen draußen im Garten vor dem Haus, weißt du nicht mehr? Du hast gesagt, dass du mich um sieben Uhr bei den O'Conners abholst!«

Mildred sah sie überrascht an. »Wenn ich so etwas gesagt hätte, könnte ich mich erinnern«, widersprach sie heftig. »Abgesehen davon saßen wir alle bis kurz nach sieben Uhr in der Küche, zusammen mit Nekrobas. Wir haben Zombiepoker gespielt, doch dann musste Elia leider noch etwas erledigen. Hätte das Telefon geklingelt, hätten wir es sicher gehört.«

Nekrobas. Als Mildred seinen Namen erwähnte, zuckte Lilith unwillkürlich zusammen. War er vielleicht dafür verantwortlich, dass sich ihre Tante plötzlich nicht mehr an ihr Versprechen erinnern konnte und niemand das Klingeln des Telefons gehört hatte? Sie musste sich auf die Zunge beißen, um ihren Verdacht nicht laut zu äußern. Sicherlich hätte ihr Mildred ansonsten wieder Vorhaltungen gemacht, weil sie Nekrobas ohne jeglichen Beweis obskurer Taten verdächtigte.

Nachdem Lilith ein großzügig belegtes Käsesandwich vor sich stehen hatte, nahm Mildred ihr gegenüber Platz. Ihre Tante rutschte unruhig auf dem Stuhl herum. Sie wussten beide, dass nun die Zeit für die Wahrheit gekommen war.

Mildred räusperte sich. »Dank eurem Abenteuer weißt du nun von unserer Welt. Du hast sicherlich einige Fragen.«

Die hatte Lilith in der Tat. Eigentlich wusste sie überhaupt nicht, wo sie anfangen sollte. »Was bist du?«

»Ich bin eine Sirene«, antwortete Mildred in einem Tonfall, als ob dies das Natürlichste der Welt wäre. »Unsere Mutter war eine Sterbliche, unser Vater ein Klabauter. Wie viele hier in Bonesdale gehören mein Vater und ich zu den Nocturi. Wir sind das Nachtvolk, auch Nachtwandler genannt. Zwar besitzen wir auch am Tag unsere Kräfte, doch bei Nacht verstärken sie sich.«

Lilith blieb vor Staunen der Mund offen stehen. Die Parkers waren also eine Familie der Klabauter und Sirenen – das erklärte auch, warum in der ganzen Villa die Liebe zum Meer spürbar war und es Mildred so oft zum Schwimmen ins Meer zog.

»Mit den Klabautern hattest du wahrscheinlich schon Kontakt«, fuhr Mildred fort. »Eure Fähre hat doch kurz vor der Einfahrt zur Insel heftige Schläge abbekommen, oder?«

Lilith nickte.

»Das waren die Klabauter. Wenn sie ein Schiff sehen, können sie es einfach nicht lassen, Schabernack damit zu treiben«, sagte Mildred lächelnd. »Dein Großvater geht seit dem Tod unserer Mutter allerdings nur noch selten an Land. Das Wasser ist sein Element, dort ist er glücklich.

Aber vielleicht wirst du ihn noch kennenlernen, solange du hier bist.«

Lilith konnte es kaum glauben. Sie hatte einen Großvater, der im Meer lebte! Dabei hatte ihr Vater ihr immer erzählt, dass sowohl seine Mutter als auch sein Vater schon tot seien. Nun, vielleicht entsprach dies ja sogar der Wahrheit …

»Seid ihr unsterblich?«, fragte sie atemlos.

»Nein, sind wir nicht – wir altern nur langsamer. Wir können jedoch ein so hohes Alter erreichen, dass es den Menschen so vorkommen muss, als seien wir unsterblich.«

Deshalb sah ihre Tante auch so viel jünger aus, als sie tatsächlich war! Und das erklärte auch, warum Baron Nephelius sowohl die Zeit der Hexenverfolgung als auch die Erfindung der Fotografie erleben konnte. Bis zu seinem Tod musste er einige Hundert Jahre alt gewesen sein. Kein Wunder, dass Miss Tinkelton sie auf Mildreds Bitte hin von dem Referat entbunden hatte. Wahrscheinlich wäre Lilith beim Lesen der Biografie auf weitere Ungereimtheiten gestoßen.

»Wenn uns allerdings jemand Gewalt antut, sterben wir genauso wie die Menschen, und wie du an den Bewohnern des Altersheims siehst, werden auch wir am Ende unserer Lebenszeit alt und gebrechlich.«

Nun erfuhr Lilith, dass Arthur nicht nur jeden Abend einen Zombie spielte, sondern tatsächlich einer war. Er gehörte zu den sogenannten Wiedergängern, genau wie Sir Elliot, der – wie Lilith schon bei der Durchsuchung seines

Zimmers mit Schrecken erleben musste – ein quietschlebendiges Skelett war. Danach hatten es die Heimbewohner für besser gehalten, ihn Lilith als ihr Halloweenmaskotchen vorzustellen, so musste er sich auch nicht mehr permanent in seinem Zimmer verstecken. Bei Melinda und Isadora lag Lilith mit ihrem Verdacht, dass die beiden Vampire seien, absolut richtig.

»... und Regius ist so etwas wie ein Magier«, schloss Mildred ihre Aufzählung ab.

»So etwas wie ein Magier?«

»Nun, nicht in diesem Sinne, wie Menschen einen Zauberer definieren. In Wirklichkeit ist es für einen Magier nur möglich, etwas, das schon vorhanden ist, zu verändern. Er ändert quasi den Eindruck, den der Betrachter von den Dingen hat.«

Unsicher blickte Lilith ihre Tante an. »Ist es schlimm, dass ich das nicht verstehe?«

Mildred schüttelte lachend den Kopf. »Nimm zum Beispiel diese Küche. Ein Magier kann sie so verändern, dass sie neu und perfekt eingerichtet wirkt, doch er kann daraus keinen herrschaftlichen Ballsaal zaubern. Es ist wie die Sache mit dem halb vollen Glas Wasser: Für dich ist es vielleicht halb leer, doch ein Magier lässt dich denken, dass es halb voll sei.«

Lilith war etwas enttäuscht. Die Sache mit dem Zaubern klang doch weit weniger glamourös, als sie bisher angenommen hatte.

Sie knabberte an ihrem Sandwich herum. Ihr schwirrte der Kopf von all diesen ungeheuerlichen Informationen.

Die Welt, die sie seit knapp dreizehn Jahren zu kennen glaubte, schien plötzlich nicht mehr zu existieren.

»Du hattest einen Verdacht, dass bei uns etwas nicht mit rechten Dingen zugeht, oder?«, fragte Mildred. Ihre Augen blitzten neugierig auf. »Jedenfalls wirst du nicht ohne Grund dein Schlüsselloch mit Kaugummi zugeklebt haben!«

»Eigentlich wollte ich nur nicht wieder eingesperrt werden«, gestand Lilith kauend. »Was hast du in dieser Nacht eigentlich vor meiner Tür gemacht? War das ein Beschwörungsritus?«

»Manche Geister dringen trotz des Blütenduftes nachts in das Haus ein. Die Tür zum Zimmer deines Vaters verfügt jedoch über eine magische Sicherheitseinrichtung. Wenn sie verschlossen ist, kann kein noch so starker Geist das Zimmer betreten.« Mildred setzte ein schiefes Grinsen auf. »Und als du das Schlüsselloch mit Kaugummi verklebt hattest, musste ich versuchen, mithilfe eines magischen Bannspruches eine Schranke zu errichten. Solche Dinge liegen uns Sirenen nicht gerade im Blut.«

»Aber es hat funktioniert. Jedenfalls ist kein einziger Geist in meinem Zimmer aufgetaucht«, beruhigte Lilith sie. »Tut mir leid, dass ich das Schlüsselloch verklebt habe«, fügte sie reuig hinzu. Es war schon grotesk, zu wie viel Scherereien und Missverständnissen diese ganze Heimlichtuerei geführt hatte.

Sie spülte den letzten Bissen des Sandwichs mit einem Glas Limonade hinunter.

»Warum ist eigentlich ausgerechnet das Zimmer meines

Vaters mit so einer Geistersicherung ausgestattet?«, wollte Lilith wissen.

»Dein Vater …« Mildred stoppte und stieß einen tiefen Seufzer aus. »Er ist ein Socor, er hat nicht die geringsten Fähigkeiten geerbt. Die meisten unserer Nachkommen zeigen latente Kräfte und bis zu ihrem dreizehnten Geburtstag weiß niemand, ob sie sich wandeln werden oder nicht. Bei deinem Vater jedoch war schon im Kindesalter klar, dass er ein normaler Sterblicher ist. Nicht nur das. Obwohl er in der Welt der Untoten aufgewachsen ist, hat ihm als kleiner Junge alles, was mit ihr zu tun hatte, große Angst gemacht.« Mildred stand auf und wischte in Gedanken versunken einige unsichtbare Krümel von der Tischplatte. »Es war nicht leicht für ihn. Unser Vater hat ihn kaum beachtet. Als Joseph die Insel vor dreizehn Jahren verlassen hat, schwor er, nie wieder hierher zurückzukehren.«

Lilith blickte traurig zu Boden. Ihr Vater musste es schwer gehabt haben. Geister, Dämonen, Zombies, lebende Skelette – all diese Dinge würden die meisten Kinder in Angst und Schrecken versetzen. Doch als Sohn eines Nocturi hatte man sicherlich erwartet, dass er aus einem etwas anderen Holz geschnitzt war. Langsam begann Lilith zu verstehen, warum ihr Vater seiner Heimat den Rücken zugekehrt hatte.

»Aber eines verstehe ich nicht«, Lilith sah mit zusammengezogenen Augenbrauen auf. »Warum hat er mich dann überhaupt hierhergeschickt?«

»Hier bei uns gibt es einfache Möglichkeiten zu testen, ob jemand zu der Welt der Untoten gehört. Dein Vater hat anscheinend den konkreten Verdacht, dass du latente Kräfte besitzt. Weißt du, was er damit gemeint haben könnte?«

Lilith schüttelte den Kopf.

»Bitte denk nach!«, bohrte ihre Tante weiter. »Gab es irgendwelche seltsamen Vorkommnisse, die dir im Beisein deines Vaters widerfahren sind?«

Lilith versuchte, sich an ihre letzten Tage mit ihrem Vater zu erinnern, an irgendetwas, das, wie ihre Tante es nannte, außergewöhnlich war. Doch vor ihrem inneren Auge tauchte immer nur dasselbe Bild auf: Wie er in seinem Arbeitszimmer gesessen hatte, über Büchern und Unterlagen versunken, und Lilith kaum eines Blickes gewürdigt hatte. Im Moment herrschte in ihrem Kopf zu viel Durcheinander, zu viel Chaos. Sie hatte noch so viele Fragen. Besonders eine brannte ihr so sehr auf der Seele, dass sie nur halb wahrnahm, wie Mildred ihr gerade gestand, dass sie Josephs Brief, in dem er sie bat, Lilith alles zu verschweigen, völlig unvorbereitet getroffen hatte – immerhin hatte an diesem Abend unter anderem ein Skelett mit Partyhütchen und Willkommenstorte bewaffnet Liliths Ankunft in der Küche erwartet.

Lilith brauchte all ihren Mut, um ihrer Tante mit festem Blick ins Gesicht zu sehen. »Hatte er denn recht? Habe ich irgendwelche Kräfte?«

Noch ehe ihre Tante antwortete, konnte Lilith an Mildreds angespannten Gesichtszügen die Antwort ablesen.

»Es tut mir leid, aber ich habe dich gleich in den ersten Tagen nach deiner Ankunft geprüft und ich bin mir sicher, dass du keine von uns bist.«

Lilith wich Mildreds Blick aus. Seltsamerweise hatte sie einen dicken Kloß im Hals. Warum war sie nur so enttäuscht? Noch vor wenigen Stunden wusste sie schließlich überhaupt noch nichts von dieser Welt … Sie war über sich selbst erstaunt, wie sehr sie sich danach gesehnt hatte dazuzugehören.

Mildred legte ihr tröstend die Hand auf den Arm. »Ich weiß, das ist kein schönes Gefühl. Deswegen wollte dein Vater auch, dass wir dir erst dann von unserer Welt erzählen, wenn du dich an deinem 13. Geburtstag gewandelt hättest. Andernfalls hat er mir die Adresse eines Internats hinterlassen, in das ich dich hätte schicken sollen, während er noch in Burma ist. Er wollte dir die Enttäuschung, die auch er erleben musste, ersparen.«

Lilith schluckte schwer und schlug schuldbewusst die Augen nieder. Sie war so wütend auf ihren Vater gewesen, hatte ihm wegen der Heimlichkeiten, die er angezettelt hatte, in Gedanken wüste Vorhaltungen gemacht. Nun, da sie die Wahrheit kannte, wurde ihr bewusst, wie besorgt er um sie gewesen sein musste. Matt hatte mit seiner Vermutung recht behalten: Die Hauptsorge ihres Vaters hatte allein darin bestanden, seine Tochter zu schützen. Was hätte sie jetzt dafür gegeben, sich in seine Arme werfen zu können oder wenigstens seine Stimme zu hören.

Als ob sie Liliths Gedanken gelesen hätte, setzte sich Mildred neben ihre Nichte und drückte sie ganz vorsichtig an sich.

»Nun kennst du unser Geheimnis, Lilith, und auch wenn du keine Nocturi bist, so bist du natürlich ein Teil unserer

Gemeinschaft. Du gehörst hierher – schon allein, weil du die Tochter von Cathy bist.«

Als Mildred den Namen ihrer Mutter erwähnte, richtete sich Lilith ruckartig auf. »Meine Mutter hat hier in Bonesdale gelebt, nicht wahr? Sie war eine von euch?«

»Deine Mutter war eine sehr begabte Banshee. Bei den Menschen sind Banshees besser bekannt als Todesfeen«, erklärte Mildred. »Cathy hatte wirklich außergewöhnliche Fähigkeiten. Was bei der Familie Nephelius allerdings nicht verwunderlich war.«

Lilith legte die Stirn in Falten. Hatte sie das gerade richtig verstanden?

»Meine Mutter war mit dem Baron Nephelius verwandt?«, fragte sie ungläubig.

»Aber natürlich«, stieß Mildred inbrünstig hervor, als hätte sie vergessen, dass Lilith nichts über ihre Mutter und deren Familie wissen konnte. »Der Baron war ihr Vater. Du stammst von einer großen Familie ab, Lilith. Baron Nephelius war ein bedeutender Mann und der Führer der Nocturi.«

»Oh« war alles, was Lilith herausbrachte. Sofort musste sie daran denken, dass sie wegen Baron Nephelius an ihrem ersten Schultag Ärger mit Miss Tinkelton bekommen hatte.

»Ich bin mit *dem* Baron verwandt, der die Schule gegründet hat und diesen selbstherrlichen Ausspruch *Wissen ist Macht und ich sage Euch: Ihr wisst nichts!* über den Torbogen hat schreiben lassen?«

Lilith musste einen so entsetzten Gesichtsausdruck aufgesetzt haben, dass Mildred amüsiert auflachte.

»Deine Mutter hat sich oft mit ihrem Vater angelegt, weil sie nicht einer Meinung mit ihm war.« Mildred zwinkerte ihr zu. »Cathy war ein so wunderbarer Mensch. Sie war warmherzig, hilfsbereit und immer zu allen ehrlich – was ihr übrigens häufig Ärger eingebracht hat.«

Lilith lächelte. Das kannte sie nur zu gut. Auch sie hatte schon oft erleben müssen, dass ihre Ehrlichkeit ihr mehr Ärger als Respekt eingebracht hatte.

»Du siehst deiner Mutter übrigens unglaublich ähnlich. Ich wünschte, du hättest sie kennengelernt!«

Das wünschte sich Lilith auch – Mildred konnte kaum erahnen wie sehr.

»Wie ist sie gestorben?«, frage Lilith mit zittriger Stimme. Nach allem, was sie heute gehört hatte, vermutete sie, dass ihre Mutter nicht bei einem Verkehrsunfall ums Leben gekommen war, wie ihr Vater immer behauptet hatte.

»Es war in der Nacht deiner Geburt, am Halloweenabend«, begann Mildred zu erzählen. Ihre Schultern sackten dabei nach unten, als würde die Erinnerung an jenen längst vergangenen Abend sie beschweren.

»Deine Mutter lebte zu dieser Zeit in unserem Haus. Ich saß mit ihr hier an diesem Tisch zusammen, als wir erfuhren, dass der Baron nach langer Krankheit gestorben war. Wir hatten keinen Führer mehr und wir wussten, dass die Dämonen diesen Moment nutzen würden, um in unsere Welt einzudringen. Alle Dorfbewohner eilten zum Schattenwald, um das Portal zu bewachen, doch es erwartete uns schon ein ganzes Heer der Malecorax. Sie saßen aufgereiht auf jedem verfügbaren Ast und der Boden war schwarz von

Krähenleibern. Es waren viel zu viele.« Mildreds Gesicht verdunkelte sich und Lilith lief unwillkürlich ein Schauer über den Rücken.

»Ich hatte deiner hochschwangeren Mutter mühevoll ausreden müssen, uns zum Schattenwald zu begleiten, aber anstatt zu Hause zu bleiben, ging sie alleine zur Burg, um von ihrem toten Vater Abschied zu nehmen. Währenddessen kam es zu einem Kampf zwischen uns und den Dämonen. Bis heute wissen wir nicht, was dann genau passiert ist, doch mitten im Kampf – wir waren heillos unterlegen – schloss sich plötzlich das Portal und alle Malecorax waren verschwunden. Als deine Mutter mitten in der Nacht von der Burg zurückkam, war sie schwer verwundet und hatte starke Wehen. Mit letzter Kraft brachte sie dich zur Welt, dann starb sie.« Mildred sah auf. In ihren Augen funkelten Tränen. »Sie konnte uns nicht mehr sagen, was dort oben in der Burg geschehen ist, und wir wissen es bis heute nicht.«

Wie betäubt saß Lilith auf dem Stuhl, erstarrt, unfähig sich zu bewegen oder etwas zu sagen. Seit so vielen Jahren hatte sie sich danach gesehnt, etwas über ihre Mutter zu erfahren. Doch was sie nun gehört hatte, versetzte ihrem Herzen einen tiefen Stich. Was mochte ihre Mutter in diesen letzten Stunden erlebt haben? Was war dort oben in dieser düsteren Burg nur geschehen?

Es war leichter gewesen zu denken, ihre Mutter sei bei einem plötzlichen Autounfall ums Leben gekommen. Ihr Vater hatte Lilith immer damit getröstet, dass der Unfall so schnell gegangen sei, dass ihre Mutter nichts mehr gespürt und keine Schmerzen gehabt hätte. Aber nun wusste Lilith, dass ihre Mutter etwas weit Schlimmeres erlebt haben musste. Dass es jemanden gegeben hatte, der sie so schwer verwundet hatte, dass sie daran gestorben war. Wie viel Angst sie gehabt haben musste … Dieser Gedanke war fast unerträglich für Lilith. Die Tischplatte vor ihren Augen wurde unscharf und verschwamm. Eilig wischte sich Lilith über die feuchten Wangen.

»Wenigstens ist sie nicht allein gestorben und mein Vater konnte sie ein letztes Mal in den Arm nehmen«, durchbrach sie schließlich die Stille, nur um irgendetwas zu sagen.

»Dein Vater war nicht bei ihr«, entfuhr es Mildred mit unverhohlener Bitterkeit. »Er lebte zu der Zeit schon in London. Ich habe dich am nächsten Tag zu ihm gebracht.«

Irritiert sah Lilith zu ihrer Tante. Ihr Vater hatte seine schwangere Frau in Bonesdale zurückgelassen? Sie fragte sich, was zwischen ihren Eltern vorgefallen war. War das etwa auch der Grund, warum Mildred mit ihrem Bruder zerstritten war?

Als Lilith jedoch den Mund öffnen wollte, hob Mildred die Hand. »Schluss für heute!«, sagte sie in einem Ton, der keinen Widerspruch duldete. »Es ist Zeit für dich, zu Bett zu gehen! Arthur und die anderen werden sicherlich auch jeden Augenblick zurückkommen.«

»Aber …«

»Schluss, habe ich gesagt!«

Widerwillig nickte Lilith. Wahrscheinlich hatte ihre Tante recht. Es war ein langer Tag gewesen und sie hatte fürs Erste wahrlich genug erlebt und erfahren. Auch spürte sie, wie der schmerzstillende Saft, den ihr Emmas Mutter eingeflößt hatte, so langsam seine Wirkung verlor und eine bleierne Müdigkeit in ihre Glieder kroch.

Ihre Tante stand schon am Fuß der Treppe. »Ich bringe dich in dein Zimmer und dann wird geschlafen! Immerhin musst du morgen zur Schule.«

Lilith zog eine enttäuschte Schnute. In Anbetracht der Uhrzeit hatte sie eigentlich gehofft, dass ihre Tante ihr erlauben würde, am nächsten Tag nicht zur Schule gehen zu müssen.

»Zieh nicht so ein Gesicht, Lilith!«, rügte Mildred sie lächelnd, während sie die Stufen hochging. »Wer wie Miss Marple fremde Zimmer durchsuchen und vor Werwölfen und einer angriffslustigen Krähe flüchten kann, kann auch zur Schule gehen.«

»Einen Moment«, hielt Lilith sie zurück. »Ich muss dir noch etwas erzählen.« Etwas, das sie Mildred schon viel früher hätte anvertrauen sollen. »Emmas Vater meinte, wir könnten uns wegen der Malecorax getäuscht haben, aber das stimmt nicht.« Lilith holte tief Luft, bevor sie weitersprach. »Kurz nachdem ich auf Bonesdale angekommen bin, hat mich schon einmal eine Krähe verfolgt und vor der Villa angegriffen.«

Mildred blieb wie angewurzelt auf der Treppe stehen. Das Lächeln war so schnell aus ihrem Gesicht verschwunden, als hätte man es ausgeknipst.

»Willst du damit etwa sagen, dass dich heute schon zum zweiten Mal eine Krähe angegriffen hat?«, fragte sie ungläubig. »Das ist doch Unsinn!«

»Die Krähe, die mich vor der Villa angegriffen hat, war

keine gewöhnliche Krähe. Sie war … böse. Es war eine Malecorax!«

Mildred wurde blass. »Hör zu Lilith, du weißt so gut wie nichts über unsere Welt und du wirfst hier mit Begriffen um dich, von denen du keinen blassen Schimmer hast, was sie wirklich bedeuten. Du kannst unmöglich von einer Malecorax angegriffen worden sein!«

»Aber du hast mir doch selbst von dieser Geschichte erzählt, als dieses Mädchen im Schattenwald von Krähen angegriffen worden ist.«

»Das, was ich dir erzählt habe, war nur eine Geschichte und die Krähen des Schattenwaldes sind weg, schon seit Jahren«, beharrte Mildred. »Seit der Nacht, in der deine Mutter starb, ist das Portal geschlossen und nie wieder hat es eine Malecorax geschafft, in unsere Welt einzudringen – und so soll es auch bleiben!«

Lilith sah, wie ein ängstlicher Schrecken in Mildreds Augen aufblitzte, und biss sich auf die Lippen. Vielleicht brauchte ihre Tante einfach etwas Zeit, um sich an den Gedanken zu gewöhnen. Sie beschloss, das Thema fürs Erste ruhen zu lassen.

Mildred wollte sich gerade abwenden, als ein zaghaftes Kratzen an der Tür sie erneut innehalten ließ. Mildred und Lilith wechselten einen kurzen Blick.

Ein schwaches Winseln drang durch die Tür.

Lilith stolperte so eilig durch die Küche, dass sie fast einen Stuhl umstieß, und zog mit einem Ruck die Tür auf. Im ersten Moment wollte sie erfreut aufschreien, als sie Hannibal vor sich auf der Schwelle erblickte – doch dann sah sie das viele Blut und die klaffende Wunde an seinem Rücken. Anscheinend hatte sich Hannibal mit letzter Kraft alleine nach Hause geschleppt. Sie ging vor ihm in die Knie und konnte so verhindern, dass Hannibals Kopf unsanft auf dem Boden aufprallte, als er ohnmächtig zusammensank.

Lilith stand mit Emma in einer Ecke im Schulhof. Sie suchten Schutz hinter einem Mauervorsprung, um dem kalten Wind, der vom Meer über die Insel hinwegfegte, zu entgehen. Lilith konnte ein herzhaftes Gähnen nicht mehr unterdrücken. Sie hatten gerade eine Doppelstunde Sport hinter sich. Anfangs war Lilith wegen ihrer Verletzung an der Hand beim Volleyballspiel als Schiedsrichterin eingeteilt gewesen. Schließlich hatte ihre Lehrerin sie jedoch entnervt in die Umkleidekabine geschickt und ihr empfohlen, bei der nächsten Sportstunde ausgeschlafen zu erscheinen, ansonsten gäbe es eine Strafarbeit. Anstatt das Spiel zu verfolgen, war Lilith nämlich versehentlich eingedöst.

Nachdem Hannibal heimgekehrt war, hatte sich Lilith geweigert schlafen zu gehen, ehe sie nicht wusste, wie es um ihn stand. Erst als Emmas Mutter mit ihrem Hexennotfallkoffer gekommen war, Hannibal versorgt hatte und es dem Hund den Umständen entsprechend gut ging, war sie zu Bett gegangen. Nachdem Mildred gesehen hatte, wie schrecklich Hannibal zugerichtet war, war sie blass geworden und hatte zugeben müssen, dass Lilith mit ihrer Schilderung nicht übertrieben hatte. Sie wurde gar nicht müde zu wiederholen, wie viel Glück Emma und Lilith gehabt hatten.

Schon wieder gähnte Lilith. Immerhin war ihre Sportlehrerin heute gnädig gestimmt gewesen und hatte die Mädchen vor der Pause etwas früher aus dem Unterricht entlassen, sodass der Schulhof momentan noch ruhig und bis auf die wenigen Mädchen fast leer war. Emma hatte Lilith gerade erzählt, dass ihr Vater und die anderen in der vergangenen Nacht einen der Werwölfe verblutet im Wald gefunden hatten. Den anderen hatten sie bis zum Friedhof verfolgt und eingefangen. So wie es aussah, war Bonesdale nun wieder sicher.

»Bin ich froh, dass du endlich alles weißt«, seufzte sie erleichtert auf. »Du kannst dir gar nicht vorstellen, wie schlimm es ist, wenn man sich nicht verplappern darf.«

»Leider werde ich es bald wissen«, prophezeite Lilith düster. »Ich musste meiner Tante hoch und heilig versprechen, Matt nichts von all dem zu erzählen. Es ist anscheinend schon schlimm genug, dass er von den Dingen weiß, die ich bisher herausgefunden habe.«

»Gegen diese Regel dürfen wir nicht verstoßen!« Emma warf Lilith einen kritischen Blick zu. »Darüber bist du dir doch im Klaren, oder? Wir dürfen Matt nicht einweihen!«

»Ist ja gut, ich verrate nichts.«

Mildred hatte sich am Frühstückstisch schon ausgiebig zu diesem Thema geäußert. Sie hatte Lilith erklärt, dass sie ihre Welt schützen mussten und man sich nicht jedem anvertrauen konnte, der auf der Insel auftauchte und ganz sympathisch zu sein schien. Eine der wichtigsten Grundregeln in der Gemeinschaft der Untoten, so machte Mildred ihr deutlich, war, dass ausschließlich Familienangehörige in das Geheimnis eingeweiht werden durften, und wer sich nicht daran hielt, wurde schwer bestraft.

»Diese Heimlichtuerei, dieses Lügen – jetzt geht alles genauso weiter, nur dass *ich* es bin, die Matt anlügen muss«, stellte Lilith betrübt fest.

»Für ihn ist es besser, wenn er den Glauben an die Welt behält, die er kennt«, behauptete Emma.

»Aber warum habt ihr dann überhaupt zugelassen, dass Matt und seine Mutter nach Bonesdale ziehen?«

»Wie mir meine Mutter erzählt hat, wollte Matts Mutter einfach nicht lockerlassen. Sie hat sogar einen Beschwerdebrief an das Parlament geschickt, weil wir andauernd Gründe vorgeschoben haben, um ihren Umzug zu verweigern. Wir hatten keine Wahl. Deswegen hat man ihr dieses Häuschen außerhalb von Bonesdale gegeben, in der Hoffnung, dass sie dort nicht so viel von unserer wahren Welt mitbekommt.«

»Und in einem Haus auf dem Henkershügel gibt es sicherlich unzählige Geister, die den beiden so viel Angst einjagen sollten, dass sie fluchtartig die Insel verlassen«, tippte Lilith.

»Nein, da liegst du falsch«, widersprach ihr Emma. »In dem Haus der O'Conners spukt es so gut wie gar nicht. Der Henkershügel diente eher der Abschreckung. Er wurde nämlich nur ein einziges Mal benutzt. Allerdings dachten wir tatsächlich, dass sich Matt und seine Mutter im Haus unwohl fühlen würden, wenn nachts ein geisterhaftes Flüstern zu hören ist und Schatten durch die Zimmer huschen.«

Emma schüttelte nachdenklich den Kopf. »Seltsam, dass ihnen das nichts ausmacht.«

»Bisher haben sie jedenfalls noch nichts Ungewöhnliches bemerkt. Matt schläft nachts wie ein Murmeltier und Eleanor sitzt mit Kopfhörern an ihrem Laptop, um an ihrem Buch zu schreiben«, wusste sie zu berichten. Aus irgendeinem Grund erfüllte es sie mit einer stillen Zufriedenheit, dass der Plan der Bonesdaler nicht so aufging, wie sie es sich ausgerechnet hatten.

»Ich finde es auch nicht toll, ihn anzulügen. Schon allein weil ...« Emma warf Lilith einen verschämten Seitenblick zu. »Er ist ja ganz süß, oder?«

»Matt? Süß?«, fragte Lilith mit hochgezogener Augenbraue. »Ist mir noch gar nicht aufgefallen.«

Emma zuckte mit den Schultern. »Also ich finde ihn jedenfalls süß.«

Die Schulglocke ertönte. Kaum einen Atemzug später flog die Schultür auf und spuckte einen Schwarm fröhlich johlender Kinder aus.

»Deine Tante hat dir gestern sicherlich noch einiges über die Nocturi und deine Familie erzählt?«, fragte Emma mit einem neugierigen Blitzen in den Augen.

»Ja, natürlich. Sie hat mir sowohl von der Nephelius-Familie als auch von der Parker-Familie erzählt und von ihren jeweiligen Fähigkeiten ...« Lilith unterbrach sich. Sie wusste, auf was Emmas Frage eigentlich abzielte. »Meine Tante hat mich schon in den ersten Tagen nach meiner Ankunft getestet und ich habe anscheinend nicht die Spur übernatürlicher Fähigkeiten.«

»Oh«, hauchte Emma. Sie legte ihre Hand auf Liliths Arm. »Das tut mir so leid.« Ihre Stimme hatte den gedämpften Ton, den man auf einer Beerdigungsfeier anschlug.

»Halb so schlimm, ehrlich!« Lilith setzte ein beruhigendes Lächeln auf. »Natürlich war ich im ersten Moment etwas enttäuscht, aber im Prinzip hat sich für mich ja nichts geändert. Ich bin immer noch dieselbe, die ich schon seit fast dreizehn Jahren bin, und bis gestern Abend war ich damit schließlich auch zufrieden.«

»Es macht dir wirklich nichts aus?«, fragte Emma verblüfft. »Für die meisten bricht eine Welt zusammen, wenn sie keine Fähigkeiten haben.« Sie setzte einen brütenden Blick auf. »Ich weiß gar nicht, was ich tun werde, wenn ich an meinem dreizehnten Geburtstag keine Hexenkräfte bekomme. Ein Leben als Socor …« Sie hielt inne und erschauderte.

»Was soll denn daran so schlimm sein? Willst du damit sagen, dass ich schlechter bin, weil ich keine Nocturi sein werde?«

Emmas Wangen röteten sich. »Nein, nein – das wollte ich damit natürlich nicht sagen!«, wehrte sie ab.

Lilith sah Emma kritisch an, dann beschloss sie aber, das Thema ruhen zu lassen. »Was ich *wirklich* schlimm finde, ist, dass uns anscheinend niemand glauben will, dass es keine normale Krähe war, die uns angegriffen hat.«

»Das habe ich auch schon gemerkt«, stimmte Emma ihr zu, sichtlich erleichtert, dass Lilith nicht mehr sauer auf sie war. »Meine Eltern wollten nichts von einer Malecorax hören, dabei bin ich mir sicher, dass es eine gewesen ist.«

Ebenfalls seltsam fand Lilith, dass dieser Elia Nekrobas seit dem gestrigen Abend wie vom Erdboden verschluckt war. Mildred war jedoch der Überzeugung, Nekrobas habe sich wahrscheinlich nur eines der anderen Dörfer der Insel angesehen und sei dort über Nacht geblieben.

»Wenn ich doch nur wüsste, wie wir sie davon überzeugen könnten, dass …«

»Hey, ihr beiden!«, unterbrach sie eine Stimme neben ihnen. »Was tuschelt ihr denn so angeregt?«

Erschrocken sahen Emma und Lilith auf. Sie waren so in ihr Gespräch vertieft gewesen, dass sie gar nicht bemerkt hatten, wie Matt sich ihnen näherte. Ob er etwas mitbekommen hatte? Aber ihre Sorge war unbegründet. Anscheinend erwartete er keine Antwort auf seine Frage.

»War der Sportunterricht bei euch Mädels denn auch so schlimm?«, fragte Matt mit einem frustrierten Seufzer. Er steckte die Hände in die Hosentaschen und lehnte sich seitlich an die Mauer. »Wir haben Fußball gespielt und ich war der Letzte, der in eine Mannschaft gewählt wurde – dabei bin ich wirklich gut im Fußball! Ich versteh das einfach nicht. Ich hatte noch nie Probleme damit, Freunde zu finden, doch die Jungs hier gehen mir ständig aus dem Weg, als ob ich eine ansteckende Krankheit hätte.«

Lilith fühlte sich elend. Wie gerne hätte sie Matt gesagt, dass es nicht an ihm lag und er die Schuld nicht bei sich zu suchen brauchte.

»Ach, mach dir keine Gedanken«, versuchte sie ihn zu trösten. »Die sind hier alle nur so komisch zu dir, weil …« Lilith fing einen eindringlichen Blick von Emma auf, die kaum sichtbare Kopfbewegungen in Richtung Matt machte. Hielt Emma sie eigentlich für geistig beschränkt?

»Weil sie eifersüchtig sind«, beendete sie eilig ihren Satz.

»Eifersüchtig?«, echote Matt verständnislos.

»Weil du aus London kommst und deine Mutter eine bekannte Schriftstellerin ist … und du hast ein cooles Mountainbike … und eine Frisur und so … äh …«

Emma kicherte leise. Lilith spürte, wie sich ihre Wangen röteten. Hatte sie das gerade wirklich gesagt? Matt habe eine *Frisur?* Plötzlich hatte sie den sehnlichen Wunsch, weit weg zu sein, überall, nur nicht hier auf dem Schulhof.

Trotzdem beschloss sie, sich nichts anmerken zu lassen. Sie verschränkte die Arme vor der Brust, sah herausfordernd in die Runde und hatte vor, nicht eine Millisekunde Matts fragendem Blick auszuweichen.

»Ja, und deshalb benehmen sich die Jungs hier in Bonesdale dir gegenüber seltsam!«, beendete sie ihre Rede. Leider klang ihre Stimme nicht ganz so überzeugt und selbstsicher, wie sie es gerne gehabt hätte.

»Wenn du meinst«, sagte Matt zweifelnd.

Wenigstens kam ihr Emma insofern zu Hilfe, dass sie nun eine Packung selbst gebackener Kekse hervorholte und den anderen anbot. Lilith steckte sich gleich zwei auf einmal in den Mund, so konnte sie wenigstens sicher sein, die nächsten Minuten kein Wort mehr von sich geben zu können.

»Was ist euch beiden gestern Abend eigentlich zugestoßen?«, fragte Matt.

Emma verschluckte sich und würgte hustend einen letzten Kekskrümel hinunter.

Woher konnte Matt denn wissen, dass der Heimweg der beiden Mädchen anders als geplant verlaufen war?

»Was soll denn passiert sein?«, schnappte Emma zurück.

»Ihr habt beide Schürfwunden im Gesicht und seht etwas mitgenommen aus.« Matt deutete auf Liliths Verband. »Das muss ja einen Grund haben, oder?«

Lilith steckte sich gleich noch einen Keks in den Mund, sodass es an Emma war, sich auf die Schnelle eine Lügengeschichte auszudenken. Allerdings musste Lilith feststellen, dass diese darin bei Weitem geübter war als sie selbst.

»Liliths Tante hatte vergessen, uns bei euch abzuholen, und da wollte ich Lilith eine Abkürzung zeigen. Leider haben wir uns dabei verlaufen. Wir sind die halbe Nacht im Wald herumgeirrt und haben uns ein paar Schrammen zugezogen.«

»Was soll denn das für eine Abkürzung gewesen sein? Mitten in der Nacht quer durch den Wald – ist doch klar, dass das schiefgehen kann.« Matt schüttelte ungläubig den Kopf. Er wandte sich an Lilith. »Hast du während eurer Wanderung wenigstens herausgefunden, was nachts so gefährlich in Bonesdale sein soll?« Er zwinkerte ihr verschwörerisch zu.

»Nein, ich habe überhaupt nichts herausgefunden«, gab Lilith etwas zu schnell zurück. »Alles war völlig normal.«

»Schade, aber uns bleiben ja immer noch diese ominösen Geschehnisse im Seniorenstift, denen wir auf den Grund gehen können.« Er beobachtete Emma aus den Augenwinkeln. »Was meint ihr?«

Lilith war klar, dass Matt Emma mit seinem Vorschlag

provozieren wollte. Vielleicht hoffte er, dass sie ihnen durch einen unbedachten Kommentar ein weiteres Puzzleteil zu dem Geheimnis lieferte. Er konnte ja nicht ahnen, dass Lilith ihm nicht mehr zur Seite stand.

»Das halte ich für keine so gute Idee«, murmelte Lilith. »Das waren doch alles nur kindische Hirngespinste. Die Fantasie ist mit uns durchgegangen. Wir sollten uns lieber auf die Schule konzentrieren.«

Einen Moment lang wirkte Matt so überrascht, dass er nicht in der Lage war zu reagieren, dann zog er die Augenbrauen zusammen.

»Aber was ist mit dem Telefongespräch, das du mitgehört hast? Was ist mit dem Geheimnis, das dein Vater vor dir verborgen hat? Willst du nicht wissen, was es damit auf sich hat?«

»Ach das …«, antwortete Lilith unbestimmt und winkte ab. »Das war gar nicht so wichtig. Ich habe mit Mildred darüber gesprochen. Es war nur eine kleine Familiensache, nichts Dramatisches. Da habe ich wohl etwas falsch verstanden.«

Zu Liliths Erleichterung verkündete die Schulglocke in diesem Moment das Ende der Pause und die drei machten sich auf den Weg ins Klassenzimmer. Lilith entging jedoch nicht der misstrauische Blick, mit dem Matt sie musterte.

Der Nachthimmel war von Wolken zerfetzt und die Sturmböen peitschten Liliths Haare auf und nieder, rissen es mal zur einen, dann zur anderen Seite. Ihr weißes, bodenlanges Nachthemd flatterte um ihren Körper wie eine Fahne. Sie sog die kalte Luft ein, die durch die Gischt des Meeres von Salz getränkt war. Heute Nacht würde sich ihr Schicksal entscheiden …

Der Wind trug den Klang einer hellen Mädchenstimme zu ihr heran und Lilith wandte sich erschrocken um. Im fahlen Mondlicht sah sie, wie eine Gestalt am anderen Ende des Kiesstrandes auftauchte und ihr mit beiden Händen zuwinkte. Sie war zu weit entfernt, als dass man mehr als einen grauen Schemen erkennen konnte, trotzdem wusste Lilith, dass ihr das Mädchen freundlich gesinnt war. Aber sie wusste auch, dass sie hergekommen war, um Lilith von ihrem Vorhaben abzuhalten – und das konnte sie nicht zulassen! Lilith drehte sich wieder um und ging zielstrebig auf das Wasser zu.

Sie war eine gute Schwimmerin. Eine der besten in Bonesdale. Die See war ihr Element, ihre Vertraute, ihre Seelengefährtin. Von ihr würde Lilith niemals echte Gefahr drohen, da war sie sich sicher!

Die Wellen brachen mit solcher Gewalt gegen ihre Beine, dass sie fast umgerissen wurde. In dieser Nacht war das Meer wie ein zorniges Kind, das seine Wut an den Klippen und dem Strand der Insel ausließ. Das war es, was sie am Meer so faszinierte: Es konnte voller Unschuld sein. Eine schillernde blaue Ebene, die wie in einem tiefen Schlaf vor ihr lag und deren friedlicher, sanfter Atemzug die Wellen anstieß. Und im nächsten Moment konnte es so in Wut geraten, dass es Wellen so hoch wie Berge erscheinen ließ und alles verschlang, was ihm im Weg war. Das Meer war wie ein lebendiges Wesen.

Lilith streckte die flache Hand aus und strich über das schwankende Wasser, als sie tiefer hineinschritt. Es ging ihr mittlerweile bis zu den Hüften. Das Meer war um einige Grad abgekühlt.

Seine eisige Kälte legte sich um ihren Körper und kroch in ihn hinein. Als nur noch ihr Kopf aus dem Wasser ragte, klapperten ihre Zähne und ihre Fingerspitzen begannen taub zu werden, aber Lilith nahm es nicht einmal wahr.

Jetzt würde es sich entscheiden! Nichts war sonst mehr wichtig. Seit Jahren hatte sie von diesem Moment geträumt und nun sollte – musste – er wahr werden. Nur noch ihre Fußspitzen berührten festen Grund, wie eine Balletttänzerin balancierte sie auf den Zehen, mühsam das Gleichgewicht haltend, hin- und hergerissen von den Wogen des Meeres.

Über das Rauschen der Wellen hinweg hörte Lilith wieder die Stimme hinter sich. Dieses Mal klang sie eindeutig näher. Ist sie mir etwa ins Meer gefolgt?, schoss es Lilith erschrocken durch den Kopf. Aber so wahnsinnig kann sie doch nicht sein!

Nun hatte Lilith erst recht keine Wahl mehr. Wenn sie beide diese Nacht lebend überstehen sollten, dann musste sie es jetzt tun! Entschlossen stieß sie sich ab und stürzte sich kopfüber in das Wasser.

Sofort umfing sie die Dunkelheit des Meeres und …

Stille.

Nach dem Rauschen, Toben und Brechen der Wellen war die plötzliche Stille beängstigend. Es war, als ob sie in eine andere Welt eingedrungen wäre, in eine Welt, die nicht für die Lebenden bestimmt war.

Für Angst ist jetzt keine Zeit, ermahnte sie sich selbst.

Lilith drängte die Panik beiseite und hörte in sich hinein. Spürte sie es? Die Benommenheit, die Kraftlosigkeit, von der sie nun schon so oft erzählt bekommen hatte – das kurze Erlöschen der Lebenskräfte, ehe man wie neugeboren erwachte?

Nein, da war nichts. Nichts außer der Kälte des Wassers, die ihren Körper immer stärker erfasste, ihn immer mehr zum Erlahmen brachte. Aber vielleicht war es ja gar nicht die Kälte des Meeres, die dies bewirkte?

Entschlossen tauchte sie weiter in die Tiefen des Meeres hinab. Vielleicht musste sie einfach länger … tiefer … weiter …

Der Druck auf ihrer Brust wurde unerträglich. Wenn sie nicht sofort auftauchte, um Luft zu holen, würde sie das Bewusstsein verlieren. Widerstrebend schwamm Lilith in Richtung Wasseroberfläche. Die Erkenntnis, dass ihr Plan nicht funktioniert hatte, ließ ihre Bewegungen kraftlos werden. Es war ihr gleichgültig, ob sie es noch rechtzeitig schaffen würde. Schon öffnete sich ihr Mund, weil sie den Drang, Luft zu holen, nicht mehr unterdrücken konnte – da empfing sie wieder das ohrenbetäubende Tosen des Meeres und ihre Lungen füllten sich mit Sauerstoff.

Ihr blieb keine Zeit, ein weiteres Mal einzuatmen, denn schon schlugen die Wellen wieder über ihr zusammen und ein Strudel erfasste sie, der sie unerbittlich nach unten zog. Das Meer spielte mit ihr wie mit einer Puppe, trieb sie mit sich, mal nach oben, mal nach unten. Lilith unternahm nichts dagegen, wehrte sich nicht. Willenlos ließ sie alles mit sich geschehen.

Es gab nur einen einzigen Gedanken, der sie beherrschte: Sie hatte sich nicht gewandelt.

Das Meer war ihre letzte Hoffnung gewesen. Sie spürte, wie sich ihre Augen mit Tränen füllten, doch das Meer ließ nicht zu, dass sie weinte. Dieses Mal riss es Lilith nach oben, spuckte sie an die Wasseroberfläche wie etwas, das man nicht im Mund haben wollte.

»... WO ... DU?«

Lilith wurde aus ihrer Starre gerissen. Über das Brausen hinweg hatte sie zwar nur Wortfetzen vernehmen können, doch die Sorge und die Todesangst, die in der Stimme lagen, waren unüberhörbar. Erst jetzt wurde Lilith wieder bewusst, dass sie nicht alleine in Gefahr war. Das Mädchen war ihr ins Meer gefolgt. Sie, Lilith, wäre schuld, wenn sie heute Nacht beide ums Leben kämen. Das durfte sie nicht zulassen! Hier ging es nicht nur um sie allein.

»Hier! Ich bin HIER!«, schrie Lilith gegen den Sturm an. Sie hatte das Gefühl, als würde der Wind ihrem Mund die Worte entreißen, ehe sie sie überhaupt ausgesprochen hatte.

»Ich komme zu dir!«

Mit kräftigen Stößen versuchte sich Lilith an der Oberfläche zu halten und dem Mädchen entgegenzuschwimmen.

Zum ersten Mal, seit sie denken konnte, machte ihr das Meer plötzlich Angst. Diese ungeheure Menge an Wasser. Wie klein sie dagegen war, wie machtlos. Wie hatte sie je glauben können, dass die See ihre Vertraute war? Das Meer war niemandes Freund. An ruhigen Tagen duldete es vielleicht die Eindringlinge, doch sobald es erwacht war, wurde jeder Störenfried von ihm gnadenlos verschlungen.

Der Mond durchbrach die Wolken und wie ein Flutlicht strahlte er auf das Meer hinab. Lilith sah zwischen den Bergen und Tälern der Wellen einen Kopf aus dem Wasser ragen, nicht weit von ihr entfernt. Bei gutem Wetter hätte sie das Mädchen in wenigen Zügen erreicht, doch nicht heute. Lilith erhöhte ihre Anstrengungen, ihre Kraft nahm jedoch mit jedem Stück, das sie sich vorankämpfen konnte, spürbar ab.

»HALTE DURCH!«, rief sie, wie um sich selbst Mut zuzusprechen.

Nun war Lilith in Reichweite, nur noch wenige Meter, dann wären sie beieinander und könnten zusammen an Land schwimmen! Das Mädchen lächelte ihr erleichtert zu. Liliths Bewegungen erstarben vor Schreck. Das Mädchen, auf das sie zuschwamm, hatte stechend blaue Augen und schwarze lange Haare, die ihr in feuchten Strähnen im blassen Gesicht klebten. Lilith sah sich selbst. Wie konnte das sein? So etwas war doch unmöglich!

In diesem Moment erfasste sie eine besonders große Welle. Zuerst wurde sie von ihr hochgehoben, höher und immer höher, sodass Lilith das Gefühl bekam, sie würde wie mit dem Aufzug eines Wolkenkratzers nach oben katapultiert. Die Angst in ihr wuchs mit jedem Meter, den sie gen Himmel getragen wurde. Mit vollkommener Klarheit erkannte Lilith plötzlich, dass dies ihr Ende sein würde.

Die Welle hatte ihren Höhepunkt erreicht und einen Atemzug lang schien die Welt stillzustehen … dann zog die Welle sie mit sich in die Tiefe.

Ein panischer Schrei entwich Lilith. Das Wasser schlug über ihr zusammen und ihr Mund füllte sich mit der salzigen Flüssigkeit. Als das Wasser in ihre Luftröhre eindrang, spürte sie einen stechenden Schmerz in ihrer Brust. Mit rudernden Armen versuchte sie sich nach oben zu kämpfen, doch es war, als ob sie etwas an den Füßen in die Tiefe ziehen würde. Ihre Kraft reichte nicht aus, um gegen diese Naturgewalt zu bestehen.

Ihre Lunge brannte und der Druck auf ihrem Brustkorb war unerträglich. Luft. Sie brauchte Luft.

Ein Schleier begann sich über ihre Augen zu legen. Die Kälte des Wassers ließ nach, die Schmerzen in der Brust wurden weniger. Das Letzte, was Lilith sah, war eine Hand, die versuchte, nach ihr zu greifen, aber es war zu spät. Die Dunkelheit und der Tod erwarteten sie bereits …

»NEIN! Hilfe! HILFE!!«

Lilith riss die Augen auf. Luft. Sie brauchte Luft.

Sie spürte, wie sich ihre Lunge mit Sauerstoff füllte, und sie atmete so tief und fest ein, wie es nur ging. Sie war am Leben! Es war nur ein Traum …

Liliths Wangen fühlten sich feucht an, und als sie sich mit der Zunge über die Lippen fuhr, hatte sie den Geschmack von Salzwasser im Mund. Einen Moment lang führte sie das darauf zurück, dass sie tatsächlich im Meer geschwommen sein musste, bis Lilith klar wurde, dass sie lediglich im Traum geweint hatte. Benommen setzte sie sich auf.

Sie fröstelte. Nicht etwa, weil es in ihrem Zimmer kalt gewesen wäre – nein, sie fühlte immer noch die Nähe des Todes. Als ob ein Teil von ihr nun tatsächlich tot und leblos auf dem Grund des Meeres läge.

Der Gedanke war so schrecklich, dass Lilith den Kopf schüttelte, um ihn wieder zu verjagen. Seit ihrer Ankunft in Bonesdale hatte sie diesen Traum jede Nacht gehabt, aber er war noch nie so intensiv und realistisch gewesen wie gerade eben. Auch war es das erste Mal gewesen, dass sie sich selbst im Traum gesehen hatte. Was hatte das nur zu bedeuten? Hatte sie das Gefühl, dass sie sich selbst retten musste? Nein, so einfach war es nicht. Das, was sie im Traum getan hatte, die Gedanken, die sie gehabt hatte, das alles passte nicht zu ihr. Selbst in einem Traum würde ihr nicht in den Sinn kommen, sich als beste Schwimmerin Bonesdales zu bezeichnen. Es war, als ob sie in ihrem Traum … eine andere Person gewesen wäre. Ratlos fuhr sich Lilith über die Augen und schwang ihre Beine aus dem Bett.

Es war mitten in der Nacht und im Haus war es mucksmäuschenstill. Lilith wunderte sich, dass niemand ihre panischen Hilferufe gehört hatte, allerdings hatte sie ja schon festgestellt, dass die Räume um ihr Zimmer herum unbewohnt waren.

Lilith seufzte und beschloss, sich in der Küche etwas zu trinken zu holen. Fürs Erste konnte sie sowieso nicht mehr einschlafen. Als Lilith zur Tür ging, fiel ihr auf, dass sich etwas im Schlüsselloch bewegte. Zögerlich trat sie näher. Den Blutkaugummi hatte sie mittlerweile aus dem Schlüsselloch entfernt und der Schlüssel, der die Geistersicherung aktivierte, lag irgendwo auf ihrem Schreibtisch. Da ihr bisher kein Geist erschienen war, hatte Lilith es nicht für nötig gehalten, sich selbst einzusperren. Nun fragte sie sich, ob das so eine gute Idee war. Mit klopfendem Herzen ging sie in die Knie. Schwarze, dünne Beine zappelten aus dem Schlüsselloch heraus, kurz darauf kam ein ebenso schwarzer Körper zum Vorschein. Es war eine Spinne!

Lilith konnte nicht sagen, warum, aber sie hatte das untrügliche Gefühl, dass es dieselbe Spinne war, die sie vor einigen Tagen nach draußen auf die Fensterbank gesetzt hatte. Die Spinne blieb am äußeren Rand des Schlüssellochs sitzen und schien sie ebenso zu beobachten wie Lilith die Spinne. Schließlich zuckte Lilith mit den Schultern.

»Na schön, wenn du unbedingt bei mir im Zimmer wohnen möchtest, dann nehme ich dich offiziell als mein neues Haustier auf und ich nenne dich …« Lilith dachte einen Augenblick nach. »Günther! Tut mir leid, aber wer so penetrant und frech ist, muss mit einem gemeinen Namen leben«, sagte sie schmunzelnd. »Aber benimm dich anständig, während ich weg bin!«

Sie trat in den Gang hinaus. Das schwache Licht ihrer Nachttischlampe, das in den Flur fiel, reichte aus, um Lilith erstarren zu lassen. Sie öffnete den Mund, doch der Schrei, der in ihrer Kehle saß, konnte nicht entweichen.

Der Boden und die Wände vor ihrem Zimmer waren vollkommen schwarz. Doch es war nicht die Schwärze der Nacht. Wie ein lebender Teppich wogten Tausende von Spinnenleibern auf und ab. Das Kratzen der Chitinpanzer jagte Lilith einen kalten Schauer über den Rücken. Tausende von Augen waren auf Lilith gerichtet.

Doch die Spinnen griffen Lilith nicht an. Nach dem ersten Schrecken verspürte sie nicht einmal mehr große Angst vor ihnen. Sie hatte eher das Gefühl, dass die Spinnen auf etwas warteten. Als ob sie gekommen wären, um Lilith zu helfen.

»Geht, bitte!«, flüsterte sie, einer Eingebung folgend. Kaum hatte sie es ausgesprochen, machten die Spinnen kehrt und wuselten über die Treppe hinab nach draußen.

»Na, Großer, geht es dir schon besser?« Hannibals Kopf lag so schwer in Liliths Hand, dass sie Mühe hatte, ihm weiterhin die Ohren zu kraulen. Er hatte es sich in der Küche auf seinem Schlafplatz bequem gemacht und genoss mit sabberndem Mund die Streicheleinheiten. Emmas Mutter hatte am heutigen Morgen noch einmal nach seinen Wunden gesehen und Lilith versichert, dass sie gut verheilten und Hannibal schon bald wieder der Alte sein würde.

Lilith erhob sich schwerfällig. Der Schrecken der vergangenen Nacht steckte ihr immer noch in den Gliedern. Sie beschloss, etwas frische Luft zu schnappen, zog sich eine Jacke über und trat in den Garten hinaus. Es war ein sonniger, wenn auch kühler Herbstmorgen. Lilith entdeckte Arthur, der gerade mit unterdrücktem Fluchen an einer großen Leiter hantierte, hinten am Pavillon. Der Garten und der Anblick der Obstbäume, auf die sie nun zulief, brachten etwas in ihr zum Klingen. Als müsse sie sich dabei an etwas erinnern, doch sie konnte den Gedanken nicht fassen.

»Warte, ich helfe dir!«, rief sie und eilte zu Arthur. Lilith ergriff die Leiter, sodass Arthur sie ausfahren und an den Pavillon lehnen konnte.

Dankbar lächelte er ihr zu. Ein Blatt hatte sich in seinen weißen Haaren verfangen und wehte im leichten Wind hin und her. »Bevor der Winter kommt, möchte ich die Rosen zurückschneiden, die sich um den Pavillon ranken. Dann können sie mit den ersten Sonnenstrahlen im nächsten Frühjahr wieder zu neuem Leben erwachen«, erklärte er ihr und sah die verdörrten Rosenzweige liebevoll an. »Jeder Rosenstrauch blüht in einer anderen Farbe. Es ist ein buntes Blütenmeer und der Duft ist herrlich.«

»Das sieht sicherlich schön aus«, sagte Lilith. »Soll ich die

Leiter zur Sicherheit festhalten, während du oben arbeitest?«

»Hast du heute nichts Besseres vor, als einem alten Kauz bei der Gartenarbeit zu helfen?«, fragte Arthur erstaunt.

»Eigentlich nicht«, gab Lilith zu. Emma hatte keine Zeit, da sie ihrem Vater Frank im Restaurant »Frankenstein« aushelfen musste, und ihre Freundschaft mit Matt hatte sich in den letzten Tagen merklich abgekühlt. Matt schien zu spüren, dass Lilith ihm etwas verheimlichte. Es waren die plötzlich unterbrochenen Gespräche zwischen Emma und Lilith, ihre fadenscheinigen Ausreden und Erklärungen, wenn Matt zufällig auf die Sonderbarkeiten Bonesdales zu sprechen kam, und natürlich Liliths schuldbewusste Blicke, die ihn misstrauisch werden ließen. Er ahnte wohl, dass Lilith hinter das Geheimnis, das sie eigentlich gemeinsam aufdecken wollten, gekommen war. Und dass Lilith es nicht mit ihm teilen wollte, traf ihn sichtlich. So sehr, dass er sich von ihr zurückgezogen hatte.

»Na, dann wollen wir mal loslegen!«, verkündete Arthur betont fröhlich. Er hatte wohl bemerkt, dass Lilith gerade trübe Gedanken beschäftigten. Voller Tatendrang erklomm er die Leiter, während Lilith sie unten sicherte.

»Für einen Samstagmorgen bist du schon früh auf den Beinen, junge Dame!«, stellte Arthur fest, während er anfing, mit einer großen Gartenschere die Sträucher abzuschneiden. »Ich weiß noch, wie wichtig das Ausschlafen am Wochenende für mich in deinem Alter war.« Er unterbrach kurz seine Arbeit und lächelte versonnen vor sich hin. »Nachts habe ich unter der Bettdecke Krimis oder Piratenromane gelesen und meine Mutter musste mir am nächsten Morgen die Decke wegziehen, um mich aus dem Bett zu bekommen.«

»Eigentlich bin ich auch eine Langschläferin, doch hier schlafe ich nicht besonders gut«, gestand ihm Lilith. »Am Anfang dachte ich noch, es läge an dem neuen Zimmer und der etwas gruseligen Umgebung.« Sie seufzte unglücklich auf. »Aber es wird einfach nicht besser. Heute Nacht waren es sogar gleich zwei Albträume hintereinander. Kennst du das, wenn man träumt, dass man aufgewacht ist, und in Wahrheit schläft man immer noch?«

Als Lilith heute Morgen aufgewacht war, hatte sie einen Moment lang geglaubt, der Traum mit den Spinnen wäre real gewesen. Sie schüttelte ungläubig den Kopf. Aber das war absolut unmöglich: Der ganze Flur voller Spinnen, die nur auf ihre Bitte hin wieder verschwanden …

Arthur sah mit besorgtem Blick auf Lilith herab.

»Hast du die Jasminblüten auf deinem Nachttisch deponiert, wie wir es dir geraten haben?«

Lilith nickte.

»Dann können es keine Geister sein, die dich am Schlafen hindern«, überlegte Arthur laut. »Ich glaube aber, wir haben in unserer Hausapotheke noch einen Schlaftrunk, den Cynthia hergestellt hat. Davon schläft man nicht nur wie ein Murmeltier, man hat auch sehr angenehme Träume. Wenn du den heute Abend einnehmen möchtest, kannst du wenigstens mal wieder eine Nacht durchschlafen.«

»Gerne!«, freute sich Lilith, wobei sie sich innerlich schon darauf gefasst machte, dass Cynthias fabelhaft klingender Schlaftrunk sicherlich wieder abscheulich schmecken musste, wenn er so gut wirkte. Aber das würde sie gerne in Kauf nehmen, wenn sie nur nicht wieder im Meer ertrinken musste.

»Gibst du mir die Säge herauf?«, bat Arthur. »Diesen Ast hier bekomme ich mit der Schere einfach nicht durchgeschnitten!«

Lilith bückte sich und ließ für einen Moment die Leiter los, die prompt zur Seite kippte. Geistesgegenwärtig griff Arthur nach der Holzumrandung des Pavillons und konnte so im letzten Moment verhindern, zu Boden zu stürzen.

»Es tut mir leid!«, entfuhr es Lilith erschrocken.

»Keine Sorge, nichts passiert«, beruhigte Arthur sie. »Es ist ja nicht so, dass mir viel passieren könnte, wenn ich von der Leiter falle.«

»Oh, stimmt«, erinnerte sich Lilith. Daran hatte sie nicht gedacht. Als Zombie konnte ihm ein Sturz wahrscheinlich nicht viel anhaben.

»Wie bist du eigentlich …« Lilith zögerte, da sie nicht wusste, ob ihre Frage zu indiskret sein würde.

»Wie ich zu einem Zombie geworden bin?«, half Arthur ihr. Er lächelte sie verständnisvoll an. »Ich habe mich freiwillig dafür entschieden.«

Er kam die Leiter herunter und begann bereitwillig zu erzählen: »Ich war seit meiner Geburt lungenkrank. Ich konnte nicht mit anderen Kindern spielen, mit ihnen lachen und gemeinsam um die Wette rennen. Da ich anfällig für Keime und Bakterien war und eine Erkältung meinen Tod bedeutet hätte, lebte ich von allen isoliert in meinem

Zimmer, die meiste Zeit jedoch war ich im Krankenhaus. Oft fühlte ich mich wie tot, obwohl ich noch lebte. Auf diese Weise wurde ich ein alter Mann. Als meine Zeit gekommen war, fühlte ich in meinem Herzen eine große Bitterkeit. Ein Leben voller Krankheit und Schmerz lag hinter mir, ich hatte nie erlebt, was Freiheit und Glück bedeutet, ich durfte nie erfahren, was Liebe ist. Da stellte sich heraus, dass meine Ärztin in Wahrheit eine Hexe war, die inkognito unter den Menschen lebte. Sie hatte Mitleid mit mir und erzählte mir wenige Augenblicke vor meinem Tod von einer Möglichkeit, ein zweites Leben anzufangen. Von einem Leben hier in Bonesdale.«

Lilith hatte Arthurs Erzählung aufmerksam gelauscht. Es stimmte sie traurig, dass dieser gutherzige und stets vergnügte alte Mann ein so schweres Leben hinter sich hatte. Sie konnte nachvollziehen, dass er sich für ein Dasein als Untoter entschieden hatte, auch wenn sie sich nicht vorstellen konnte, diese Möglichkeit für sich selbst zu wählen. Es kam ihr falsch vor. Sie war mit dem Wissen aufgewachsen, dass man nur ein einziges Leben hatte, nur eine Chance, die man so gut wie möglich nutzen musste. Beraubte es das Leben nicht seines Sinns und seiner Wichtigkeit, wenn man die eigene Lebenszeit nach Gutdünken verlängern konnte? Lilith wusste es nicht. Sie musste auch zugeben, dass Arthur in seinem menschlichen Leben nie wirklich eine Chance gehabt hatte, die er hätte nutzen können.

Lilith atmete schwer aus. Vielleicht wären ihre momentanen Gefühle nicht gar so widersprüchlich, wenn sie hier in Bonesdale aufgewachsen wäre. Dann wäre die Welt der

Untoten und deren Regeln für sie wahrscheinlich etwas Selbstverständliches gewesen.

»Ich weiß nicht, ob es die richtige Entscheidung war«, räumte Arthur nachdenklich ein, als ob er Liliths Gedanken erraten hätte. Er lächelte ihr zu. »Aber ich weiß, dass es mich glücklich macht, an einem sonnigen Tag wie heute in Gesellschaft einer so bezaubernden jungen Lady an meinen geliebten Rosen arbeiten zu dürfen.« Er verbeugte sich galant. »Hätten Sie die Güte, einem alten, verschrobenen Kauz weiterhin die Leiter festzuhalten, damit er sich unbesorgt seiner Arbeit widmen kann, Mylady?«

Lilith lachte auf und deutete einen Knicks an. »Mit dem größten Vergnügen, Sir.«

Gemeinsam arbeiteten sie sich rund um den Pavillon und legten ihn Stück für Stück frei. Ohne die Rosenranken wirkte er fast nackt und entblößt. Lilith konnte sich nur schwer vorstellen, wie prächtig er im nächsten Sommer mit den blühenden Rosen aussehen würde.

Während des letzten Stücks, als sie mit dem Rücken zum Haus standen, verspürte Lilith plötzlich ein intensives Kribbeln im Nacken. Sie hatte das Gefühl, dass sie jemand beobachtete. Ohne die Leiter loszulassen, sah sie sich aufmerksam um. Sie konnte weder einen Menschen noch eine Krähe entdecken. Trotzdem wollte das Gefühl nicht nachlassen.

Sie blickte zum Haus. Eines der Fenster, das zu Elia Nekrobas' Zimmer gehörte, stand offen.

»Ist dieser Nekrobas eigentlich noch da?«, fragte sie misstrauisch.

Arthur hielt kurz inne und legte die Stirn in Falten. »Ich habe ihn schon eine Weile nicht mehr gesehen. Seine Sachen sind aber noch auf seinem Zimmer und verabschiedet hat er sich auch nicht von uns.« Er hob die Schultern. »Vielleicht gefällt ihm unsere Insel so gut, dass er sie von morgens bis abends erkundet. Aber wenn es dich so interessiert, kannst du ja deine Tante nach ihm fragen.«

Lilith verzog das Gesicht. In Gegenwart ihrer Tante vermied sie lieber das Thema Nekrobas.

»So, fertig!«, verkündete Arthur in diesem Moment.

Neben dem Pavillon türmte sich ein großer Haufen abgeschnittener Äste. Arthur stieg von der Leiter und betrachtete stolz ihre Arbeit. Lilith folgte seinem Blick und erstaunt stellte sie fest, dass über dem Eingang des Pavillons ein Messingschild angebracht war, das bisher von den Rosenranken verdeckt gewesen war:

IM ANDENKEN AN UNSERE TOCHTER,
SCHWESTER UND FREUNDIN LOUISE PARKER,
DU BLEIBST UNS UNVERGESSEN!

Lilith schnappte überrascht nach Luft. Lou! Deswegen hatte sie der Teil des Gartens an etwas erinnert: Das Bild der drei Geschwister, das Lilith auf dem Dachboden gefunden hatte, war genau an der Stelle aufgenommen worden, an der nun der Pavillon stand.

Rings um den Pavillon waren weitere Tafeln angebracht, diese waren jedoch aus Holz, sodass sie Lilith nicht sofort ins Auge gefallen waren. Die Inschriften waren schon fast verblasst und nur mit Mühe konnte Lilith die Worte auf der Tafel entziffern, die rechts des Messingschildes hing:

Meine kleine Meerjungfrau,
in meinem Herzen wirst du für immer schwimmen,
dein Bruder Jo

Arthur trat neben sie. »Es war eine wirklich tragische Geschichte«, sagte er mit einem traurigen Unterton in der Stimme.

»Was … was ist denn mit ihr geschehen?«

»Mildreds kleine Schwester Louise zeigte so deutliche Anzeichen der Fähigkeiten einer Sirene, dass sich alle sicher waren, sie würde eine Nocturi werden. Sie bestand all die Tests zum Nachweis der Grundkräfte, sie liebte das Wasser, ihre Stimme war so schön, dass sie einen zu Tränen rührte«, erzählte Arthur. »Doch am Tag ihres dreizehnten Geburtstages geschah nichts. Sie wandelte sich nicht und wurde nicht zur Sirene.«

Liliths Herz klopfte ihr bis zum Hals, sodass sie kaum noch atmen konnte. Lou ist ins Meer gegangen, durchfuhr es sie blitzartig. Sofort stiegen in ihr die Bilder ihrer Albträume auf. Lilith blinzelte verwirrt. Aber das konnte nicht sein, sie konnte nicht wissen, was in dieser Nacht geschehen war!

»Louise wollte nicht akzeptieren, dass sie nur ein ganz normaler Mensch sein sollte«, fuhr Arthur fort. »Mitten in der Nacht schlich sie sich aus dem Haus. Louise hoffte wohl, dass sie sich wandeln würde, wenn sie ins Meer ging.

Es war eine stürmische Nacht und die Wellen brachen sich wütend an der Küste. Doch Louise ließ sich davon nicht abhalten und schwamm hinaus aufs offene Meer. Ehe man sie retten konnte, war sie ertrunken.«

Genau so hatte Lilith es geträumt, Nacht für Nacht, seit ihrer Ankunft.

Wie betäubt sah sie nach oben auf die Tafeln des Pavillons.

Ich werde mir nie verzeihen,
dass ich zu spät gekommen bin.
Für immer deine beste Freundin,
Cathy

Die Widmung stammte von ihrer Mutter. Ich habe meine Mutter gesehen, schoss es Lilith durch den Kopf, ich habe im Traum zum ersten Mal meine Mutter gesehen!

Die Inschrift verschwamm vor ihren Augen. Lilith biss sich auf die Lippen, um die aufkommenden Tränen zu unterdrücken.

Mildred hatte recht gehabt – Lilith sah ihrer Mutter tatsächlich zum Verwechseln ähnlich. So ähnlich, dass nicht einmal Lilith selbst den Unterschied bemerkt hatte.

»Deine Mutter und Louise waren in ihrer Kindheit unzertrennlich. Der Baron sah es zwar nicht gerne, trotzdem verbrachte Cathy jede freie Minute bei den Parkers«, sagte Arthur, dessen Blick nun ebenfalls auf den Tafeln ruhte. »Deine Mutter hatte als Banshee eine Vorahnung von Lous Tod, doch sie kam leider zu spät. Lou war schon ins Meer gegangen und um ein Haar wäre auch deine Mutter ums Leben gekommen.«

Lilith nickte stumm, nicht in der Lage, auch nur ein einziges Wort hervorzubringen.

»Dein Vater hat den Tod seiner kleinen Schwester nur schwer verkraftet. Ich glaube, das war auch einer der Gründe, warum er Bonesdale verlassen hat. Jedes Mal wenn er das Meer gesehen hat, erinnerte es ihn an Lous Tod.«

Lilith sah betroffen zu Boden. Darum also hatte ihr Vater sie immer wieder vor dem Meer gewarnt.

Doch wie war es möglich, dass Lilith seit ihrer Ankunft in Bonesdale von Louises Todesnacht träumte? Schließlich hatte ihr Vater ihr nie davon erzählt. An einer Geistererscheinung konnte es nicht liegen. Wie sie Arthur schon versichert hatte, beachtete Lilith die Sicherheitsvorkehrungen. Ein Verdacht blitzte in ihr auf, so absurd und zugleich so schmerzhaft schön, dass sie ihn sofort wieder verscheuchte. Ihre Tante Mildred hatte ihr nur allzu deutlich zu verstehen gegeben, dass sich Lilith keinerlei Hoffnungen zu machen brauchte, irgendwelche Fähigkeiten geerbt zu haben!

Aber was ist, wenn sich Mildred getäuscht hatte, flüsterte ihr eine innere Stimme zu. Was wäre, wenn sie tatsächlich nicht nur ein Mensch, sondern eine …

»Ist etwas mit dir, Lilith?«, entfuhr es Arthur besorgt. »Du bist plötzlich so bleich?«

»Es ist alles in Ordnung«, versuchte Lilith ihn zu beruhigen, doch sie konnte nicht verhindern, dass ihre Stimme vor Anspannung zitterte.

»Was bin ich für ein unsensibler, alter Trottel! Ich hätte

daran denken müssen, dass dich diese Geschichte zu sehr mitnimmt!«, ärgerte sich Arthur über sich selbst. »Komm, ich bringe dich ins Haus!«

»Es geht schon«, versicherte Lilith ihm. Sie atmete tief durch, straffte ihre Schultern und zwang sich zu einem Lächeln.

Es war besser, wenn sie sich noch niemandem anvertraute. Wenn sie von ihren Albträumen und ihrem Verdacht – ihrer Hoffnung – erzählte, würde sie wahrscheinlich nur mitleidige Blicke ernten. Lilith brauchte Gewissheit, einen Beweis. Sie musste die anderen davon überzeugen können, dass sie sich nicht nur alles einbildete.

»Das ist wahrscheinlich der Schlafmangel«, schwindelte sie kurzerhand. »Ich geh auf mein Zimmer und versuche noch etwas zu schlafen.«

Arthur nickte, die Augenbrauen besorgt zusammengezogen.

»Ruh dich etwas aus! Bestimmt geht es dir schon bald wieder besser.«

Lilith wandte sich zum Gehen.

»Wenn du Lust hast, kannst du heute Mittag mit uns zum Rathaus fahren«, fügte Arthur noch hinzu. »Wir stechen die Kürbisse für das große Halloweenfest aus. Ich wette mit dir, du hast noch nie einen so großen Berg Kürbisse gesehen! Das wird ein großer Spaß, sogar unser alter Stubenhocker Sir Elliot und der Griesgram Regius kommen mit.«

Es war nur noch ein Tag bis Halloween, dem Tag ihres Geburtstages. Mildred hatte sie nicht noch einmal gefragt, ob Lilith ihren Geburtstag feiern wollte, und sie konnte es ihrer Tante nicht verübeln. Aber es war wahrscheinlich auch besser so. Selbst wenn Lilith eine Party hätte feiern wollen, so wäre wohl niemand gekommen. In der Schule hatte man gestern schon damit begonnen, im Pausenhof eine Bühne aufzubauen, da jede Klasse etwas für das große Fest einstudiert hatte. Eine Klasse würde jonglieren und kleine Zaubertricks vorführen, eine andere sang selbst komponierte, düstere Lieder über Halloween. Liliths Klasse hatte einige gruselige Kurzgeschichten von Edgar Allan Poe zu einem Theaterstück umgeschrieben und wollte diese aufführen. Lilith selbst hatte sich um eine Rolle als Akteurin drücken können – sie stand nicht so gern im Mittelpunkt –, war aber als Helferin hinter der Bühne eingeteilt worden. Für Matt dagegen hatte sich das Theaterspielen als große Chance erwiesen. Wie sich herausstellte, war er der geborene Schauspieler und als Mörder in dem Stück »Das verräterische Herz« war er derart glaubwürdig, dass man seiner Entdeckung durch die Polizisten regelrecht entgegenfieberte. Man war sich sicher, dass die Aufführung dank ihm ein großer Erfolg werden würde. Auf diese Art und Weise hatte er sich endlich den erhofften Respekt seiner Mitschüler erarbeitet.

Lilith blickte zurück zu Arthur und setzte ein unverbindliches Lächeln auf. »Mal sehen, vielleicht komme ich mit ins Rathaus.«

Sie wollte jetzt erst einmal auf ihr Zimmer und sich in Ruhe alles durch den Kopf gehen lassen. Lilith musste dem Rätsel um ihre nächtlichen Todesträume so schnell wie möglich auf die Spur kommen.

Wie der Blitz radelte Lilith der Devilstreet entgegen. Ihre Wangen brannten vor Aufregung und Nervosität. Den ganzen Tag über hatte sie darüber gegrübelt, wann Mildred sie ohne ihr Wissen einem Test unterzogen haben könnte. Sie war zu dem Schluss gekommen, dass es nach dem Telefongespräch gewesen sein musste, das Lilith belauscht hatte. Denn erst da hatte Mildred die Beweggründe ihres Bruders erfahren und wahrscheinlich hatte ihr Joseph bei dieser Gelegenheit von seinem Verdacht erzählt, dass Lilith latente Kräfte besitzen könnte. An diesem Mittag war Mildred noch einmal in ihr Zimmer gekommen und … hatte sie gebeten, diesen seltsamen Alraunensaft für sie zu besorgen.

Hatte Mildred dabei nicht ausdrücklich betont, dass sie auf keinen Fall jemanden mitnehmen sollte? Aber Lilith war in diesem Moment so enttäuscht gewesen, dass ihr Mildreds Wunsch gleichgültig gewesen war, und sie hatte zugelassen, dass Matt sie begleitete. Aber was, wenn genau das der Test gewesen war? Schon damals war es Lilith seltsam vorgekommen, dass ihre Tante sie in diese heruntergekommene und völlig verlassene Crepusculelane geschickt hatte. Auch war ihr wieder eingefallen, wie unnatürlich groß die Enttäuschung von Mildred und den anderen gewesen war, als Lilith gestehen musste, dass sie den Laden nicht gefunden hatte. Es passte alles ins Bild! Doch um Gewissheit zu haben, gab es nur eine Möglichkeit – sie musste zur Crepusculelane!

Lilith trat noch schneller in die Pedale. Gerade als sie am »Eiscafé Leichenstarre« abbiegen wollte, hörte sie ein schrilles Klingeln, gefolgt von dem Quietschen einer Bremse. Erschrocken sah sie auf. Um ein Haar wäre sie mit Matt zusammengestoßen!

Er funkelte sie wütend an. »Pass doch auf!«

»Tut mir leid«, stammelte sie. »Ich war so in Gedanken, dass ich dich überhaupt nicht gesehen habe.«

»Wenn du zur Generalprobe möchtest, die ist schon vorbei!«, informierte sie Matt in kühlem Tonfall.

Lilith stöhnte auf. »Oje, die habe ich total vergessen.«

Sie konnte nur hoffen, dass Miss Tinkelton ihr Fehlen nicht bemerkt hatte!

»Da ein anderer Bühnenhelfer ebenfalls nicht gekommen ist, musste Miss Tinkelton Höchstselbst den Vorhang auf- und zuziehen.«

Das hatte Lilith gerade noch gefehlt. Soviel zu ihrem Wunsch, dass ihr Fehlen unbemerkt geblieben war. Sie konnte sich vorstellen, dass die Direktorin alles andere als erfreut darüber gewesen war, solch eine niedere Tätigkeit übernehmen zu müssen.

»Ich werde mich morgen bei ihr entschuldigen«, versprach Lilith. Gerade hatte sie Wichtigeres zu erledigen. Sie wollte so schnell wie möglich weiter. »Bis morgen dann!«

»Warte!« Matt hielt sie zurück.

Zu Liliths Leidwesen stieg Matt nun von seinem Fahrrad ab. Sah er denn nicht, wie eilig sie es hatte?

»Ich bin froh, dass ich dich hier treffe«, setzte er an. Matts Gesichtsausdruck hatte sich verändert. Er seufzte tief und warf Lilith einen bittenden Blick zu. »Wir müssen unbedingt miteinander reden, aber in der letzten Zeit weicht

Emma ja nicht mehr von deiner Seite – seit du so komisch zu mir bist.«

Lilith schluckte schwer. Genau vor diesem Gespräch hatte sie sich gefürchtet.

»Matt, jetzt passt es mir wirklich nicht«, warf sie nervös ein. »Können wir nicht ein andermal miteinander sprechen? Ich … ich muss etwas für meine Tante erledigen.«

Er sah die Querstraße entlang, in die Lilith gerade hatte abbiegen wollen. »Weißt du denn mittlerweile, wo die Crepusculelane ist?«

»Ja, wir … äh … waren gar nicht so weit davon entfernt, wie wir dachten.«

»Gut, dann begleite ich dich.« Matt stieg wieder auf sein Fahrrad.

»Nein«, rutschte es Lilith schärfer heraus, als sie vorgehabt hatte. »Das geht nicht!«

Sie räusperte sich, dann fügte sie in sanfterem Tonfall hinzu: »Ich meine, das brauchst du nicht. Das schaffe ich schon alleine.«

Matts Augenbrauen zogen sich zusammen. »Siehst du, genau das meine ich. Du gehst mir aus dem Weg, wann immer du kannst.«

Er stieß heftig die Luft aus. Es dauerte einen Moment, bis er sich wieder gefangen hatte, dann sagte er in vorsichtigem Tonfall: »Ich glaube, ich weiß, was mit dir los ist, und ich wollte dir sagen, dass es in Ordnung ist. Du brauchst dich deswegen nicht zu schämen.«

Lilith sah ihn irritiert an. »Warum sollte ich mich denn schämen?«

Dafür, dass du ihn andauernd belügst, schlug ihr eine innere Stimme sofort vor.

»Na, weil du dich in mich verliebt hast«, murmelte Matt. »Das ist wirklich okay, du musst mir deswegen nicht aus dem Weg gehen.«

»Wie bitte?«, schnappte Lilith.

Verwirrt blinzelte sie ihn an. Matt dachte, sie habe sich in ihn verliebt und sei deswegen so eigenartig? Aber … das war doch absurd, vollkommen lächerlich! Gegen ihren Willen prustete Lilith los. Erst als sie Matts wütenden Blick auffing, konnte sie sich bremsen.

Sie wurde wieder ernst. »Entschuldige, dass ich gelacht habe!«

»Du hast dich also nicht in mich verliebt?«

»Nein, tut mir leid.«

»Ist schon okay«, sagte er mit einer Stimme, die etwas verletzt klang. Er sah auf. »Aber was ist dann dein Problem? Kannst du mich plötzlich nicht mehr leiden?«

Lilith wich seinem Blick aus. »Nein, das ist es nicht. Matt, bitte …« Sie fixierte so angestrengt ihren Lenker, dass er fast vor ihren Augen verschwamm. »Ich muss jetzt wirklich weiter. Wir sehen uns morgen!«

Ohne ein weiteres Wort von ihm abzuwarten, trat Lilith in die Pedale. Erst als sie die fünfte Querstraße erreicht hatte, sah sie über die Schulter zurück. Matt war nicht mehr zu sehen. Sie wollte schon befreit die Luft ausstoßen, doch das Gefühl der Erleichterung blieb aus.

In diesem Moment wünschte sie sich, sie hätte das Geheimnis von Bonesdale niemals aufgedeckt. Lilith fühlte sich elend. Vielleicht wäre es besser gewesen, Matt im Glauben zu lassen, sie hätte sich tatsächlich in ihn verliebt. Stattdessen hatte sie gelacht.

»Ich unsensible Kuh«, entfuhr es ihr leise. Lilith nahm sich vor, Matt gleich bei der nächsten Gelegenheit noch einmal darauf anzusprechen und sich bei ihm zu entschuldigen. Vielleicht fiel ihr bis dahin auch eine gute Erklärung dafür ein, warum sie Matt aus dem Weg gegangen war!

Lilith hob den Kopf und sah auf die düstere, von den Häuserzeilen zusammengepresste Querstraße. Wie schon beim ersten Mal konnte Lilith nur wenige Meter hineinsehen und das Ende der Gasse blieb in der Dunkelheit verborgen. Lilith stellte ihr Rad ab und beschloss, zu Fuß weiterzugehen. In den engen, schmalen Gassen würde sie ihr Rad nur behindern. Zielstrebig lief sie los.

Es war die gleiche tunnelartige Gasse, die sie zusammen mit Matt entlanggegangen war, doch schon nach einigen Metern veränderte sie sich. Zuerst dachte Lilith, sie bildete es sich nur ein, aber schon nach ein paar weiteren Schritten hatte sie Gewissheit: Statt stundenlang herumzuirren, war sie direkt in die Crepusculelane gelangt.

»Das ist doch unmöglich!«, entfuhr es Lilith laut, aber das Rufen der Händler, die schwatzenden Frauen an der Ecke und das Lachen einiger Passanten übertönten ihre Stimme.

Es war zweifelsohne dieselbe Gasse, mit denselben Häusern und Schaufenstern, doch heute sah sie vollkommen verändert aus. Überall herrschte eifrige Betriebsamkeit und ein Geschäft reihte sich an das nächste. Der erste Laden, an dem Lilith vorbeikam, gehörte einer Kräuterhexe. Ein intensiver Jasminblütenduft wehte aus der geöffneten Eingangstür. Daneben wies ein Schild darauf hin, dass sich im zweiten Stock die Praxis von »Dr. Schlotterstein, Spezialist für Leichenschnupfen und Extremitätenverlust« befand. Direkt daran grenzte ein Grabkranzladen. Der etwas zu klein geratene, rundliche Inhaber mittleren Alters stand vor seinem Geschäft und wies die vorbeiströmenden Leute darauf hin, dass er heute ein fantastisches Angebot für ein Trauergebinde mit Disteln und Lilien unterbreiten könne – er wandte sich an Lilith: »Na, Kleine, ich kann deiner Mutter den schönsten Sargkranz für ihre Wohnzimmerkommode bereiten, den sie sich nur wünschen kann. Willst du ihr nicht eine Freude machen?«

Lilith lehnte dankend ab und ging weiter. Es gab einen Innenausstatter, spezialisiert auf Gruft- und Mausoleendekoration und ein Tierladen warb damit, die besten Fledermäuse, Kröten, Ratten und Spinnen der Insel zu haben. In den Schaukästen hinter dem Schaufenster wuselte es beunruhigend. Liliths Blick fiel auf ein kleines Schild: *Für Hexen auf Wunsch auch tot zu verkaufen*. Sie überlief eine Gänsehaut.

Im Schaufenster einer Schneiderei entdeckte Lilith »Die besten Hexen- und Friedhofskutten« und ein sichtlich angeheiterter Mann wankte gerade aus dem Pub »Zur Blutbank«. Es gab mehrere Buchläden und sogar ein »Reisebüro Grusel«, das mit einem Last-Minute-Angebot für eine Untoten-Pauschalreise zu den schönsten Friedhöfen Englands warb.

Unter der Hausnummer 21 fand Lilith heute ebenfalls kein verlassenes Geschäft vor. Ein großes Schild über der Eingangstür verkündete, dass hier »Madame Sabatier, Giftmischerin« zu finden war. Hierher hatte Mildred sie also ursprünglich schicken wollen!

Lilith betrat den Laden und ein beißender, bitterer Geruch schlug ihr entgegen. In den Regalen an der Wand befanden sich wie in einer alten Apotheke Tonkrüge, die mit einer geschwungenen Handschrift sorgfältig beschriftet waren. Jedes Regal war unterteilt in aufsteigende Giftsorten, was an der zunehmenden Anzahl der aufgemalten Totenköpfe zu erkennen war. Ganz rechts befand sich eine vergitterte Vitrine, auf der fünf Totenköpfe mit gekreuzten Knochen vor allerhöchster Giftigkeit warnten. Ein Zettel informierte darüber, dass diese Gifte nur unter Nennung des genauen Einsatzzweckes verkauft wurden und der Kunde außerdem in Begleitung eines vertrauenswürdigen Bürgen erscheinen müsse. In der Ecke standen mehrere Fässer, die mit gefährlich aussehenden Giftzähnen und einem zähen, glibberigen Schleim unbestimmter Farbe gefüllt waren.

Hinter der Theke bediente eine Frau mit hellbraunen Haaren, rundlichen Hüften und einem freundlichen Lächeln ihre Kunden. Es war die Frau, die Lilith damals im ersten Moment zu sehen geglaubt hatte, bevor sie sich in die abschreckende, keifende Alte verwandelt hatte.

»Entschuldige bitte«, sagte Madame Sabatier, als Lilith an der Reihe war. Sie strich sich erschöpft eine Locke aus dem Gesicht. »Wegen Halloween ist mächtig viel Betrieb. Jeder scheint für morgen noch etwas einkaufen zu wollen.«

»Kein Problem«, sagte Lilith und erwiderte das freundliche Lächeln. »Ich habe mich solange umgesehen. Ich soll etwas für meine Tante besorgen, Mildred Parker.«

»Na, das ist ja eine Überraschung! Ich wusste gar nicht, dass Mildred eine Nichte hat. Herzlich willkommen bei uns!« Madame Sabatier strahlte sie an, griff über die Theke und schüttelte Lilith herzlich die Hand. »Was kann ich für dich tun, meine Kleine?«

»Haben Sie Alraunensaft?«

»Aber natürlich. Dauert nur einen Moment.«

Madame Sabatier lief zu dem Regal ganz links, was – wie Lilith vermutete – für die harmloseren Gifte reserviert war.

»Ist Alraunensaft denn giftig?«, fragte Lilith, während Madame Sabatier aus einer Karaffe einen hellgrünen Saft in eine kleine Flasche umfüllte.

Madame Sabatier nickte.

»Schon der Verzehr geringer Mengen kann zu einer Atemlähmung führen. Alle Gifte hier sind potenziell tödlich, in der richtigen Dosierung können sie jedoch auch heilende Wirkung haben. Der Saft der Alraunenfrucht hilft zum Beispiel hervorragend gegen Sodbrennen und Magendrücken. Aber ich muss dich warnen: Im ersten Moment schmeckt der Saft herrlich nach Erdbeeren, danach breitet sich jedoch der bittere Geschmack unreifer Tomaten auf der Zunge aus, der stundenlang nicht mehr wegzubekommen ist. Aber du wirst sehen, das Magendrücken ist wie weggezaubert!«

Lilith hatte schon einmal davon gelesen, dass Schlangengift bei Herzkrankheiten und Allergien eingesetzt wird.

Aber Madame Sabatier war auf diesem Gebiet anscheinend eine wahre Meisterin.

»Nur eine erfahrene Giftmischerin hat es im Gefühl, ab wann das Gift tödlich sein wird«, erklärte sie Lilith gerade.

»Im Gefühl? Sie messen das Gift nicht ab?«

»Natürlich nicht, das macht kein Giftmischer, der etwas auf sich hält. Schließlich ist jede Pflanze oder jedes Tier, von denen wir das Gift erhalten, anders aufgewachsen. Darauf müssen wir Giftmischer achten. Deswegen solltest du nur zu einem Giftmischer gehen, der schon seit einigen Jahren praktiziert, ansonsten wäre ich vorsichtig.«

»Ich werde es mir merken«, bedankte sich Lilith für den Ratschlag. Plötzlich fiel ihr etwas ein. »Ich habe allerdings kein Geld dabei, um den Saft zu bezahlen …«

»Ist nicht schlimm.« Madame Sabatier winkte ab. »Ich setze es auf die Rechnung deiner Tante.« Sie reichte Lilith die Flasche. »Sag mal, haben wir uns nicht schon einmal gesehen? Dein Gesicht kommt mir irgendwie bekannt vor.«

Lilith nickte. »Ich war schon einmal hier. Mit einem Freund.«

Madame Sabatier dachte einen Moment lang nach, dann schnippte sie mit den Fingern. »Jetzt erinnere ich mich. Der Junge war ein Mensch.« Ihr rot geschminkter Mund verzog sich zu einem amüsierten Lächeln. »Wie hat dir meine Vorstellung als schrullige alte Frau gefallen?«

»Beeindruckend. Gruselig«, gestand Lilith.

»Das sollte es auch sein!«, meinte Madame Sabatier. »Wenn Menschen zu lange hier herumlungern, verscheuche ich sie lieber. Zwar haben die Magier diese Gasse mit einem

Zauber belegt, aber es ist besser, wenn Menschen schleunigst das Weite suchen.«

»Diese Gasse ist mit einem Zauber belegt?«, hakte Lilith nach.

»Ein Mensch, der die Crepusculelane betritt, kann sie nicht in ihrer wahren Gestalt sehen. Selbst ein mächtiger Nocturi kann in Begleitung eines Menschen die magische Schranke in diesem Moment nicht durchbrechen«, erklärte Madame Sabatier.

Lilith verabschiedete sich und verließ mit einem glücklichen Lächeln den Laden. Sie konnte kaum glauben, was sie gerade erlebt hatte. Ihr Vater hatte mit seiner Vermutung recht behalten: Lilith hatte die Crepusculelane betreten können – und somit besaß sie wenigstens eine der Grundfähigkeiten.

Sie musste sofort nach Hause, um den anderen davon zu erzählen! Lilith radelte wie der Blitz, ließ ihr Fahrrad achtlos ins Gras fallen und stürmte zur Küchentür, die Flasche mit dem Alraunensaft fest an sich gepresst. Jetzt konnte sie Mildred von ihren Träumen, in denen sie immer wieder Louise Parkers letzte Minuten erlebte, erzählen. Vielleicht konnte Mildred ihr sogar sagen, was dies zu bedeuten hatte, und ihr helfen, etwas gegen die Albträume zu unternehmen.

Als sie in die Küche trat, empfing sie jedoch nur Stille und Dunkelheit. Lilith hielt einen Moment erstaunt inne, dann stöhnte sie auf und schlug sich mit der flachen Hand auf die Stirn. Die anderen mussten in der Zwischenzeit zum Kürbisausstechen ins Dorf gegangen sein. Daran hatte Lilith überhaupt nicht mehr gedacht. Ob sie hier auf ihre Rückkehr warten sollte? Nein, das konnte sie nicht. Dafür war sie viel zu aufgeregt. Sie beschloss, noch schnell etwas zu trinken, ehe sie wieder losradelte und zum Rathaus fuhr.

Zielstrebig und ohne das Licht einzuschalten ging Lilith auf den Kühlschrank zu, sodass sie nicht bemerkte, wie sich hinter ihr ein Schatten aus der Dunkelheit löste. Erst als sie schon vor dem geöffneten Kühlschrank stand, eine Flasche Milch in der Hand, bemerkte sie einen eigentümlichen, unangenehmen Geruch. Es roch nach einem teuren Aftershave und … was war das nur?

… Schwefel!

Gerade als sie abrupt herumfahren wollte, legte sich ihr eine kalte Hand in den Nacken. Lilith ließ die Milchflasche mit einem lauten Knall zu Boden fallen.

7. Kapitel

»Def. Halloween: Der Legende nach wussten schon die alten Kelten, dass in der Nacht des 31. Oktobers die Verstorbenen ein letztes Mal in ihre Häuser und zu ihren Angehörigen zurückkehren, bevor sie ihre endgültige Reise ins Jenseits antreten. So stellten sie in dieser Nacht Lichter und Kerzen vor ihre Häuser, um den Verstorbenen den Weg zu weisen und böse Geister fernzuhalten. Auch heute noch gedenkt man jedes Jahr am 01.11., am sogenannten All Hallows' Day, *der Toten. Der Abend zuvor wurde* All Hallows' Even *genannt, durch sprachlichen Gebrauch entwickelte sich daraus* Halloween. *Die Nacht der Toten, Geister und Dämonen. Die Nacht der Wiederkehr.«*

*aus »Untote von A–Z.
Umfassendes Nachschlagewerk paranormaler
Wesen« von Professor Albertus von Knüttelsiel,
erschienen 1969*

Hallo, Lilith«, wisperte ihr Nekrobas von hinten ins Ohr. »Freust du dich, mich wiederzusehen?«

Er lachte leise und sein Atem streifte heiß über ihre Wange. Angeekelt drehte Lilith ihr Gesicht zur Seite. Sie sprang nach vorne, um sich seinem Griff zu entziehen, Glasscherben knirschten unter ihren Füßen, doch Nekrobas' Hand krallte sich erbarmungslos in ihrem Nacken fest. Er zog Lilith mit einem Ruck zurück und schleuderte sie gegen die steinerne Spüle. Nur mit Mühe konnte Lilith einen Schmerzensschrei unterdrücken.

»Habe ich dir wehgetan?« Seine Lippen verzogen sich zu einem spöttischen Lächeln. »Wie ungeschickt von mir!«

Trotzig sah Lilith zu ihrem Gegner auf. Zu ihrer Überraschung stellte sie fest, dass Nekrobas verletzt war. Seine Haare fielen ihm wirr in die Stirn, verdeckten dabei jedoch kaum eine fingerbreite, dick verkrustete Platzwunde, die von einem schon verblassenden Hämatom umrandet war. Obwohl Nekrobas sich bemühte, sich nichts anmerken zu lassen, und er wie gewohnt in einen teuren schwarzen Anzug gehüllt war, war es unverkennbar, dass er seinen linken Arm seltsam verkrampft an die Rippen presste. Lilith fragte sich, wobei er sich diese Verletzungen zugezogen hatte. Ob er gestürzt war?

»Lilith, Lilith, Lilith …« Nekrobas seufzte. »Ich hatte wirklich sehr viel Geduld mit dir, aber so langsam werde ich ärgerlich.«

»Was wollen Sie von mir?«

Eigentlich war die Frage überflüssig. Lilith wusste, was ihn hergeführt hatte. Wahrscheinlich hatte er schon seit Tagen den Moment abgewartet, Lilith alleine in der Villa abpassen zu können. Aber sie hatte nicht vor, ihm zu geben, was er wollte.

»Kannst du dir das immer noch nicht denken?«, fragte Nekrobas abfällig. »Du müsstest doch so langsam wissen, was ich haben möchte und was ich getan habe, um es zu bekommen.«

Lilith zögerte, dann nickte sie. »Sie haben mein Zimmer durchsucht und sind in unser Haus in London eingebrochen.«

»Stimmt, du bist gar nicht so naiv, wie ich dachte.« Nekrobas schnalzte zufrieden mit der Zunge. »Aber du hast noch etwas vergessen …«

Lilith sah ihn verständnislos an. Was meinte er nur damit? Sie brauchte einen Moment, ehe sie begriff.

»Sie … Sie sind die Malecorax, die mich und Emma verfolgt und angegriffen hat? Sie haben die Werwölfe auf uns gehetzt?«

Seine Verletzungen und die Tatsache, dass er seit dem Angriff verschwunden gewesen war – alles passte zusammen. Die Platzwunde an seiner Stirn und die Prellungen stammten höchstwahrscheinlich von dem Schlag, den er von Emmas Trudenstein abbekommen hatte und seinem darauffolgenden Sturz in die Tiefe. Nekrobas war die Krähe, die Lilith seit ihrer Zugfahrt nach Bonesdale verfolgt hatte! Doch Mildred und die anderen hatten mit keinem Wort erwähnt, dass eine Malecorax auch menschliche Gestalt annehmen konnte. Allerdings hatten sie Lilith ja nicht einmal geglaubt, dass es tatsächlich eine Malecorax gewesen war … Lilith zuckte zusammen, denn die Erkenntnis traf sie wie ein Schlag: Sie stand hier vor einem leibhaftigen Dämon und weit und breit war keine Menschenseele, die ihr beistehen konnte! Auch Hannibal musste wieder einmal die Nähe des Dämons gespürt haben. Sein Schlafplatz war leer. Von ihm konnte sie dieses Mal keine Hilfe erwarten.

»Und weißt du auch, warum ich das alles getan habe?«, fragte Nekrobas.

»Sie wollen mein Amulett.«

Er schlenderte zum Tisch hinüber. Lilith beobachtete ihn nervös und schätzte die Entfernung zwischen sich und der Tür ab. Selbst wenn sie rannte, so schnell sie konnte, hätte

Nekrobas noch genügend Zeit, ihr den Weg nach draußen zu versperren.

»*Dein* Amulett? Nimmst du dich da nicht etwas zu wichtig?« Er machte eine Pause und zog überrascht eine Augenbraue hoch. »Oder weißt du am Ende gar nicht, was für ein bedeutendes Schmuckstück du um den Hals trägst?«

Lilith schwieg und presste trotzig die Lippen zusammen. Doch für Nekrobas war dies Antwort genug. Er lachte auf.

»Was du als *dein* Amulett bezeichnest, gehört in Wahrheit dem ganzen Volk der Nocturi. Das sagenumwobene Bernstein-Amulett war viele Jahre verschollen und niemand wusste, wo es sein konnte«, begann er zu erzählen. »Doch vor einigen Monaten empfing ich plötzlich so etwas wie eine magische Schwingung. Ein kurzes, aber prägnantes Signal, direkt aus dem Herzen Londons.« Er setzte sich auf den Rand des Tisches und begann, mit einem Küchenmesser in der Hand zu spielen. »Du besitzt nämlich kein gewöhnliches Schmuckstück, Lilith. Die Kugel wurde aus einem Bernstein hergestellt, der über 50 Millionen Jahre alt ist und in dessen Inneren eine Spinne eingeschlossen ist, die die Zeichnung einer roten Krone auf dem Rücken trägt.«

Zwar hatte Lilith schon vermutet, dass ein Insekt im Bernstein eingeschlossen war, doch nun musste sie der Versuchung widerstehen, das Amulett hervorzuholen und sich von seinen Worten zu überzeugen.

»Das Metall wurde von einem Magier geschmiedet, der darin einen mächtigen Zauber bewirkt hat«, fuhr Nekrobas fort. »Das macht dein Amulett zu einem der vier wichtigsten magischen Gegenstände, die es in der Welt der Untoten gibt. Viele behaupten sogar, das Bernstein-Amulett besitze so etwas wie ein lebendiges Wesen. Wahrscheinlich stimmt das sogar, denn vor einigen Monaten muss der Bernstein von jemandem berührt worden sein, der ihm wichtig war. Das Amulett hat ein Signal ausgesendet gleich einem einzigen freudigen Herzschlag.«

Lilith schluckte schwer. Er musste von dem Moment sprechen, als ihr Vater ihr zum ersten Mal erlaubt hatte, das Amulett anzulegen.

»Leider war es die einzige magische Schwingung, die ich empfangen habe, und so hat es einige Zeit gedauert, bis ich dir auf die Spur gekommen bin. Lange war ich mir nicht sicher, ob nicht doch dein Vater das Amulett versteckt gehalten hat.«

»Deswegen haben Sie sich hier bei meiner Tante eingenistet, um nach dem Amulett suchen zu können.«

Nekrobas nickte. »Dabei wäre es sehr viel leichter für mich gewesen, wenn du dich mir gegenüber genauso kooperativ gezeigt hättest, wie die anderen Bewohner hier im Haus.« Er legte das Küchenmesser zurück auf den Tisch. Dabei fiel sein Blick auf die Flasche, die Lilith dort abgestellt hatte. »Sieh an, Alraunensaft!«

Er nahm die Flasche an sich. »Dann ist es dir wohl gelungen, in die Crepusculelane zu kommen? Wo deine Tante doch so sicher war, dass du überhaupt keine Fähigkeiten geerbt hast«, fuhr er in entspanntem Plauderton fort. »Nur ein weiterer nutzloser Socor in der Familie, schon wieder. Dir gegenüber konnte sie sich noch zusammenreißen, aber mir hat sie gestanden, wie enttäuscht sie darüber war.«

Getroffen sah Lilith zu ihm auf. »Das glaube ich nicht!«, zischte sie. »Meiner Tante ist es gleichgültig, dass ich nur ein Mensch bin.«

Trotzdem verspürte sie bei Nekrobas' Worten einen leichten Stich. Hatte sie nicht selbst die Enttäuschung in den Augen ihrer Tante gesehen? Hatte sie den Alraunensaft nicht deshalb wie einen Schatz an ihr Herz gepresst, weil sie durch Emmas Erzählungen gespürt hatte, wie wichtig es in dieser Welt war, Fähigkeiten geerbt zu haben?

»Du meinst, deine Tante nimmt dich so an, wie du bist?« Er hatte seine Augenbrauen fragend nach oben gezogen, seine Stimme triefte vor Spott.

Lilith schwieg, trotzdem hielt sie Nekrobas' Blick stand. Eine innere Stimme sagte ihr, dass sie sich nicht von ihm einschüchtern lassen durfte.

Aber Nekrobas schien zu wissen, wie viel ihr an diesem Alraunensaft lag.

»Gut, dann lassen wir Mildred doch noch etwas länger in dem Glauben, dass du ein nutzloser Mensch bist«, verkündete er.

Er öffnete die Hand und Lilith musste hilflos mitansehen, wie die Flasche am Boden in tausend Stücke zersprang. Der Alraunensaft vermischte sich auf dem Boden mit der verschütteten Milch, wie ein hellgrüner Fluss, der sich durch eine weiße Landschaft schlängelte.

»Sehe ich da etwa Enttäuschung auf deinem blassen Gesichtchen?« Nekrobas lachte auf. »Seltsam, ich dachte, sie liebt dich, so wie du bist – Alraunensaft hin oder her.«

»Das tut sie auch!«, presste Lilith mühsam hervor, doch

es klang nicht halb so überzeugt, wie sie es gern gehabt hätte.

Während sich ihr Nekrobas Schritt für Schritt näherte, beobachtete er sie schweigend, so als würde er seine nächsten Worte genau abwägen.

»Ihr Menschen seid so blind für das Offensichtliche und glaubt nur das, was ihr glauben wollt.« Nekrobas schüttelte verständnislos den Kopf. »Auch du, obwohl du mir doch gezeigt hast, dass du eigentlich ein cleveres Mädchen bist! Und alles nur, weil du eine große Schwäche, eine große Sehnsucht hast.« Seine Stimme hatte einen so eindringlichen, fast hypnotisierenden Unterton, dass Lilith ihm gegen ihren Willen mit angehaltenem Atem lauschte.

»Sieh den Tatsachen ins Auge, Lilith: Deine Mutter hat dich auf dieser Welt alleine gelassen, für deinen Vater bist du nur ein lästiges Kind, das ihn bei seinen Karriereplänen behindert, und deine Tante hat dich vom ersten Moment an, ohne mit der Wimper zu zucken, hintergangen. Wie einsam du dich fühlen musst! Dabei ist es deine einzige große Sehnsucht, von Herzen geliebt zu werden.«

Nekrobas verharrte für einen Moment und fuhr sich abwesend über die Narbe an seiner Oberlippe.

»Aber manchmal kann man sich noch so sehr anstrengen, man wird nie das erhalten, was einem zusteht«, fügte er kaum hörbar hinzu.

»Das stimmt nicht«, widersprach Lilith halbherzig.

Sie versuchte, seine Worte zu ignorieren, sie als bloßen Unsinn abzutun, doch sie konnte es nicht. Nekrobas benutzte nicht die gleiche Kraft, mit der er Mildred und die anderen unter seine Kontrolle gebracht hatte. Oh nein, was er gerade tat, war viel heimtückischer. Denn allein durch aufmerksames Beobachten hatte er erkannt, wo Lilith am Verwundbarsten war und was er sagen musste, um ihre Entschlossenheit zu schwächen. Und obwohl sie sich dessen bewusst war, schaffte er es nun, dass sich seine Worte wie ein dämonisches Gift in ihr Inneres fraßen.

Er blieb vor ihr stehen, legte den Kopf schief und betrachtete sie mitleidig.

»Spürst du die Angst, Lilith? Diese Angst, die dir sagt, dass es deine eigene Schuld ist. Dass du es vielleicht nicht wert bist, geliebt zu werden. Du spürst die Angst, jetzt in diesem Moment, oder? Es ist ein kaltes Gefühl, das dir das Herz gefrieren lässt, eine bleierne Traurigkeit, die dich fast zu Boden sinken lässt. Wo sind sie denn alle, die dich beschützen und für dich da sein sollten? Sieh der Wahrheit ins Gesicht – du bist vollkommen alleine!«

Lilith schluckte schwer. Natürlich spürte sie die Angst. Nun, da Nekrobas sie darauf gestoßen hatte, empfand Lilith sie so stark wie nie zuvor. Genau wie er gesagt hatte, war sie erfüllt von einer lähmenden Trauer, die so schwer an ihr zog, dass sie sich kaum noch auf den Beinen halten konnte. Plötzlich war ihr alles gleichgültig. Denn war nicht alles unwichtig, was sie tat, sagte oder dachte?

»Du solltest dir überlegen, wer es wirklich gut mit dir meint.« Nekrobas legte ihr seine Hand auf die Schulter.

»Lilith, gib mir das Amulett! Sieh der Wahrheit ins Gesicht und schon merkst du, dass es nur ein wertloses Stück Schmuck ist, das im Grunde nichts bedeutet.«

Lilith nickte. Sie benötigte dieses Amulett nicht mehr. Es war nur eine lächerliche Erinnerung an eine Mutter, die sie niemals kennengelernt hatte. Wie von selbst wanderten ihre Hände nach oben zu ihrem Nacken. Dabei fiel ihr Blick auf die Uhr an ihrem Handgelenk. Die hässliche, aber praktische Uhr, die ihr Vater für sie gekauft hatte. Wieder erinnerte sie sich daran, dass er damals gesagt hatte, dass er nur das Beste für seine Tochter wolle, weil eine gute, zuverlässige Uhr ihr unter Umständen sogar das Leben retten könne. Die Zahlen des Ziffernblatts leuchteten im Zwielicht der Küche wie kleine Sterne.

Tu es nicht!, schrie in diesem Moment etwas in ihr auf. *Nekrobas ist ein Dämon – du darfst ihm nicht zuhören. Er will dich nur schwächen!*

Liliths Hände schwebten über dem Verschluss der Kette. Sie zögerte. Nekrobas' Augenbrauen zogen sich ärgerlich zusammen.

»Du solltest es mir jetzt geben!« Die Ungeduld in seiner Stimme war nicht zu überhören. »Lilith, ich meine es gut mit dir. Warum gibst du mir das Amulett nicht einfach?«

Du weißt, dass er lügt. Tief in deinem Herzen spürst du, dass du nicht alleine bist!

Lilith sah zu Nekrobas auf und schüttelte langsam den Kopf. »Nein!«

»Ich will dieses Amulett haben!«, zischte Nekrobas. Sein Gesichtsausdruck veränderte sich schlagartig. Sein Mund verzerrte sich vor Wut, die Zähne gebleckt wie bei einem Raubtier. »Gib es mir!«, fauchte er.

»Niemals!«

Lilith versuchte ihm auszuweichen, doch er versperrte ihr den Weg und schleuderte sie an das steinerne Spülbecken zurück. Seine Augen verdunkelten sich, offenbarten die Schwärze seiner Seele, wurden zu einem Spiegel des Bösen.

»Dann hole ich es mir eben selbst, du dummes kleines Mädchen!« Das kurze Lachen, das er ausstieß, durchschnitt die Luft wie eine herabsausende Axt.

Seine spinnenartigen Finger näherten sich ihrem Hals. Lilith bog sich, so weit sie konnte, zurück, doch schon griff Nekrobas nach der Kette und zog daran das Amulett unter ihrer Bluse hervor. Verzückt, aber ohne es zu berühren, starrte er auf den Anhänger.

»Das ist es!«, hauchte er verklärt. »Nach all der langen Zeit ist das Bernstein-Amulett endlich mein.«

Liliths Hände glitten hinter ihrem Rücken fahrig über die Ablage der Spüle. Dieser Moment war wahrscheinlich ihre einzige Chance. Das Erste, was sie fand, war ein großer Teller. Nicht das, was sie sich erhofft hatte, doch sie hatte keine Zeit zu verlieren. Sie holte tief Luft, zog den Teller blitzartig hinter ihrem Rücken hervor und schlug ihn mit all ihrer Kraft auf die Platzwunde an Nekrobas' Stirn.

Mit einem Schmerzensschrei ließ er die Kette los. Schon einen Augenblick später tropfte Blut zwischen seinen Fingern, die er auf die Stirn gepresst hatte, hindurch. Ohne Zeit zu verlieren, rannte Lilith zur Tür.

Es waren nur wenige Schritte, doch sie kamen ihr vor wie eine Ewigkeit.

Nur noch zwei Meter.

Noch einer.

Sie streckte die Hand nach der Türklinke aus …

… und schrie auf! Nekrobas hatte sie an den Haaren erwischt und zog sie mit einem Ruck zu sich heran. Lilith entwich ein Wimmern.

Obwohl sie sich mit aller Macht wehrte, strampelte und um sich trat, gelang es Nekrobas erneut, nach dem Amulett zu greifen. Seine Hand schloss sich fest um das Zepter des Amuletts, um Lilith die Kette vom Hals zu reißen. Doch sie war stabil – anstatt zu bersten, schnitt sie sich tief in Liliths Haut im Nacken. Der Schmerz trieb ihr Tränen in die Augen. Erst in diesem Moment wurde ihr klar, dass Nekrobas alles tun würde, um an dieses Amulett zu kommen. Ein Menschenleben mehr oder weniger zählte für ihn nicht.

Dann geschah etwas Seltsames: Nekrobas hielt mitten in der Bewegung inne, seine Augen weiteten sich und es begann, nach verbrannter Haut zu stinken. Er öffnete den Mund, doch anstatt eines Schreies entwich ihm nur ein heiseres Krächzen.

Erst dann begann Lilith die Hitze zu spüren, die das Amulett selbst durch Nekrobas' geschlossene Hand hindurch abstrahlte. Überrascht sah sie auf die Kette.

Nur unter größter Anstrengung gelang es Nekrobas, Finger für Finger zu öffnen und von dem Amulett zu lösen. Es hatte sich tief in seine Handfläche gefressen, kleine Rauchschwaden trieben in die Höhe. Der Bernstein glühte, glich nun eher einem leuchtenden Feuerball und die Speichen des Zepters waren rot vor Hitze. Mit einem Wutschrei riss Nekrobas seine Hand zurück. Die Wunde sah so grässlich aus, dass Lilith angeekelt den Blick abwandte.

Fassungslos starrte Nekrobas auf seine zerfressene Handfläche, dann auf das Amulett um Liliths Hals. Der Bernstein war wieder erloschen, der Anhänger lag kühl auf Liliths Haut. Das ungläubige Erstaunen in Nekrobas' Augen verriet ihr, dass er damit nicht gerechnet hatte. Es dauerte jedoch nur einen Moment, ehe er sich wieder gefangen hatte.

»Ich sage es dir ein letztes Mal: Gib mir das Amulett!«, keuchte er. Seine Haare klebten an dem geronnenen Blut der Platzwunde fest und sein Blick wirkte fiebrig.

Lilith versuchte, ihre Angst beiseitezuschieben. Sie hatte keinen Schimmer, was Nekrobas mit dem Amulett vorhatte, aber sie wusste, dass er abgrundtief böse war und sie nicht zulassen durfte, dass das Bernstein-Amulett in seine Hände fiel. Sie war in Nekrobas' Augen vielleicht nur ein kleines, unbedeutendes Mädchen, aber sie würde es ihm niemals freiwillig übergeben.

»NEIN!«

Als hätte sie mit dieser Antwort ihr Schicksal besiegelt, ging er wie von Sinnen auf Lilith los. Seine blutbesudelten Hände legten sich um ihren Hals und drückten erbarmungslos zu. Lilith japste nach Luft.

In diesem Moment hörte sie, wie jemand an die Küchentür klopfte. Sie wollte um Hilfe schreien, doch ihr Atem reichte dafür nicht mehr aus. Nichts als ein ersticktes Gurgeln entwich ihrer Kehle, nicht laut genug, als dass es jemand hätte hören können.

»Mildred? Lilith?«, ließ sich eine gedämpfte Stimme vor der Tür vernehmen. »Ist jemand zu Hause?«

Es war Matt!

Ein erneutes Klopfen, dieses Mal lauter.

Bitte, Matt, komm rein!, flehte Lilith in Gedanken.

Dann hörte sie, wie sich seine Schritte über das Kiesbett des Gartenweges entfernten. Das Geräusch ließ Lilith das Herz zu Boden sinken. Wieder konnte man Matts Rufen vernehmen, dieses Mal jedoch undeutlich und leise. Er musste hinter das Haus gegangen sein.

Lilith drehte und wand sich, um Nekrobas abzuschütteln, und bohrte ihre Fingernägel in seine Hände. Mit jeder weiteren Sekunde ließen ihre Kräfte nach, ihre Augen flatterten, die Welt um sie herum schien sich zu verdunkeln. Sie musste etwas unternehmen, ehe es zu spät war!

Mit zittrigen Fingern griff sie nach dem Amulett und presste es auf Nekrobas' Hand.

Angst blitzte in seinen Augen auf. Noch ehe sich der Bernstein erwärmen konnte, ließ Nekrobas von ihr ab und sprang einen Schritt zurück. Lilith fiel hustend vornüber und rang keuchend nach Luft.

Er funkelte sie wutentbrannt an. »Gib es mir oder …«

»Oder was?«, fiel Lilith ihm mit heiserer Stimme ins Wort. Das Sprechen bereitete ihr Schmerzen, doch seine Angst hatte ihr neues Selbstbewusstsein gegeben. Mit diesem Amulett hatte sie eine Waffe, vor der selbst ein Dämon zurückschrak. »Soll ich Ihnen das Amulett vielleicht zur Abwechslung ins Gesicht drücken? Dieses Mal etwas länger?«

Nekrobas warf ihr einen kalten Blick zu. »… oder du wirst deinen Vater nie wiedersehen!«, beendete er seinen Satz.

Liliths Augen weiteten sich.

Die Welt schien plötzlich stillzustehen.

»Meinen Vater?«, brachte sie mit bebenden Lippen hervor. »Was ist mit ihm?«

Nekrobas' Lippen umspielte ein zufriedenes Lächeln. Liliths Reaktion zeigte ihm, dass er gerade ein As ausgespielt hatte. Schlagartig hatte er wieder die Oberhand gewonnen.

»Ich habe deinen Vater in meiner Gewalt und ich kann dir versprechen, dass es sehr unangenehm für ihn wird, wenn ich nicht bekomme, was ich will.«

»Das … das glaube ich nicht.« Lilith schüttelte langsam den Kopf.

»Du hättest hören sollen, wie oft er beteuert hat, dass du nie und nimmer das Amulett aus seinem Tresor genommen hast. Es war direkt herzerweichend, wie er an deiner Unschuld festgehalten hat.«

»Mein Vater ist in Burma«, beharrte Lilith. »Ich glaube Ihnen kein Wort!« Es konnte nicht wahr sein. Es *durfte* nicht wahr sein.

»Du meinst, dass ich bluffe? Bist du sicher?«

Nein, Nekrobas sagte die Wahrheit, das wurde Lilith schlagartig klar. Er überließ nichts dem Zufall. Sicherlich hatte er sich einen Notfallplan zurechtgelegt, falls Lilith sich nicht von ihm einschüchtern lassen und ihm das Amulett freiwillig übergeben würde.

Erneut kam er auf Lilith zu. Dieses Mal jedoch, um ihr ein gefaltetes, vergilbtes Foto zu zeigen, das er aus seiner Hosentasche hervorgezogen hatte.

Lilith erbleichte. Das Bild zeigte sie selbst im Alter von fünf Jahren, wie sie strahlend und mit dreckverschmiertem

Gesicht eine antike Golddublone in Händen hielt, die ihr Vater im Sandkasten versteckt und die sie ausgebuddelt hatte. Seit dieser Zeit trug ihr Vater dieses Foto immer mit sich herum und präsentierte es jedem voller Stolz, sobald die Sprache auf seine Tochter kam.

»Dein Vater scheint ja wirklich sehr an diesem Bild zu hängen. Als ich es ihm abgenommen habe, hat er sich jedenfalls mit Händen und Füßen dagegen gewehrt!«

Lilith ballte die Fäuste. »Lassen Sie ihn frei!«, schrie sie verzweifelt. Tränen liefen ihr über das Gesicht. »Er hat doch nichts damit zu tun.«

Nekrobas dachte nicht daran, auf ihre Bitte einzugehen. Mit ungerührter Miene steckte er das Foto ein. »Komm morgen um Mitternacht ins Kindermoor. Wenn dir sein Leben etwas bedeutet, schlage ich dir einen Tauschhandel vor: dein Vater gegen das Bernstein-Amulett!«

In diesem Augenblick flog die Tür auf, Sonnenschein bahnte sich seinen Weg in den dunklen Raum.

»Lilith?« Matt platzte mit besorgtem Gesicht in die Küche. »Ich habe Stimmen gehört, jemand hat geschrien und …« Er hielt inne und sah fassungslos von dem blutüberströmten Nekrobas zu Lilith, die sich gerade die Tränen aus dem Gesicht wischte. »Was ist denn hier los?«

Nekrobas hob die Hand und machte die gleiche Geste, mit der er auch Mildred schon dazu gebracht hatte, ihm zu gehorchen. »Nichts, es ist alles in Ordnung!«

Matt sah Nekrobas ärgerlich an. »Was soll denn dieser Blödsinn? Hier ist überhaupt nichts in Ordnung, das sieht doch ein Blinder!«

Nekrobas sah Matt irritiert an und Lilith hörte, wie ihm ein erstaunter Laut entwich. »Ein Mensch«, fluchte er leise.

»Lilith und ich haben nur etwas ausdiskutiert«, sagte er zu Matt gewandt. »Aber nun ist alles geklärt, nicht wahr, Lilith?« Er warf ihr einen eindringlichen Blick zu.

»Ja, es ist alles geklärt«, bestätigte Lilith mit lebloser Stimme.

Nekrobas beugte sich zu ihr. »Es wäre besser für deinen Vater, wenn unser kleines Abkommen unter uns bleibt«, raunte er ihr zu.

Lilith nickte und ohne ein weiteres Wort schob sich Nekrobas an Matt vorbei ins Freie.

»Was für ein unheimlicher Kerl!« Matt sah ihm misstrauisch hinterher. »Als er mich im Vorbeigehen gestreift hat, ist mir eiskalt geworden. Und diese schwarzen Augen … Er hat mich nur eine Sekunde lang angesehen und ich hatte das seltsame Gefühl, als ob er alles Gute aus mir heraussaugen würde.« Er erschauderte unwillkürlich, dann wandte er sich wieder Lilith zu. »Wer hat ihn denn so übel zugerichtet? Das wirst ja wohl kaum du gewesen sein!«

Verwirrt sah Lilith auf. »Wie bitte? Was hast du gesagt?«

Erst jetzt bemerkte Matt, wie verstört Lilith war. »Komm, setz dich erst mal hin!« Er holte einen Stuhl und brachte ihr ein Glas Wasser. »Was ist geschehen? Was wollte dieser Typ von dir?« Matt warf einen vielsagenden Blick auf die Glasscherben am Boden.

»Das war nur dieser Elia Nekrobas, der hier wohnt und von dem ich dir schon erzählt habe.«

Wie gerne hätte sie sich Matt anvertraut, gerade jetzt

mehr denn je. Die Sorge um ihren Vater lähmte jeden ihrer Gedanken und sie wusste nicht, wie sie die Zeit bis zur Halloweennacht überstehen sollte. Ob es ihrem Vater gut ging? Sie hoffte nur, dass dieses Monster Nekrobas ihm nichts angetan hatte.

»Und?«, hakte Matt nach, weil Lilith nicht mehr weitererzählte.

Sie seufzte gequält. Lilith wusste, dass sie Matt von all dem nichts erzählen durfte. Wieder einmal würde sie ihn anlügen müssen.

»Er … hat sich nur aufgeregt, weil ich ihm unterstellt habe, etwas aus meinem Zimmer genommen zu haben«, reimte sie sich mühsam eine Geschichte zusammen. »Ich habe ihm nicht geglaubt und da ist er etwas lauter geworden.«

»Aha.« Matts Tonfall war anzuhören, dass er Lilith kein Wort glaubte. »Und was soll er angeblich aus deinem Zimmer genommen haben, wenn man fragen darf?«

»Ein … äh … Schmuckstück«, stammelte Lilith. »Ja, ein Schmuckstück, an dem ich sehr hänge.«

»Und die Platzwunde hat er sich wie noch mal geholt? Als du einen trockenen Keks nach ihm geworfen hast?« Matt gab sich keine Mühe, seinen beißenden Sarkasmus zu verbergen.

Lilith presste die Lippen zusammen und starrte auf ihre Knie. Ein ungemütliches Schweigen breitete sich zwischen ihnen aus.

»Es tut mir leid«, sagte Lilith schließlich leise. »Ich kann es dir nicht erzählen.«

»Warum nicht?« Matt hob in einer verständnislosen Geste die Handflächen in die Höhe. »Was ist los mit dir? Wir wollten zusammen diesem Geheimnis auf die Spur kommen, du hast mir alles anvertraut, was dir hier in diesem Haus widerfahren ist und wie sehr es dich verletzt hat, dass dein Vater dich hintergangen hat. Und jetzt?«

Liliths Finger klammerten sich an dem Wasserglas fest, als wäre es ein Rettungsanker. Sie hatte schon zu viel gesagt.

»Bitte versteh doch, ich kann …«

»Nein, ich verstehe nicht«, fiel ihr Matt ins Wort.

Er trat näher an sie heran. »Du hast es herausgefunden, nicht wahr? Du weißt, was für seltsame Dinge hier in Bonesdale vorgehen, und nun hast du richtig schlimme Probleme bekommen!«

Lilith schluckte und wich seinem Blick aus. »Nein. Du irrst dich.« Selbst in ihren Ohren klang ihre Antwort wenig überzeugend. »Ich habe gar nichts herausgefunden. Es ist alles in Ordnung.«

Matt musterte sie einen Moment lang wortlos.

»Weißt du, ich war richtig dumm«, presste er schließlich hervor. »Ich bin noch einmal hergekommen, weil ich mich bei dir entschuldigen wollte. Dafür, dass ich dir vorhin unterstellt habe – du weißt schon. Ich hatte gehofft, dass wieder alles wird wie vorher, wenn wir dieses Missverständnis geklärt hätten.« Er schüttelte enttäuscht den Kopf. »Aber das kann es wohl nie mehr werden, oder?«

»Nein«, brachte Lilith mühsam hervor.

»Wenn das so ist, dann weiß ich ja, was ich von dir zu halten habe.«

Er funkelte sie wütend an. »Ich dachte, du wärst einer dieser wenigen Menschen, die immer die Wahrheit sagen und auf die man sich hundertprozentig verlassen kann. Jemand, den man gern zum Freund hat. Aber da habe ich mich anscheinend getäuscht.«

Die letzten Worte hatte er mit solcher Kälte ausgestoßen, dass Lilith zusammenzuckte. Als sie wieder aufsah, war Matt bereits zur Tür hinausgegangen.

Nervös sah Lilith auf die Uhr. Noch fünf Stunden bis Mitternacht! Eigentlich hätte sie vor einer halben Stunde in der Schule sein müssen, um alles für die Halloweenaufführung ihrer Klasse vorzubereiten. Aber Lilith hatte nicht vor, auf das Fest zu gehen, auch auf die Gefahr hin, Ärger mit Miss Tinkelton zu bekommen. Sie war einfach nicht in der Lage, als Bühnenassistentin zu arbeiten, während sie permanent daran denken musste, dass sie in wenigen Stunden Nekrobas gegenübertreten würde. Obwohl sie zugeben musste, dass ihr etwas Ablenkung wahrscheinlich gutgetan hätte. Mildred und die anderen waren gleich nach dem Mittagessen fröhlich gestimmt zur Devilstreet aufgebrochen, seither lag das Haus völlig still und verlassen da.

Lilith sprang in die Höhe und begann, in ihrem Zimmer auf und ab zu tigern. Jede Faser ihres Körpers war angespannt und sie fühlte sich, als ob jeden Moment etwas in ihrem Inneren zu zerreißen drohte. Noch nie in ihrem Leben war ihr ein einziger Tag so lange vorgekommen. Schon in der Nacht zuvor hatte sie kein Auge zugetan und das Amulett wie einen Schatz an ihr Herz gepresst. Wenn es nur einen Weg gegeben hätte, mehr darüber herauszufinden! Vielleicht war das Amulett so mächtig, dass sie damit ihren Vater befreien konnte, ohne es Nekrobas aushändigen zu müssen?

Jedes Mal wenn Lilith an ihren Vater dachte, krampfte sich ihr Magen schmerzhaft zusammen. Wie es ihm wohl bei Nekrobas erging? Ob er überhaupt noch am Leben war? Sofort verscheuchte sie den Gedanken wieder. Es wäre ganz alleine ihre Schuld, wenn ihrem Vater etwas zustieße! Hätte sie das Amulett nicht aus seinem Tresor genommen, wäre ihr Vater wahrscheinlich wie geplant in Burma angekommen. Stattdessen war er nun in der Gewalt eines Dämons.

Denn leider hatte Nekrobas tatsächlich nicht geblufft. Nachdem Matt gegangen war, hatte Lilith wieder einmal die Nummer des Hotels angerufen, in dem ihr Vater so lange hatte unterkommen wollen, bis er in der Nähe der Tempelanlage eine feste Bleibe gefunden hätte. Dieses Mal hatte Lilith endlich Glück und schon beim zweiten Versuch kam eine Verbindung zustande. Über die knisternde Leitung hinweg erzählte ihr ein Mann in gebrochenem Englisch, dass ein Mister Parker zwar reserviert, aber nie bei ihnen eingecheckt habe. Wie betäubt hatte Lilith sich bedankt und den Hörer aufgelegt. Mit dieser Auskunft hatte sich ihre letzte Hoffnung in Luft aufgelöst.

Sterne begannen vor Liliths Augen zu tanzen, benommen blieb sie stehen. Es war nicht das erste Mal an diesem Tag, dass ihr schwindelig wurde. Allerdings hatte sie auch so gut wie nichts gegessen. Vielleicht wäre es besser, wenn sie versuchte, etwas zu sich zu nehmen. Sie hatte zwar noch immer keinen Hunger, aber sie wollte auch nicht riskieren, dass sie auf ihrem Weg zum Kindermoor ohnmächtig wurde. Sie durfte auf keinen Fall ihren Vater auf irgendeine Weise in Gefahr bringen.

Lilith ging nach unten in die Küche, die heute wegen ihres Geburtstags mit Luftballons und bunten Girlanden geschmückt war. Nur mit Mühe hatte Lilith an diesem Morgen ein Lächeln aufsetzen und die Glückwünsche der anderen entgegennehmen können. Auf dem Tisch lagen noch ordentlich aufgereiht ihre Geschenke. Arthur hatte ihr aus dem »Trick or Treat« eine große Tüte Schokoladen-Zombiefinger besorgt, Sir Elliot ein Buch über die Geschichte Bonesdales, Isadora und Melinda hatten ihr ein mit ihren Initialen besticktes Taschentuch überreicht und Mildred hatte ihr ein wunderschönes Armband aus geschliffenen Muschelstücken gemacht, die sie selbst aus dem Meer gefischt hatte. Sogar von Regius erhielt sie ein Geschenk: Passend zu Halloween hatte er einen Blumenstrauß verzaubert, sodass die weißen und orangefarbenen Blüten wie kleine Kürbisfratzen und Skelettschädel aussahen. Natürlich hatte sich Lilith darüber gefreut, dass alle auf so nette Art und Weise an ihren Geburtstag gedacht hatten, trotzdem war den anderen ihre ungewohnte Schweigsamkeit aufgefallen. Lilith hatte es damit erklärt, dass sie am heutigen Tag ihren Vater noch mehr als sonst vermisse – was im Grunde sogar der Wahrheit entsprach.

Sie schnitt sich ein Stück ihres Geburtstagskuchens ab, setzte sich an den Tisch und zwang sich, davon zu essen. Schon nach den ersten Bissen rebellierte ihr Magen und eine Welle der Übelkeit erfasste sie. Lilith seufzte und schob den Teller von sich.

Natürlich hatte sie mit dem Gedanken gespielt, die anderen einzuweihen – trotz Nekrobas' Warnung. Lilith wusste, dass sie ihm nicht vertrauen konnte. Sie hatte sich jedoch entschieden, nichts von der Entführung zu erzählen. Schließlich schienen Matt und sie die Einzigen zu sein, die gegen Nekrobas' Mächte immun waren. Wie hätten Mildred und die anderen ihr helfen können, wenn Nekrobas sie mit einer einzigen Handbewegung dazu brachte, sich seinem Willen zu unterwerfen? Trotzdem, so musste sie sich nun eingestehen, wäre dies immerhin eine Möglichkeit gewesen, mehr über Nekrobas und das Amulett herauszufinden. Dass sie nicht wusste, wie mächtig dieser Dämon war und warum er so versessen das Bernstein-Amulett jagte, versetzte sie in keine gute Ausgangsposition.

Auch von dem Alraunensaft und ihrem Besuch in der Crepusculelane hatte sie den anderen nichts erzählt. Das würde sie später machen. Wenn sie und ihr Vater diese Nacht heil überstanden hatten. Denn dies war alles, was für Lilith in diesem Moment zählte.

Lilith zuckte erschrocken zusammen, als ein Klopfen sie aus ihren Gedanken riss. Noch ehe sie eine Antwort geben konnte, ging die Tür auf und Emma streckte den Kopf herein.

»Hallo, Geburtstagskind. Herzlichen Glückwunsch!« Sie strahlte Lilith an. »Wo bleibst du denn? Miss Tinkelton hat schon Sorge, dass sie sich auch heute persönlich um den Bühnenvorhang kümmern muss! Ich habe ihr natürlich gleich angeboten, nach dir zu sehen, um bei der Gelegenheit ein kleines Stück von deinem Geburtstagskuchen zu naschen.« Sie kam mit einem Grinsen herein und setzte sich zu Lilith. Emma war heute als Hexe verkleidet und sah aus wie eine freundlichere Miniaturausgabe ihrer Mutter.

»Hier, du kannst gerne meinen haben, wenn du möchtest!« Lilith schob ihren Teller zu Emma hinüber, die dankbar nickte.

»Du glaubst nicht, was in der Devilstreet los ist!«, stöhnte Emma kauend. »Es hat eine Ewigkeit gedauert, bis ich mich durch diese Menschenmassen gekämpft hatte. Wenn wir gleich loslaufen, haben wir vielleicht Glück und kommen noch rechtzeitig zum Beginn der Vorstellung.«

»Ich kann nicht mit zu dem Fest kommen.«

»Feierst du etwa doch eine Geburtstagsparty? Ohne mich einzuladen?«

Lilith schüttelte den Kopf. »Nein, ich habe etwas Wichtiges zu erledigen.«

»Heute Abend? Während alle anderen auf dem Halloweenfest sind?« Emmas Augenbrauen schossen fragend in die Höhe. Sie legte ihren Kopf schief. »Du willst doch wohl nicht bei jemandem einbrechen, oder?«

Lilith sah in Emmas rundliches Gesicht. In ihren großen braunen Augen lag eine Mischung aus Unverständnis und aufrichtiger Sorge. Die Versuchung, sich ihr anzuvertrauen, war allzu groß. Lilith spürte, dass sie Emma vertrauen konnte, und wahrscheinlich kannte sich Emma auch mit Dämonen in Menschengestalt und deren Schwachstellen aus. Vielleicht hatte sie sogar einmal etwas über Liliths Amulett gehört? Sie gab sich einen Ruck.

»Versprich mir, dass du niemandem davon erzählst!«

Emma schluckte das letzte Stück Kuchen hinunter, setzte eine feierliche Miene auf und hob Zeige- und Mittelfinger ihrer rechten Hand in die Höhe.

»Krähenaugen, Geisterhort
Ich geb dir mein Wort
Katzendreck, Teufelsbrut
Mit Spucke als Blut
Krötenzeh, Fingerknoten
Beim Kodex der Untoten:
Lügen sei mir verboten!«

Lilith nickte. Das schien ausreichend zu sein. Sie begann, Emma von Nekrobas' gestrigem Angriff, der Entführung ihres Vaters und der geplanten Übergabe zu erzählen. Natürlich vergaß sie auch nicht zu erwähnen, dass Nekrobas es gewesen war, der Emma und Lilith als Malecorax angegriffen und die Werwölfe befehligt hatte. Die Worte strömten nur so aus ihr heraus, und je mehr sie berichtete, umso größer wurden Emmas Augen.

»Das ist ja unglaublich«, hauchte sie, nachdem Lilith geendet hatte. »Und was genau ist das für ein Amulett, das dieser Nekrobas von dir haben will?«

»Das Amulett meiner Mutter.«

»Das Amulett des Barons?« Emma stieß einen ungläubigen Laut aus. »Sag nicht, dass du das verschollene Bernstein-Amulett hast?« Sie schlug sich ergriffen die Hände vor den Mund.

Überrascht sah Lilith sie an. Sie hatte zwar gehofft, dass Emma ihr etwas über das Amulett sagen konnte, doch diese Reaktion hatte sie nicht erwartet. Nekrobas schien nicht übertrieben zu haben, als er erzählt hatte, wie wichtig dieses magische Schmuckstück sei. »Du kennst es?«

»Jeder in unserer Welt kennt das Bernstein-Amulett, Lilith! Es ist eines der vier Insignien der Macht. Die Vampire haben das Blutstein-Amulett«, begann sie zu erklären. »Die Zombies und Widergänger das Mondstein-Amulett und die Dämonen das Onyx-Amulett. Das Bernstein-Amulett der Nocturi ist eines der mächtigsten, da der Bernstein auf Schwefel reagiert und es die Kräfte der Dämonen schwächt. Derjenige, der das Amulett trägt, kann nicht von ihnen beeinflusst werden.«

Nun wurde für Lilith einiges klarer. Deswegen war es Nekrobas nicht gelungen, Lilith seinem Willen zu unterwerfen: Da sie das Amulett ständig um den Hals trug, hatte es sie automatisch geschützt. Und als der Bernstein sich in Nekrobas' Haut gebrannt hatte, musste dies eine Reaktion auf den Schwefel gewesen sein, den der Dämon in sich trug. Mit welcher Macht das Amulett auf eine dämonische Berührung reagierte, schien selbst Nekrobas überrascht zu haben.

»Seit dem Tod deines Großvaters und deiner Mutter war das Amulett verschwunden«, fuhr Emma fort. »Eine Tatsache, die viele von uns mit Angst erfüllt hat – ohne das Amulett haben die Nocturi keinen Führer und wenn die Dämonen wieder auftauchen sollten, keinen Schutz.« Nervös fuhr sich Emma über die Lippen. »Hast du es wirklich? Kann ich es sehen?«

Lilith schüttelte bedauernd den Kopf. »Lieber nicht. Es scheint auf andere eine seltsame Anziehungskraft zu haben. Sie verändern sich, sobald sie das Amulett auch nur ansehen.«

»Nur Menschen reagieren so auf dieses Amulett«, korrigierte Emma sie. »Je schwächer der Mensch ist, umso stärker wird er von ihm angezogen. Spätestens wenn ein Mensch oder ein Socor das Amulett berührt, bekommt es Macht über ihn und er will es unbedingt besitzen. Wir Nocturi sind jedoch nicht anfällig dafür.«

»Oh!«, entfuhr es Lilith überrascht. Mit einem Schlag wurde ihr klar, warum ihr Vater sie nach Bonesdale geschickt hatte. Lilith hatte nicht wie ein Mensch auf das Amulett reagiert: Sie hatte die Kette ohne Widerrede abgelegt und ihrem Vater zurückgegeben. Plötzlich fiel ihr wieder ein, wie bedacht ihr Vater darauf gewesen war, den Anhänger nicht zu berühren. Anscheinend hatte er gewusst, welche Wirkung er auf ihn als Socor ausgeübt hätte.

Lilith zog die Kette unter ihrem T-Shirt hervor und Emma betrachtete fasziniert das Amulett. »Es ist wunderschön. Genau wie es mir meine Eltern immer beschrieben haben!«

Tatsächlich wurde Emma von keiner blinden Gier ergriffen, genau wie sie vorhergesagt hatte, ihre Augen funkelten allein vor Ergriffenheit und Ehrfurcht. Auch als Lilith das Amulett wieder unter ihr T-Shirt gleiten ließ, beschwerte sie sich nicht.

»Wenn das Amulett so mächtig ist, kann ich dann nicht mit seiner Hilfe Nekrobas besiegen und meinen Vater befreien?«, fragte Lilith hoffnungsvoll.

»Soviel ich weiß, schützt es allein den Träger vor dem Dämon. Was, wenn du mich fragst, schon mehr als genug ist.«

Enttäuscht ließ Lilith die Schultern sinken. Natürlich war sie dankbar dafür, dass Nekrobas keine Macht über sie hatte, solange sie das Amulett trug. Insgeheim hatte sie jedoch gehofft, dass es noch zu mehr imstande gewesen sei. Somit hatte sie nicht die geringste Chance, Nekrobas zu besiegen …

Eine letzte Frage brannte ihr auf der Seele: »Kannst du mir sagen, warum Nekrobas so versessen auf das Amulett ist?«

»Dazu muss ich dir erst etwas von unserer Geschichte erzählen«, warnte Emma sie vor. »Vor einigen Jahrhunderten, in einem dunklen Zeitalter, haben die Menschen begonnen, Jagd auf uns zu machen. Bis dahin lebten wir mit ihnen zusammen in Frieden, doch mit der Zeit erfuhren sie immer mehr über unsere außergewöhnlichen Kräfte und sie fühlten sich uns unterlegen. Die Menschen meinten, wir seien unnatürliche Kreaturen, ein Fehler der Natur – schon damals sahen sie sich als alleinige Herrscher der Welt, die sie mit niemandem teilen mussten, wenn sie es nicht wollten. Unerbittlich verfolgten und töteten sie uns.«

»Aber konntet ihr euch denn nicht gegen sie wehren?«, unterbrach Lilith sie aufgeregt.

Emma schüttelte traurig den Kopf. »Die Menschen waren in der Überzahl, wir hatten keine Chance. Dadurch, dass in unserer Welt nur so wenige die Kräfte ihrer Eltern erben, gibt es weit weniger von uns, als du vielleicht denkst.«

Lilith schwieg betroffen. Plötzlich schämte sie sich. Auch

wenn Mildred zu ihr gesagt hatte, dass sie nun in Bonesdale eine neue Heimat gefunden hätte und hierher gehörte, so hatte Lilith doch dreizehn Jahre lang in der Menschenwelt gelebt. Dort lagen ihre Wurzeln. Bei den Menschen, die den Nocturi und den anderen so viel Leid und Schmerz zugefügt hatten.

»So hat Baron Nephelius die Führer der anderen Stämme zu sich gerufen«, fuhr Emma fort. »Sie beschlossen, sich den Menschen nicht mehr zu offenbaren und fortan im Untergrund zu leben. Sie setzten gemeinsam ihre Kräfte dazu ein, die Erinnerung an uns bei den Menschen auszulöschen.« Emma machte eine kurze Pause und starrte nachdenklich auf ihre Hände. »Die Dämonen hat dieser Beschluss am härtesten getroffen. Sie konnten nur noch unter erschwerten Bedingungen in unsere Welt wechseln und durch den Eid, den der Erzdämon Zebul im Namen aller Dämonen aus dem Schattenreich abgelegt hatte, wurden ihre Kräfte bei den Menschen wirkungslos.«

Nun wurde Lilith auch klar, warum Nekrobas Matt nicht seinem Willen hatte unterwerfen können. Der Eid der Dämonen hatte ihn gegenüber Menschen machtlos gemacht.

»Die Dämonen waren nie sehr glücklich über die große Übereinkunft und Zebul hat schon bald danach gefordert, von seinem Eid entbunden zu werden. Die anderen Führer verweigerten ihm jedoch seinen Wunsch und die Dämonen konnten nichts dagegen unternehmen. Erst wenn die vier Amulette wieder zusammengelegt werden, wird der Schwur aufgehoben.« Sie stand auf, holte Liliths Schuljacke von der Garderobe und zeigte auf das Wappen der St.-Nephelius-

Schule. »Das goldene X vor dem Umriss von Nightfallcastle stellt die vier zusammengesteckten Amulette dar. Für die meisten von uns ist es das Zeichen für gemeinschaftlichen Frieden, für andere jedoch für grenzenlose Macht.«

Deswegen wollte Nekrobas das Amulett unbedingt haben! Er hatte vor, die Dämonen zu befreien und ihre alten Kräfte zurückzugewinnen. Doch dazu musste er zuerst alle vier Amulette zusammentragen. Lilith schluckte schwer. Noch vor wenigen Tagen hätte sie niemals für möglich gehalten, wie wichtig dieses Amulett war. Nun musste sie erkennen, dass es die ganze Welt verändern konnte, wenn sie es heute Nacht Nekrobas übergab.

Emma hatte mittlerweile einen nachdenklichen Gesichtsausdruck aufgelegt. »Hat dieser Elia Nekrobas dir eigentlich gesagt, dass er ein Dämon ist?«

»Ich glaube nicht«, musste sie zugeben.

»Das ist sehr wichtig, Lilith. Denk nach! Vielleicht ist er ja ein Körperwandler, der sowohl Krähe als auch Mensch sein kann. So ein Gegner wäre viel einfacher zu bekämpfen.«

Lilith rief sich noch einmal das Gespräch in Erinnerung, das sie am Tag zuvor mit Nekrobas geführt hatte. Schließlich schüttelte sie den Kopf. »Nein, er hat nur zugegeben, dass er die Malecorax war, die uns angegriffen hat. Daraus habe ich den Schluss gezogen, dass er ein Dämon sein muss.«

Emma nickte langsam. »Das ist im Prinzip auch richtig, ein Körperwandler könnte keine Werwölfe befehligen. Das Problem ist jedoch, dass das eigentlich nicht sein kann …

Verflixt, wenn ich mich mit Dämonen nur besser auskennen würde!« Emmas Stirn lag in tiefen Falten. »Du hast gesagt, Nekrobas ist relativ jung, nicht wahr?«

»Ja, ist das wichtig?«

»Wenn Dämonen als Menschen erscheinen, dann lösen sie sich nicht vollständig von ihrer wahren Gestalt. Ihre wichtigsten dämonischen Eigenschaften wie zum Beispiel ihr Alter gleichen sich ihrer Menschenerscheinung an.«

Lilith erwiderte nichts darauf, da Emma anscheinend über eine wichtige Sache nachgrübelte und sie sie nicht stören wollte.

»Und als er Mildred und die anderen unter seinen Einfluss gebracht hat, waren sie da alle zusammen in einem Raum?«

Erneut nickte Lilith. Emma murmelte ein kaum hörbares »Oh, Mist!«

Sie sprang auf und schlüpfte hektisch in ihre Jacke. »Ich habe eine Vermutung, aber damit ich sicher sein kann, muss ich zu Hause einen Blick in die Dämonenenzyklopädie meiner Mutter werfen.«

»Würde es dir etwas ausmachen, mir deine Vermutung zu verraten?«

»Noch nicht, erst wenn ich Gewissheit habe. Aber ich komme so schnell wie möglich wieder zurück. Nur eines: Sei vorsichtig! Lass niemanden außer mir ins Haus!«

»Aber …«, setzte Lilith an, doch Emma war schon zur Tür hinaus verschwunden und Lilith starrte ihr mit offenem Mund hinterher.

Wie ihr Emma geraten hatte, verriegelte sie die Küchentür und ging hinauf in ihr Zimmer. Von dort konnte sie einen Teil der Straße überblicken, sodass sie sehen konnte, wenn Emma zurückkehren würde. Hoffentlich beeilt sie sich, flehte Lilith innerlich. Bald war es Zeit für Lilith, zu ihrem Treffen mit Nekrobas aufzubrechen!

Sie starrte aus dem Fenster und knetete aufgeregt ihre Finger. Es war Neumond und die Dunkelheit hatte sich wie ein schwarzer Teppich über die Straße gelegt. Wieder erfasste Lilith ein kurzer Schwindel. Sie atmete tief ein, in der Hoffnung, die Benommenheit zu vertreiben.

Alarmiert fuhr Lilith herum. Ein unangenehmer Geruch hatte sich in ihrem Zimmer ausgebreitet. Es stank nach faulen Eiern. Schwefel!

Es war der Geruch, der auch Nekrobas anhaftete, doch jetzt war er so intensiv, dass Lilith das Gefühl hatte, sich jeden Moment übergeben zu müssen.

Direkt vor ihr formten sich kleine Rauchschwaden in der Luft, die sich zu Strudeln vermengten. Eine dicke Nebelsäule bildete sich in der Mitte des Zimmers, weiß und undurchdringlich, begleitet von einem zischenden Geräusch.

Erschrocken wich Lilith zurück.

Es kann mir nichts geschehen, versuchte sie sich selbst zu beruhigen. Egal, was passiert, das Amulett wird mich beschützen!

Trotzdem schlug Lilith ihr Herz bis zum Hals und ihre Finger, die das Amulett umklammert hielten, wurden feucht.

Das Geräusch und auch der Gestank ebbten ab. Die Nebelsäule begann lichter zu werden, quälend langsam verzog sich der Nebel wieder.

Darunter kam ein überaus hässliches Wesen zum Vorschein, dessen wülstige Lippen sich zu einem breiten Lächeln verzogen hatten und eine Reihe nadelspitzer gelber Zähne entblößten.

Es ging Lilith etwa bis zu den Knien und hatte eine warzige grüne Haut. Lange Haarbüschel wuchsen ihm aus seinen spitz zulaufenden Ohren, die unaufhörlich auf und ab wackelten, und auf der wulstigen Stirn saßen zwei kleine Hörner. Das Wesen war von rundlicher Form – um genau zu sein, sah es sogar etwas fett aus, was an den zahlreichen Hautlappen liegen mochte, die sich überall bildeten. Sein Bauch hing sogar so weit nach unten, dass er auf dem Boden schleifte. Mit dem watschelnden Gang einer Ente steuerte es nun auf Lilith zu.

»Hier bin ich, Eure Ladyschaft!«, verkündete das Wesen glücklich.

Lilith wurde bewusst, dass sie es immer noch mit geöffnetem Mund anstarrte. Sie war von dem Anblick, der sich ihr bot, derart überrascht, dass sie zum ersten Mal an diesem Tag für einen Moment nicht an ihren Vater dachte.

»Äh … ja, das sehe ich«, brachte sie mühsam hervor. »Und wer bist du?«

»Ich bin Strychnin, aus der ehrenwerten Familie der dämonischen Giftspritzler. Und, wenn ich das in aller Bescheidenheit zugeben darf, einzigartig.«

Das glaubte Lilith sofort, die Frage war nur, inwiefern einzigartig. Einzigartig hässlich? Oder einzigartig gefährlich? Nein, Lilith konnte beim besten Willen keine Angst vor diesem kleinen Wesen aufbringen.

»Darf ich fragen, was du hier willst?«

»Der Erzdämon Zebul hat mich seinerzeit dem Träger des Bernstein-Amuletts zum Geschenk gemacht, da ich der einzige Dämon bin, der in seiner wahren dämonischen Gestalt hier auf Erden weilen kann.«

Lilith stöhnte auf. Noch ein Dämon! Von denen hatte sie für heute nun wirklich genug …

»Ich sehe, Eure zukünftige Hoheit ist von meinem angenehmen Äußeren gänzlich bezaubert!«

»Sprachlos«, verbesserte Lilith ihn. »Ich bin sprachlos.«

Strychnin trat näher an sie heran und musterte Lilith von den Füßen aufwärts bis zu den Haaren. Wobei er bei letzteren den Kopf so weit in den Nacken legen musste, dass er fast das Gleichgewicht verloren hätte.

»Seid Ihr die Tochter des Barons Nephelius?«

»Seine Enkelin.«

»Verzeiht mir die Verwechslung, doch Ihr gleicht Eurer Mutter aufs Haar, wenn ich so offen sein darf. Genau wie Eurer Mutter muss ich Euch jedoch gestehen, dass mein früherer Herr, der Baron, um einiges schöner war als Ihr.«

Lilith verschränkte die Arme vor der Brust. »Ach ja?«, fragte sie scharf. »Und inwiefern?«

»Nun, er war nicht so klapperdürr, wie Ihr es seid, und er hatte wirklich herrlich bösartige Augen. So einen richtig stechenden Blick, der einem das Gefühl gab, dass man der unwürdigste Dreck unter den Rillen seiner Badeschlappen ist.«

»Wie sympathisch.«

Strychnin seufzte selig. »Ja, er war ein Herr, auf den man

stolz sein konnte. Ich habe jeden seiner Fußtritte genossen!« Er senkte verschwörerisch die Stimme. »Ich wusste, dies war seine Art, mir seine Liebe zu zeigen.«

Lilith zog skeptisch eine Augenbraue in die Höhe.

»Ich will dir nicht zu nahe treten, Strychnin, aber ich finde dich übrigens auch nicht besonders schön!« Sie deutete vielsagend in Richtung seines Bauchlappens.

»Stimmt damit etwas nicht?« Besorgt drehte ihr Strychnin den Rücken zu und beugte sich vor, um den Zustand seines Unterleibes zu kontrollieren.

»Es ist einfach etwas gewöhnungsbedürftig, dass ich deinen Bauchnabel und deinen Hintern gleichzeitig sehen kann …«, kommentierte Lilith.

Mit einem beleidigten Gesichtsausdruck wandte sich Strychnin ihr wieder zu.

»… und dann noch diese kotzgrüne Farbe.«

»Das ist Rotzgrün!«, berichtigte Strychnin und setzte ein stolzes Lächeln auf. »Gefällt Euch die Farbe? Ich kann auch auf Exkrementenbraun wechseln.«

»Nein, Grün ist in Ordnung.« Lilith winkte ab. »Sind eigentlich alle Dämonen so dick wie du?«

»Dick? Ich?« Er zog die Brust hoch, stemmte die Hände in die Hüfte und hielt den Atem an. »Ich bin in Bestform, Eure zukünftige Hoheit!«, quetschte er aus dem Mundwinkel hervor. Er begann zu japsen und sein Bauchlappen landete mit einem lauten Platsch auf dem Boden. Unvermittelt begann ihn ein übler Hustenanfall zu schütteln. Er wechselte eine Spur ins Gelbliche und kippte vornüber.

Lilith ging zu ihm in die Knie. »Was ist denn mit dir?«

Hilflos tätschelte sie die kurzen Stummelfinger seiner rechten Hand.

»Alles in Ordnung?«

Benommen sah Strychnin zu ihr auf. »Entschuldigt, Eure Ladyschaft. Ein kleiner Sauerstoffschock. In unserer Welt ist die Luft herrlich stinkig und verschmutzt, nicht so sauber wie bei euch.«

Er rappelte sich auf. »Ich bin wiederhergestellt, Eure Durchlauchtigste! So ein bisschen Sauerstoff kann einen stahlharten Dämon wie mich nicht niederstrecken.«

Lilith grinste in sich hinein. Auf sie hatte es einen ganz anderen Eindruck gemacht.

Der Dämon sah sich suchend um. »Wo werden denn die Feierlichkeiten stattfinden? Wo ist die Gesellschaft?«

»Feierlichkeiten? Gesellschaft?«, wiederholte Lilith stirnrunzelnd. »Ich glaube, du solltest mir endlich erzählen, warum du hierhergekommen bist!«

»Nun, ich bin zwar etwas zu früh erschienen, doch immerhin wird sich in der heutigen Nacht entscheiden, ob Euch das Amulett erwählen wird. Zu diesem feierlichen Anlass sollte man schon erwarten dürfen, dass ein Fest vorbereitet wird.«

»Erwählen? Wozu denn?«

Strychnin warf ihr einen verständnislosen Blick zu. »Ihr habt doch sicherlich die Warnung auf dem Amulett gelesen!«

»Offen gestanden, nein. Ich beherrsche die Runenschrift nicht. Da ich nicht in Bonesdale aufgewachsen bin, kenne ich mich in der Welt der Untoten nicht sonderlich gut aus.«

»Ach du eitriger Dämonenzahn!« Strychnin ließ sich neben Lilith auf seinen Hintern plumpsen.

»Wenn Ihr die Kette länger als drei Tage am Stück tragt«, erklärte er Lilith, »bewerbt Ihr Euch als Erbin des Nocturi-Throns. Bis zur Nacht des nächsten Neumondes entscheidet das Amulett, ob Ihr dessen würdig seid.«

»Heute Nacht?«, fragte Lilith zur Sicherheit, obwohl sie die Antwort bereits wusste.

»Heute um Mitternacht wird es seine Entscheidung fällen.«

»Und wenn ich nicht des Amulettes würdig bin?«

Strychnin wich ihrem Blick aus und fingerte konzentriert an seinen schwarzen Dämonenzehen herum.

»Dann … dann tötet es Euch«, sagte er kleinlaut.

»Das ist doch ein Witz, oder?« Lilith starrte den Dämon fassungslos an. »ODER?«

Strychnin schüttelte schweigend den Kopf.

»Dann ziehe ich die Kette jetzt eben aus.« Entschlossen nestelte Lilith am Verschluss herum. »Ich möchte mich schließlich überhaupt nicht als Erbin bewerben.«

»Ihr werdet die Kette nicht ablegen können«, prophezeite Strychnin. »Nach drei Tagen kann der Verschluss nicht mehr geöffnet werden.«

Nun wusste Lilith auch, warum Nekrobas die Kette nicht hatte zerreißen können, obwohl er mit aller Gewalt daran gezogen hatte. Mutlos ließ sie ihre Hände sinken. Das Zimmer begann sich vor ihren Augen zu drehen und sie hatte das Gefühl, als hätte ihr jemand mit voller Wucht in den Magen geboxt. Sie kniff die Augenlider fest zusammen, in der Hoffnung, dass dies alles nur ein schlimmer Albtraum war, aus dem sie jeden Moment erwachen würde.

Sie hatte geglaubt, dass heute die schlimmste Nacht ihres Lebens sei. Nun musste sie erfahren, dass es vielleicht die letzte Nacht war, die sie je erleben würde.

»Wie stehen meine Chancen, dass es mich als Trägerin akzeptiert?«, fragte Lilith mir heiserer Stimme. »Sei ehrlich, bitte.« Sie sah dem Dämon direkt in die schwarzen Augen.

»Ihr seid zwar eine direkte Nachkommin des Barons, allerdings hat das nicht viel zu bedeuten«, gestand ihr Strychnin. Er seufzte tief, bevor er weitersprach. »In der Zeit, als ich meinem Herrn, dem Baron, gedient habe, hat sich Victor Dragos II., der Vampirsohn des verstorbenen Amulettträgers, als Herrscher der Vampire beworben. Das Blutstein-Amulett hat ihn in der Neumondnacht getötet. Einfach pulverisiert. Von einer Sekunde auf die andere war nichts mehr von Victor übrig außer einer Handvoll Asche. Niemand weiß, warum das Amulett ihn als Träger abgelehnt hat, aber man munkelte damals, sein Wille sei zu schwach gewesen.«

Er legte den Kopf schräg. »Seid Ihr auch eine Banshee wie Eure Mutter?«, fragte er vorsichtig.

»Nein. Ja. Ich weiß nicht«, stammelte Lilith unsicher. »Heute ist mein dreizehnter Geburtstag. Ich wurde kurz vor Mitternacht geboren.«

»Oh verdammt, das könnte knapp werden«, entfuhr es Strychnin schlagartig. Er räusperte sich verlegen. »Entschuldigt, Eure Ladyschaft, aber das Amulett wird nie und nimmer einen Socor auswählen.«

Lilith nickte. Das hatte sie schon vermutet.

»Gibt es denn irgendwelche Vorzeichen, dass das Amulett den Träger ablehnen wird?«

Strychnin dachte angestrengt nach. »Wenn ich mich recht entsinne, wurde damals erzählt, dass es Victor in den Stunden vorher äußerst unwohl gewesen sei und er über Schwindel und Übelkeit klagte.«

Lilith schwieg einige Zeit, nicht imstande, etwas zu sagen. Das Amulett konnte sie gar nicht auswählen, daran hatte sie keinen Zweifel. Lilith wusste so gut wie nichts über die Welt der Untoten. Gerade hatte sie Strychnin noch erzählt, dass sie noch nicht einmal die Runenschrift lesen konnte – etwas, das in Bonesdale schon die kleinen Kinder lernten. Wie sollte das Amulett da ausgerechnet sie zur Führerin aller Nocturi bestimmen? Ein gerade mal dreizehnjähriges Mädchen, das in der Menschenwelt aufgewachsen war! Es gab wohl kaum jemanden, der weniger geeignet war.

Erschöpft fuhr sie sich mit den Händen über die Augen. Sie versuchte, diese Neuigkeit zu verarbeiten und wieder einen klaren Kopf zu bekommen, was gar nicht so einfach war. Auch wenn es ihr schwerfiel, sie konnte nichts anderes tun, als abzuwarten. Am besten sie konzentrierte sich auf ihr Treffen mit Nekrobas.

Aber was wäre, wenn sie während des Treffens – sie konnte kaum daran denken, ohne dass sich ihr dabei vor Angst die Kehle zuschnürte – tatsächlich pulverisiert wurde? Damit würde sie ihren Vater einer noch größeren Gefahr aussetzen. Ob Nekrobas sich dann an sein Versprechen halten und Joseph Parker freilassen würde? Wenn es für sie schon keine Rettung mehr gab, so sollte doch wenigstens ihr Vater diese Nacht heil überstehen.

Lilith konnte unter diesen Umständen nicht riskieren, alleine zu Nekrobas zu gehen. Emma zu bitten, sie zu begleiten, wäre allerdings nutzlos – sie würde in Nekrobas' Gegenwart zu einer gefährlichen Marionette seines Willens werden …

Lilith schrak auf. Sie hörte, wie Hannibal unten in der Küche Alarm schlug und aufgeregt bellte. Einen Moment später klopfte jemand an die Küchentür. Das musste Emma sein! Lilith warf einen Blick auf die Uhr. Endlich, bis Mitternacht blieb ihr nicht mehr viel Zeit.

Sie riss das Fenster auf und spähte nach unten. Tatsächlich erkannte sie Emmas nachtschwarzen Umriss im Garten, sie trat nervös von einem Fuß auf den anderen.

»Ich komme gleich!«, rief Lilith ihr zu. Schon wollte sie nach unten eilen, als ihr Blick auf Strychnin fiel.

»Was mache ich denn jetzt mit dir?«, fragte sie unschlüssig. »Ich habe momentan wirklich schlimme Probleme am Hals und habe keine Zeit, mich um dich zu kümmern.« Plötzlich kam ihr eine Idee. »Kannst du irgendetwas? Ihr Dämonen habt doch Zauberkräfte, oder nicht?«

»Nicht alle. Ich für meinen Teil kann in meiner dämonischen Gestalt in die Menschenwelt wechseln.«

»Das sagtest du bereits. Und?«

»Äh … meine Spucke ist giftig.« Strychnin drehte verlegen seine Ohrhaare zwischen den Fingern. »Allerdings ist das Gift nicht sonderlich konzentriert. Wenn Ihr jemandem ein ganzes Glas meiner Spucke verabreicht, dann …«

»Ja?«

»Wird ihm wahrscheinlich etwas übel werden.«

Lilith zog eine Grimasse. Das würde Nekrobas wohl nicht im Mindesten beeindrucken. Somit wäre ihr Strychnin auch keine Hilfe.

»Du hast doch gesagt, du dienst dem Träger des Amuletts. Dann tust du, was ich sage?«

Strychnin schluckte schwer und dachte einen Moment lang angestrengt nach. Es war offensichtlich, dass er lieber eine andere Antwort gegeben hätte. »Ja«, sagte er widerwillig. »Euer Wunsch ist mir Befehl.«

»Gut, dann wünsche ich mir, dass du verschwindest.«

»Jetzt sofort? Aber es war doch gerade so nett!«

»Lilith?« Unten hämmerte Emma ungeduldig gegen die Tür. »Wo bleibst du denn?«

»Ich will, dass du jetzt abhaust, Strychnin, aber dalli.« Lilith ruderte hilflos mit den Armen in der Luft herum. »Hast du nicht gesagt, du bist zu früh gekommen? Dann komm wieder, wenn die Zeit reif dafür ist.«

Der Dämon zog einen Schmollmund. »Seid Ihr sicher? Ich war seit einer Ewigkeit nicht mehr in der Menschenwelt, und so wie die Dinge liegen, bleibt mir hier nur die geringe Zeitspanne, bis Eure Ladyschaft nachher das Zeitliche segnet. Dann muss ich für die nächsten paar Jahre wieder gelangweilt im Schattenreich herumhängen und …«

»WEG!«

»Ist ja gut!«

Eine Rauchwolke begann Strychnin einzuhüllen und einen Moment später war nichts mehr von ihm zu sehen.

Zur Sicherheit wartete Lilith noch einen Moment, doch alles blieb ruhig. Eilig rannte sie zu Emma hinunter.

»Das hat ja ewig gedauert«, beschwerte sich ihre Freundin und drängte sich an ihr vorbei in die Küche. Sie zog ein dickes Buch hervor, das sie sich unter den Arm geklemmt hatte, und knallte es auf den Esstisch.

»In dieser Dämonenenzyklopädie habe ich gefunden, was ich gesucht habe. Aber ich warne dich, es wird dir nicht gefallen: Euer Elia Nekrobas ist nicht irgendein Dämon. Sein Vorname hat mich von Anfang an stutzig gemacht, leider bin ich nicht sofort darauf gekommen.« Sie schlug das Buch auf und deutete auf eine Stelle, die sich Lilith anschauen sollte.

Das Kapitel war überschrieben mit »Kurze Übersicht über junge Dämonen«:

***Belial**, weiterer, aber wenig gebräuchlicher Name: Nekrobas. Einziger Sohn des Erzdämons Zebul, der Sohn des großen Bealphares war. Belial unterstehen 66 Legionen Kriegsdämonen, die seine Macht ausbauen und seine Gier befriedigen sollen. Seine Seele ist bösartig und verdorben, doch spricht er mit schmeichelnden Worten. In einigen Schriften wird er als Prinz des Betruges bezeichnet, doch aus dem Verfasser nicht bekannten Gründen wurde er von seinem Vater nicht als Thronerbe eingesetzt. Selbst den Menschen ist Belial bekannt, in alten Schriftrollen bezeichnen sie die letzte Zeit der Menschheit als »Herrschaft des Belials«, die Zeit des Bösen.*

Lilith richtete sich wieder auf. »Nekrobas«, wiederholte sie schockiert. »Aber was ist mit diesem anderen Namen – Belial?«

Emma rollte genervt mit den Augen. »Nimm den ersten und letzten Buchstaben weg, was wird dann aus Belial? ELIA! Er hat sich euch unter falschem Namen vorgestellt, damit ihr nicht herausfindet, dass er der Sohn Zebuls ist.«

»Müsste ich jetzt vor Schreck erbleichen?«

Emma holte tief Luft, ehe sie sagte: »Zebul hat deine Mutter umgebracht, Lilith.«

Nun erbleichte Lilith tatsächlich. »Aber Mildred meinte, dass keiner weiß, was in jener Nacht auf der Burg geschehen ist!«

»Das stimmt theoretisch auch, aber meine Eltern haben mir erzählt, dass Zebul während des Kampfes im Schattenwald urplötzlich verschwunden war. Unter all den Malecorax war er der einzige Dämon, der in Menschengestalt erscheinen konnte. Ein Nocturi beobachtete, wie er sich vom Schlachtfeld in Richtung Nightfallcastle entfernte, doch der Kampf tobte zu hart und unerbittlich, als dass ihm jemand hätte folgen können. Wahrscheinlich hatte Zebul durch den Tod des Barons eine günstige Gelegenheit gewittert, das Bernstein-Amulett an sich zu nehmen. Er hatte recht, denn alle Nocturi befanden sich im Schattenwald, die Frau des Barons war schon seit Jahren tot, die Burg war verlassen. Es gab nur einen einzigen Menschen, der sich dem Erzdämon entgegenstellen konnte.«

»Meine Mutter«, hauchte Lilith.

»Seit dieser Nacht wurde Zebul nicht mehr gesehen«, fuhr Emma nach einer kurzen Pause fort. »Das Portal ins Schattenreich hatte sich geschlossen und die letzten dreizehn Jahre konnte kein Dämon in unsere Welt eintreten, außer sie wurden von uns gerufen. Erst jetzt, seit du …« Emma stockte.

»Seit ich hier bin«, vollendete Lilith ihren Satz.

Emma nickte. »Wenn Belial nun hier in Menschengestalt auftauchen kann, dann bedeutet das, dass es in der Welt der Dämonen einen Wechsel gegeben hat: Belial besitzt nun das Onyx-Amulett, er ist der neue Erzdämon. Damit ist er mit ungeheuren Kräften ausgestattet. Wenn er es wirklich darauf anlegt, haben wir seiner Macht nichts entgegenzusetzen.«

Erneut erfasste Lilith ein Schwindelanfall und sie musste sich an der Lehne des Stuhls festklammern.

Glücklicherweise starrte Emma gerade gedankenverloren auf das Buch.

»Willst du mir damit sagen, dass ich gegen Nekrobas keine Chance haben werde?«, fragte Lilith gefasst.

Emma sah auf und verzog das Gesicht. »Nicht unbedingt. Ich hätte vielleicht einen Plan. Allerdings ist er nicht besonders gut und es könnte gefährlich für dich und deinen Vater werden.«

Lilith schaffte es, ein Grinsen aufzusetzen. »Wenn es weiter nichts ist! Es ist meine Spezialität, schlechte und ungeheuer gefährliche Pläne in die Tat umzusetzen. Mache ich täglich.«

Emma nahm Lilith beim Wort. »Gut, dann müssen wir sofort los! Ich erzähle es dir unterwegs.« Sie klappte entschlossen das Buch zu. »Wir dürfen keine Zeit mehr verlieren.«

Noch bevor sie in die Devilstreet kamen, empfingen sie schon die Klänge des Festes. Schaurige Grusellaute, Stimmengewirr, Gelächter, vereinzelt angestimmte Trinklieder und die Rufe der Händler vermischten sich zu einer einzigartigen Halloweensinfonie. Als sie um die Ecke bogen, blieb Lilith trotz all ihrer Probleme einen Moment lang überwältigt stehen. Die weiße Frau flog kreischend und haareraufend über die Menschenmassen, die Lichter unzähliger Kürbisse verbreiteten eine düstere Stimmung. Monster, Vampire, Hexen, berühmte Mörder, Zombiepiraten, Skelettmenschen und kürzlich Verstorbene standen beieinander, unterhielten sich und prosteten sich von Weitem zu. Jeder auf der Devilstreet war heute verkleidet, die Touristen waren allein dadurch auszumachen, dass ihre Kostüme nicht ganz so liebevoll und bis ins kleinste Detail realistisch gestaltet waren wie die der Einheimischen. Alle gemeinsam feierten sie heute Nacht ein großes Fest zu Ehren der Verstorbenen.

»Okay, jetzt müssen wir uns trennen«, riss Emma sie wieder zurück in die Realität. »Wenn du hier entlanggehst, kommst du zum Kindermoor. Allerdings sind wegen der Touristen alle Nebenstraßen abgesperrt worden.«

»Keine Sorge, ich werde schon einen Weg finden durchzukommen.«

Emma legte ihr ihre Hand auf den Arm. »Mir ist überhaupt nicht wohl dabei, dich alleine zu Belial gehen zu lassen!«

»Mach dir keine Sorgen. Ich bin vorsichtig!«, beruhigte Lilith sie.

Außerdem habe ich nicht viel zu verlieren, fügte sie in Gedanken hinzu.

Schon wollte Emma sich ins Gedränge stürzen, als sie sich noch einmal umdrehte. »Sag mal, du trägst das Amulett aber nicht ununterbrochen, oder?«

Lilith öffnete den Mund, änderte dann aber ihre Meinung, schluckte und antwortete: »Nein, ich lege die Kette zum Schlafengehen ab, wieso?«

Wozu sollte sie Emma damit belasten? Es war besser, sie blieben bei dem Plan, den sie zusammen gefasst hatten.

»Ach, nicht so wichtig.« Emma winkte ab. »Nur für die Zukunft: Trage das Amulett nie mehrere Tage hintereinander. Ansonsten bekommst du echte Probleme, dagegen ist ein Treffen mit einem Erzdämon gar nichts.«

Lilith zog ihre Mundwinkel nach oben – der kümmerliche Versuch eines Lächelns. »Gut zu wissen. Wenn ich das Amulett nach heute Nacht noch besitzen sollte, werde ich daran denken.«

Beunruhigt musste Lilith feststellen, dass sie so langsam Übung im Lügen bekam.

Auch das, was sie jetzt vorhatte, hatte sie Emma verschwiegen. Es war ein Verstoß gegen die wichtigste Regel der Untotenwelt und Lilith wollte sie nicht mit hineinziehen.

»Ach, und nimm dich im Kindermoor in Acht vor den Ahuizotl!«, rief ihr Emma noch schnell über die Schulter hinweg zu, ehe sie in der Menge verschwand.

»Vor *was* bitte soll ich mich in Acht nehmen?«

Doch ihre Freundin hörte sie nicht mehr.

Lilith ließ Emma einige Minuten Vorsprung und folgte ihr dann. Quälend langsam kam Lilith in der wogenden Menschenmasse voran. Es dauerte eine Ewigkeit, bis Lilith den Schulhof erreicht hatte. Sie pirschte sich im Halbschatten seitlich an den Zuschauerreihen vorbei, darauf bedacht, von niemandem erkannt zu werden. Hinter der Bühne erwartete sie hektische Betriebsamkeit. In Kürze sollte die letzte Vorstellung des Abends beginnen. Schüler in Kostümen und Umhängen sprangen aufgeregt herum und Lehrer riefen ihnen letzte Ratschläge und Befehle zu, die die Schülerschaft gemeinschaftlich ignorierte.

Lilith sah sich suchend um. Sie hatte nicht vor, Belial allein gegenüberzutreten. Nur einer kam infrage, der sie begleiten konnte. Jemand, der resistent gegen die Macht des Dämons war. Jemand, dem sie blind vertrauen konnte. Und dieser jemand hatte ihr die Freundschaft gekündigt.

Sie fand Matt, wie er abseits stand und noch einmal seinen Text probte. Die Anspannung war ihm ins Gesicht geschrieben.

»Matt?« Lilith trat zögernd zu ihm.

Er schien wenig erfreut, Lilith zu sehen, und gab sich auch keine Mühe, dies zu verbergen. Sie konnte es ihm nicht verübeln.

»Kann ich bitte kurz mit dir sprechen?«

Matts Augen verengten sich zu Schlitzen. »Wozu? Hast du dir in der Zwischenzeit neue Lügengeschichten ausgedacht, die du mir auftischen möchtest?«

»Im Gegenteil – ich möchte dir endlich die Wahrheit sagen! Und dich um deine Hilfe bitten.«

»Ach ja?« Sein Tonfall machte klar, dass er ihr kein Wort glaubte.

»Du hattest recht: Ich habe herausgefunden, was für seltsame Dinge im Haus meiner Tante vorgehen und was sie uns hier in Bonesdale verschweigen«, sagte Lilith eindringlich. »Bitte, Matt, hör mir zu! Es geht um Leben und Tod.«

Matt zögerte einen Moment, dann nickte er. »Gut, du hast zwei Minuten, dann muss ich mich wieder auf meinen Auftritt vorbereiten.«

Lilith begann, ihm von dem Werwolfangriff zu erzählen, was sie bisher über die Welt der Untoten erfahren hatte und ihrem Schwur, nichts von all dem zu verraten. Matt lauschte aufmerksam, ohne sie zu unterbrechen, doch mit jeder weiteren Offenbarung wanderten seine Augenbrauen ein Stückchen in die Höhe.

Am Ende schüttelte Matt ungläubig den Kopf.

»Du hast vielleicht Nerven! Nach allem, was geschehen ist, willst du mich nun auch noch mit dieser haarsträubenden Halloweengeschichte veräppeln. Du erwartest doch wohl nicht im Ernst, dass ich dir diese Geschichte abkaufe, oder?«

Tränen der Verzweiflung traten Lilith in die Augen. Ihr ganzer Plan hing davon ab, dass Matt ihr Glauben schenkte. Was konnte sie nur tun, um ihn von der Wahrheit zu überzeugen?

»Bitte, Matt, diese vielen Schwindeleien in letzter Zeit tun mir unheimlich leid und ich kann verstehen, dass es dir schwerfällt, mir zu glauben. Aber es ist wirklich alles genau so geschehen, wie ich es dir eben erzählt habe.« Sie sah ihn mit geradem aufrichtigem Blick an und klammerte sich an seinem Arm fest. »Ich schwöre es dir!«

Matt musterte sie schweigend. Lilith sah ihm an, wie er mit sich kämpfte. »Und warum erzählst du mir jetzt die Wahrheit?«, fragte er schließlich in versöhnlicherem Ton.

Lilith wäre ihm vor Dankbarkeit am liebsten um den Hals gefallen, doch sie hielt sich gerade noch zurück. »Der Mann, den du gestern bei uns in der Küche gesehen hast, war ein Erzdämon. Er hält meinen Vater gefangen. Ich muss ihm um Mitternacht das Bernstein-Amulett ins Kindermoor bringen, ansonsten wird mein Vater sterben.«

»Und wie sollte ich dir dabei helfen können?«, fragte Matt zweifelnd.

»Du bist ein Mensch und deswegen der Einzige, über den Belial keine Macht hat. Wenn mir jemand gegen diesen Erzdämon beistehen kann, dann du.«

»Aber damit verstößt du gegen deinen Schwur!«

»Der ist mir vollkommen egal, Matt. Hast du nicht gehört, was ich gesagt habe? Belial will meinen Vater töten, wenn ich ihm nicht das Amulett bringe!«

Matt sah auf seine Armbanduhr. »Dann sollten wir keine Zeit mehr verlieren.«

»Du hilfst mir?«

Matt lächelte und zuckte mit den Schultern. »Wozu sind Freunde denn da?«

»Aber dein Auftritt …«

»Hast du nicht gesagt, es geht um Leben und Tod?«, unterbrach er sie und schob sie entschlossen durch die voll besetzten Zuschauerreihen. Fast wären sie dabei Miss Tinkelton in die Arme gelaufen, wenn Matt und Lilith nicht rechtzeitig in Deckung gegangen wären. Sie bahnten sich einen Weg durch die Menschenmassen der Devilstreet, bis sie endlich am Ende einer ruhigen Gasse vor einem hohen Zaun angelangt waren.

»Hier muss es sein!«, sagte Lilith und warf einen kritischen Blick nach oben. Der Zaun war höher, als sie erwartet hatte, er erstreckte sich in einer endlosen Reihe um das Dorf und seine Oberseite war mit einem Band spitzer Lanzen bestückt.

Die Einwohner Bonesdales hatten tatsächlich an alle notwendigen Sicherheitsvorkehrungen gedacht, um die Insel nach Einbruch der Dunkelheit für Besucher öffnen zu können. Verständlich, dass sie hierbei insbesondere den Zugang zum Kindermoor abgeriegelt hatten, um zu vermeiden, dass Feierlustige oder Betrunkene dem Moor zu nahe kamen und das Halloweenfest für sie am Ende einen tödlichen Ausgang nahm.

»So ein Mist!«, ärgerte sich Lilith.

Matt rüttelte am Zaun. »Er scheint stabil genug zu sein, um unser Gewicht zu tragen. Theoretisch müssten wir drüberklettern können. Die Lanzen allerdings sehen mir nicht ungefährlich aus.«

»Wir könnten unsere Jacken über die Spitzen der Lanzen legen«, schlug Lilith vor.

Matt blickte bedauernd auf sein nobles Jackett, das er für seinen Bühnenauftritt trug. »Miss Tinkelton wird mir den Hals umdrehen, wenn ich das gute Stück mit einem Loch zurückbringe.«

Er schwang das Jackett zielsicher nach oben, wo es direkt auf den Lanzen landete. Schon machte er sich daran, am Zaun hochzuklettern, als ihn Lilith zurückhielt.

»Moment!« Sie horchte auf.

Ihnen näherten sich Stimmen.

Lilith zog Matt in den Schatten eines nahe gelegenen Hauseingangs. Auch das noch! Zwei Männer aus Bonesdale patrouillierten gemächlichen Schrittes am Zaun entlang. Anscheinend waren sie für die Sicherheit zuständig und achteten darauf, dass keiner der Besucher auf dumme Ideen kam. Matt und Lilith hielten den Atem an, als die beiden Männer den Teil des Zauns passierten, von dem Matts Jackett baumelte.

»Die Luft ist rein«, wisperte Lilith und atmete erleichtert auf. »Sie haben nichts bemerkt. Los!«

»Einen Augenblick.« Matt griff nach ihrem Arm. »Du hast nicht zufällig eine Taschenlampe dabei?« Er wies mit dem Kopf in Richtung des Moors. »Wenn das Moor tatsächlich so gefährlich ist, wie alle sagen, sollten wir dort nicht im Dunkeln herumspazieren.«

Lilith stieß einen leisen Fluch aus. Daran hatte sie überhaupt nicht gedacht!

»Auf dem Fest sind an einigen Häusern Fackeln angebracht. Ein kleines Stück von hier habe ich die letzten beiden Fackeln gesehen.«

Es widerstrebte Lilith zwar, wieder umzukehren, aber natürlich musste sie Matts Vorschlag zustimmen. »Gut, aber wir müssen uns beeilen – die Männer kommen sicherlich bald zurück.«

Einige Minuten später standen sie mit den Fackeln vor dem Zaun. Nervös sah sich Lilith um. Wahrscheinlich wäre es klüger gewesen, zur Sicherheit den nächsten Patrouillengang abzuwarten, doch dafür reichte die Zeit nicht mehr aus.

Sie schleuderten die Fackeln auf die andere Seite. Sogleich erhellten diese einen unebenen Pfad, der sich schon bald wieder in einer dunklen Wildnis verlor.

Matt sah skeptisch nach oben. »Ich habe einen Kumpel in London, der hat einen Freund und der Bruder des Freundes ist mal über so einen Zaun geklettert, abgerutscht und wurde von einer der Lanzen aufgespießt.«

Lilith warf ihm einen genervten Blick zu. »Ich weiß selbst, dass das gefährlich ist, auch ohne solche Schauergeschichten.«

»Sorry«, murmelte Matt und begann, sich am Zaun hochzuziehen. »Wenn es dich tröstet – er hat es überlebt.«

Trotz aller Bedenken und dank den über den Lanzen ausgebreiteten Jacken erreichten sie problemlos die andere Seite. Sie hoben die Fackeln in die Höhe, um sich einen kurzen Überblick zu verschaffen. Es gab zahlreiche Schilder, die vor dem Betreten des Moores warnten. Der Wald, der vor ihnen lag, wirkte dagegen harmlos. Er war von schlanken Laubbäumen bewachsen, die nun ihre blattleeren Äste in den Nachthimmel streckten. Rechts und links des Weges schlängelte sich in schmalen Rinnsalen glasklares Wasser. Lilith erinnerte sich, dass Moore häufig von Bruchwäldern umfasst waren.

»Die Patrouille kommt zurück«, zischte Matt. »Wir müssen los!«

Lilith nickte stumm. Auch sie hatte die Stimmen der Männer gehört.

Leise pirschten sie sich in den Wald. Der Weg war gut befestigt und sie kamen überraschend schnell voran. Ganz unmerklich begann sich ihre Umgebung zu verändern. Als Erstes fiel Lilith auf, dass der Wald lichter wurde, bis schließlich nur noch vereinzelte Bäume zu sehen waren. Das schilfartige Gras auf den Lichtungen wurde kürzer, spärlicher, dazwischen bildeten sich Wassermassen und blubbernde Tümpel. Sie hatten das Moor erreicht.

In einem stillen Tanz waberte der Nebel auf und ab, tastete sich über Erde, Gräser und Baumstümpfe, die wie tote Skelette aus dem Morast emporragten. Oft mussten sie die Fackeln tief über dem Boden halten, um sicherzugehen, dass sie sich noch auf dem Weg befanden und nicht gerade dabei waren, in einem morastigen Tümpel zu versinken. An manchen Stellen verdichtete sich der Nebel so sehr, dass Matts Umriss vor Lilith fast vom Nichts verschluckt wurde. Auch die Geräusche klangen seltsam stumpf und gedämpft. Es war, als befänden sie sich plötzlich in einer völlig anderen Welt. Der übel riechende Gestank von Moorgas stieg Lilith in die Nase.

Matt verzog das Gesicht. »Ist das eklig!«

»Strychnin wäre entzückt!«, murmelte Lilith.

»Was hast du gesagt?«, fragte Matt irritiert.

»Ach, nicht so wichtig.«

Matt blieb so abrupt stehen, dass Lilith fast in ihn hineingelaufen wäre.

»Hast du das gehört?«, flüsterte er.

Lilith lauschte in die Dunkelheit des Moors. Zuerst hörte sie nur das unheilvolle Blubbern des Morastes, doch dann nahm sie eine helle Stimme wahr, die gellend um ihr Leben schrie. Es klang wie die Schreie eines kleinen Jungen von vielleicht vier oder fünf Jahren.

»Das ist ein Kind!«, stieß Matt aus. »Wir müssen ihm helfen!«

Er rannte blindlings los. Die Schreie wurden lauter und flehender, je näher sie kamen. Lilith versuchte, mit Matt Schritt zu halten, doch sie konnte seinen Vorsprung nicht mehr aufholen.

Lilith stutzte. Was hatte ein kleines Kind mutterseelenallein mitten in der Nacht im Moor verloren? Für ein Kind in diesem Alter wäre der Zaun ein unüberwindbares Hindernis gewesen. Hier stimmte etwas nicht, das spürte Lilith mit jeder Faser ihres Körpers. Sie stolperte an Matts Seite, der am Rand eines Tümpels stehen geblieben war.

»Matt, warte! Nicht!« Sie wollte ihn zurückhalten, aber Matt hatte nicht vorgehabt, die Kinderhand, die sich Hilfe suchend aus dem Tümpel streckte, zu ergreifen. Mit großen Augen starrte er auf die Hand, in deren Innenseite sich so etwas wie ein Mund befand. Nun erschienen immer mehr Kinderhände, die sich gierig nach ihnen ausstreckten. Das Geschrei der Münder war ohrenbetäubend. Aus den Augenwinkeln nahm Lilith eine Bewegung war. Dem Sumpf näherte sich eine missgebildete Kreatur von der Größe eines Hundes, mit einem schwarzen biberähnlichen Fell. Ihr Maul stand weit offen und entblößte ein furchterregendes Gebiss. Lilith überlief ein kalter Schauer, als sie sah, dass aus dem Rücken der Kreatur eine rosafarbene, nach oben gereckte Kinderhand wuchs. Ehe Lilith Weiteres erkennen konnte, war die Kreatur im Sumpf untergetaucht und nur noch die Hand ragte daraus hervor.

»Das sind bestimmt diese Ahuizotl, vor denen wir uns …« Lilith stoppte keuchend. Bunte Sterne begannen vor ihren Augen zu tanzen, ihre Knie wurden weich. Es kann noch nicht so weit sein, flehte sie innerlich, automatisch griff sie nach dem Amulett und versuchte, es sich vom Hals zu ziehen.

Lilith taumelte rückwärts.

»Achtung!«, schrie Matt auf, doch schon hatte eine Kinderhand Liliths Fußgelenk ergriffen und zog sie in Richtung des Tümpels. Lilith verlor das Gleichgewicht und schlug auf dem Boden auf. Benommen sah sie, wie ein Ahuizotl an ihrem Knöchel zerrte.

Diese klein gewachsenen Kreaturen verfügten über unglaubliche Kräfte. Schon spürte Lilith, wie sich ihre Hose mit Feuchtigkeit vollsog. Der Ahuizotl hatte sie in atemberaubender Geschwindigkeit bis zum Rand des Tümpels geschleift. Gierig streckten sich die Hände seiner Kumpane, um nach dem strampelnden Festmahl zu greifen. Lilith versuchte sich in letzter Sekunde an einem morschen Ast festzuhalten, der aus dem Boden ragte, doch anstatt ihr Halt zu geben, brach er ab.

»Matt!«

Ihr Ruf riss ihn aus seiner Erstarrung. Er sprang nach vorne, hob die Fackel wie ein Schwert und schlug damit immer wieder auf das Tier ein. Zuerst schien der Ahuitzotl nicht von seinem Opfer ablassen zu wollen, doch schließlich spürte Lilith, wie sich sein Griff lockerte. Die Bestie wich mit einem wütenden Kreischen vor dem Feuer zurück. Sofort fasste Matt Lilith am Arm und zog sie in die Höhe.

So schnell sie ihre Füße trugen und ohne einen Blick zurückzuwerfen, rannten Matt und Lilith davon. Erst als sie sich ein gutes Stück vom Tümpel entfernt hatten, blieben sie nach Atem ringend stehen.

»Danke!«, keuchte Lilith. »Du hast mir das Leben gerettet.«

»So scheußliche Viecher habe ich noch nie gesehen!« Ungläubig schüttelte Matt den Kopf. »Um ehrlich zu sein, habe ich das, was du mir vorhin erzählst hast, nicht wirklich glauben können«, gestand er ihr. »Sicher, in deiner Geschichte war alles stimmig und es passte zu dem, was wir schon herausgefunden hatten. Trotzdem klang es so …« Unbeholfen hob er die Arme.

Lilith nickte. »Unwahrscheinlich, ich weiß.«

»Eine Welt der Untoten …«, murmelte er gedankenverloren.

Lilith sah auf die Uhr. Es war zehn Minuten vor Mitternacht. »Wir müssen weiter!«

»Moment!« Matt hielt sie zurück. »Erst will ich wissen, was mit dir los ist. Du bist nur deswegen dem Tümpel so nahe gekommen, weil du fast ohnmächtig geworden wärst.«

Sie wich seinem prüfenden Blick aus. »Es würde zu lange dauern, dir alles zu erklären, aber es wäre möglich, dass ich bei dem Treffen mit Belial … ohnmächtig werde oder …

plötzlich nicht mehr da bin. Wenn das geschehen sollte, versprich mir, dass du dich um meinen Vater kümmerst. Befreie ihn und flieh mit ihm!«

»Aber …«

»Bitte, Matt! Du kannst mir dann nicht mehr helfen und würdest dich nur unnötig in Gefahr bringen.«

Matt nickte widerwillig. »Okay, ich verspreche es.«

Schweigend liefen sie weiter, während sich der Nebel um sie herum verdichtete.

Lilith konnte nicht sagen, warum, doch sie spürte, dass der Dämon nicht mehr fern war. Nervös fuhr sie sich mit der Zunge über die Lippen, ihr Herz schlug so schnell, dass sie die Schläge kaum zählen konnte.

»Lilith«, wisperte eine körperlose Stimme.

Sie zuckte zusammen.

Belial!

Durch den Nebel war es kaum möglich zu sagen, aus welcher Richtung seine Stimme kam und ob er weit entfernt war oder direkt neben ihr stand. Lilith sah sich hektisch um und lauschte mit angehaltenem Atem, doch alle Geräusche des Moores waren verstummt, es herrschte Totenstille.

»Lilith!« Dieses Mal klang er amüsiert, als hätte er ihre Angst gespürt.

»Versteck dich!«, raunte Lilith Matt zu. Er nickte wortlos und verschwand hinter einem niedrig gewachsenen Busch.

Entschlossen lief Lilith weiter. Und schon nach wenigen Schritten tauchte ein Lichtschein vor ihr auf.

Belial stand hoch aufgerichtet, mit hinter dem Rücken verschränkten Händen, neben einem Baum. Ein zufriedenes Lächeln umspielte seinen Mund. Er wandte den Kopf zur Seite und Lilith folgte seinem Blick.

Sie stieß einen spitzen Schrei aus. »Dad!«

Mit gefesselten Händen hing ihr Vater kopfüber an dem Baum, an den Füßen aufgehängt. Er wand sich verzweifelt hin und her. Sein Kopf steckte halb in einem Tümpel, unzählige Kinderhände hatten sich in sein Gesicht gekrallt, verdeckten Augen, Mund und Haare. Die Ahuizotl rissen an ihm, versuchten, ihn zu sich ins Moor zu ziehen und zerkratzten in ihrer Blutgier seine Haut. Nur gedämpft waren seine Schmerzensschreie zu hören.

»Ich habe mir erlaubt, mir mit deinem Vater etwas die Zeit zu vertreiben. Diese kleinen Biester sind so putzig – wenn sie erst einmal ein Opfer ausgewählt haben, sind sie nicht mehr zu bändigen. Ich bin gespannt, wie lange dein Vater noch durchhält.« Mit gespieltem Bedauern hob er die Hände. »Ich befürchte, das Seil ist leider nicht ganz so stabil, wie ich dachte.«

Lilith schwankte. Mit zitternden Fingern stützte sie sich auf einem großen Gesteinsbrocken an ihrer Seite ab. Sie spürte, wie sie immer schwächer wurde.

»Ich bin hergekommen, mit dem Amulett«, sagte sie mit heiserer Stimme. »Lassen Sie ihn frei, sofort!«

»Nicht so schnell, Lilith.« Belial kam gemächlichen Schrittes auf sie zu. »Zuerst möchte ich das Amulett.«

Lilith schüttelte störrisch den Kopf. Ihre Stirn fühlte sich heiß an und das Atmen fiel ihr schwer.

»Nein, zuerst lassen Sie meinen Vater gehen!«

Belial schnalzte mit der Zunge. »Du vergisst, wer hier die

Regeln bestimmt, Kleines. An deiner Stelle würde ich mich schnell entscheiden, dein Vater scheint mit seinen Kräften bald am Ende zu sein.«

Mit vor Panik weit aufgerissenen Augen blickte Lilith auf Belial. Sie hatte plötzlich gespürt, wie sich das Amulett um ihren Hals zu erwärmen begann. Bald würde es zu Ende sein …

»Ich kann es Ihnen jetzt nicht geben – der magische Verschluss lässt sich noch nicht öffnen. Aber Sie werden es ganz sicher bekommen! Es besteht kein Grund dazu, meinen Vater noch länger zu quälen. Bitte, lassen Sie ihn gehen!«

Belial runzelte einen Moment lang die Stirn, dann hellte sich in plötzlichem Verstehen seine Miene auf. »Du hast dich als Trägerin des Amuletts beworben?« Er lachte auf. »Du glaubst allen Ernstes, dass ausgerechnet du die Führerin der Nocturi werden kannst? Ein kleines, dummes Mädchen aus der Menschenwelt!« Er klatschte vergnügt in die Hände. »Wie herrlich.«

»Ich wusste nichts davon«, sagte Lilith trotzig. »Ich habe erst heute Abend von der Warnung auf dem Amulett erfahren.«

»Du erwartest doch jetzt hoffentlich nicht, dass ich Mitleid mit dir habe? Nun, da heute Abend passenderweise Neumond ist und es jeden Moment Mitternacht sein wird, werde ich wohl warten müssen, bis es mit dir zu Ende geht, um an das Amulett zu kommen, nicht wahr?« Er seufzte theatralisch auf. »Immer diese unerwünschten Verzögerungen!«

»Wir hatten eine Abmachung, Belial.« Nervös huschten ihre Augen zu ihrem Vater hinüber, der immer noch verzweifelt mit den Ahuizotl kämpfte.

Belial überging ihren Einwand. »Du kennst meinen wahren Namen?« Er zog überrascht die Augenbrauen in die Höhe. »Nun, dann weißt du ja auch, dass ich der neue Träger des Onyx-Amuletts bin.«

Belial zog eine Kette unter seinem Hemd hervor. Das Zepter glich haargenau Liliths Amulett, nur dass in seinem Innern ein schwarzer Stein schwebte, der ein kaltes Leuchten ausstrahlte, sodass das gesamte Amulett wie von einer schwarzen Wolke eingehüllt war.

»Wie du siehst, hat mich das Onyx-Amulett erwählt. Nur dank ihm konnte ich die magische Schwingung des Bernstein-Amuletts empfangen«, sagte er mit Genugtuung. »Was für ein Jammer, dass du das Bernstein-Amulett niemals leuchten sehen wirst!«

Lilith versuchte sich zusammenzureißen, doch sie konnte sich einfach nicht mehr aufrecht halten. Ihre Hand glitt an dem Gesteinsbrocken ab und sie ging vor Belial in die Knie.

»Ist dir nicht gut?«, fragte er hämisch. Er beugte sich zu ihr hinunter und strich ihr eine Strähne aus der schweißnassen Stirn. Lilith versuchte, den Kopf wegzudrehen, doch mit eisenhartem Griff fasste er ihr Kinn und zwang sie, ihm in die Augen zu sehen. »Es macht überhaupt keinen Spaß, wenn du von alleine stirbst, Lilith. Du hast mir so viele Umstände bereitet, da wäre mir doch dieser kleine Spaß wirklich vergönnt gewesen.«

»Es ist mir egal, was Sie mit mir machen«, stieß Lilith mit letzter Kraft aus. »Nur lassen Sie meinen Vater frei!«

»Dachtest du wirklich, ich lasse ihn am Leben?« Belial lächelte sie nachsichtig an. »Wie unglaublich naiv, Lilith. Du hast scheinbar keine Ahnung vom Wesen des Bösen. Es wird mir eine Freude sein, diese Familie voller Störenfriede endlich vollständig auszulöschen.«

Ein Geräusch ließ Lilith zusammenzucken, Belial wandte sich kurzzeitig um. Es hatte geklungen, als ob ein Ast zerbreche, gefolgt von einem kurzen, aber heftigen Aufschrei.

»Dein Vater hat scheinbar Probleme bekommen. Ich sollte nach ihm schauen.« Ein Blick in seine Augen verriet Lilith, wie sehr er jede Sekunde dieses Schauspiels genoss. »Ich schätze, ich muss mir keine Sorgen machen, dass du wegläufst, oder? Wenn es geht, warte mit dem Pulverisieren noch, bis ich wieder zurück bin. Diesen Anblick möchte ich mir nur ungern entgehen lassen.«

Als Lilith allein war, sank sie vollständig vornüber und stöhnte auf vor Schmerz. Sie hatte das Gefühl, als würden ihre Eingeweide verbrennen.

Noch schlimmer jedoch war die Erkenntnis, dass sie auf ganzer Linie versagt hatte. Sie würde sterben, Belial würde jeden Moment das Bernstein-Amulett sein Eigen nennen und sie hatte noch nicht einmal ihren Vater retten können. Allein durch ihre Schuld würde der Erzdämon zu neuer Macht gelangen. Wie konnte sie nur glauben, Belial besiegen zu können? Sie wusste, dass es auch Emma nicht mehr rechtzeitig schaffen würde, hier zu sein. Wenn es Matt nur gelänge, ihren Vater zu befreien! Hoffentlich hielt er sich an den Plan und blieb so lange in seinem Versteck, bis sich eine gute Gelegenheit dafür ergab. Wenn Belial wieder zu ihr zurückkam, um ihr beim Sterben zuzusehen, wäre es wahrscheinlich Matts einzige Chance, unbemerkt zu Liliths Vater zu gelangen. Sie konnte nur hoffen, dass er sie nutzte. Vor ihren Augen wurde es schwarz.

Aus weiter Ferne, ganz leise, hörte sie, wie die Uhr des Rathauses Mitternacht zu schlagen begann. Plötzlich spürte Lilith ein Vibrieren, das durch ihren ganzen Körper ging und immer stärker wurde. Dann …

Bumm – Bumm!

Sie hatte eine Art Beben wahrgenommen, ein Pulsieren der Erde. Der Herzschlag der Insel, schoss es ihr durch den Kopf. Sie hatte ihn schon einmal gespürt, in dem Moment, als sie zum ersten Mal St. Nephelius betreten hatte. Was hatte das nur zu bedeuten?

Ein durchdringender Schwefelgeruch breitete sich aus. Als Lilith sich zwang, ihren Kopf zu heben, ahnte sie schon, wer vor ihr stand.

»Juhu, Eure Ladyschaft, habt ihr mich vermisst?« Strychnin grinste sie glücklich an.

»Bist du gekommen, um zu sehen, wie es mit mir zu Ende geht?«

Der Dämon blinzelte sie verständnislos an. »Wieso, Eure Hoheit?«

»Das Amulett hat mich nicht als Trägerin erwählt.«

»Wie kommt Ihr darauf, Eure Hoheit?«

Dieser Dämon konnte einem den letzten Nerv rauben. Lilith setzte sich auf und funkelte Strychnin wütend an.

»Meine Güte, stell doch nicht so blöde Fragen«, fauchte sie. »Siehst du nicht, dass ich sterbe?«

Strychnin wich ängstlich zurück.

»Wenn ich etwas bemerken dürfte, Eure Ladyschaft: Ihr seht mir nicht so aus, als ob Ihr gerade im Sterben liegen würdet!«

Verwirrt sah Lilith an sich herunter. »Oh. Tatsächlich.«

Sie hörte in sich hinein. Die Übelkeit, der Schwindel, die bleierne Kraftlosigkeit – mit einem Mal war alles verschwunden. Sie fühlte sich sogar ausgesprochen gut und … Lilith blinzelte irritiert. Sie konnte besser sehen! Wo sie noch vor wenigen Augenblicken nur den dunklen Schleier der Nacht wahrgenommen hatte, konnte sie plötzlich die Bäume und Gräser des Moores erkennen. »Wie ist das möglich?«, flüsterte sie. »Ich habe doch gespürt, wie ich immer schwächer und die Schmerzen unerträglich wurden.«

»Was Euch geschwächt hat, war nicht das Amulett«, erklärte Strychnin geduldig. »Ihr habt Eure Kräfte bekommen! Ihr habt doch selbst gesagt, dass Ihr kurz vor Mitternacht geboren wurdet.«

Lilith schüttelte ungläubig den Kopf. »Aber das Amulett hat sich schon erwärmt! Es wird mich jeden Moment pulverisieren.«

»Der Stein hat sich aktiviert!«

Hektisch zog Lilith das Amulett hervor. Im Herzen des Bernsteins leuchtete plötzlich ein Licht. Es sah aus wie eine kleine Sonne, die ein goldenes Strahlen aussandte, und in ihrem Zentrum sah Lilith klar und deutlich die Spinne schweben, mit der Zeichnung einer roten Krone auf dem

Rücken. Zugegeben, der Bernstein leuchtete nicht so stark wie Belials Onyx-Amulett, aber der Stein hatte sich eindeutig verändert.

»Dann bin ich jetzt eine Banshee *und* das Bernstein-Amulett hat mich erwählt …«, murmelte Lilith verblüfft.

»Neeein!«

Der Schrei riss sie jäh aus ihrer Erstarrung. »Dad!«

Geduckt spähte Lilith über den Felsen. Mit Erleichterung sah sie, dass der Ast, an dem ihr Vater hing, nicht vollständig durchgebrochen war. Belial hielt das Seil in Händen und hatte ihren Vater sogar etwas in die Höhe gezogen. Die Ahuizotl versuchten verzweifelt, ihr Opfer zurückzugewinnen, aber der Abstand war zu groß geworden.

»… tragisch, deine Tochter hatte keine Chance, nicht wahr?«, hörte sie Belial sagen. »Du hättest ihr von Anfang an die Wahrheit sagen müssen. Dass sie nun sterben wird, ist allein deine Schuld, Joseph!« Er hielt kurz inne und stieß einen leisen Fluch aus. »Wie dumm, jetzt habe ich mich doch glatt verplappert und den Mitternachtsschlag verpasst. Ich muss mich verbessern: Lilith wird nicht sterben. In diesem Moment hat deine kleine, unschuldige Tochter schon das Zeitliche gesegnet.«

Trotz der Entfernung sah Lilith, wie ihrem Vater Tränen über das zerschundene Gesicht liefen.

»Nein, nein«, wimmerte er erneut. »Lilith … es tut mir so leid …«

Belial weidete sich genüsslich an seinem Schmerz.

»Keine Sorge, Joseph, du wirst ihr bald folgen!«

Lilith erstarrte vor Angst. Belial begann, ihren Vater Zentimeter für Zentimeter tiefer in den Tümpel hinabgleiten zu lassen. Als dessen Kopf wieder in Reichweite der Ahuizotl war, band Belial das Seil fest und zog ein Messer hervor.

»Ich muss etwas unternehmen!«, zischte Lilith.

»Ihr seid nun eine Banshee«, erinnerte Strychnin sie. »Setzt eure Kräfte gegen ihn ein!«

»Ich habe aber keine Ahnung, was für Kräfte eine Banshee hat.«

»Nun, eine Todesfee kann zum Beispiel mit den Tieren der Nacht kommunizieren, wie beispielsweise mit Spinnen, Fledermäusen und Eulen.«

Natürlich – Lilith hatte diese Verbindung schon vor ihrer Wandlung gespürt! Dann war es doch kein Traum gewesen, als der Flur vor ihrem Zimmer voller Spinnen gewesen war. Sie hatten auf Liliths Hilferufe reagiert.

»Strychnin, bitte sag mir, dass Ahuizotl Nachttiere sind!«

Der Dämon nickte mit breitem Grinsen. Lilith hätte ihn vor Dankbarkeit küssen können.

Ohne weiteres Nachdenken sprang sie aus ihrer Deckung hervor. »Belial!«, rief sie ihm zu. »Ich wiederhole mich nur ungern, aber ich möchte noch immer, dass du meinen Vater freilässt!«

Überrascht ließ Belial das Messer sinken. »Du lebst?«

Auch ihr Vater starrte Lilith mit großen Augen an, als könne er nicht glauben, was er sah.

»Ich lebe«, bestätigte sie lächelnd. »Das Bernstein-Amulett hat mich erwählt. Und nun lass meinen Vater gehen!«

Belial zog eine Augenbraue hoch. »Ansonsten machst du *was?*«

Ehe Lilith antworten konnte, hatte er wieder die Hand gehoben und durchtrennte mit dem Messer den Strick. Liliths Vater landete mitten im Tümpel. Zuerst lag er auf der Oberfläche wie auf einem weichen Bett, dann zogen ihn die Hände der Ahuizotl unerbittlich in die Tiefe.

Lilith eilte zum Rand des Tümpels und blickte ratlos auf dessen unruhige Oberfläche. Sie hatte völlig vergessen, Strychnin danach zu fragen, wie sie mit den Ahuizotl Kontakt aufnehmen sollte. Musste sie vielleicht einen Zauberspruch murmeln? Aber die Spinnen hatten auch ohne einen Zauberspruch auf Liliths Bitte reagiert.

Zaghaft streckte sie ihre Hand in Richtung des Tümpels aus und kam sich gleichzeitig lächerlich dabei vor. Aus den Augenwinkeln sah Lilith, wie Belial sie amüsiert beobachtete.

»Ahuizotl, bitte lasst von diesem Opfer ab!«, rief sie mit zitternder Stimme.

Lilith hielt den Atem an und starrte auf die Oberfläche des Tümpels. Nichts tat sich.

Sie stieß frustriert die Luft aus. Eine innere Stimme sagte ihr, dass sie bei den Ahuizotl auf diese Weise nichts erreichen würde. Diese Wesen durfte sie nicht um etwas *bitten!*

Lilith straffte ihre Schultern, schloss die Augen und wandte ihre Aufmerksamkeit nach innen. Sofort spürte sie, dass sich etwas verändert hatte. Da war etwas Neues in ihr, etwas Kraftvolles, ihr Brustkorb war davon erfüllt wie von einer wärmenden Lichtkugel. Wieder hob Lilith ihre Hand in Richtung des Tümpels.

»IHR AHUIZOTL, HÖRT MEINE STIMME, HÖRT DIE

STIMME DER BANSHEE: ICH BEFEHLE EUCH, EUER OPFER FREIZULASSEN!«

Sie riss die Augen auf. War sie das gewesen, die soeben gesprochen hatte? Lilith hatte ihre Stimme selbst kaum wiedererkannt.

Das Blubbern im Tümpel nahm zu. Nach und nach erschien ein Ahuizotl nach dem anderen, in ihrer Mitte Joseph Parker. Mit äußerstem Widerwillen schleppten sie ihn zum Rand des Tümpels und legten ihn vor Lilith ab. Mit wütendem Zähnefletschen, aber zugleich ehrfürchtig vor Lilith gebückt, entfernten sie sich rückwärts laufend und verschwanden im Moor.

»Dad?«

Lilith beugte sich über ihren Vater. Er war kaum bei Bewusstsein und blutete aus unzähligen Wunden, aber er lebte. Tränen der Erleichterung liefen Lilith über die Wangen. Langsam kam er wieder zu sich.

»Lilith, du lebst!«, flüsterte er benommen.

Sie fiel ihm um den Hals. »Ich bin so froh, dich zu sehen!«

»Es wird alles wieder gut, meine Kleine!« Er hob die Hand und streichelte ihr sanft über die Wange.

»Bravo!« Mit lautem Klatschen rief Belial sich ihnen wieder in Erinnerung.

Lilith rappelte sich auf und stützte ihren Vater, um ihm beim Aufstehen zu helfen. Sie hatten den Kampf mit dem Erzdämon längst noch nicht überstanden!

»Bravo, Lilith, wirklich sehr beeindruckend. Aber nichtsdestotrotz sinnlos.«

Belial wandte sich an ihren Vater und schnipste mit den Fingern. »Komm her, Socor!«

»Nein!«

Lilith klammerte sich mit aller Kraft am Arm ihres Vaters fest, doch er riss sich los. Seine Augen waren verschleiert. Auch wenn er keinerlei übernatürliche Kräfte geerbt hatte, so genügte doch seine Nocturi-Abstammung, um dem Dämon Macht über ihn zu verleihen. Wie eine leblose Marionette ging er auf den Erzdämon zu und stellte sich an seine Seite. Belial zückte sein Messer und hielt es Liliths Vater an die Kehle. »Das Amulett, wenn ich bitten dürfte!«

Lilith schluckte schwer – und nickte. Sie öffnete den Verschluss und streckte Belial die Kette entgegen.

»Glaubst du, ich fasse dieses Amulett noch einmal ohne Handschuhe an?«, fragte er zuckersüß. »Leg es vor mich hin!«

Lilith bückte sich und bettete das Amulett schweren Herzens auf den Boden. Im selben Moment, als sie das Amulett losließ, erlosch sein goldenes Leuchten. Und noch etwas anderes geschah. Etwas tastete sich in ihren Geist und drang wuselnd wie kleine schwarze Käfer in ihre Gedanken ein. Erschrocken sah sie auf.

»Hast du vergessen, Lilith? Nur dank des Amuletts warst du vor meinem Einfluss geschützt. Nun wirst auch du alles machen, was ich möchte, Banshee.«

Lilith wich ängstlich zurück. Belial ließ sie nicht aus den Augen.

»Hast du schon einmal etwas vom Kuss der Todesfee gehört, Lilith?« Sie schüttelte den Kopf und Belial fuhr fort:

»Mit nur einem einzigen Kuss kann eine Banshee den Herzschlag ihres Opfers für immer zum Schweigen bringen. Natürlich gelingt dies nur mächtigen Todesfeen, aber wir werden es auf einen Versuch ankommen lassen.«

»Sie wollen, dass ich meinen Vater töte?«, stieß Lilith fassungslos aus. »Das werde ich niemals tun!«

»Du hast keine andere Wahl. Komm her, Lilith!«

Sie wollte sich dagegen wehren, sich gegen Belials Willen aufbäumen, doch ihre Beine bewegten sich wie von selbst auf den Erzdämon zu.

»Knie nieder, Socor, und rühre dich nicht«, befahl er Liliths Vater.

Er wandte sich wieder Lilith zu. »Leg ihm deine linke Hand auf die Schulter und deine rechte über sein Herz.«

Nur noch ein kleiner Teil von ihr war bei klarem Verstand. Eine schwarze Wolke, die sich immer mehr verdichtete, umgab ihre Gedanken, sosehr sie sich auch dagegen sträubte. Der Erzdämon sandte nun all seine Macht aus, um Liliths Willen zu brechen.

Lilith hob die Hände und platzierte sie so, wie Belial es ihr befohlen hatte.

»Nun, Banshee, ist es Zeit für den Todeskuss!«

Lilith nickte. Wieder rief sie die neue Macht in ihrem Innern an. Sie beugte sich über die Stirn ihres Vaters und spitzte die Lippen. Ihr Vater keuchte auf und wich unmerklich zurück.

Er hatte die Augen weit aufgerissen und starrte Lilith mit einem Ausdruck an, den sie noch nie zuvor bei ihm gesehen hatte. Er hatte Angst vor seiner Tochter. Todesangst.

»Habe ich dir nicht befohlen, dich nicht zu rühren?«, donnerte Belial. »Füge dich, Socor!«

Die Angst verschwand aus dem Blick ihres Vaters, starr schaute er Lilith entgegen. Wieder beugte sie sich über seine Stirn. Nur noch ein Hauch fehlte, ehe ihre Lippen ihn berührten.

Lilith erhielt einen jähen Schlag auf die Schläfe und fiel zur Seite.

Einen Moment lang blieb sie benommen liegen, dann fuhr sie sich über die Augen, als sei sie soeben aus einem tiefen Traum erwacht. Der Bann Belials war gebrochen.

»Nimm das, du Mistkerl!«, schrie Matt auf.

Nachdem er Lilith zur Seite gestoßen hatte, war Matt dem von seinem plötzlichen Erscheinen völlig überrumpelten Belial auf den Rücken gesprungen. Nun hielt er dem Erzdämon mit einer Hand die Augen zu und riss mit der anderen Hand an seinen Haaren.

»Verschwinde, Mensch!«, brüllte Belial und drehte sich unbeholfen im Kreis. »Lass mich los!«

Das Amulett!, schoss es Lilith durch den Kopf. Da Belial sowohl Lilith als auch ihren Vater unter Kontrolle gehabt hatte, hatte er es in seiner Arroganz bisher nicht für nötig befunden, es aufzuheben. Es musste noch dort liegen, wo Lilith es hingelegt hatte! Hektisch suchte sie den Boden ab.

»Hier war es doch irgendwo …«

»Lilith, hier!« Ihr Vater kniete neben dem Amulett, berührte es jedoch nicht.

»Danke!« Wie einen Schatz presste es Lilith an sich und legte es sich um den Hals.

Sie fasste ihren Vater am Arm. Irritiert bemerkte sie, dass er bei der Berührung unmerklich zusammenzuckte. Aber vielleicht hatte sie auch nur versehentlich eine seiner Wunden gestreift …

»Dad, bitte versteck dich dort hinter dem Gesteinsbrocken, ich werde Matt mit Belial helfen.«

»Aber ich kann euch doch nicht …«

»Über Matt und mich hat er keine Macht. Du wärst uns keine Hilfe!«

Widerstrebend nickte ihr Vater und verschwand.

»Guten Tag, Vater der Ladyschaft!«, hörte sie Strychnin einen Moment später begeistert ausrufen. »Hier hat man eine großartige Aussicht auf das Geschehen. Haben Sie zufällig etwas zu essen dabei?«

»Lilith!«, rief Matt in panischem Tonfall.

Nur noch mit Mühe konnte er sich auf Belials Rücken halten. Mittlerweile presste er beide Hände vor die Augen des Dämons.

Belial war in die Knie gegangen und suchte den Boden nach dem Messer ab, mit dem er Liliths Vater bedroht hatte. Seine Hände waren nur noch einen Fingerbreit davon entfernt, es zu finden.

Wie konnte sie Matt nur helfen? Sie sah sich nach einer Waffe um, einem dicken Ast oder einem Stein.

Lilith stutzte und runzelte die Stirn.

Mit zusammengekniffenen Augen starrte sie in Richtung des Bruchwaldes. Täuschte sie sich auch nicht …?

Von Bonesdale her näherten sich mehrere Lichtpunkte. Sie stammten von unzähligen Fackeln. Lilith hätte bei diesem Anblick vor Freude in die Luft springen können. Emma hatte es geschafft!

Sie schnappte sich einen Ast, den sie in dieser Sekunde erblickte, rannte zu Matt und hieb ihn Belial mit Wucht auf die rechte Hand, die soeben nach dem Messer greifen wollte. Belial schrie auf.

»Du kannst ihn loslassen, Matt!«

Dankbar ließ er sich vom Rücken des Erzdämons gleiten.

»Unser Spiel ist zu Ende, Belial«, verkündete Lilith. »In wenigen Augenblicken ist diese Lichtung voll von Nocturi.« Sie deutete in Richtung der Fackeln. »Wir wissen, dass du nur eine bestimmte Anzahl von uns unter Kontrolle halten kannst. Deine Macht wird schwächer, je mehr Nocturi anwesend sind. Und bei dieser großen Zahl wirst du überhaupt keine Macht mehr haben!«

Genau das war Emmas Plan gewesen: Während Lilith versuchte, Belial hinzuhalten, wollte Emma versuchen, so viele Nocturi wie möglich in das Kindermoor zu locken. Da Halloween war und sich alle Bewohner Bonesdales in der Devilstreet befanden und arbeiteten, war dies sicherlich kein einfaches Unterfangen gewesen.

Lilith trat näher an Belial heran.

»Gib auf und verschwinde, bevor sie dich in Stücke reißen!«

Belial warf einen Blick auf die näher kommenden Fackeln. Er kämpfte mit sich. Schließlich erkannte er, dass er keine Chance hatte.

»Du hast noch nicht gewonnen, Lilith!«, stieß er hasserfüllt aus.

Eine Nebelsäule begann ihn einzuhüllen, der einen Moment später eine Malecorax entstieg.

Gerade als Emma mit Mildred, Arthur, Regius, Isadora, Melinda, Miss Tinkelton und gut der Hälfte aller Einwohner Bonesdales auf die Lichtung traten, verschwand die Krähe mit lautem Krächzen im dunklen Nachthimmel.

Epilog

Matt musste ein herzhaftes Gähnen unterdrücken. »Komm, ich bring dich hinauf ins Gästezimmer!«, bot Arthur ihm schmunzelnd an.

Sie hatten noch zu später Stunde bei Matts Mutter angerufen und ihr mitgeteilt, dass ihr Sohn heute bei Lilith übernachten wolle. Da Eleanor gerade fieberhaft an ihrem Buch schrieb und sowieso davon ausgegangen war, dass Matt an Halloween sehr spät ins Bett kommen würde, hatte sie sofort zugestimmt.

Matt nickte Arthur dankbar zu. »Ehrlich gesagt kann ich kaum noch die Augen offenhalten!«

Es war mittlerweile fast schon wieder Morgen geworden. Alle, die nicht unbedingt beim Halloweenfest gebraucht wurden, waren direkt vom Kindermoor zur Villa der Parkers mitgekommen. Nun war Mildreds Küche voll besetzt, nirgends gab es mehr einen freien Platz und bis jetzt hatten sie nur über die Vorfälle dieser Nacht gesprochen.

Das unerwartete Auftauchen des Bernstein-Amuletts und dass es Lilith als Trägerin ausgewählt hatte, wurde zuerst mit ungläubigem Staunen kommentiert, danach hatten sich jedoch die meisten für Lilith gefreut und ihr gratuliert. Bei anderen aber zeichneten sich Zweifel und Beunruhigung auf den Gesichtern ab. Es war nun nicht mehr zu leugnen, dass das Portal wieder geöffnet und Belial der neue Erzdämon war. Dessen Plan, den Schwur der Übereinkunft aufzuheben, erfüllte alle mit Sorge. Man ahnte, dass Belial nicht so schnell aufgeben würde.

Dass Lilith Matt, einen Menschen, in das Geheimnis eingeweiht hatte, wurde während des ganzen Gesprächs mit keinem Wort erwähnt. Aber Lilith hatte die Blicke gesehen, die gewechselt wurden, als die anderen davon erfuhren. Sie hatte das ungute Gefühl, dass dies noch ein Nachspiel für sie haben würde.

»Möchtest du noch etwas, Lilith?«, fragte Mildred fürsorglich.

Der Stolz war ihr ins Gesicht geschrieben. Sobald sie erfahren hatte, dass Lilith zur Nocturi geworden war, hatte sie es jedem erzählt, der ihr über den Weg gelaufen war. Lilith zweifelte nicht daran, dass mittlerweile schon die ganze Insel darüber Bescheid wusste. Eine Begeisterung, die Liliths Vater nicht einmal annähernd aufbringen konnte. Wenn Lilith ehrlich war, hatte er bisher kein Wort dazu gesagt.

Lilith schüttelte den Kopf. »Nein danke, ich bin wunschlos glücklich!«, beruhigte sie Mildred lächelnd.

Allerdings hatte sie noch etwas auf dem Herzen, das sie unbedingt loswerden musste, ehe sie noch der Mut verließ. »Matt?«

Er blieb am Fuß der Treppe stehen und wartete auf sie.

»Ich wollte mich noch einmal bei dir entschuldigen, für all diese Lügen und die Heimlichtuerei in der letzten Zeit. Es tut mir wirklich leid!«

Er musterte sie einen Moment lang und sagte dann: »Du hattest keine andere Wahl. Vergessen wir es einfach, okay?«

Sie erwiderte dankbar sein Lächeln.

»Ich möchte mich natürlich auch bei dir bedanken«, murmelte sie etwas verlegen. »Für alles, was du heute Nacht getan hast. Nicht jeder hätte den Mut gehabt, sich einfach so auf einen Erzdämon zu stürzen und ihm die Haare auszureißen!«

Matt zuckte mit den Schultern, doch seine Wangen färbten sich rot vor Freude. »Kein Problem! So ein Erzdämon jagt mir keine Angst ein – mit so einem werde ich spielend fertig.«

»Dafür hast du dir aber ganz schön viel Zeit gelassen, bis du endlich eingegriffen hast!«, bemerkte Lilith spitz.

Matt grinste. »Ich bin eben durch und durch ein Held. Ich komme erst dann, wenn es absolut notwendig ist.«

Lilith versetzte ihm lachend einen Stoß gegen die Schulter und wünschte ihm eine gute Nacht.

Cynthia und ihr Mann Frank erhoben sich ebenfalls. »Komm, Emma, für dich wird es auch Zeit schlafen zu gehen!«

Emma zog eine Schnute. »Och, Menno!«

»Keine Widerrede, junge Dame. Glaub nur nicht, dass du es dir wegen deines Einsatzes heute Nacht plötzlich erlauben kannst, frech zu werden!«, sagte Cynthia scharf, worauf Emma sich mit einem ergebenen Seufzen erhob.

Es war das Zeichen zum Aufbruch. Auch alle anderen standen auf, Stühle wurden gerückt, Jacken angezogen und Abschiedsgrüße gemurmelt.

Emma und Lilith fielen sich zum Abschied noch einmal in die Arme. Nach dem, was sie heute zusammen erlebt hatten, war ihre Freundschaft endgültig besiegelt. Ohne Emma hätte Liliths Auseinandersetzung mit Belial in der heutigen Nacht wahrscheinlich nicht zu so einem guten Ende geführt. Nur ihr war es zu verdanken, dass Belial schließlich aufgegeben hatte. Lilith wusste zwar nicht, wie Emma es angestellt hatte, während des Halloweenfestes so viele Leute dazu zu bewegen, sie zum Kindermoor zu begleiten, doch sie hatte es geschafft!

Im Nu leerte sich die Küche. Nur noch Mildred, Lilith und ihr Vater saßen zusammen am Tisch. Joseph Parker war die ganze Zeit über merkwürdig still gewesen. Vielleicht, so vermutete Lilith, hatte er noch Schmerzen. Allerdings hatte Cynthia seine Wunden sorgfältig verbunden und ihm einen ihrer gefürchteten Tränke verabreicht, mit den Worten: »Trink und unterdrück den Brechreiz, Jo!« Seinem anschließenden Würgen zufolge hatte er wohl Mühe gehabt, diese Anweisung zu befolgen.

Hannibal knirschte hörbar mit den Zähnen. Er hatte sein Kinn auf der Tischplatte abgelegt und starrte misstrauisch auf sein Gegenüber. Dort lag Strychnin auf einem Kinderhochstuhl, mit der Wange auf seinem Sandwich, und schnarchte, dass die Salatblätter vor seiner Nase flatterten. Jedes Mal wenn Strychnin dabei seinen Schwefelatem ausstieß, wackelte Hannibal mit der Nase und knurrte leise.

»Vielleicht solltest du ihn zu Bett bringen, Lilith«, schlug Mildred vor.

Lilith rüttelte sanft an der Schulter des Dämons. »Hey, du Schlafmütze, aufwachen!«

Blinzelnd sah Strychnin auf. »Ich bin hellwach, Eure Ladyschaft. Jederzeit bereit, das Böse zu besiegen.« Eine Gurkenscheibe ploppte von seiner Stirn auf den Boden.

»Für heute Nacht hast du genug getan. Komm mit nach oben!«

Strychnin hoppelte hinter ihr her die Stufen hinauf.

»Der viele Sauerstoff in dieser Welt lässt mich ganz schlapp werden«, jammerte der Kleine.

Lilith dachte einen Moment nach. »Wenn du zu sehr Heimweh hast, kannst du dich einfach hinter Hannibal stellen, sobald er einen Schuh gegessen hat. Dann atmest du den Duft deiner Heimat ein.«

Strychnins Gesicht hellte sich auf. »Danke, Eure frischgebackene Hoheit. Ihr seid wirklich sehr nett.«

Lilith winkte ab. »Nichts zu danken.«

Sie waren in Liliths Zimmer angelangt und Strychnin sah sich neugierig um.

»Bei meinem alten Herrn hatte ich eine eigene Suite und drei Bedienstete, die für mein Wohlergehen sorgten«, erzählte er mit einem listigen Lächeln. »Vor dem Einschlafen haben sie mir die Ohrhaare frisiert, mich mit Trauben gefüttert und meine Füße massiert.«

Lilith musste sich ein Lächeln verkneifen. »Netter Versuch, Strychnin, aber ich glaube dir kein Wort.«

»Mist!«, fluchte der Dämon. »Aber ein Versuch war es wert.« Er blickte mit einem gewinnenden Lächeln zu ihr auf. »Aber mit Euren schlanken, kräftigen Fingern könntet Ihr mir sicherlich eine ausgezeichnete Fußmassage zukommen lassen. Die Hornhaut eines Dämonenfußes ist leider ungeheuer stabil, da muss man ganz schön kräftig drücken.«

Lilith verschränkte die Arme. »Ich sehe, wie sich über deinem Kopf das Mal des Todes zusammenbraut.«

Strychnin kreischte auf. »Ist das Euer Ernst? Ich muss sterben?«

»Mit jedem weiteren Wort, das du von dir gibst, wird der schwarze Schatten dichter.«

»Ha, jetzt verstehe ich! Guter Witz, Eure Ladyschaft.«

»Wenn du möchtest, kannst du dein eigenes Zimmer haben«, schlug Lilith nicht ganz uneigennützig vor. Immerhin verströmte der Dämon einen nicht gerade angenehmen Geruch. »Direkt neben meinem Zimmer ist …«

»Ich weiche Euch nicht von der Seite, Eure Durchlaucht«, wehrte Strychnin sofort ab. »Dann schlafe ich eben auf dem Fußboden.«

»Wenn du meinst.« Lilith zuckte mit den Schultern. »Hier hast du ein paar Kissen und eine Decke, dann hast du es gemütlicher!«

Als Lilith wieder nach unten ging, konnte auch sie sich ein Gähnen nicht mehr verkneifen. Die Verlockung, sich in ihr Bett zu kuscheln, war nur allzu groß gewesen. Doch sie war so froh und glücklich, ihren Vater lebend und wohlauf bei sich zu haben, dass sie keinen Moment mit ihm verpassen wollte.

Sie hörte ein mühsam unterdrücktes Tuscheln, als sie die Treppe hinunterstieg, das sofort verstummte, als Mildred und Joseph ihre Schritte hörten.

»So, der Kleine ist im Bett und schnarcht glücklich vor sich hin«, verkündete sie betont fröhlich und tat so, als habe sie nichts von dem Streitgespräch mitbekommen.

Sie setzte sich zwischen die beiden.

Ein ungemütliches Schweigen breitete sich im Raum aus, währenddem man nur den Löffel in Mildreds Teetasse kreisen hörte.

»Wie bist du eigentlich an das Amulett gekommen?«, unterbrach Lilith schließlich die Stille.

Ihr Vater sah sie verständnislos an. »Wie meinst du das?«

»Wenn ich das Amulett bei mir gehabt hätte, als Mildred mich nach Mutters Tod zu dir gebracht hat, hätte sie davon gewusst und mich sicherlich darauf angesprochen.«

Zum ersten Mal in dieser Nacht brachte ihr Vater ein Lächeln zustande. »Gut kombiniert, meine kleine Detektivin«, lobte er sie. »Es stimmt, du hattest das Amulett damals nicht bei dir. Einige Tage später wurde es mir per Post zugeschickt mit der Nachricht, dass ich es gut verwahren sollte. Es stand kein Absender dabei.«

»Sehr ominös«, murmelte Mildred. »Aber wahrscheinlich hatte derjenige gute Gründe dafür. Unter den Nocturi wäre sicherlich das Chaos ausgebrochen, weil jeder das Amulett und den Thron für sich hätte beanspruchen wollen. So war es in Sicherheit, bis Lilith alt genug war, ihr Erbe anzutreten.«

Lilith kaute nachdenklich auf ihrer Unterlippe. Mildreds Erklärung leuchtete ihr ein, trotzdem fragte sie sich, wer wohl dieser unbekannte Absender gewesen war.

Liliths Vater räusperte sich. »Es war eine lange Nacht. Du solltest auch ins Bett gehen, Lilith.« Er sah auf die Uhr. »Für mich wird es bald Zeit aufzubrechen. Die erste Fähre geht um sechs Uhr.«

Lilith sah ihren Vater erstaunt an. »Wieso willst du denn zur Fähre? Ich dachte, wir bleiben hier – wenigstens für einige Zeit.«

Plötzlich kam Lilith eine großartige Idee! »Jetzt, wo du

nicht nach Burma gehen wirst, können wir doch hierher zu Mildred ziehen«, platzte es aus ihr heraus.

Wie sich gezeigt hatte, war der Auftrag aus Burma nur ein sorgfältig eingefädelter Trick Belials gewesen, um Vater und Tochter zu trennen. In Wirklichkeit hatte man Joseph Parker niemals dort erwartet. Als ihr Vater zu der Reise aufbrechen wollte, hatte Belial ihn mithilfe seiner Kräfte dazu gebracht, ihm zu folgen.

Voller Spannung sah Lilith ihren Vater an. Hoffentlich stimmte er ihrem Vorschlag zu. Sie stellte es sich wunderbar vor: Sie würde zusammen mit ihrem Vater, Mildred, Arthur und den anderen in der Parker-Villa leben. Gemeinsam könnten sie Lilith helfen, die Welt der Untoten besser zu verstehen und sie in ihren neuen Fähigkeiten unterweisen. Sie wären eine große Familie! Der Gedanke ließ sie vor Freude erstrahlen.

Doch die mühsam nach oben gezogenen Mundwinkel ihres Vaters waren nur ein schwaches Echo ihres Lächelns. »Lilith, hier ist schon lange nicht mehr meine Heimat. Ich gehöre nicht nach Bonesdale. Es ist für alle besser, wenn ich so schnell wie möglich nach London zurückkehre und du hier bei deiner Tante bleibst. Ich habe eben mit ihr darüber gesprochen und Mildred ist einverstanden, dich für längere Zeit bei sich wohnen zu lassen.«

Ratlos sah Lilith von einem zum anderen. Sie sollte weiterhin hier in Bonesdale bleiben, obwohl ihr Vater wieder in ihrem Haus in London leben würde?

»Es geht um deine Wandlung zur Banshee«, erklärte ihr Mildred. »Dein Vater glaubt, dass du in unserer Welt besser aufgehoben bist. Außerdem hat dich das Amulett als Anführerin der Nocturi ausgewählt. Du hast ein großes Erbe anzutreten.«

»Aber dafür kann ich doch nichts. Das habe ich mir nicht ausgesucht!«

Lilith sprang so heftig auf, dass sie gegen den Tisch stieß und Mildreds Tasse ins Schwanken kam. Ehe Mildred reagieren konnte, hatte sich der heiße Tee über ihren Arm ergossen.

»Autsch!«, stieß Mildred mit schmerzverzerrtem Gesicht aus. Sofort rollte sie ihren von der heißen Flüssigkeit durchtränkten Ärmel zurück.

»Warte, ich hole dir etwas Kühles!« Lilith eilte zur Spüle, tränkte ein Tuch mit kaltem Waser und wollte es Mildred auf den Arm pressen, als sie stirnrunzelnd innehielt. Der Arm ihrer Tante war von seltsamen, tiefen Narben verunstaltet. Erst jetzt fiel Lilith auf, dass Mildred ständig langärmlige Pullover trug, was aber aufgrund der kalten Witterung nicht weiter verwunderlich gewesen war. Als Mildred Liliths fragenden Blick auffing, schnappte sie sich das Tuch und verdeckte mit einem beschämten Gesichtsausdruck ihre Narben.

Lilith schluckte schwer. Konnte es etwa sein, dass …?

»Die Geschichte über die Geschwister, die sich im Schattenwald verirrt haben – seid ihr beide das gewesen?«, fragte sie ungläubig.

Mildred sah zu Boden, während Liliths Vater ärgerlich die Augenbrauen zusammenzog. »Du hast Lilith davon erzählt?«

Schockiert sah Lilith ihren Vater an. »Du hast Mildred über Nacht ganz alleine im Schattenwald gelassen, ohne Hilfe zu holen? Wegen dir wurde sie von den Malecorax angegriffen und so schwer verwundet?«

»Ich wollte das nicht, das musst du mir glauben!« Er fuhr sich nervös durch die Haare. »Ich hatte keine Ahnung, dass so etwas geschehen würde. Sie sollte nur … etwas Angst bekommen. Mildred hatte gerade ihre Kräfte erhalten und ich war noch ein kleiner Junge, der von niemandem beachtet wurde – weil ich ein Socor war! Weißt du eigentlich, was Socor bedeutet?«, fragte er Lilith. Er stand auf und ballte die Fäuste. »Schwächling! Jemand wie ich ist in dieser Welt unwürdiger Abschaum und so werden wir auch behandelt. Es ist völlig egal, ob man einen guten Charakter hat oder in der Schule gute Noten schreibt – das Einzige, was zählt, ist, ob man Kräfte geerbt hat oder nicht. Jedenfalls ist das die Einstellung meines Vaters.« Er holte tief Luft, um sich wieder zu beruhigen. »Ich dagegen bin der Meinung, dass niemand auf dieser Erde solche Fähigkeiten besitzen sollte. Schon damals habe ich Bonesdale gehasst und wollte mit all dem hier nichts mehr zu tun haben.«

Lilith hatte einen dicken Kloß im Hals. Sie hatte ihren Vater noch nie so wütend gesehen.

»Ich kann verstehen, dass er sich damals zurückgesetzt gefühlt hat und verletzt war.« Mildred legte in einer besänftigenden Geste ihre Hand auf Liliths Arm. »Unser Vater war wirklich sehr hart zu Joseph. Was damals im Schattenwald zwischen Joseph und mir geschehen ist, war nur die Folge seines ungerechten Verhaltens. Du darfst deinen Vater dafür nicht verurteilen. Als Kind macht man nun mal unüberlegte Dinge, deren Folgen man nicht abschätzen kann.«

Auch wenn es Lilith schwerfiel, dies so verständnisvoll zu sehen wie Mildred, konnte sie nun immerhin nachfühlen, wie groß die Abneigung ihres Vaters gegen diesen Ort sein musste. Er würde niemals hierher zurückkehren! Sie fasste einen Entschluss.

»Dann gehe ich mit dir nach London! Jetzt, wo du nicht nach Burma gehen wirst, kann doch alles wieder so sein wie früher.«

»Lilith, bitte!« Er seufzte gequält auf. »Es ist besser, wenn du hierbleibst.«

Sie blinzelte ihn verständnislos an. »Warum … warum darf ich denn nicht mit dir kommen?«

Ihr Vater starrte auf seine Hände und schwieg.

»Du bist nun eine Nocturi, eine von *ihnen*«, antwortete er schließlich. »Wie kann ich sicher sein, dass du deine Kräfte nicht gegen mich verwendest?«

»Aber das würde ich doch niemals …«

»Du hast es heute Nacht schon fast getan«, unterbrach er sie mit kalter Stimme. Er schwieg einen Moment, ehe er in sanfterem Tonfall fortfuhr: »Abgesehen davon hat Mildred recht. Du bist nun die Trägerin des Bernstein-Amuletts. Dein Platz ist hier bei den Nocturi.«

Joseph Parker stand auf und zog sich seine Jacke über. Er beugte sich über Lilith, um ihr wie immer einen Kuss auf die Stirn zu geben, doch er hielt mitten in der Bewegung inne. Stattdessen strich er ihr in einer liebevollen Geste über die Wange und sah ihr tief in die Augen.

»Mach es gut, meine Kleine«, sagte er sanft zu ihr. »Ich melde mich bei dir!«

»Aber du bist mein Vater. Ich gehöre doch zu dir …«, flüsterte Lilith mit erstickter Stimme.

Ohne einen Blick zurückzuwerfen, ging ihr Vater zur Tür. Als er sie hinter sich zuschlug, füllten sich Liliths Augen mit Tränen.

Der Morgen graute bereits, als Mildred Lilith in ihr Zimmer brachte. Anstatt auf dem Boden schlief Strychnin mittlerweile mit einem glücklichen Lächeln auf Liliths Bett und nur mit vereinten Kräften konnten sie ihn so weit zur Seite schieben, dass Lilith auch noch darin Platz fand.

Nachdem Liliths Tränen getrocknet waren, hatte Mildred ihr das Schlafmittel von Cynthia verabreicht und versprochen, in Erfahrung zu bringen, wie sich Lilith in Zukunft gegen die Todesalbträume schützen konnte.

Nun begann sich eine angenehme Trägheit in Lilith auszubreiten.

»Dein Vater beruhigt sich schon wieder, Lilith. Er wird sich mit dem Gedanken anfreunden, dass du die Fähigkeiten deiner Mutter geerbt hast, und dann tut ihm sicherlich leid, was er heute gesagt hat.«

»Und wenn nicht?«, fragte sie mit belegter Stimme.

Mildred strich ihr eine Haarsträhne aus dem Gesicht. »Dann hast du hier dein neues Zuhause gefunden!«

Sie schüttelte Liliths Kopfkissen auf, schlug die Bettdecke zurück und Lilith ließ sich mit einem dankbaren Seufzen zurücksinken. Erst jetzt bemerkte sie, wie viel Kraft sie die letzten Tage gekostet hatten und wie sehr sie sich nach einem tiefen, erholsamen Schlaf sehnte.

»Aber was ist mit Belial? Meinst du, er wird wiederkommen?«

»Davon müssen wir ausgehen.«

»Ich hatte den Eindruck, dass nicht alle glücklich darüber sind, dass ich als Trägerin des Amuletts ausgewählt wurde.«

Mildred zögerte einen Moment, dann nickte sie. »Viele haben Angst, weil sich das Portal wieder geöffnet hat. Sie sind wohl der Meinung, dass ein junges Mädchen nicht dazu in der Lage sein wird, die Nocturi anzuführen und im Kampf zu verteidigen. Außerdem …« Mildred stockte.

»Außerdem?«, hakte Lilith nach.

»Nun, es ist eigentlich nichts Wichtiges. Einigen ist nur aufgefallen, dass der Bernstein bei dir nicht so hell strahlt, wie er eigentlich sollte.« Mildred winkte ab. »Aber er strahlt, das ist die Hauptsache. Außerdem hast du Strychnin, das ist meiner Meinung nach Beweis genug.«

»Ich weiß auch nicht, ob ich in der Lage sein werde, die Nocturi anzuführen«, gestand Lilith. »Und ich weiß doch überhaupt nichts über die Welt der Untoten und ihre Geschichte – ich kann noch nicht einmal die Runenschrift.«

»Das werden wir ändern«, versprach Mildred. »Ich habe schon mit unseren Mitbewohnern gesprochen. Ab morgen fängt die Belegschaft des ›Seniorenstifts zum Friedhof‹ an, dich in allen wichtigen Fächern zu unterrichten«, erklärte sie feierlich. »Aber jetzt wird erst einmal geschlafen!«

Ehe sie noch eine weitere Frage stellen konnte, fing Mildred an zu singen.

Zum ersten Mal in ihrem Leben lauschte Lilith dem bezaubernden Gesang der Sirenen. Noch ehe ihr bewusst wurde, dass ihre Tante ein Schlaflied sang, fielen Lilith auch schon die Augen zu.

Und so geht das Abenteuer von Lilith Parker weiter

Janine Wilk
Lilith Parker und der Kuss des Todes
Band 2 · 400 Seiten · Gebunden
ISBN 978-3-522-50254-2

Grauweiße Wolken hängen tief über der Insel St. Nephelius und verbreiten eine gruselige Stimmung. Lilith fühlt sich dennoch wohl in ihrer neuen Heimat, nicht zuletzt dank ihrer Tante und ihren Freunden Matt und Emma. Doch es ereignen sich mysteriöse Mordfälle in Bonesdale, bei denen der Verdacht ausgerechnet auf Lilith fällt. Denn sie ist die einzige Banshee auf der Insel – und ein Kuss von ihr kann tödlich sein. Als Lilith sich dem Rat der Vier stellen muss, droht sie für immer von der Insel verbannt zu werden ...

Janine Wilk
Lilith Parker und das Blaustein-Amulett
Band 3 · 416 Seiten · Gebunden
ISBN 978-3-522-50325-9

Janine Wilk
Lilith Parker und die Rache der Dämonen
Band 4 · 384 Seiten · Gebunden
ISBN 978-3-522-50379-2

LESEPROBE

»Lilith Parker und der Kuss des Todes«
Band 2
von Janine Wilk

Bald auch im Ravensburger Taschenbuch!

Und so geht es mit Lilith weiter …

»Greynock. Gestern Abend wurde eine junge Frau im Industriegebiet in Höhe Benton Street und Oldfield Road von einem offensichtlich geistig verwirrten Mann angegriffen. Die Schichtarbeiterin war gegen 23.30 Uhr auf dem Weg zur Bushaltestelle, als sie von einem grauhaarigen, ungepflegt wirkenden Mann angefallen wurde. ›Er stand so urplötzlich vor mir, als käme er aus dem Nichts!‹, berichtete sie der Polizei. ›Ich wollte ihm mein Geld geben, doch er sagte, er wolle etwas viel Wertvolleres – mein Blut!‹ Arbeitskollegen hörten die Schreie der jungen Frau und eilten ihr zu Hilfe, woraufhin der Angreifer flüchtete. Die Polizei fahndet nach dem Mann und bittet die Bevölkerung um sachdienliche Hinweise.«

Greynock Daily,
Sonderausgabe 11/2012

Jetzt rück endlich raus mit der Sprache!«, forderte Lilith, während sie den Flur zu Emmas Zimmer entlanggingen. Sie platzte fast vor Neugierde. »Was ist denn so unglaublich geheim, dass du es uns nicht in der Schule verraten konntest?«

Emma fuhr mit einem verärgerten Blick zu ihr herum. »Pscht! Nicht hier.« Sie legte verschwörerisch den Zeigefinger an die Lippen, wobei sie an ihrer etwas zu lang geratenen Nase hängenblieb.

»Entschuldigung«, flüsterte Lilith und sah zu Matt, der grinsend die Schultern in die Höhe zog.

Als sie Emmas Zimmer unter dem Dach betraten, schlug

ihnen schwülwarme Luft entgegen, die vom würzigen Geruch feuchter Erde und fremdartiger Pflanzen getränkt war. Unter den großen Fenstern, die in die Dachschräge eingelassen waren, züchtete Emma vom Aussterben bedrohte magische Gewächse, die zur Herstellung eines Hexentranks unerlässlich waren. Auch wenn sich erst an ihrem dreizehnten Geburtstag herausstellen würde, ob sie die Hexenkräfte ihrer Mutter geerbt hatte, beschäftigte sie sich schon jetzt voller Eifer mit der Hexenkunst. Das euphorische Lachkraut fand Lilith zwar noch witzig, da es bei jeder Berührung in Gelächter und Gekicher ausbrach, aber mit einem brenzligen Distelhorn, das tödliche Feuerdornen besaß, oder einem hackenden Messerfarn hätte sie niemals freiwillig ihr Zimmer geteilt. Im Vorbeigehen achtete sie darauf, keiner dieser angriffslustigen Pflanzen zu nahe zu kommen. Matt jedoch war weniger vorsichtig.

»Nicht den gemeinen Fingerbeißer anfassen!«, rief Emma in letzter Sekunde, als seine Hand nur noch wenige Zentimeter von einer Pflanze entfernt war, deren Blüte aus einer rosafarbenen Kugel mit Plüschhaaren bestand, die so flauschig waren, dass man den unwiderstehlichen Drang verspürte, sie zu berühren. Hastig zog Matt seine Finger zurück und murmelte etwas von »gemeingefährlich«.

»Meine Güte, ist das heiß hier drin!«, stöhnte Lilith.

»Tut mir leid, aber die Pflanzen mögen keine Kälte.«

Sie zogen ihre Jacken aus, auf denen gerade die letzten Schneeflocken den Kampf gegen die Hitze aufgaben und zu Wasser zerschmolzen. Da Emma sie direkt von der Schule zu sich nach Hause gelotst hatte, trugen sie alle noch die

Schuluniform der St.-Nephelius-Schule. Matt warf seinen Rucksack achtlos auf den Boden und setzte sich neben Lilith aufs Bett. »Also, was ist los?«

Emma ließ sich ihnen gegenüber auf ihren Schreibtischstuhl sinken, nur um einen Moment später wieder aufzuspringen und aufgeregt im Zimmer umherzugehen.

»Ich brauche eure Hilfe. Meine Mutter hat bald Geburtstag und ich möchte ihr etwas ganz Besonderes schenken. Etwas wirklich Seltenes, das schwierig zu bekommen ist.« Sie machte eine bedeutungsvolle Pause. »Friedhofsgras!«

Sie warf den beiden einen erwartungsvollen Blick zu, während Lilith und Matt regungslos zurückstarrten. Friedhofsgras? Emma schien wieder einmal vergessen zu haben, dass sie beide erst kürzlich in das Geheimnis der Untotenwelt eingeweiht worden waren und somit keine Ahnung hatten, von was sie redete.

Matt zog eine Augenbraue in die Höhe. »Und was ist das für ein sagenhaftes Gras?«

»Es ist eine wichtige Zutat für Hexentränke«, ließ sich Emma zu einer Erklärung herab. »Wie der Name schon sagt, wächst das Gras auf dem Friedhof und kann nur bei Vollmond um Punkt Mitternacht geerntet werden. Der richtige Zeitpunkt ist exakt dann, wenn es anfängt zu schluchzen.«

Erstaunt stellte Lilith fest, wie selbstverständlich sie diese Information hinnahm. Noch vor Kurzem, bevor sie zu Tante Mildred auf die unheimliche Insel St. Nephelius gekommen war, hätte sie jeden für verrückt erklärt, der ihr von einem schluchzenden Friedhofsgras erzählt hätte. Ursprünglich hatte ihr Vater sie zu seiner Schwester geschickt, da er befürchtete, dass Lilith »unnatürliche« Fähigkeiten besitzen könnte, und er sollte recht behalten: In der Halloweennacht, der Nacht ihres dreizehnten Geburtstages, hatte sich Lilith zu einer Banshee gewandelt, und seither waren für sie Zombies, Dämonen, Geister, Hexen, Magier, weiße Frauen oder Nachtmahre mehr als reine Fantasiegestalten. Seit dieser Nacht stand ihr Leben kopf, denn die Wandlung zur Todesfee blieb nicht die einzige unglaubliche Veränderung in ihrem Leben …

»In letzter Zeit sind die Preise für Friedhofsgras in astronomische Höhen gestiegen«, fuhr Emma fort. »Niemand weiß, warum, doch die Werwölfe sind neuerdings kaum mehr unter Kontrolle zu bringen und greifen alles an, was sich bewegt. Deswegen ist es jedem verboten, den Friedhof in der Nacht zu betreten.«

Die Werwölfe lebten tagsüber in den Grüften auf dem Friedhof und wurden nur in der Nacht freigelassen, wenn die Friedhofstore fest verschlossen waren. Leider hatte Lilith trotzdem schon mit einem von ihnen Bekanntschaft schließen müssen, da ein entlaufener Werwolf sie und Emma quer durch den Schattenwald gejagt hatte – mit der festen Absicht, sie als Abendmahlzeit zu verspeisen.

Matt blinzelte Emma ungläubig an. »Moment mal, versuchst du uns damit zu sagen, dass du in den Friedhof einbrechen willst, um dieses Gras für deine Mutter zu ernten?«

»Nein, natürlich nicht!« Emma ließ sich mit einem Seufzer auf den Stuhl sinken und neselte am Rock ihrer Schuluniform herum. »Alleine ist das viel zu gefährlich. Deswegen wollte ich euch darum bitten mitzukommen.«

»Was?«, entfuhr es Lilith. »Bist du verrückt geworden?«

»Das ist sicher nicht so gefährlich, wie behauptet wird«, meinte Emma. »Es geht auch ganz schnell, versprochen. Wir schleichen uns auf den Friedhof, ernten das Gras, und ehe uns die Werwölfe bemerken, sind wir schon wieder weg. Aber wenn es euch beruhigt, können wir natürlich auch Waffen mitnehmen, damit wir uns im Ernstfall verteidigen können.«

Lilith starrte sie sprachlos an: Emma schien den Verstand verloren zu haben. Hatte sie etwa schon vergessen, dass dieser blutrünstige Werwolf sie um ein Haar bei lebendigem Leib zerfleischt hätte? Und jetzt wollte sie in den Friedhof einbrechen, wo sie ein ganzes Rudel erwartete? Dieses Friedhofsgras musste ihr wirklich ungeheuer wichtig sein.

»Wenn ich daran erinnern darf, haben wir erst kürzlich einen Erzdämon besiegt, da werden wir doch mit ein paar Werwölfen spielend fertig«, setzte Emma mit einem optimistischen Lächeln hinzu und ließ dabei völlig außer Acht, dass ihr Kampf mit dem Erzdämon Belial nur mit Glück ein gutes Ende genommen hatte. »Außerdem bist du eine Banshee, Lilith, und deine übernatürlichen Fähigkeiten werden uns bestimmt hilfreich sein.«

»Soll ich euch während eines Kampfs mit den Werwölfen vielleicht sagen, dass ich das Todesmal über euren Köpfen sehe und ihr in den nächsten Minuten sterben werdet?« Lilith verschränkte die Arme vor der Brust und schnaubte auf. »Genau, das wäre sicherlich *sehr* hilfreich.«

»Jetzt sei doch nicht so negativ«, maulte Emma. »Das

wird garantiert nicht so schlimm werden wie im Schattenwald, schließlich sind wir dieses Mal vorbereitet.«

Lilith warf ihr einen zweifelnden Blick zu. Wenn es so ungefährlich war, wie Emma behauptete, wären sicherlich schon mehr Hexen auf die Idee gekommen, das Gras trotz des Verbotes zu ernten. Abgesehen davon hatte sie das ungute Gefühl, dass Emma ihnen etwas verschwieg. Es ehrte sie zwar, dass sie für ein Geburtstagsgeschenk ihrer Mutter bereit war, solche Gefahren auf sich zu nehmen, aber steckte da nicht mehr dahinter?

»Emma, wenn du Geld brauchst, kann ich dir gerne etwas leihen«, bot Matt großzügig an. Seit seine Mutter Eleanor, ihres Zeichens Horrorschriftstellerin, nach Bonesdale gezogen war, befand sie sich in einem Inspirationsrausch. Gerade hatte sie ihr zweites Buch innerhalb kurzer Zeit verkauft, was Matt ein beneidenswert hohes Taschengeld einbrachte. »Wir können das Friedhofsgras für deine Mutter auch ganz legal kaufen, dann müssen wir nicht so ein Risiko eingehen.«

Lilith atmete erleichtert auf. Wenigstens einer ihrer Freunde schien noch bei Verstand zu sein.

»Aber wenn dir das unangenehm wäre und du es trotzdem machen willst«, fuhr er fort, »werde ich dir natürlich helfen und dich auf den Friedhof begleiten, das versteht sich von selbst.«

Lilith fuhr zu ihm herum. »Was?«

»Das heißt *wie bitte*«, korrigierte er sie hoheitsvoll. »Als Führerin des Nachtvolkes solltest du dich nicht so lasch ausdrücken.«

»Hey, wenn du jetzt auch noch anfängst, mir vorzuschreiben, was ich zu tun und zu lassen habe, gibt es Ärger!«

Matt hob abwehrend die Hände. »Das sollte nur ein Witz sein, sei doch nicht gleich so gereizt!«

Lilith ließ ihre Schultern sinken. Ihre Freunde hatten wohl recht und sie war heute tatsächlich nicht besonders gut drauf. »Entschuldige«, lenkte sie ein. »Seit mich das Amulett meiner Mutter als Führerin der Nocturi auserwählt hat, höre ich von Tante Mildred nur noch, was mich in Zukunft für unglaublich wichtige Pflichten erwarten und wie ich mich verhalten muss. Das nervt einfach mit der Zeit.«

Automatisch fasste sie an das Amulett, das sie unter ihrer Bluse um den Hals trug: ein fünfspeichiges Zepter, in dessen Inneren ein leuchtender Bernstein schwebte. Ein hauchzarter silberner Faden wickelte sich um die goldenen Speichen und magische Runen zierten die Zwischenräume. Für Lilith war dieses Amulett die einzig greifbare Erinnerung an ihre Mutter, die kurz nach ihrer Geburt gestorben war. Erst hier in Bonesdale hatte Lilith entdeckt, dass ihre Eltern in einer Welt aufgewachsen waren, in der übernatürliche Fähigkeiten zum Alltag gehörten, und ihre Mutter aus der einflussreichen Nephelius-Familie abstammte. Ausgerechnet von dem Erzdämon Belial musste sie erfahren, dass das Zepter ihrer Mutter weit mehr als nur ein Schmuckstück war. Mit dem Anlegen des Amuletts hatte sie sich als Führerin der Nocturi beworben, und wenn es sie am Ende der Prüfungszeit für unwürdig befunden hätte, wäre sie von ihm einfach pulverisiert worden. Sie konnte sich somit glücklich schätzen, dass sie überlebt hatte.

»Dabei habe ich mir das alles nicht ausgesucht«, fügte Lilith kaum hörbar hinzu.

Emma sah sie mitfühlend an. »Deine Tante ist von dieser Sache eben so begeistert, dass sie es momentan etwas übertreibt. Du wirst sehen, sobald sie sich daran gewöhnt hat, normalisiert sich wieder alles.«

»Hoffentlich.«

Liliths Blick fiel auf Emmas Nachttisch. Dort stand ein mit weißen Haaren bedeckter Kaktus, dessen lange Strähnen wie Krakenarme hin- und herschlingerten und nun aufgeregt in Liliths Richtung zeigten, wie ein Baby, das die Arme nach seiner Mutter ausstreckte.

»Was ist denn das?«, fragte sie.

»Das ist ein olfaktorischer Hexenhaarkaktus«, erklärte Emma. »Er ernährt sich von Duftmolekülen und imitiert für einen kurzen Moment den Duft von demjenigen, der sich ihm nähert.«

Neugierig beugte sich Lilith über ihn und schnupperte an ihm. »Ach du lieber Himmel!« Sie verzog das Gesicht. »Ich rieche wie eine Ladung fauler Eier? Warum sagt mir das denn niemand?«

»Hallihallöchen«, ertönte direkt neben ihr eine quäkende Stimme. »Habt Ihr mich vermisst, Eure Ladyschaft?«

Aus einer Nebelsäule tauchte ein rundlicher kleiner Dämon auf, dessen spitz zulaufende Ohren aufgeregt wackelten.

Strychnin war Liliths persönlicher Dämon, den jeder Träger des Bernstein-Amuletts als Diener erhielt. Was ihrer Meinung nach bedeutend mehr Nach- als Vorteile mit sich brachte. Der Kleine grapschte alles an, was ihm zwischen die Dämonenfinger kam (und danach war es mit Sicherheit kaputt), mischte sich in jede Unterhaltung ein und tat grundsätzlich nie, was man ihm sagte. Er war der einzige Dämon, der in seiner wahren Gestalt in die Menschenwelt wechseln konnte – dieser Anblick war nicht gerade schön und ihn umgab stets eine unangenehm riechende Schwefelwolke.

»Tragen wir heute Exkrementenbraun?«, fragte Matt augenzwinkernd und spielte damit auf Strychnins wechselnde Hautfarbe an. Er hatte den kleinen Dämon in sein Herz geschlossen, ganz im Gegensatz zu Emma, die Strychnin voller Misstrauen begegnete und keine Gelegenheit ausließ, Lilith vor ihm zu warnen. Ihrer Meinung nach durfte man keinem Dämon vertrauen, ganz egal, wie naiv und schusselig sie auch sein mochten.

»Nur dieses rosafarbene T-Shirt passt nicht ganz zu deiner dämonischen Erscheinung«, bemerkte Matt.

»Ich weiß«, heulte Strychnin auf und nickte so eifrig, dass ihm einige Schmalzbrocken aus den Ohren flogen. Was für ihn nicht dramatisch war, er hatte genug davon. »Ganz meine Meinung, Freund meiner Ladyschaft!«

Er warf Lilith einen vorwurfsvollen Blick zu. »Eure Tante hat mich gezwungen, dieses scheußliche Ding anzuziehen! Sie meinte, der Anblick meines Dämonenhinterns verderbe ihr den Appetit.«

Lilith konnte sich ein Grinsen nicht verkneifen. Tante Mildred hatte Strychnin ein »Hello Kitty«-Shirt übergezogen, das ihm aufgrund seiner Größe fast bis zu den Füßen reichte.

»Was machst du eigentlich hier? Ich habe dich doch gebeten, zu Hause auf mich zu warten.«

»Euer Durchlaucht seid nicht zur üblichen Zeit daheim erschienen und ich wollte mich vergewissern, ob Ihr Euch wohl befindet.« Er blinzelte sie unschuldig an, doch Lilith wusste, dass er nur auf den Moment gewartet hatte, sich über ihren Befehl hinwegzusetzen. Während sie in der Schule war, langweilte er sich fast zu Tode.

»Und? Befindet Ihr Euch wohl?«

Lilith nickte seufzend. »Ja, danke, alles bestens.«

»Das erfreut mein Dämonenherz, Euer Allerlieblichkeit.« Er zückte eine Pergamentrolle. »Dann kann ich, als Euer höfischer Terminator, mit Euch die Termine für den heutigen Nachmittag durchgehen.«

Konzentriert starrte er auf das Pergament, als müsse er die Fülle an Informationen erst verarbeiten. Lilith konnte jedoch sehr genau erkennen, dass neben Punkt eins »Schule« nur noch ein einziger Termin vermerkt war.

»Jetzt sag schon!«, drängelte sie.

»In einer halben Stunde fängt Euer Unterricht bei Sir Elliot an«, näselte er pikiert.

Lilith schlug sich mit der Hand gegen die Stirn. »Mist, den Runenunterricht habe ich vollkommen vergessen. Dabei bin ich mit der Übersetzung noch gar nicht fertig.«

Drei Mal in der Woche bekam sie nach der Schule zusätzlichen Unterricht oder, wie Emma es nannte, »primitive Unkundigen-Nachhilfe«. Damit sie über die Welt der Untoten besser Bescheid wusste, hatten sich die Heimbewohner aus Tante Mildreds Seniorenstift dazu bereit erklärt, Lilith die wichtigsten Dinge beizubringen. Isadora und Melinda, die beiden Vampirschwestern, lehrten sie die notwendigen Umgangsformen und Verhaltensweisen und bei Arthur, dem Zombie, lernte sie alles über die unterschiedlichen Wesen und deren Vergangenheit. Zuerst hatte sie befürchtet, dass dieser geschichtliche Teil öde und langweilig werden würde, doch Arthur gestaltete den Unterricht derart unterhaltsam und interessant, dass sie sich auf die Stunden sogar freute. Das konnte sie von Sir Elliots Runenunterricht leider nicht behaupten.

Lilith zog einen verknitterten Zettel aus ihrem Rucksack und warf ihrer Freundin einen Hilfe suchenden Blick zu.

»Gib schon her!« Emma überflog den Text, stöhnte einige Male auf und korrigierte die Fehler.

»Ist es so schlimm?« Lilith wusste, dass ihre Leistungen im Runenunterricht bemerkenswert waren – bemerkenswert schlecht. Das lag nicht nur an den fremdartigen Schriftzeichen, die sie mühsam auswendig lernen musste, auch mit der Schriftsprache der Nocturi hatte sie gewaltig zu kämpfen. Die Mondsprache, auch Laluschâr genannt, bestand hauptsächlich aus Zischlauten und ein einziges Wort besaß unzählige Bedeutungen. Laluschâr klang wie das Heulen des Windes, wie ein Wispern, das man in der Nacht im Hausflur hört.

»Es geht so«, beruhigte Emma sie, doch die Lüge war unüberhörbar. »*Sasss la ssakiel sabâth tenom schachas zirrâ*. Das heißt eigentlich: Du darfst keinem die Seele rauben, bevor seine Zeit gekommen. Du hast jedoch geschrieben: Du darfst der Zeit nicht ihre Seele rauben.«

Lilith räusperte sich verlegen. »Ich dachte, das wäre ein philosophischer Text. So etwas wie Carpe diem oder … Hatschi! Entschuldigung.« Sie zog ein Taschentuch hervor und putzte sich geräuschvoll die Nase.

»Bist du krank?«, fragte Matt. »Du hast schon in der Schule dauernd geniest.«

Lilith winkte ab. »Ach, ich bin nur etwas erkältet. Seit dem letzten Sturm ist vom Dach unserer Villa fast nichts mehr übrig. Wahlweise regnet oder schneit es jetzt herein.«

Die Parker-Villa war in einem erbärmlichen Zustand, doch da Tante Mildred die Heimbewohner umsonst bei sich wohnen ließ, fehlte das Geld, um das Dach renovieren zu lassen. Immerhin wusste Lilith nun, dass auch Banshees nicht vor einer Erkältung gefeit waren.

Emma gab ihr den korrigierten Text zurück und tippte sich mit dem Zeigefinger nachdenklich an die Lippen. »Wie wäre es denn, wenn ihr umzieht?«

Lilith blinzelte sie verständnislos an. »Umziehen? In ein anderes Haus?«

»Nein, ich dachte eigentlich an etwas Größeres. So etwas wie …« Auf Emmas Gesicht breitete sich ein Grinsen aus. »Eine Burg!«

Es dauerte einen Moment, ehe Lilith begriff. »Du meinst Nightfallcastle? Die Burg meines Großvaters?«

»Warum denn nicht? Sie steht schon seit Jahren leer und du bist die rechtmäßige Erbin. Du könntest dir die Burg wenigstens mal ansehen, oder?«

Daran hatte Lilith überhaupt noch nicht gedacht. Dabei war die Burg das Erste gewesen, das Lilith bei ihrer Ankunft von St. Nephelius gesehen hatte: Auf dem höchsten Felsen ragte Nightfallcastle gleich einem verkrüppelten Finger aus dem wabernden Nebel, der die Insel wie eine Dunstglocke umgab. Lilith hatte noch Eleanors Stimme im Ohr: »Die Insel der Finsternis. Das Grabesdunkel eines uralten Landes, das unter seinem Nebelschleier die Geheimnisse des Bösen in sich trägt.« Damals ahnten Eleanor, Matt und Lilith nicht, dass ihre Worte einiges an Wahrheit enthielten, und Eleanor wusste bis heute nicht, dass bei dem Halloweenspektakel, das in Bonesdale täglich als Touristenattraktion veranstaltet wurde, so gut wie alles echt war. Denn eines der wichtigsten Gesetze in der Welt der Untoten besagte, dass Sterbliche nicht in ihr Geheimnis eingeweiht werden durften. Ein Gesetz, gegen das Lilith wissentlich verstieß, als sie Matt die Wahrheit erzählt hatte.

»Wie wäre es mit einem Deal?«, schlug Emma vor. »Morgen nach der Schule helfe ich dir, zur Burg des Barons zu kommen, und dafür hilfst du mir, das Friedhofsgras zu ernten.«

»Wir gehen zur Burg? Au ja, au ja!« Strychnin hüpfte vor Begeisterung auf der Stelle. »Darf ich mit? Bitte, bitte, bitte!«

Lilith ignorierte ihn geflissentlich. »Danke, aber ich bin nicht blind, den Weg zur Burg finde ich sicher auch alleine.«

Emma grinste spitzbübisch. »Wir sind hier in Bonesdale. Glaubst du etwa, dass dort jeder Ortsfremde einfach so hinauflaufen kann?«

»Das war ja klar«, stöhnte Lilith auf. Wahrscheinlich musste man zuerst einen halsbrecherischen Hindernisparcours überwinden, um bis zur Burg zu gelangen. Aber die Verlockung war zu groß, um widerstehen zu können. Sie fragte sich, wie das Innere der Burg wohl aussah. Vielleicht hatte Emma sogar recht und Nightfallcastle war tatsächlich als neues Zuhause geeignet? Womöglich konnte sie in der Burg sogar etwas über ihre Mutter Cathy herausfinden, immerhin war sie dort aufgewachsen.

»Also gut, sehen wir uns Nightfallcastle einmal aus der Nähe an.« Sie warf Strychnin einen mahnenden Blick zu. »Du darfst aber nur unter einer Voraussetzung mitkommen: Kein Wort zu Tante Mildred, hast du verstanden?«

Wahrscheinlich würde es ihre Tante sofort persönlich nehmen, wenn sie sich nach einer neuen Wohnstätte umsah.

Strychnin nickte glücklich. »Euer Wunsch ist mir Befehl, Eure Bösartigkeit!«

»Dann kommt ihr mit auf den Friedhof?«, hakte Emma nach. »Bis zum nächsten Vollmond dauert es nicht mehr lange.«

»Was gibt es denn auf dem Friedhof?«, fragte Strychnin neugierig.

»Nichts«, antworteten alle drei wie aus der Pistole geschossen.

»Darf ich dabei auch mitmachen? Bitte, bitte, bitte!«

»Wir könnten ihn als Köder für die Werwölfe verwenden«, raunte Matt ihr augenzwinkernd vor.

»Nein, du bleibst zu Hause«, befahl Lilith. Die ganze Sache war gefährlich genug, da wollte sie sich nicht noch um Strychnin kümmern müssen.

»Kommt ihr jetzt mit oder nicht?«

»Na schön«, sagte Lilith. »Das ist zwar eine echt bescheuerte Idee, aber bevor ihr beiden allein hineingeht, komme ich zur Sicherheit lieber mit. Dann ist wenigstens jemand mit Verstand dabei.«

»Also darf ich doch mit, Eure Ladyschaft?«, fragte Strychnin frech.

»Nein«, kamen Emma und Matt Lilith zuvor.

Emma warf einen glückseligen Blick in die Runde. »Ich bin richtig froh, dass ihr beide nach Bonesdale gekommen seid. Was habe ich all die Jahre nur ohne euch gemacht?«

»Jetzt übertreib mal nicht«, wiegelte Lilith ab.

Matt setzte ein schiefes Lächeln auf. »Sie meint wahrscheinlich, dass sie auf zwei so leichtgläubige Idioten aus der Menschenwelt sehnlichst gewartet hat.«

»Genau«, stimmte Lilith ihm zu. »Die doof genug sind, ohne groß zu überlegen, einem fliegenden Selbstmordkommando zuzustimmen, nur um ein paar Büschel *Gras* zu ernten.«

Emma zuckte lachend mit den Schultern. »Sag ich doch: Wir sind ein Spitzenteam!«